KB022661

LADY SHERLOCK #1

주홍색 여인에 관한 연구

A STUDY IN SCARLET WOMEN

Copyright © 2016 by Sherry Thomas

Korean-language edition copyright © 2022 by D&C Media Co., Ltd.

Published by agreement with Nelson Literary Agency and Danny Hong Agency

이 책의 한국어판 저작권은 대니홍 에이전시를 통한 저작권사와의 독점 계약으로 ㈜디앤씨미디어에 있습니다.

저작권법에 의해 한국 내에서 보호를 받는 저작물이므로 무단전재와 복제를 금합니다.

LADY OF SHERLOCK #1

A STUDY IN SCARLET WOMEN

주홍색 여인에 관한 연구

셰리 토머스 장편소설

이경아 옮김

SHERRY THOMAS

REA크bie

언제나 기쁨을 준 아름다운 사람 션에게

감사의 말

내 책은 못 파는 것이 없는 크리스틴 넬슨

'레이디 셜록 시리즈'의 잠재력을 믿어 준 웬디 맥커디

지치지 않고 이 책을 작업해 준 케리 도노반

원고를 이 잡듯이 철저하게 검토해 준 제닌 발라드

내 엉덩이를 걷어차야 할 때 그렇게 해 준 셸리 로버츠

그렇게 엉덩이를 걷어차인 내 자신감을 회복시켜 준 트레이시 앤드리게티

마감이든 아니든 가정이라는 요새를 잘 지켜 주리라 늘 믿을 수 있는 내 남편

셜록 홈스가 여성이라는 발상에 환호해 주신 모든 분들

그리고 이 책을 읽고 있을 당신, 고맙습니다. 모든 것에 감사합니다.

프롤로그

1886년 영국, 데번셔

　누군가 어너러블* 해링턴 색빌에게, 그의 죽음을 조사한 덕에 셜록 홈스가 온 나라에 명성을 떨치게 될 것이라고 말했다면, 코웃음을 쳤을 것이다.

　색빌 씨는 셜록 홈스라는 이름을 들어 본 적도 없었다. 애초에 셜록 홈스가 누구인지는 고사하고 죽음이라는 생각 자체를 경멸했다. 정확히 말하면 그 죽음은 자신의 죽음이었다. 남들이야 죽고 싶다면 얼마든지 죽을 수 있다.

　색빌 씨는 노화도 죽음만큼이나 혐오했다. 단두대의 칼날처럼 툭 떨어지듯, 오로지 마지막 숨으로만 멈추는, 무기력함으로 빠져드는 길고도 고약한 몰락의 과정.

● **어너러블** 자작과 남작의 차남 아래로 붙이는 호칭

해링턴 색빌은 요즘 거울에 비친 자신의 모습을 볼 때마다 더는 젊다고 생각할 수 없었다. 여전히 건강하고 잘생겼지만 어느새 턱 아래 피부가 처지기 시작했다. 양쪽 입가에는 팔자 주름이 깊게 패였다. 눈꺼풀마저 시간의 통과의례를 이기지 못한 채 무겁게 늘어져 있었다.

두려움이 차갑고 날카로운 갈고리처럼 그를 훅 꿰었다. 남자라면 누구나 두려워하는 것이 있다. 그에게는, 죽음이 절대적인 두려움처럼 오랜 시간에 걸쳐 서서히 모습을 드러내는 것 같았다. 송곳니를 드러낸 암흑.

그는 거울에서 몸을 돌렸다. 최근 마음속 아래에서 늘 부글거리는 달갑지 않은 생각으로부터도. 때는 여름이었다. 해 질 녘 여명이 집을 가득 채웠다. 곶에 위치한 그의 집에서 보이는 만은 수평선 너머의 햇살로 붉게 타올랐다. 불어오는 산들바람에서 살짝 짭조름한 냄새가 났다. 소금기를 띤 공기 사이로 프랑스 남부의 그라스에서 구근을 들여와 심은 월하향의 향이 넘실거렸다.

하지만 폭풍우가 몰려오고 있었다. 하늘의 가장자리로 먹장구름이 몰려들었다……

해링턴 색빌은 숨을 깊이 들이쉬었다. 잡생각이 어둑한 곳을 정처 없이 떠돌게 내버려 두지 않을 것이다. 그렇고말고. 최근 몇 주는 힘들었는데, 특히 런던에서의 일들이 골치가 아팠다. 조만간 상황이 나아질 것이다. 그에게는 앞으로 삶을 만끽할 시간이 많이 남아 있었다. 죽음과 아직 멀리 있는 그 손아귀를 비웃을 시간도 많았다.

다음 날 아침, 죽음이 그를 손아귀에 넣을 것 같은 예감 따위는 전혀 떠오르지 않았다.

하지만 죽음은 그를 손아귀에 넣을 것이다. 최후의 승자의 몫인 비웃음과 함께.

제1장

런던

해링턴 색빌 씨가 송곳니를 드러낸 암흑과 만난 날, 풍문에 민감한 어떤 사람들은 홈스가의 가장 어린 식구가 연관된 대형 추문을 맞이할 마음의 준비를 하고 있었다. 아니, 그 추문이 일어나기를 간절히 바랐다.

잉그램 애시버튼 경도 마음의 준비를 했지만, 그들처럼 들뜨지는 않았다. 오히려 며칠 전부터 그런 재앙이 곧 일어나리라는 생각이 내내 그를 괴롭혔다. 그는 홈스가 이미 끝장났다는 사실을 몰랐지만, 불길한 예감은 그의 폐를 짓누르는 암 덩어리처럼 점점 커져 갔다.

잉그램 경은 자신의 앞에 놓인 책상 위 봉투를 노려보았다.

런던

중앙 우체국

셜록 홈스 씨에게

아무리 바보여도 펜의 획마다 부글거리는 좌절감을 알아볼 수 있었다. 펜촉이 리넨 용지를 뚫고 나갈 뻔했던 곳도 몇 군데나 되었다.

봉투 옆에 놓인 편지의 글도 필체만큼 격앙되어 있었다.

홈스.

하지 마.

꼭 해야겠다면 로저 슈루즈버리만큼은 제외해. 반드시 후회하게 될 거야.

이번 한 번만 내 말을 들어.

그는 이마를 왼쪽 손에 파묻었다. 이래 봐야 다 부질없을 것이다. 홈스는 특출한 능력과 늘 귀여움만 받는 환경에서 얻은 태평스러움에 몸을 맡기고 저 좋을 대로 할 게 뻔하다.

재난이 찾아올 때까지.

'그 일이 일어나도록 내버려 둬서는 안 돼.' 잉그램 경의 내면에서 이런 목소리가 들렸다. '네가 나서. 홈스가 원하는 것을 줘.'

'그러고 나면? 아무 일도 없는 척 평소처럼 지내면 되나?'

잉그램 경은 열린 창밖을 바라보았다. 창밖으로 보이는 하늘은 지저분한 손가락으로 만져 얼룩이 진 렌즈를 통해 보는 것 같았다. 런던치고는 화창한 날이었지만 하늘은 여전히 탁했다. 도저히 참지 못하고 터져 나오는 웃음소리가 창 아래 작은 정원에서 청명한 종소리처럼 울렸다. 아이들의 웃음소리였다. 다른 날이었다면 분명 미소를 지었을 것이다.

잉그램 경은 펜을 들었다.

나와 먼저 다시 의논하기 전에는 아무것도 하지 마.
제발.

결국 홈스의 뜻대로 해 주겠다는 것인가? 모든 조심성과 원칙마저 전부 내팽개치고?

잉그램 경은 서명도 하지 않은 편지를 봉투에 넣고 주머니에 잘 넣은 채, 벽마다 책이 늘어선 서재를 나섰다. 그날 저녁은 고고학 강연이 예정되어 있었다. 하지만 그 전에 천진난만하고 행복하기만 한 생기 넘치는 두 아이와 시간을 보내고 싶었다.

아이들과 시간을 보낸 후 그 편지를 부칠지, 전에 쓴 수십 통의 편지처럼 불에 태워 버릴지 결정할 것이다.

문이 열리며 아내가 집으로 들어왔다.

"왔구려."

잉그램 경이 정중하게 말했다.

"네. 당신이 가장 아끼는 숙녀에게 무슨 일이 벌어졌는지 아직 못 들으셨나 보군요."

그녀가 기묘한 미소를 엷게 지으며 대꾸했다.

"내가 가장 아끼는 숙녀라면 딸아이인데. 그 아이에게 무슨 일이라도 있소?"

잉그램 경은 무심하게 대답했지만 목덜미의 털이 바짝 곤두서는 느낌을 지울 수 없었다. 아내는 딸의 이야기를 하는 것이 아니었기 때문이다.

"루신다는 아무 일도 없어요. 내가 말한 사람은……. 내가 말한 사람은 홈스예요. 당신의 홈스."

그녀의 입술이 경멸하듯 비틀렸다.

"당신, 어떻게 감히 나를 이런 식으로 모욕할 수 있죠? 감히 어떻게 당신이?"

슈루즈버리 부인이 남편을 향해 날 선 비난을 퍼부었다.

손에 쥔 채색된 프랑스 쥘부채는 깜짝 놀랄 만큼 강력한 무기로 손색이 없었다. 실크와 경찰의 곤봉이 이종교배된 무기였다.

로저 슈루즈버리가 훌쩍거렸다.

그는 아내의 생각이 어떤 식으로 흘러가는지 도무지 이해할 수 없었다.

분명, 그는 용서받지 못할 실수를 저질렀다. 전날 밤 너무 술에 취한 나머지 아내를 정부인 미미로 착각해 그날 오후에 샬럿 홈스와 무엇을 할지 떠벌인 것이다. 남편이 홈스 양의 순결을 빼앗는 것이 싫다면, 남편을 때리고 그런 짓을 못하게 하면 되지 않을까? 아니면 홈스 양을 찾아가 순결을 소중하게 여기지 않았다며 뺨을 갈길 수도 있고 말이다.

하지만 그러는 대신 슈루즈버리 부인은 자매들과 사촌들, 친구들 한 부대를 이끌고, 이 모든 작전의 책임자의 자리에 남편의 어머니를 앉힌 후에, 홈스 양과 거사를 치르는 때에 맞춰 바스티유 호텔에 들이닥쳤다.

아내는 열 명도 넘는 여자들이 정사 현장에서 나를 목격하게 했으면서, 어떻게 모욕을 받았다며 비난할 수 있을까?

그러나 로저 슈루즈버리는 이런 생각을 입에 담지 않을 정도의 분별력은 가지고 있었다. 레이디 슈루즈버리의 아들로 이십육 년을 살고 앤 슈루즈버리의 남편으로 삼 년을 살면서, 그는 항상 스스로가 틀렸다는 사실을 깨달았다. 입은 꾹 다물수록 더 좋았다.

아내는 그를 때리는 손을 멈추지 않았다. 그는 양팔로 머리를 감싼 채 최대한 몸을 작게 웅크렸다. 그리고 자신이 일 년 삼백육십오 일, 하루 스물네 시간 난봉꾼이 아니었던 좋았던 시간과 장소를 상상하며, 현실에서 도피하려고 노력했다.

레이디 슈루즈버리는 사륜마차의 맞은편에 앉은 젊은 여자를 보며 눈살을 잔뜩 찌푸렸다. 샬럿 홈스는 얼굴에 핏기는 없지만 차분한 표정을 한 채 꼼짝도 하지 않았다.

숙녀로서의 명예가 되돌릴 수 없을 정도로 실추되었다는 점을 고려하면 으스스할 정도로 차분했다.

어찌나 침착한지 레이디 슈루즈버리는 슬슬 당혹스러워지기 시작했다. 이런 느낌은 실로 오랜만이었다. 사실 그녀는 히스테리를 부리며 흐느끼고, 미친 듯이 애원하며 매달릴 샬럿 홈스를 상상하고 나름 마음의 준비를 했던 것이다.

레이디 슈루즈버리는 침대 시트로 그 아가씨를 가려 준 장본인이었다. 그리고 아들에게 아내를 데리고 집으로 돌아가라고 명령했으며 다른 여자들도 모두 돌려보냈다. 홈스 양은 양손으로 얼굴을 가리고 구석에서 부들부들 떨지 않았다. 멍한 눈빛으로 바닥만 바라보지도 않았다. 그러기는커녕 자신의 운명이 전혀 생각지도 못한 방향으로 굴러간 적이 없는 구경꾼이라도 되는 것처럼, 그곳에서 벌어지는 일들을 지켜볼 뿐이었다. 로저가 아내의 팔에 이끌려 끌려가는 동안에도 홈스 양은 분노도, 증오도, 무기력한 그에 대해 아무런 반추도 하지 않은 채 그를 힐끗 바라봤다.

그 눈빛에는 동정과 미안함이 뒤섞여 있었다. 말썽꾸러기 아이들의 우두머리 격인 아이가 다른 아이들을 무한히 곤란한 지경으로 몰아넣은 후, 그들 중 한 명에게 지어 보일 법한 그런 눈빛이었다.

레이디 슈루즈버리는 사람들이 모두 가 버리면 그녀의 이런 용기도 산산이 흩어지리라 믿어 의심치 않았다. 레이디 슈루즈버리는 완고하기로 유명했다. 로저는 어머니와 단둘이 있을 때면, 어머니가 최근에 뭘 하고 지내는지 꼬치꼬치 캐물을 생각이 없을 때조차 삐질삐질 진땀이 났다.

하지만 그런 꼬장꼬장한 태도도 샬럿 홈스에게는 아무런 영향을 미치지 못했다. 현장을 목격한 사람들이 외설스러운 이야기를 퍼트리기 위해 런던 전역의 응접실로 흩어진 후에도, 홈스 양은 눈물은커녕 옷을 다 걸치고는 푸짐한 티 세트를 주문하기까지 했다.

눈앞에 펼쳐진 풍경이 도저히 믿기지 않아 경악을 금치 못하는 레이디 슈루즈버리의 눈총을 받으면서도, 홈스 양은 자두 케이크 한 접시와 체리 타르트 한 접시를 깨끗이 비웠고, 정어리 토스트 한 접시까지 말끔히 비웠다. 먹는 내내 한 마디도 하지 않았을뿐더러 레이디 슈루즈버리가 함께 있다는 사실을 알은 체조차 하지 않았다.

레이디 슈루즈버리는 치밀어 오르는 짜증을 어떻게든 억눌렀다. 침묵은 그녀가 손에 쥔 최대의 무기였고, 괜스레 초조하게 굴다가 전략적으로 더 유리한 위치를 잃고 싶지도 않았다. 하지만 이게 무슨 일인가! 레이디 슈루즈버리의 장엄한 침묵은 샬럿 홈스에게 아무런 위협도 되지 않았고, 오히려 홈스는 자신이 여왕이고 레이디 슈루즈버리는 힐끗 쳐다볼 가치도 없는 미천한 시녀라도 되듯 배불리 음식을 먹어 대는 것이 아닌가.

마침내 그곳을 떠날 채비를 마치자 샬럿 홈스는 말없이 걸어 나가, 레이디 슈루즈버리가 서둘러 뒤따라가게 만들었다. 이번에도 레이디 슈루즈버리는 몰락한 여인이 그 지경까지 가는 과정을 지켜본 엄격한 도덕적 후견인이 아니라, 여주인의 뒤를 종종거리고 따라가는 우직한 하녀 같은 꼴이었다.

마차 안에서도 침묵은 깨지지 않았다. 홈스 양은 거리에 교통 체증을 일으키는 번쩍번쩍 광이 나는 대형 사륜마차들을 지켜보았다. 그들은 길게 늘어선 영업용 이륜마차들 사이로 거칠게 끼어들었다. 간간히 그녀의 시선이 레이디 슈루즈버리에게 머물렀고, 레이디 슈루즈버리는 마차에 타고 있는 두 사람 중 홈스 양이 자신을 훨씬 더 기묘한 인간으로 생각한다는 느낌을 또렷하게 받았다.

"자신의 입장에 대해 할 말이 없나요?"

레이디 슈루즈버리는 더 이상 침묵을 버티지 못하고 날카롭게 물었다.

"제 입장에 대해서는 없습니다. 하지만 로저를 너무 가혹하게 몰아붙이지 말아 주세요. 이 상황에 책임이 있는 사람은 로저가 아니니까요."

샬럿 홈스가 부드러운 음성으로 대답했다.

런던 경찰청의 로버트 트레들스 경사는 벌링턴 하우스에서 잉그램 경의 강연을 듣는 시간이 늘 즐거웠다. 두 사람이 친분을 맺게 된 계기는 고고학을 향한 열정이었다. 사실 잉그램 경은 트레들스가 런던 골동품 학회의 회원이 되도록 도와준 후원자이기도 했다.

그런데 이날 저녁 경사의 벗은 평소와 다른 모습이었다.

무심한 관찰자의 눈에는 잉그램 경이 해박한 지식과 매끄러운 발표 솜씨, 진지한 표정으로 우스갯소리를 툭 던져서 노련하게 장내를 휘어잡는 것처럼 보였을 것이다. 실제로 보석이 박힌 브로치의 크기와 용도가 달라 일어난 고대 가족의 불화를, 멋들어진 새 사륜마차를 놓고 벌어지는 형제 간 질투에 빗대어 설명해서 청중의 떠들썩한 웃음을 이끌어 냈다.

하지만 트레들스 경사는 잉그램 경의 강의에서 평소의 활력을 조금도 느낄 수 없었다. 오히려 악전고투의 연속이었다. 더 자세히 말한다면 아무 보람 없는 악전고투랄까. 흡사 거대한 바위가 정상에서 굴러떨어질 것을 알면서도 바위를 끊임없이 밀어 올리는 시시포스 같았다.

대체 그에게 무슨 문제가 있을까? 잉그램 경은 공작가의 자제이며 이튼 학교의 동문이자, 세계에서 가장 뛰어난 폴로 선수 중한 명이기도 했다. 물론 트레들스 경사도 누구나 털어 보면 이런저런 흠 한 가지 정도는 나온다는 사실을 모르는 바는 아니었다. 하지만 지금까지 잉그램 경은 사생활에서 격랑을 헤쳐 가는 중이라고 해도, 공적인 상황에서는 단 한 번도 티를 낸 적이 없었다.

강의가 끝나고 길게 늘어선 숭배자들이 돌아간 후 책이 늘어서 있는 협회의 으리으리한 도서실 한구석에서 두 남자는 비로소 얼굴을 마주했다.

"저녁을 함께할 수 있기를 바랐는데, 경사. 오늘은 서둘러 가봐야 할 것 같네."

잉그램 경이 말했다.

트레들스는 아쉬우면서도 마음이 놓였다. 그가 지금 같은 상태라면 제대로 위로를 건넬 자신이 없었기 때문이다.

"가족은 모두 평안하시지요?"

경사가 말했다.

"내 가족은 무탈하네. 신경 써 줘서 고맙군. 별일은 아니고 갑작스럽게 가 봐야 할 곳이 생겼어. 조만간 좀 더 여유로운 분위기에서 만날 수 있겠지."

잉그램 경의 어조는 차분했지만, 정신은 딴 데 가 있는 것 같았다.

"그럼요."

트레들스 경사는 잉그램 경을 더 붙잡고 있을 의도는 없었지만, 그 순간 오늘 저녁 벌링턴 홀을 찾은 또 다른 목적을 기억해 냈다.

"번거롭지 않으시다면, 홈스에게 제 전갈을 전해 주시겠습니까? 아크라이트 사건 조사에 힘을 보태 준 것에 대해 감사하며 몇 줄 썼습니다."

"그건 안 될 것 같군."

트레들스 경사는 잉그램 경의 얼굴에 떠오른 표정을 보고 하마터면 한 발자국 물러설 뻔했다. 노여움에 가까운 짜증이 불꽃처럼 나타났다 사라졌기 때문이다.

"오늘 저녁은 바쁘시다는 건 압니다, 경. 제 전갈은 당장 전해 주지 않으셔도 됩니다. 편하실 때 전해 주시면 충분합니다."

트레들스 경사가 서둘러 해명했다.

"내 말뜻이 제대로 전해지지 않은 모양이군."

잉그램 경이 말했다. 그의 표정에서 노여움으로 짐작될 만한 기색은 이미 사라지고 없었다. 대신 눈빛은 멍하고 턱은 경직되어 있었다.

"나는, 아니 그 누구도, 홈스에게 전갈을 전할 수 없네. 더 이상은 안 돼."

"저, 저는, 그러니까⋯⋯. 혹시 안 좋은 일이라도 있었습니까?"

트레들스 경사가 말을 더듬었다.

경직되어 있던 잉그램 경의 턱이 다시 움직였다.

"그렇다네. 끔찍한 일이 일어났어."

"언제요?"

"오늘."

트레들스 경사가 눈을 깜박였다.

"혹시⋯⋯. 홈스는 살아 있습니까?"

"그렇네."

"천만다행이군요. 그렇다면 그를 완전히 잃은 건 아니군요."

"아니, 완전히 잃었네. 홈스가 살아 있기는 하지만 내 손이 절대 닿을 수 없다는 사실은 변함이 없네."

잉그램 경이 가차 없는 말투로 천천히 말했다.

이야기를 들을수록 점점 더 당혹스러웠지만 트레들스는 더 이상 자세한 이야기는 들을 수 없으리라 짐작했다.

"표현할 수 없을 정도로 유감입니다."

"나도 이런 소식을 전하게 되어 심히 유감이네."

잉그램 경이 들릴락 말락 나직하게 말했다.

트레들스는 불길한 추측을 몇십 개나 떠올리며 어리둥절한 상태로 벌링턴 하우스를 떠났다. 혹시 홈스가 신뢰할 수 없는 낙하산 외에 아무런 장비도 없이 위험천만한 높이에서 뛰어내렸을까? 집에서 폭발 실험을 하기라도 했나? 총명하지만 잠시도 쉬지 않는 그의 지성이 만나서는 안 될 여인을 유혹하도록 만든 탓에, 결국 불법 결투를 하기에 이르렀고, 생명에는 지장이 없지만 건강을 몹시 해칠 만한 곳에 탄환이 박혀 버린 건 아닐까?

좀처럼 정체를 드러내지 않는 비범한 셜록 홈스에게 무슨 일이 일어났을까?

이런 비극이 있나.

이런 재능의 낭비가 있나.

이렇게 애석할 수가 있나.

제2장

"이렇게 수치스러울 수가 있나. 맙소사, 이렇게 수치스러울 수가!"

레이디 홈스가 소리를 질러 댔다.

응접실 문의 열쇠 구멍 앞에 쪼그리고 앉아 있던 리비아 홈스는 모퉁이 뒤에서 몰래 훔쳐보고 있는 젊은 하녀를 노려보았다. '네 할 일이나 해.' 그녀가 입 모양으로 말했다.

하녀는 얼른 도망쳤지만, 깔깔거리는 웃음소리를 숨기지 않았다.

사생활이 무엇인지 이해하는 사람들은 다 죽었나? 명예가 땅에 떨어지는 추문이 한창 벌어지는 현장을 훔쳐봐야 한다면, 그 일은 마땅히 그 가족에게 돌아가야 했다.

리비아는 응접실에서 벌어지고 있는 대소동으로 다시 주의를 돌렸다. 열쇠 구멍으로 보이는 방 안 풍경은 어머니인 레이디 홈스가 분노를 터트릴 때마다 함께 흔들리는 엄청나게 풍성한 연보라색 실크 스커트에 완전히 가려졌다.

"내가 몇 번이나 말했어요, 여보. 당신이 오냐오냐한 탓에 저 아이는 사람 구실을 못하게 될 거라고. 몇 년 전에 저 아이를 시집보냈어야 했다고 제가 몇 번이나 말했냐고요! 제 말을 귀담아 듣기는 했나요? 아니죠! 흠잡을 데 없는 신랑감을 차례차례 거절하게 내버려 두면 결국 결혼도 못하고 애도 못 낳게 될 뿐이라고 경고할 때, 아무도 귀담아 듣지 않았어요."

레이디 홈스가 앞으로 움직이자 거대한 치마받이 틀*이 이쪽저쪽으로 흔들렸다. 그녀는 팔을 들더니 곧장 내려쳤다. 철썩 소리가 무시무시하게 울려 퍼졌다. 리비아는 움찔했다.

이렇게 요란한 따귀를 맞는 딸로 정해진 리비아와 샬럿은 언젠가 어머니의 재능에 대해 이야기한 적이 있었다. 리비아는 인구의 일부는 어중간한 재능을 타고난다고 했다. 한편 좀 더 너그러운 성품의 샬럿은 대책이 없을 정도로 무엇 하나 잘하는 구석이 없는 사람조차 아직 발견되지 않은 재주나 소질이 있을 것이라고 믿었다.

그 의견에 동의할 수 없었던 리비아는 극도로 평범한 사람 즉, 눈에 드러나는 모습이나 특징에서 특별한 점이라고는 없는 사람의 예로 레이디 홈스를 들었다. 그러자 샬럿은 이렇게 반론했다.

"하지만 어머니는 따귀 때리는 기술만큼은 남다르셔. 특히 손등으로 날리는 따귀는 끝내주잖아."

방금 전 레이디 홈스는 치마의 레이스 단이 흔들릴 정도로 요란하게 손등으로 따귀를 날렸다.

"최악의 상황이에요. 이제 누가 저 애와 결혼하려고 하겠어요.

● **치마받이 틀** 치마의 뒷부분을 부풀리기 위해 착용한 틀

게다가 사교계에 다시는 발을 들이지 못 할 거예요."

오늘 저녁 레이디 홈스는 이 말을 벌써 열한 번이나 소리쳤다. 열쇠 구멍 앞에 얼마나 오랫동안 쪼그리고 앉아 있었는지 리비아는 목이 다 뻐근했다. 샬럿이 제 방으로 가도 된다는 허락을 받으려면 이 소리를 앞으로 몇 번이나 더 들어야 할까?

"너는 네 인생만 망친 게 아니야, 샬럿. 나머지 가족들도 모두 웃음거리로 만들었어. 너는 리비아가 남부럽지 않게 결혼할 기회마저 날려 버리는 죄를 저질렀어. 헨리에타가 컴버랜드 씨와 결혼하지 않았다면 이 집에는 시집 못 간 딸들만 우글거렸을 거야."

레이디 홈스는 어느새 목이 다 쉬었지만 여전히 딸에게 장황한 비난을 퍼부었다.

레이디 홈스의 목소리에서 경멸이 배어 나왔다. 그녀에게 시집 못 간 딸은 재산이나 축내는 창녀들과 마찬가지였다. 리비아는 매일같이 그런 경멸을 받았다. 사교계에 데뷔한 지 여덟 시즌이 지났지만 여전히 결혼할 가망이 없는 스물일곱 살의 노처녀니까. 리비아는 이런 말을 들을 때마다 여전히 움찔했다.

평소대로 일이 흘러간다면, 레이디 홈스는 남편이 앉아 있는 곳으로 다가가 다시 한 번 비난을 퍼부을 것이다. 그러면 지금까지의 상황이 또다시 되풀이될 것이다.

레이디 홈스가 엉덩이를 씰룩거리며 앞으로 가자 마침내 열쇠 구멍으로 보이는 시야가 확 트이며 샬럿이 눈에 들어왔다.

리비아는 평생 샬럿을 봐 왔지만, 동생의 외모는 지금도 감탄할 정도였다. 특히 이런 순간에는 말이다. 물론 이렇게 추문이 일어난 경우는 단연코 없었지만. 리비아가 기억하는 한 샬럿은 언제나 식구들의 말문을 막아 버리는 사람이었다.

리비아가 여섯 살이고 샬럿이 네 살이던 해, 쌀쌀하지만 청명한 어느 토요일 오후에, 홈스 가족은 마을 한가운데에 있는 광장으로 산책을 나갔다가 게시판에 꽂혀 있는 종이를 보게 되었다. 그 종이에는 네 개의 그림이 그려져 있었다. 우물과 말굽, 동정녀, 새끼 고양이 그림이었는데, 새끼 고양이는 다른 그림의 반밖에 되지 않으며 장난스러운 표정의 동그란 머리만 종이 위쪽에 동동 떠 있었다.

"이상한 그림이네."

레이디 홈스가 콧방귀를 뀌었다.

"재미있는 그림이네."

그녀의 남편이 말했다.

"이게 뭐예요?"

홈스가의 딸들 중 맏이인 헨리에타가 투덜대며 물었다.

"소식을 알리는 그림이겠지. 아이들의 크리스마스 파티에 대한 내용일 거야."

리비아가 대충 대답했다.

"그 파티가 뭐 어쨌다는 건데? 이 그림이 어떻게 그런 뜻이 되는지 모르겠어."

리비아는 이 세상에서 십 년이나 산 사람이 어쩌면 이렇게 둔한지 이해할 수가 없었다.

"동정녀가 크리스마스에 아기 예수를 낳으셨잖아. 다른 그림들은 그 파티에서 할 놀이를 뜻하는 거야."

헨리에타가 미심쩍은 표정을 지었다.

"무슨 놀이?"

리비아가 자신의 추측을 막 말하려는데 샬럿이 크고 또렷한 목소리로 말했다.

"이건 놀이 그림이 아니야. 청혼장이지."

모두의 관심이 어린 샬럿에게 향했다.

샬럿은 좀처럼 말을 하지 않았다. 사실 레이디 홈스는 샬럿도 홈스가의 둘째 딸인 버나딘처럼 될까 봐 한동안 조바심을 냈다. 아홉 살인 버나딘은 더 이상 가족과 함께 외출하지 않았다. 가족에게 버나딘은 너무나 당황스러운 존재였다. 사랑스러운 외모를 한 채 누구에게도, 그 무엇에도 관심을 보이지 않았기 때문이다. 속으로는 무슨 생각을 하는지 모르겠지만, 이 세상 그 누구에게도 절대 그 이야기를 하지 않았다.

동글동글 말린 금발에 파랗고 큰 두 눈을 가진 샬럿은 외모가 버나딘의 판박이였다. 하지만 버나딘이 깡마른 반면, (요리사가 무슨 음식을 만들어도 버나딘의 입맛에 맞지 않았다.) 샬럿은 몸이 땅딸막하고 두 볼이 통통하고 팔다리가 토실토실했으며, 포동포동한 두 손은 사랑스럽기 그지없었다.

잠을 자는 시간만큼 말이 없는 천사 같은 여자아이. 샬럿은 그저 고개를 끄덕이거나 가로젓고 필요하면 손으로 가리켰다. 한번은 요리사가 "사과 튀김을 몇 조각 드시고 싶으세요, 샬럿 아가씨?"라고 물었더니 샬럿이 너무나 사랑스럽게 "열두 개요."라고 대답한 적이 있었다. 아무도 샬럿이 '엄마'라고 말하는 소리조차 듣지 못했던 때였다.

언젠가 리비아는 레이디 홈스가 자신의 가족이 저주를 받았다며 우는 소리를 듣기도 했다. 아들도 못 낳았는데, 딸들의 절반이 천치라니! 리비아는 자신이 천치가 아니라는 사실에 마음이 놓이면서도, 그렇게 귀엽고 천진난만한 샬럿이 (동생이 음식을 향해 달려드는 모습을 볼 때마다 리비아는 절로 미소를 지었다.) 언젠가는 버나딘 언니처럼 누구의 마음에도 닿지 않게 변할지 모른다는 사실에 가슴이 아팠다. 그런 생각이 들 때마다 리비아는 얼른 그 자리를 벗어났다.

그런데 지금 샬럿이 난생처음 완벽한 문장으로 말한 것이다. 모르는 사람이 자신의 말을 가차 없이 바로잡았다면 화가 났을 테지만, 다른 사람도 아닌 샬럿이 그런 말을 하자 뱃속에서 나비들이, 아니 영양 한 무리가 쿵쿵 몰려다니는 것 같았다. 리비아를 제외한 다른 사람들은 여전히 말문이 막혀 있었지만, 리비아는 자신이 잡고 있던 샬럿의 주먹 쥔 손을 흔들며 되물었다.

"그러니까 결혼하자는 그림이라는 거지, 샬럿?"

"바보 같은 소리 말거라, 리비아. 그게 뭔지 저 애가 어떻게 알겠니."

레이디 홈스가 콧방귀를 꼈다.

"아니에요, 청혼장 맞아요, 엄마. 나는 저게 뭔지 알아요. 이건 신사가 숙녀에게 아내가 되어 달라고 부탁하는 글이에요."

샬럿이 대답했다.

또다시 모두의 말문이 막혀 주위가 조용해졌다.

몹시 흥분한 헨리 경이 눈을 환하게 빛내며 한쪽 무릎을 꿇고 앉았다.

"우리 아가, 샬럿. 이 그림이 왜 청혼장이라는 거니?"

샬럿은 우스꽝스럽게도 어른스러운 표정을 지으며 그 그림을 요모조모 뜯어보았다.

"그렇게 잘 그린 건 아니에요, 그렇죠?"

"그럴지도 모르겠구나, 귀염둥이야. 왜 청혼장이라고 생각하는 지부터 말해 줄래?"

"왜냐하면 저 그림을 읽으면 '윌 유 메리 미'가 되기 때문이에요. 물론 실제로는 '웰 유 메리 미'라고 적혀 있지만요."

"그래, 우물(Well)이 하나 있구나. 그리고 말발굽이 위로 그려 져 있어서 알파벳 U처럼 보여. 다음으로 동정녀의 이름은 매리 (Mary)이지. 하지만 고양이가 어떻게 '미'가 되니?"

헨리에타가 불쑥 끼어들었다.

"내 말이. 말도 안 돼."

리비아는 헨리에타의 드레스 앞쪽에 눈덩이 하나를 쑥 집어넣고 싶었다. 하지만 샬럿은 언니의 말에 신경 쓰지 않는 것 같았다.

"고양이는 '미아우(meow)'라고 울어요. 그런데 저 그림에서 고양이는 반만 그려져 있잖아요. 그러니까 '미아우'도 반만 한 거예요. 미아우의 반은 '미(me)'죠."

헨리에타가 입을 쑥 내밀었다.

"미아우의 반이 '아우(ow)'가 아닌지 네가 어떻게 알아?"

"헨리에타, 그만해."

헨리 경은 샬럿의 발그레한 두 볼을 손으로 감쌌다.

"정말 대단하구나, 귀염둥이야. 정말 대단해."

"정말로 그렇게 생각해요? 어쩌면 얘가 아무 이야기나 지어내서……."

레이디 홈스가 말했다.

"여보, 당신도 제발 입 좀 다물어요."

"흥! 어쨌든 샬럿이 이제 말을 할 수 있으니까 더 이상 버릇없이 입 다물고 있지 말라고 단단히 이르세요."

레이디 홈스가 툴툴거렸다. 게다가 헨리에타처럼 입을 다물고 있지도 않았다.

헨리 경이 한숨을 쉬었다.

"네 어머니 말씀을 들었지, 귀염둥이야?"

"하지만 아빠, 별로 중요한 말도 없는데 왜 말을 해야 해요?"

헨리 경이 웃음을 터트렸다.

"그러게 말이다. 너는 또래보다 훨씬 영특하구나, 우리 귀염둥이. 원한다면 얼마든지 입을 다물고 있도록 허락하마."

헨리 경은 입을 꾹 다물고 있는 레이디 홈스를 힐끗 보며 말했다. 그리고 과장된 태도로 고개를 까닥하고는 아내에게 팔을 내밀었다. 그녀는 여전히 입술을 앙다물었지만 남편의 팔짱을 꼈다. 헨리에타가 제 아빠의 다른 팔에 팔짱을 꼈다. 리비아와 샬럿은 손을 잡은 채 다시 걷기 시작했다.

이튿날은 일요일이었다. 설교 후 목사가 설교단에서 톰린슨 양이 청혼을 받아 주어 몹시 행복하다고 발표했다. 목사와 톰린슨 양은 둘 다 퍼즐과 그림을 이용한 수수께끼를 좋아했기 때문에, 게시판에 붙은 괴상한 그림들이 나름의 청혼이었다는 소식이 삽시간에 온 마을로 퍼졌다.

헨리 경은 기쁘고 의기양양한 표정을 한 채 집 안을 돌아다녔다. 리비아는 샬럿의 말 대로라 기뻤지만, 한편으로는 그 그림을 해독한 사람이 자신이 아니라는 사실에 조금 질투가 났고 묘하게 실망스러웠다. 가슴이 꽉 막힌 것 같은 답답함은 샬럿 때문이 아니라, 부모님 탓이라는 사실을 깨달은 건 그로부터 한참 후였다.

레이디 홈스가 딸들을 무시할 때, 헨리 경은 아내를 업신여겼다. 홈스 부부의 결혼 생활은 행복하지 않았으나, 둘 중에서 레이디 홈스가 훨씬 더 불행했다.

이 사실을 깨달은 리비아는 두려움에 휩싸였다. 그녀의 어머니는 막강한 권력을 휘둘렀다. 흡사 올림피아 신전의 신처럼 근사한 시골 저택 곳곳을 활보하며 지배력과 거만함을 뿜어 내는 존재였다. 하지만 그녀도 남편의 업신여김 앞에서는 무력했다.

알고 보니 레이디 홈스는 집안에서 권위를 지닌 인물도 아니었다. 레이디 홈스가 발휘한 통제력은 대체로 허상이었으며 그마저도 흐지부지 사라져 자주 분노와 폭력으로 바뀌었다. 그 뛰어난 따귀 기술이 노력 없이 거저 생긴 것이 아니었다. 하인들마저 안주인을 무시했고, 리비아는 제 어머니를 견디지 못했으며, 버나딘은 제 어머니가 곁에 있을 때면 늘 상태가 더 나빠졌다. 레이디 홈스와 유일하게 죽이 맞는 사람이 헨리에타였는데, 그녀는 기꺼이 아양을 떨고 제 어머니의 행동을 따라 하기도 했다.

이 가정의 폭군이 핏기 없는 얼굴에 멍한 표정을 한 채 응접실 구석에 홀로 앉아 있을 때, 리비아는 불쑥 응접실에 들어가곤 했다. 그럴 때면 레이디 홈스는 있을 곳 없을 곳을 분간도 못하고 기분 나쁘게 살금살금 돌아다닌다며 냅다 소리를 질렀다. 그런 굴욕감 속에서 혼자 속을 끓이다 보니 리비아의 마음속에 남아 있던 어머니를 향한 동정심도 사라졌다.

리비아는 어머니에게 일어난 일이 자신에게도 일어날 수 있다는 사실을 열두 살에 깨달았다. 잘생기고 모두에게 사랑받는 남자와 결혼하더라도 여전히 불행한 삶을 살지 모른다고 말이다.

그리고 바로 그 사실을 깨달은 주에, 샬럿이 글래드웰 부인에 대한 자신의 의견을 들려주었다.

글래드웰 부인은 세련되고 생기 넘치는 삼십 대 후반의 여성으로 헨리 경의 사촌과 결혼했지만 일찍 사별했다. 그녀는 홈스 가족이 사는 곳에서 30킬로미터 떨어진 곳에 살았는데, 종종 이 가족을 찾아왔다. 레이디 홈스는 그녀를 그리 좋아하지 않았다. 글래드웰 부인의 이름이 대화에 나올 때마다 코웃음을 치며 '평범하다'고 무시했다. 가끔은 '상스럽다'고도 했다. 하지만 헨리 경은 글래드웰 부인도 가족의 일원이므로 홈스 가족에게 환영받아야 한다고 했다.

글래드웰 부인은 매년 일정 기간을 온화한 바닷가 휴양지인 토키에서 보냈다. 휴양지에서 돌아오면 선물을 가득 안고 홈스가의 딸들을 보러 왔다. 그런 이유로 레이디 홈스와 공고한 동맹 관계인 헨리에타조차 글래드웰 부인을 진심으로 못마땅하게 생각할 수 없었다.

글래드웰 부인이 선물을 안고 방문한 어느 날, 평소 옷에 관심이 많은 헨리에타는 세련된 새 밀짚모자를 받았다. 일기를 아주 꼼꼼하게 쓰는 리비아에게는 표지에 데번 코스트의 풍경이 그려져 있고 아름다운 라일락색 신제품 잉크가 딸려 있는 멋진 일기장을 선물했다. 그리고 음식에 무한한 애정을 품고 있지만, 풍선처럼 살이 찔까 봐 레이디 홈스에게 매섭게 감시당하는 샬럿에게는 말린 해초를 모아 놓은 스크랩북을 선물했다. 스크랩북에는 은은한 녹색에서부터 진한 밤색까지 섬세한 깃털을 닮은 해초 수십 종이 잘 갈무리되어 있었다.

그날 저녁, 헨리 경과 레이디 홈스가 대지주인 홀리오크 씨의 집에 저녁 초대를 받았기 때문에 집에는 네 딸과 가정교사뿐이었다. 로튼 양이 목욕하는 버나딘을 살피는 동안 (버나딘이 가끔 발작을 일으키는 탓에 욕조에 혼자 둘 수 없었다.) 샬럿은 리비아의 손을 잡아끌고 아버지의 서재로 들어갔다.

"우리는 여기 들어가면 안 돼!"

이렇게 소곤거리는데도 리비아는 심장이 두방망이질 쳤다. 리비아도 옆에 선 샬럿만큼이나 금지된 것을 조금은 깨고 싶어 했다. 하지만 집에는 고자질을 위해 산다고 해도 과언이 아닌 헨리에타가 있었다.

"헨리에타는 지금 옷을 갈아입는 중이야."

샬럿이 말했다.

"그렇다면 다행이지만."

이제 열여섯 살이 된 헨리에타는 홈스 부부가 집에 있으면 함께 저녁을 먹었고 두 사람이 외출을 하면 혼자 커다란 식탁에서 저녁을 먹었다. 그녀는 저녁 식사용 드레스로 갈아입는 의식을 사랑했다. 머리를 매만지고 드레스 모양을 최고로 잡아 줄 페티코트를 찾아낼 때까지 하나하나 입어 보는 과정은 아마 영원히 끝나지 않을 것이다.

"그런데 우리가 왜 여기에 있는 거야? 나한테 보여 주고 싶은 게 있어?"

샬럿이 헨리 경의 책상에 놓인 문진을 집어 리비아를 향해 들어 올렸다.

"나도 그거 본 적 있어. 아버지가 동창 분들과 노포크 쪽으로 여행 갔을 때 머물렀던 곳에서 받으셨잖아."

리비아도 종종 헨리 경의 서재에 들어와 여기저기 구경을 했다.

헨리 경은 일 년에 두 번, 해로 스쿨 시절 친구들과 남자들만의 여행을 떠났다. 얼마 전에도 그 여행을 떠났다가 사흘 전에 돌아왔는데, 리비아는 '크로머에서 받은 선물이 들어 있음'이라고 적혀 있는 상자에 있던 문진을 슬쩍 훔쳐본 것이다.

"자세히 봐."

샬럿이 말했다.

샬럿은 예전과 달리 입을 닫고 지내지는 않았지만, 여전히 필요

할 때가 아니면 말을 많이 하지 않았다. "안녕하세요, 목사님."을 여러 형식으로 바꾸어 말하거나 처음 만나는 사람에게 아주 가끔 "만나서 반갑습니다."라고 인사하는 정도였다. 그렇기에 리비아는 샬럿이 굳이 입을 열자 자연스럽게 집중했다.

유리 문진의 밑바닥을 보니 사진 같은 이미지가 있었는데, 커다란 고층 건물이었다.

"아버지가 크로머에서 머무르셨던 호텔 아니야?"

샬럿이 자신의 푸른색 드레스 주머니에서 엽서 한 장을 꺼냈다. "해조류 책에 이게 있었어."

그 엽서의 그림은 문진에 새겨진 이미지와 거의 흡사했다. 설명에는 '토키, 임페리얼 호텔'이라고 적혀 있었다. 리비아가 숨을 헉들이마셨다. 글래드웰 부인이 그 엽서를 가지고 있었다는 사실은 별일 아니었다. 하지만 헨리 경이 데번의 향기가 물씬 풍기는 기념품을 가지고 여행에서 돌아왔다면 이야기가 다르다. 그는 수백 킬로미터 떨어진 북해 연안으로 여행을 떠난 것으로 되어 있기 때문이다……

"아버지가 어떻게 토키의 기념품을 받으셨을까?"

"그곳에 다녀온 사람에게 받으셨거나 아버지가 그곳에 계셨겠지."

"그러면 왜 그걸 크로머에서 받은 상자에 넣어 두셨을까?"

"예전에 헨리에타는 왜 리본을 샀으면서 트렁크 바닥에서 찾았다고 거짓말을 했을까?"

그 순간 리비아는 뱃속이 뒤틀리는 것 같았다. 아버지가 헨리에타처럼 하면 안 되는 짓을 하고 있다는 사실을 똑똑히 깨달았기 때문이다.

"그런데 아빠는 왜 토키에 가셨을까? 왜 우리를 데려가지 않으셨지? 어머나, 세상에! 글래드웰 부인과 함께 지내신 거구나."

리비아의 머릿속에서 깨달음이 어마어마한 기세로 폭발하듯 터졌다.

샬럿은 눈곱만큼도 놀란 것 같지 않았다. 리비아는 동생이 이미 같은 결론에 도달했고, 그래서 언니에게 증거를 보여 주려 했다는 사실을 깨달았다.

"엄마에게 절대 말하면 안 돼, 샬럿. 알겠지?"

"한 마디도 하지 않겠지만 엄마는 알고 계실 거야. 적어도 의심은 하시겠지. 언니도 아빠가 외출하시면 엄마가 서재를 이 잡듯이 뒤지는 거 알잖아."

리비아는 변함없이 아기 천사처럼 두 볼이 발그레한 샬럿의 동그란 얼굴을 가만히 바라보았다. 그래서 레이디 홈스가 글래드웰 부인을 그렇게 싫어한 걸까? 오, 맙소사. 헨리 경은 이 문진을 레이디 홈스가 분명히 볼 수 있는 곳에 일부러 두고, 문진에 새겨진 것과 똑같은 건물이 그려진 엽서를 들여왔다. 그 엽서는 딸이 제 방에 붙여 놓을 것이 너무나도 분명했다. 해변 휴양지에서 정부와 보낸 시간을 아내에게 일깨우려는 속셈인 걸까?

샬럿은 바로 이런 이야기를 리비아에게 하고 싶었던 걸까?

"너는 아빠가 글래드웰 부인과 사랑에 빠졌다고 생각하니?"

리비아는 아버지가 다른 여자를 사랑하는 것과, 사랑하지도 않는 여자와 바람을 피우며 아내에게 부정을 저지르는 것 중 무엇이 더 끔찍한지 알 수 없었다.

"아니. 이리 와 봐."

샬럿이 단호하게 대답했다.

헨리 경의 책상 가장 아래 서랍에는 상자가 하나 들어 있었다. 그 상자는 이상하게 생긴 시커먼 청동 자물쇠로 잠겨 있었는데, 리비아가 보기에는 중국 골동품인 듯했다. 그 자물쇠는 회전하는 원반 다섯 개로 만든 원통 모양으로, 원래는 금박이었겠지만 지금은 도저히 알아볼 수 없을 정도로 희미해진 중국 문자들이 그려져 있었다.

리바아도 그런 상자가 있다는 사실을 알고 있었다. 글자를 정확하게 늘어 세우면 자물쇠가 찰칵 열릴 거라고도 생각했다. 부모님이 집을 비울 때를 틈타 몇 번 시도해 보았지만 연속으로 몇십 번이나 실패하자 흥미를 잃고 말았다.

하지만 샬럿은 자물쇠를 유심히 살펴보더니 원반을 자신만만하게 하나씩 돌렸다.

"정확한 조합을 알아낼 때까지 계속 돌려 본 거니?"

"아니. 아빠도 중국 문자에 대해서는 우리만큼 모르셔. 환한 빛 아래에서 이 자물쇠를 보면 문자 몇 개에 남은 연필 자국이 보일 거야. 그것들을 일렬로 맞추면……."

샬럿이 핀을 뽑고 자물쇠를 옆에 내려놓은 후 마침내 열린 상자를 리비아에게 보여 주었다.

리비아의 눈에 제일 먼저 들어온 것은 신문에서 오려 낸 기사로, 헨리 경이 레이디 아멜리아 드러먼드라는 여자와 약혼했다는 소식이 실려 있었다.

다음으로는 청첩장이 보였다.

"하지만 이건 말이 안 돼. 결혼식 날짜를 봐. 이날은 엄마 아빠의 결혼식 날이야. 설마 엄마가 레이디 아멜리아 드러먼드였다고 생각하는 건 아니지?"

샬럿은 고개를 끄덕이며 리비아에게 그 청첩장을 들고 있으라고 손짓했다. 상자의 바닥에는 젊은 헨리 경과 절대 레이디 홈스일 리 없는 아름답고 당당해 보이는 젊은 숙녀가 찍힌 작은 사진이 있었다.

리비아는 그 사진을 뚫어져라 바라보았다.

"이 사진 속 레이디 아멜리아가 아빠를 찼을까? 그래서 그 숙녀를 짜증 나게 하려고 이미 잡아 놓은 결혼식 날에 다른 여자와 결혼한 거야?"

샬럿은 다시 상자에 자물쇠를 채운 후 조심스럽게 원래 자리로 되돌려 놓았다. 그러더니 문으로 다가가 머리를 빼꼼 내밀고 주변을 살핀 후 리비아에게 얼른 따라오라고 손짓했다. 두 사람은 계단을 올라 자신들의 방에 도착했다. 리비아는 침대에 걸터앉아 양손에 얼굴을 파묻고 방금 알게 된 사실을 어떻게 받아들여야 할지 고민했다.

"아빠가 원래 레이디 아멜리아와 결혼하려고 했던 날 엄마와 결혼했다는 사실을 엄마도 이제는 아실까?"

"그래."

"결혼식 전 아니면 후?"

샬럿이 잠시 생각에 잠겼다.

"후겠지."

그렇게 생각해야 말이 되었다. 외조부모님은 점잖은 분들이었지만 재산이 넉넉하지 못했다. 외동딸을 사교계에 내보낼 여윳돈이 넉넉하지 않았으니 런던에서 쇄도하는 결혼 소식도 제때 듣지 못했을 것이다.

게다가 레이디 홈스라면 애초에 어떤 결혼인지 알았다고 해도 그리 실망하지 않았을 것이다.

"글래드웰 부인에 대해서 엄마는 왜 똑같이 받아치지 않으실까? 내심 그런 마음이 있으시려나?"

샬럿이 차분하게 던진 질문을 듣자마자 리비아는 꼿꼿하게 상체를 세웠다.

"바람을 피우신다고? 엄마가 그런 걸 원하시는지 모르지만, 엄마가 정말 애인을 만들면 아빠가 노발대발하실 게 분명해."

"왜? 아빠도 애인이 있잖아. 그리고 그 사실에 대해 수치심도 없으신 것 같고."

"나도 잘 설명은 못 하겠어. 단지 아빠가 화내실 거라는 건 알아."

샬럿은 언니의 의견을 곰곰이 생각했다. 그녀의 얼굴은 크리스마스카드에 그려진 천사처럼 평화로웠다.

"그건 공평하지 않아, 안 그래?"

"당연히 불공평하지만 사는 게 원래 그래."

"마음에 안 들어."

"나도 그래. 너무 싫어. 하지만 우리는 그런 현실을 참고 살아야 해."

샬럿은 말이 없었다. 헨리에타의 방문이 열리는 소리가 들렸다. 저녁을 먹으러 내려가는 큰언니의 저녁용 구두 굽 소리가 또각또각 요란하게 울렸다.

"꼭 그래야 해?"

샬럿이 되물었다.

어쩐지 이전 질문들보다 이 질문이 리비아의 마음을 가장 크게 뒤흔들었다. 그녀는 엽서를 벽난로의 쇠살대 안으로 집어넣어 불 위로 던져 버렸다.

"그래, 그래야 해. 참고 사는 것 말고는 다른 방법이 없어."

몇 차례나 이어진 헨리 경의 외도와 그것이 레이디 홈스에게 미친 영향은 그로부터 이 년 후 다시 수면 위로 떠올랐다. 열여덟 살이 된 헨리에타가 처음으로 데뷔한 사교계 시즌이 끝나갈 무렵, 약혼했을 때였다.

리비아와 샬럿이 헨리에타의 약혼자인 컴버랜드 씨를 만난 직후였다. 리비아는 자제력을 마지막 한 방울까지 끌어모아 미래의 형부를 만나는 자리에서 눈알을 굴리지 않으려고 노력했다. 컴버랜드 씨는 헨리에타만큼 함께 있기 힘든 사람은 아니었지만 멀뚱히 서 있는 기둥처럼 멍청했다.

"불쌍한 멍청이 같으니라고."

리비아는 샬럿과 단둘이 남자, 동생에게 이렇게 말했다.

"내 생각도 그래."

샬럿은 침실용 탁자의 서랍을 열고 자신의 밀수품, 그러니까 주방에서 슬쩍한 커다란 자두 파운드케이크 한 조각을 꺼내며 말했다.

리비아가 씩씩거렸다.

"멍청이니까 헨리에타와 기꺼이 결혼하려고 할 거야."

샬럿은 케이크에 온 정신을 집중한 채 무심히 고개를 끄덕였다. 레이디 홈스는 먹지 말아야 할 것을 잔뜩 정해 두었는데도 샬럿의 살이 조금도 빠지지 않자 늘 못마땅해했다. 리비아는 샬럿에게 과자며 푸딩을 몰래 가져다주면서 즐거움을 느꼈다. 샬럿이 금지된 과일을 베어 물고 형언할 수 없는 기쁨을 느끼는 모습을 바라보면, 어머니의 뜻을 거역하는 것처럼 통쾌했기 때문이다. 하지만 요즘 들어 리비아는 동생의 식욕을 부추기고 음식을 가져다준 일들이 슬슬 후회되기 시작했다. 최신 유행은 몸매에 가차 없었고 샬럿은 말벌처럼 허리가 가늘어지기 위해 착용하는 고래 뼈나 강철 심으로 만든 코르셋을 착용할 때마다 몹시 불편해했다.

음, 이 사실을 고려하면 조만간 샬럿이 몇 년 동안 집착하여 입고 있는 푸른색 능직물 드레스를 버리라고 설득할 수 있을지도 몰랐다. 그 드레스는 계속 자라는 샬럿의 키에 맞춰서 일 년 육 개월마다 수선해야 했다.

"얘, 그 케이크 좀 그만 괴롭혀. 왜 컴버랜드 씨가 바보라고 생각하는지나 말해 봐."

리비아가 말했다.

최근에는 대화가 끊어진다 싶을 때 상대가 부추길 의향만 있다면, 짧은 대화 정도는 나눌 정도로 샬럿의 말수가 늘었다. 샬럿은 질문을 받아도 개의치 않는 것 같았다. 또한 헨리에타가 버나딘을 돌볼 차례가 되면 대신하겠다고 나서는 경우도 적지 않았다. 버나딘과 함께 있으면 말할 필요가 없기 때문이다. 아예 말을 않는 편이 더 좋았다. 버나딘에게 말을 아낄수록, 같이 있는 시간은 덜 힘들었다.

"그 사람은 돈이 부족하지 않아. 하지만 입고 있는 옷은 끔찍해. 어떤 재단사를 골라야 할지 모른다는 거야. 넥타이 매듭을 요란하게 묶으면 그 끔찍한 구두며 기장이 짧은 바지를 만회할 수 있을 거라고도 생각하지. 게다가 자기 시종에게 사기당하고 있어."

샬럿이 말했다.

"뭐라고?"

"넥타이핀에 달린 다이아몬드는 접착제로 붙인 거야. 접착제를 바른 넥타이핀을 샀을 리 없을 테니, 아마 시종이 진짜 보석은 팔아먹고 싸구려 모조 다이아몬드를 붙여 놓았을 거야."

침대에 반쯤 드러누워 있던 리비아는 그 말을 듣자마자 벌떡 일어섰다.

"헨리에타에게 그 사람이 도둑놈을 고용하고 있다고 말해 줘야 하지 않을까?"

"내게 진짜 다이아몬드와 가짜를 구별하는 법을 알려 준 사람이 헨리에타였어. 조만간 그 시종이 나가도록 손을 쓸 거야."

샬럿은 평소에 깜짝 놀랄 의견을 말할 때처럼, 이번에도 무심한 표정으로 툭 의견을 던졌다.

"그걸 다 알고도 그 머저리의 청혼을 받아들이다니. 이제 헨리에타가 불쌍할 지경인걸."

"무슨 소리야. 그 남자야말로 헨리에타가 찾고 있는 구혼자라고. 헨리에타는 어리석지 않아. 아빠 같은 사람과는 절대 결혼하지 않을 거야. 헨리에타는 자신이 마음대로 휘두를 수 있는 남자를 원했고 그런 남자를 손에 넣은 거야."

리비아가 인상을 썼다.

"그 남자가 돈이 많은 건 확실할까? 겉으로만 부유해 보이는 우리랑은 다르게 말이야."

일 년 전 샬럿은 요리사가 전과 달리 파운드케이크에 버터를 정확한 양만큼 넣지 않는다는 이야기를 꺼냈다. 버터에 대한 그 깨달음 덕분에 샬럿은 요리사가 식재료 구입 비용으로 받는 돈이 상당히 줄었다는 사실을 알아냈다. 은행이 헨리 경에게 보낸 편지를 대담하게 김에 쐬어 개봉한 사람은 리비아였다. 그 결과 두 사람은 자신들의 집이 엄청난 액수의 저당에 잡혀 있고 부모가 빚더미에 앉았다는 사실을 알게 되었다.

버나딘의 보모가 그곳을 관두고 그 임무가 다른 자매들에게 떨어진 일이며, 딸들이 다 컸기 때문에 더 이상 가정교사가 필요 없다는 레이디 홈스의 말과 함께 가정교사가 해고된 때도 그즈음이었다.

이미 부모에게 아무런 환상도 품지 않게 된 리비아는 아주 정나미가 떨어졌다. 자신들의 결혼 생활을 그렇게 웃음거리로 만들 생각이라면 적어도 집안 경제만이라도 책임감 있게 관리할 수 없었을까?

"헨리에타는 주도면밀했어. 엄마가 편찮으신 숙모님 병문안을 가신다며 헨리에타와 함께 이틀 동안 집을 비웠던 일 기억해? 말은 그렇게 했잖아? 그 여행의 승차권을 찾았는데, 목적지들이 엄마가 말씀하신 곳이 아니었어. 그런데 오늘 컴버랜드 씨가 한 이야기에, 승차권에 적혀 있는 곳들이 전부 다 나오더라. 그 사람 집안의 소작지가 있는 곳들이었지. 엄마와 헨리에타는 그곳들을 다녀왔어. 직접 찾아가서 상태가 괜찮은지 확인한 거라고."

샬럿이 말했다.

"세상에. 나는 헨리에타가 그렇게 영리하게 굴 줄 몰랐어."

"헨리에타는 자신이 이익 앞에서는 늘 영리했어."

"그래 봤자 멍청이와 결혼한다는 사실은 바뀌지 않아. 하기야 그편이 나를 머저리로 여기는 사람과 결혼하는 것보다는 더 나은 것 같네."

리비아가 다시 침대에 벌렁 드러누웠다.

샬럿의 관심은 다시 케이크로 돌아갔다. 리비아는 회의적인 생각들에 둘러싸인 채 천장을 노려보았다. 그런데 샬럿이 다시 말을 걸어 깜짝 놀랐다. 리비아는 질문의 내용만큼이나 동생이 제대로 된 질문으로 대화를 이어 나가고 싶어 한다는 사실에 놀랐다.

"언니는 멍청이와 결혼하지 않을 거지, 그렇지?"

샬럿이 물었다.

"그렇게 되지 않기를 바라. 혹시라도 그렇게 되면 적어도 정신은 똑바로 차리고 있고 싶어. 너는?"

리비아가 무뚝뚝하게 대답했다.

"나는 결혼하기 싫어."

"그러면 어떻게 살려고? 알다시피 우리 집에는 우리가 노처녀로 살 수 있는 돈은 없어."

"나는 돈을 벌 수 있어. 내가 남자고, 집에 돈이 없다면 다들 내가 직업을 가지기를 바라지 않을까?"

"그래. 하지만 너는 남자가 아니야. 엄마는 당신의 딸들 중 누군가가 일을 한다는 생각만으로도 경기를 일으키실 거야."

"엄마의 허락이 필요한 건 아니야."

리비아가 한숨을 쉬었다.

"아빠가 해 주실 거라고 생각한다면 그건 착각이야."

리비아는 헨리 경에게 아무런 정이 없었다. 헨리 경 역시 리비아에게 아무런 정도 없었기 때문이다. 하지만 샬럿은 아빠의 귀염둥이였다. 그는 막내딸의 대단한 지성과 대단한 독특함과 대단한 침묵의 조합을 기꺼워했다. 그는 정기적으로 샬럿을 데리고 단둘이 산책을 나갔다. 그는 샬럿을 위해 달콤한 주전부리를 몰래 사다 주었다. 그는 제일 좋아하는 시를 샬럿에게 읽어 주었고, 샬럿이 그 자리에서 곧장 시를 암송하면 껄껄 웃음을 터트렸다.

"왜 그렇게 생각해?"

샬럿이 되물었다.

"혹시라도 엄마가 바람을 피웠을 때 아빠가 그 사실을 알게 되면 불같이 화를 낼 거라고 생각하는 것과 같은 이유. 아빠는 마음이 잘 통하는 것처럼 보이지만 사고방식은 절대 자유분방하지 않으셔. 이 사실을 명심해 둬."

샬럿은 앞에 놓인 빈 접시를 아쉬운 눈빛으로 바라보며 고개를 끄덕였다.

그날 이후 리비아는 샬럿이 그렇게 많은 케이크를(케이크뿐 아니라 그 어떤 음식도) 한자리에서 다 먹어 치우는 모습을 두 번 다시 보지 못했다.

그로부터 몇 년 동안 샬럿의 신상에는 아무도 예상하지 못한 변화가 잔뜩 일어났다. 우선 자신의 옷에 비상한 관심을 기울이게 되어 패션계 최신 유행을 살피고, 다양한 페티코트와 스타킹을 이리저리 조합해 보고, 레이디 홈스를 따라다니며 레이스와 깃털 장식들을 둘러보았다.

게다가 자신의 몸매에 지대한 관심을 기울이더니 한 입도 더 삼키지 못할 정도로 먹어 대던 습관도 단번에 끊어 버렸다. 샬럿이 당근을 한 번 더 달라고 하더니 식사 끝에 나온 푸딩을 건너뛴 날, 리비아는 동생을 데려가 어디 아픈 데가 있는지 물었다. 샬럿은 고개를 가로저었다.

레이디 홈스는 막내딸이 사교용 대화에 영웅적인 노력을 기울이기 시작하자, 십 년 묵은 체증이 말끔히 사라지는 것 같았다. 샬럿은 집을 찾아온 손님에게 "딱 보니 일기를 더는 쓰지 않으신다는 걸 알겠네요."라든가 "바스 여행이 기대에 미치지 못하셨다니 정말 유감스러워요." 같은 말을 해서 놀라고 당황하게 만드는 대신, 미소를 짓고 고개를 끄덕이며 날씨에 대해 이야기하는 법을 익혔다.

샬럿은 꽤 많은 시행착오를 겪으며 사교용 대화 기술을 연마했다. 처음에는 "내가 반바지를 입고 다니던 꼬맹이 시절만 해도 비가 많이 왔는데."라며 연로한 지주들이 탄식을 하면 샬럿은 교구 기록부의 구체적인 기록을 인용해 고작 오 년 전만 해도 강수량이 훨씬 더 많았다고 바로잡아 주곤 했다. 샬럿은 상당한 실전과 그에 따른 어색함을 이겨 낸 후에야 비로소 시시한 농담의 목적을 깨달았다. 사람들은 서로 할 말이 없어서 침묵에 빠지는 상황을 방지하려고 그런 말들을 주고받는다는 사실 말이다.

다시 말해 불편한 침묵. 하지만 샬럿의 머릿속에는 불편한 침묵 같은 것이 존재하지 않았기 때문에, 비엔나 폴카를 연습하다가 머리가 빙빙 도는 남자처럼 이 사실을 쉽게 이해하지 못했다.

때때로 리비아는 샬럿 옆에 서서 대신 진땀을 뻘뻘 흘리며 적절한 반응을 텔레파시로 보내 주려고 애쓰곤 했다. 그럴 때마다 동생은 타국의 관습이 당황스럽고 때로는 그것을 우스꽝스럽게 느끼는 이방인 같았다. 언젠가 리비아는 화성에 생명체가 존재할 가능성에 대한 잡지 기사를 읽다가 샬럿이 행성 사이를 여행하는 외계인에 더 가깝다고 생각했다. 그도 그럴 것이 샬럿은 영국의 풍습과 관습뿐 아니라 인류 전체를 당혹스러워했기 때문이다.

그러나 샬럿은 기어이 그 난관을 극복했다. 그녀는 노부인에게 감기와 요실금을 묻는 것 사이의 명백한 차이를 이해했을 뿐만 아니라 예전에는 위험천만했던 암초들 사이로 대화라는 배를 능숙하게 몰고 돌아다니게 되었다. 물론 리비아는 가끔 샬럿이 자신이 대꾸하기 편하도록 내적 논리에 따라 대화를 이리저리 유도해 나간다고 장담할 수 있었지만 말이다.

그래도 전반적으로 샬럿의 변신은 완벽해 보였다. 몇 년 동안 같은 드레스만 고집했던 여자아이는 주름과 깃털로 장식한 드레스를 입은 젊은 숙녀로 바뀌었다. 그녀는 《영국 백과사전》 대신 《버크의 귀족 명감》●과 〈콘빌 매거진〉을 읽었다. 샬럿은 날씬한 몸매는 절대 아니었다. 이중 턱의 흔적이 남아 있었고 보디스의 단추는 언제든지 터져 날아갈 것처럼 아슬아슬해 보였다. 통통한 몸매로 돌아가려는 이런 경향은 커다란 두 눈과 발그레한 두 볼과 환상적으로 잘 어울렸다.

샬럿은 아름답다고 할 수는 없었지만 사랑스러웠다. 사람들은 그녀를 볼 때마다 동요 속 등장인물이 살아나 어른이 된 모습을 본 것처럼 반응했다. 소년과 젊은 남자는 혀가 굳었고, 두 눈은 샬럿의 도톰한 분홍색 입술과 풍만하게 솟은 가슴을 바쁘게 오르내렸다.

리비아는 남자들의 이런 반응에 반쯤은 시샘을 했고 반쯤은…… 안타까웠다. 주름 장식으로 온몸을 감싸고 얼굴에는 꿀을, 머리카락에는 코코넛 오일을 바르는 이 소녀는 누구인가? 함께 있으면 편안하고 신뢰할 수 있는 유일한 사람이었던 그 유명한 괴짜는 어디로 사라졌을까?

그러던 중 자매가 함께 맞이한 첫 번째 사교계 시즌을 맞아 런던으로 출발하기 하루 전, 샬럿이 리비아에게 말했다.

"오늘 아빠와 이야기를 했어."

두 사람은 마을의 외곽에 펼쳐진 들판을 걷고 있었다. 하늘은 화창하게 맑았지만 공기는 여전히 서늘했다. 들판은 반짝거리는

● **버크의 귀족 명감** 영국 귀족 가문의 계보를 정리한 책

녹음이 싱그러웠다. 레이스와 온갖 장식으로 치장된 크림색 드레스를 입은 샬럿은 싱그럽게 빛나는 자연과 환상적으로 아름답게 어울렸다.

리비아는 사교계 시즌이 끝날 무렵이면 새롭게 태어난 샬럿에게 청혼이 쇄도할지도 모른다는 예감에 마음이 무거웠다. 결혼 시장에서 리비아의 전망은 결코 양호하지 않았다. 그녀는 인간 혐오자였다. 남자든 여자든 그녀를 마음 깊이 실망시키지 않는 사람을 찾기 드물었다. 젊은 숙녀에게는 그것만으로도 충분히 불리했다. 그런데 설상가상으로 그녀는 자신이 인간 혐오자가 아닌 척할 줄 모르는 인간 혐오자였다.

샬럿이 청혼을 받아들인다면 리비아는 집에 홀로 남겨질 것이 분명했다.

리비아가 한숨을 푹 쉬었다.

"아빠와 무슨 이야기를 했는데?"

"우리가 컴버랜드 씨를 만난 날 기억해? 내가 결혼하고 싶지 않다고 했잖아."

"결혼하기 싫다는 이야기를 오늘 런던으로 떠나기 직전에 아빠에게 했다는 말이야?"

"아니, 컴버랜드 씨를 만난 다음 날 말씀드렸어."

리비아는 눈을 껌벅거렸다. 그렇다면 오 년 전이라는 말이었다.

"아빠에게 결혼이라는 제도가 내게는 잘 맞지 않을 것 같다고 했어. 그래서 다른 생계 수단을 알아보고 싶다고 말씀드렸어."

"그랬더니 뭐라고 하셨어?"

"최종적으로 결정을 내리기에는 내가 너무 어리대. 일방적으로 결혼을 거부하기 전에 여자의 전통적인 길을 더 충실하게 경험해 볼 수 있도록 옷차림 같은 여성스러운 측면들을 더 알아보라고 하셨어."

아버지의 조언은 놀라울 정도로 이성적이고 현명했다. 리비아는 자신들이 헨리 경에 대해 말하고 있다는 사실이 믿어지지 않을 정도였다.

"그래서 아빠 말씀대로 해 봤어. 해 보니까 꾸미는 일도 꽤 즐겁더라. 사람들과 이야기하는 것도. 질문을 하나 했을 뿐인데 사람들이 얼마나 많은 이야기를 늘어놓는지는 놀랄 정도야. 런던의 사교계 시즌에 재미있는 일들도 경험할 수 있을 것 같아. 하지만 그런 것들도 결혼에 대한 내 마음을 바꿀 수는 없었어. 그것들 가운데 그 어느 것도 결혼이라는 정치적이고 경제적인 등식을 바꿔 주지 않으니까. 나는 내 생식 능력과 남자의 부양을 교환한다는 생각이 마음에 들지 않아. 다른 선택이 없는 것도 아닌데."

리비아는 눈을 휘둥그레 떴다. 과거의 샬럿은 어디로도 가지 않았다. 섬세한 모슬린 직물과 비스듬하게 쓴 세련된 모자에 가려져 있었을 뿐! 이렇게 단순한 위장에 완전히 속아 넘어가다니 자존심이 상할 정도였다.

"그래서 그 이야기를 말씀드렸어?"

"아빠는 이미 알고 계셔. 오늘은 내가 직업을 고르기로 마음먹었다는 이야기를 했어. 나 정도면 학교에서 뛰어난 교장이 될 거야. 명문 학교 교장 자리에 오르기만 하면 일 년에 5백 파운드는 너끈히 벌 수 있어.”

리비아가 입을 떡 벌렸다.

“그렇게 많이?”

“응. 하지만 하룻밤 사이에 교장이 될 수 있을 리가 없잖아. 일단 학교에 들어가서 필요한 교육을 이수한 후 교편을 잡고 차근차근 그 자리까지 올라가야겠지. 아빠에게 내가 돈을 갚을 수 있을 때까지 비용을 대 주실 수 있는지 여쭤봤어.”

“그렇게 해 주시겠대?”

“내가 스물다섯 살이 될 때까지 기다리기로 아빠와 약속했어. 그 나이가 되도록 결혼하고 싶은 남자가 생기지 않으면 그렇게 해 주시겠대. 내 학비를 대 주실 거야.”

리비아가 아연실색했다.

“믿을 수가 없어.”

“신사로서 약속해 주셨어.”

남자의 약속은 절대 하찮은 문제가 아니다. 그래서 더욱 리비아는 믿을 수 없었다. 그래도 아버지가 결코 가볍지 않은 약속을 했으니 그 말을 믿어 보자고 생각했다.

“하지만 네가 스물다섯 살이 되려면 한참을 기다려야 해. 거의 팔 년이 남았잖아. 그동안 무슨 일이 일어날지 누가 알겠니. 네가 사랑에 빠질 수도 있어.”

“그게 바로 분명히 아빠의 노림수겠지. 하지만 낭만적 사랑이…… 나는 그런 사랑이 기만이라고 말하고 싶지는 않아. 그 사랑이 촉발시킨 감정은 충분히 진실하다고 믿어. 다만 덧없을 뿐이지. 그런데도 그 사랑이 모든 여성이 마땅히 추구해야 하는 순결하고 지속적인 기쁨으로만 유지되어야 한다는 건…… 뭐랄까. 사실 그런 식이라면 사랑은 아르헨티나에서 냉동선으로 운반해 오는 소고기와 더 비슷해. 꼼꼼하게 관리되는 조건에서 고기는 신선하게 유지되지만, 언젠가는 결국 신선도가 떨어지게 될 거야. 사랑도 그렇게 변질될 수 있는 제품이야. 금세 스러질 운명의 행복감에 도취되어 있는 젊은이들에게 죽음이 갈라놓을 때까지 같은 소리를 운운하며, 돌이킬 수 없는 결정을 내리라고 하는 건 통탄할 일이지."

리비아의 입이 더 크게 벌어졌다. 그녀도 사랑과 결혼 제도에 회의를 품고 있지만 그 회의감은 대체로 잠재적인 구혼자들에게 자신이 오만하고 매정하게 보일지 모른다는 두려움 때문이었다. 거기에 자신이 레이디 홈스보다 더 나은 남자를 고를 수 있을지 모르겠다는 불확실함도 있었다. 그래도 그 회의감이 결혼 제도 전반에 대한 광범위한 비판으로 이어지지는 않았다.

"그러면 커밍스 씨 부부는? 그분들은 삼십 년 전에 결혼해서 지금까지 행복하게 살고 있잖아."

"아키볼드 부부도 있고 스몰 부부도 있지. 하지만 그분들의 성공적인 결혼 생활에 마음이 약해지면 안 돼. 결혼 생활을 수학적으로 분석해 봐야지. 모든 부부의 수에 비해 오랫동안 해로하는 부부의 수가 얼마인지. 내 계산에 따르면 우리 지인들 가운데 오래오래 행복하게 잘 사는 부부는 20퍼센트에 못 미쳐. 언니라면 그런 확률에 내기를 걸 거야?"

리비아는 눈을 몇 번이나 껌벅거렸다.

"너라면 하지 않겠지."

"우리가 경주마라면 그 정도 확률도 나쁘지 않겠지. 결혼으로 받을 수 있는 포상이 수십 년 동안 이어질 만족스러운 동반자 관계라면 지독하게 나쁜 확률도 아니야. 내 문제는 내가 걸어야 할 판돈이야. 그 판돈이 바로 내 인생이잖아. 그뿐만 아니라 내가 사별을 하거나 이혼을 하지 않는다면 내게 허용된 게임은 단 한 번뿐이야. 물론 내가 이혼을 한다면 부모님은 어디에도 얼굴을 들고 다니지 못하시겠지. 실질적으로 그분들을 죽이는 셈이야. 그러니까 언니 말대로야. 지나친 비용과 제약을 고려해 볼 때 나는 이 도박을 하지 않을 거야."

샬럿이 리비아를 홱 잡아당겼다. 리비아는 그제야 두 사람이 아까부터 우두커니 서 있었으며, 자신이 다가오는 이륜마차 앞을 가로막고 있다는 사실을 깨달았다. 그녀는 동생의 손에 순순히 이끌려 흙길의 가장자리로 얼른 물러났고 모자를 살짝 들어 올리며 지나가는 마을 의사에게 기계적으로 인사했다.

"그러니까 너는 스물다섯 번째 생일까지 기다렸다가 사교계를 마음껏 비웃어 준 뒤 학교를 다니겠다는 거구나."

두 사람이 다시 발걸음을 떼자 리비아가 정리했다.

"말하자면 그런 셈이야. 아빠는 남자가 나를 진심으로 사랑하도록 최선을 다해 보라고 하셨고 나도 그러겠다고 했어. 하지만 홀딱 반한 남자가 생기면, 결혼하지 않기로 한 마음을 다시 생각할 거라고 하시는 까닭을 모르겠어. 가끔 아빠는 나에 대해 아무것도 모르시는 것 같아."

그 말은 더는 부연이 필요 없는 추론이었다. 리비아는 헨리 경이 여전히 샬럿을 재미있고 특이한 아이로만 여긴다고 생각했다.

아니면 적어도 샬럿의 급진적인 사상을 오랫동안 충분히 무시한다면 예전처럼 재미있고 특이한 딸이 될 거라고 바라는 것 같았다. 게다가 이 문제에 관해서 샬럿의 외모는 전혀 도움이 되지 않았다. 어느 한 곳 각진 데 없이 동글동글하고 부드럽기만 해 사람들은 지나치게 여성스럽다고 말할 정도였다.

"음. 키스가 숙녀의 생각에 영향을 미친다는 말을 들었어."

"나도 해 봤어. 참 좋더라. 하지만."

"뭐라고? 누가 네게 키스를 했어? 언제? 어디서?"

"몇 년 전이었어. 그 신사의 이름은 절대 발설하지 않기로 맹세했지. 그러니까 어디에서 그 키스를 했는지 말해 줄 수 없다는 뜻이야. 괜히 말했다가는 가능한 후보자들의 명단을 좁힐 수 있을 테니까."

몇 년 전이라고? 그렇다면 샬럿은 고작 열세 살이나 열네 살이었다.

"그런 이야기는 한 마디도 없었잖아!"

"물어보지도 않았잖아."

"난……."

그때 리비아는 샬럿이 지구인의 관습을 조사하기 위해 파견된 화성인일지도 모른다고 반쯤 의심하고 있었기에, 샬럿이 남자아이들과의 키스가 전혀 궁금하지 않았다고 불쑥 말할까 봐 그냥 입을 다무는 편이 낫겠다고 생각했다.

"어떻게 키스까지 하게 된 거야? 기습적으로 당한 거야?"

"그럴 리가. 내가 그렇게 만들었지."

"샬럿! 너 사랑에 빠졌었니?"

"아니, 키스를 하면 어떨지 알고 싶었을 뿐이야."

"그러면 키스할 남자애는 어떻게 골랐어? 설마 모자에서 이름이 적힌 종이를 뽑지는 않았을 거 아니야."

리비아가 숨을 헉 들이마시고 말을 이었다.

"정말 그렇게 한 거야?"

"설마! 하지만 그 애를 어떻게 골랐는지는 밝힐 수는 없어. 그랬다가는 정체에 대한 단서를 주게 될 테니까."

리비아는 몇 번 더 캐물었지만 샬럿은 끝까지 입을 굳게 다물었다. 리비아는 결국 포기했다.

"너는 좋겠다. '참 좋은' 키스를 했잖아. 게다가 인생 계획도 다 세워 뒀고. 너에 비하면 나는 아무런 목적도 없이 떠도는 것 같아."

"대체로 자신이 무엇을 원하는지 모를 때 그런 기분이 드는 거야. 일단 저지르지 않으면 적절한 전략을 세울 수 없어."

샬럿은 리비아를 잠시 빤히 살펴보았다.

"하지만 언니는 자신이 뭘 원하는지 정확하게 알면서도, 그걸 손에 넣으려고 노력하는 건 고사하고 그걸 원해도 되는지 두려워하는 거겠지."

리비아는 침을 꿀꺽 삼켰다. 동생이 무엇을 혹은 어떻게 아는지 굳이 묻지 않았다. 리비아는 아무 말도 하지 않았다. 두 사람은 산책이 끝날 때까지 잠자코 걸었다.

마침내 집에 도착하자 리비아가 동생의 어깨에 팔을 두르며 물었다.

"아빠가 약속하신 이야기가 잠시 너를 막아 보려고 하신 거라면? 나도 좋아서 이런 말을 하는 건 아니야. 하지만 우리 아빠는 결코 선견지명이 있는 분이 아니잖아. 오히려 문제가 생기면 속 편하게 다음 날로 미뤄 버리지. 팔 년 후라면 말할 것도 없어. 그때가 왔는데 아빠가 약속을 지키지 않으시면 어떻게 할 거야?"

"몰라. 어쨌든 아직은 아니야. 어떻게 대응할지 고민할 시간은 충분해."

샬럿이 리비아의 손을 잡으며 말했다.

"하지만 아빠가 남자로서의 약속을 지켜서 내가 먹고살기 위해 필요한 교육과 훈련을 받을 수 있도록 비용을 대 주시면, 다음에는 내가 언니에게 똑같이 할 수 있게 해 줄래?"

리비아가 샬럿의 손을 꼭 쥐었다. 느닷없이 눈물이 와락 쏟아지려고 했다. 샬럿은 먼저 신체적 접촉을 하는 법이 좀처럼 없었다. 그러므로 이 행동은 여왕이 웨스트민스터 대사원의 한가운데에 서서 한 제안만큼이나 엄숙했다.

"그래, 꼭 그렇게 해 줘."

리비아는 짧은 순간이나마 자매가 그 무엇보다 축복받은 독립을 만끽하며 함께 사는 불가능한 미래를 그려 보았다. 작은 시골집을 갖게 될까? 아니면 샬럿이 교장으로 일하는 여학교에서 안락하고 넓은 방 몇 개를 쓰고 있을까? 일요일 오후면 제일 좋아하는 자두 케이크 접시를 앞에 둔 샬럿과 함께 두 사람만의 작은 정원을 내다보며 차를 홀짝이는 모습이 리비아의 눈앞에 그려졌다.

지금까지 상상했던 것보다 훨씬 더 매력적인 미래였다.

하지만 그녀는 회의주의자였기 때문에 걱정하는 말 한 마디 없이는 그냥 넘어갈 수 없었다.

"명심해, 샬럿. 아빠는 여자들을 안 좋아하셔. 남자에게라면 약속을 선뜻 깨지 못하고 우물쭈물하실 거야. 하지만 너는 남자가 아니야."

"아빠의 약혼녀는 아빠 성격의 결함 때문에 아빠를 버렸어. 그 약혼녀에게 상처를 주기 위해 결혼한 여자는 아빠가 자신의 감정을 조금도 배려하지 않기 때문에 아빠를 싫어하고. 대체 무슨 이유로 아빠는 여자들을 싫어하실까? 할아버지가 형편없는 분이었고, 변호사가 아빠의 일을 엉망으로 처리했다고 해서 아빠가 모든 남자를 무시하진 않잖아?"

"네 기준으로 볼 때는 논리적이지 않겠지, 나도 알아. 하지만 네가 여자인 이상 합리적인 대접을 받을 기대는 버려, 샬럿. 어떻게 설명해야 할지 모르겠어. 원래 그런 법이야. 이런 현실을 받아들이는 법을 배워야 해."

샬럿은 말이 없었다. 리비아는 자신이 처음으로 동생을 납득시킬 말을 했다고 생각했다. 하지만 샬럿은 집으로 들어가며 리비아를 돌아보더니 이렇게 말했다.

"현실이 왜 그런지 납득할 만한 이유를 고민해 볼 거야. 하지만 그 현실을 받아들이는 법은 배우지 않겠어. 절대로."

오래전부터 리비아는 헨리 경이 그 약속을 지키지 않으리라 짐작했다. 하지만 막상 예감이 맞아떨어져서 그가 약속을 깨자 동생보다 더 분통을 터트렸다.

"정말로 약속을 깨트리다니 어쩌면 그러실 수가 있니. 네게 지독한 거짓말을 하고, 당신은 조금도 지킬 생각이 없으면서 네게는 진실되게 행동하라고 하고……."

너무 화가 난 나머지 리비아는 그만 말문이 막히고 말았다.

샬럿은 제 침대 가장자리에 걸터앉아 손끝으로 침대 기둥을 천천히 톡톡 치고 있었다. 복잡한 심경을 보여 주는 유일한 증거였다.

한참 뒤 샬럿이 말했다.

"내가 말을 꺼낸 때가 좋지 않았어. 아빠에게 말씀드린 후에야 알게 되었는데, 레이디 아멜리아 드러먼드가 오늘 아침에 시신으로 발견됐대. 아빠는 저기압이셨지."

리비아가 놀라며 자기 목을 감쌌다.

"어머나."

샬럿이 치마에 달린 리본을 만지작거렸다.

"그렇다고 아빠가 약속을 지키셨을 거라는 말은 아니야. 그럴 마음이 있었다면 레이디 아멜리아가 살아 있든 아니든 약속을 지키셨겠지. 하지만 아빠가 아주 조금이라도 망설이셨다고 해도, 마지막 순간에 마음을 바꾸실 일말의 가능성이 있었다고 해도……, 아까 말했다시피 때가 별로였어."

"다시 말씀드려 볼 거니?"

"그래 봤자 소용이 있을까?"

"아니."

"내 생각도 그래."

"그럼 이제 어떻게 할 거야? 이런 지독한 사기를 참고 넘길 거라는 말은 제발 하지 마. 아빠는 절대 후회하지 않으실 거야. 이런 비열한 속임수로 문제를 해결했다며 우쭐해하시기만 할걸."

리비아가 다시 분통을 터뜨렸다.

샬럿은 양손으로 침대 기둥을 감싸 쥐었다. 리비아였다면 그 기둥을 헨리 경의 목이라고 상상했을 것이다. 하지만 샬럿은 평소처럼 침착하게 대답했다.

"물론 그냥 넘어가지 않고 제대로 한 방 먹일 거야."

"좋은 생각이야!"

리비아가 환호했다. 그러나 곧 살짝 불안한 듯 되물었다.

"그런데 어떤 식으로 한 방 먹일 작정이야? 아빠를 골탕 먹이고도 네 공부에 필요한 돈을 받아 낼 수 있을까?"

"나한테 계획이 있어. 그 계획을 좀 더 고민해 보려고."

"내가 도울 일이 있을까?"

"내가 혼자 처리하는 편이 최선일 거야."

리비아가 화들짝 놀랐다.

"너 설마, 아빠가 마시는 차에 비소를 탄다거나 그런 짓을 하려는 건 아니지, 그렇지?"

"아니야. 게다가 아빠가 돌아가셔 봤자 우리는 경제적으로 아무 득도 보지 못해. 채권자들이 득달같이 몰려올걸. 엄마는 그들의 요구를 들어주기 위해 이 집을 팔아야 할 테고, 나는 내 학비를 한 푼도 못 건지겠지."

"그러면 어떻게 하려고?"

"다 끝나면 말해 줄게."

서늘한 한기가 리비아의 등줄기를 따라 내려갔다. 그도 그럴 것이 샬럿은 마음만 먹으면 얼마든지 가차 없이 행동할 수 있기 때문이다.

"네가 세우고 있는 그 악마적인 계획을 실행에 옮기기 전에 적어도 내게 언질을 줄 거지?"

"얼마 안 남았어. 아마 몇 주 안에 결판이 날 거야."

리비아가 샬럿의 어깨를 잡았다.

"후회할 일은 하지 마."

샬럿의 입술에 미소가 걸렸지만, 그 미소는 눈까지 번지지 않았다.

"누구든 아빠에게 경고를 해 주면 좋을 텐데."

그로부터 며칠 동안 리비아는 샬럿에게 '그 계획'을 좀 더 자세하게 알려 달라고 끈질기게 졸랐다. 하지만 샬럿은 미소를 지으며 고개를 가로저을 뿐 평소처럼 행동했다. 때는 한창 사교계 시즌이었기에 오후면 가든파티가 열리고 저녁이면 무도회가 열리는 나날이 이어졌다. 하지만 그런 떠들썩한 유흥에 리비아가 느꼈던 약간의 매력은 이미 오래전에 사라지고 없었다. 매년 열리는 이 모임의 궁극적인 목적은 놀이와 재미가 아니었다. 미혼인 숙녀들은 남편감을 찾고, 기혼인 숙녀들은 좀 더 높은 사회적 지위를 차지하려는 각축장이었다.

아무리 리비아라도 호감이 가는 신사가 한 명도 없었다고 하지는 못 할 것이다. 하지만 그녀가 관심을 가질 만큼 고귀한 면모를 갖춘 사람들은 결코 그녀에게 끌리지 않는 것 같았다. 리비아에게 관심을 보인 사람들은 그녀의 마음에 비슷한 불꽃을 조금도 피우지 못했다.

안타까운 결말이지만, 전혀 과장이 아니었다. 샬럿으로부터 결혼에 대해 눈곱만큼도 낭만적이지 않은 분석을 들은 후, 리비아는 감정의 고삐를 풀어서 훗날 후회할지도 모르는 선택을 하지 않도록 마음의 빗장을 단단히 걸었다. 하지만 고삐 풀릴 만한 감정이 전혀 없다는 사실도 그녀를 의기소침하게 만들었다. 누구나 평생한 번은 사랑에 빠질 수 있지 않을까? 엘리자베스 바렛 브라우닝이 쓴 시의 의미를 이해할 수만 있다면 얼마나 좋을까. '온 세상의 얼굴이 바뀐 것 같아요, 당신 영혼의 발소리를 처음 들은 후로.'

이렇게 사랑은 흔하고 대부분 마주치는 경험이었지만, 리비아가 가는 곳마다 슬그머니 자취를 감추었다. 일곱 번 반의 사교계 시즌 동안 단 한 번도 청혼을 받지 못했다는 사실은, 당연히 레이디 홈스가 감내해야 하는 수치스러운 짐이었다. 그리고 리비아는 매주 때로는 매일, 귀가 따갑게 잔소리를 들어야 했다.

레이디 홈스가 가장 최근에 딸에게 퍼부은 잔소리는 그들이 마차를 타고 집으로 돌아가는 내내 이어졌다. 마침 샬럿이 대영박물관 열람실에서 오후를 보내는 바람에 마차에는 모녀 둘뿐이었고, 런던의 지독한 교통 체증 덕분에 마차는 한 시간 후에나 움직일 수 있었다. 도망치듯 제 방으로 돌아왔을 즈음에 리비아는 완전히 기진맥진했다. 리비아는 어머니로부터 도망치기 위해, 정말 아무나 유혹해야 할 시점에 가까워진 것이 아닌지 덜컥 겁이 났다.

샬럿이 어떻게든 그 계획을 성공시킬 수만 있다면 얼마나 좋을까. 하지만 하루하루 지날수록 헨리 경의 배신이 전화위복이 되리라는 자신감도, 샬럿이 재가 된 희망 속에서 불새처럼 당당하게 날아오르리라는 기대감도 조금씩 허물어져 갔다.

저 멀리서 다가오던 금속 바퀴 소리가 리비아의 창 아래에서 멈췄다. 샬럿은 대개 대영박물관에서 걸어서 귀가했고 평소에 마차를 부르는 시간은 벌써 지났다. 누가 홈스 가족의 집 앞에 마차를 세운 걸까?

처음 보는 으리으리한 마차에서 샬럿이 내리더니 뒤를 이어⋯⋯. 세상에, 샬럿이 슈루즈버리 남작 미망인과 무슨 일일까? 레이디 슈루즈버리라면 박물관의 열람실에 절대 발을 들여놓을 사람이 아니니, 샬럿과 그곳에서 만났을 리 만무했다. 샬럿이 슈루즈버리가의 자제인 로저의 청혼을 거절한 후로, 레이디 슈루즈버리는 별 볼 일 없는 혈통과 지위를 지닌 집안의 아가씨가 퇴짜를 놓았다며 분통을 터뜨렸고 홈스가 사람들을 쌀쌀맞게 대했다.

리비아는 샬럿의 얼굴이 잘 보이지 않았지만, 동생의 거동에서 어딘지 불길한 느낌이 들었다. 둘이 같이 쓰는 방문을 열었지만 샬럿이 2층으로 올라오는 기척은 느껴지지 않았다. 대체 레이디 슈루즈버리가 샬럿에게 무슨 볼일이 있을까.

아래층에서는 홈스 부부가 레이디 슈루즈버리의 출연에 리비아만큼 당황한 것 같았다. 둘은 귓속말로 이야기를 주고받으며 응접실로 향했다. 당연히 로저는 이미 결혼했기 때문에 (남작 부인은 아들들을 모두 결혼시켰다.) 몇째 아들이건 샬럿이 관련된 일이라면, 기분 좋은 소식을 전하러 왔을 리 없었다.

그들이 응접실로 들어갔다. 레이디 슈루즈버리가 굳은 목소리로 문을 닫으라고 청했다. 또 하인에게 차를 가져올 필요가 없다고 일렀다. 그 말에 리비아의 심장이 철렁했다. 대체 무슨 일일까?

리바아는 숨을 깊이 들이쉬고는 발끝으로 계단을 내려가 최대한 발소리를 죽여 게걸음으로 응접실 문 앞으로 갔다.

"……어쩌면 이렇게 수치스러운 일이 있는지. 요즘 처녀들은 무슨 생각을 하는지 알 수가 없군요. 로저의 청혼을 거절할 때는 언제고 육 년이나 지난 지금에서야 수치도 모르고 그 애와 정사를 벌이려고 하다니! 심지어 시집도 안 간 몸으로!"

리바아가 입을 막았다. 오, 세상에. 설마 헨리 경에 대한 샬럿의 계획이 이건 아니겠지. 레이디 슈루즈버리가 계속 비난을 퍼붓자 분노와 파멸 외에 아무런 뜻도 없는 불분명한 발음들의 파도가 리비아의 귓전으로 밀려왔다가 밀려 나갔다.

이윽고 레이디 슈루즈버리가 입을 다물자 헨리 경이 입을 열었지만 목소리가 너무 나직해서 리비아는 잘 들을 수 없었다. 레이디 슈루즈버리가 조롱하듯 웃음을 터트렸다.

"소문이 퍼지지 않게 막는다고요? 안 돼요, 홈스 씨. 발 없는 그 말은 이미 마구간을 박차고 뛰쳐나갔답니다. 오늘 밤 저녁 식사 즈음이면 런던 시민 모두가 당신의 따님이 오늘 무슨 짓을 하다가 덜미가 잡혔는지 다 알게 될 거예요. 설령 그렇게 되지 않는다고 해도, 내가 이 땅의 점잖은 집안의 응접실에는 발도 못 붙이게 만들어 주죠. 저 아가씨의 행동은 도리에 한참 어긋났으니 제대로 된 가문이라면 도덕적으로 그렇게까지 타락한 아가씨와 어떤 식으로든 연관되는 걸 참을 수 없을 거예요."

"내 딸이 용서받을 수 없는 죄를 저지르기는 했습니다."

헨리 경이 의연하게 받아쳤지만 목소리에서 패배감을 숨길 수 없었다.

"하지만 아드님도 잘한 건 없지 않습니까? 어느 신사가 좋은 가문의 결혼도 하지 않은 젊은 아가씨와 시시덕거립니까. 그도 함께 비난을 받아야 하지 않습니까?"

"그럴 겁니다."

레이디 슈루즈버리는 입안에 모래를 가득 담은 채 말하는 것 같았다.

"그 애는 며느리와 내가 혼쭐을 내 줄 거니까요. 하지만 남자는 욕망을 억누르지 못하는 동물이죠. 그 욕망을 잘 틀어잡는 것이 정숙한 여성들의 의무 아니던가요? 댁의 따님은 왜 가정이 있는 남자를 유혹해서……."

리비아는 몸을 돌려 2층으로 뛰어 올라갔다. 그러지 않았다가는 문을 박차고 들어가 레이디 슈루즈버리의 보디스 앞섶을 움켜쥐고 고래고래 소리를 지를 것만 같았기 때문이다. 뭐 가정이 있는 제 아들을 유혹하고 어쩌고저쩌고? 로저 슈루즈버리는 이미 세인트 존스 우드에 정부를 두고 있었다. 샬럿이 청혼을 거절한 이유도 몇 년 동안 그곳에 줄줄이 정부를 숨겨 뒀기 때문이었다.

샬럿과 함께 쓰는 그 방에서 리비아는 연신 서성거렸다. 무거운 발소리에서 미칠 듯한 감정이 느껴졌다. 그녀는 잠시 앉았지만 의자 끄트머리에 걸터앉아 몸을 앞뒤로 흔들더니 불쑥 일어나 다시 방 안을 서성거렸다. 레이디 슈루즈버리가 마차를 타고 떠나자 그녀는 서둘러 아래층으로 내려갔지만 응접실 문은 여전히 닫혀 있고 안에서는 엄마의 고성이 새어 나왔다.

그때부터 리비아는 레이디 홈스의 고함 소리가 멎기를 계속기다리는 중이었다.

마침내 짧은 침묵이 내려앉았다. 레이디 홈스가 응접실 저쪽 끝에 있는 의자로 다가가 점잖지 않게 쿵 주저앉았다. 샬럿은 맞잡은 손을 허벅지에 내려놓은 채 반듯하게 앉아 있었다. 뺨에는 레이디 홈스의 손바닥 자국이 선명하게 찍혀 있고, 제자리에 잘 꽂혀 있어야 할 핀 몇 개가 빠진 듯 머리 모양이 살짝 비틀어져 보였다. 그런 모습만 제외하면 샬럿은 차분하고 침착해 보였다. 앞으로 누굴 만나든 그 사람에게 조롱당할 운명에 처한 사람으로 보이지는 않았다.

무슨 일이 일어났는지 샬럿은 이해하고 있을까?

아니면 이렇게 된 건 처음부터 샬럿의 계략이었을까?

레이디 슈루즈버리가 돌아간 후 처음으로 헨리 경이 말문을 열었다.

"온 가족이 불명예와 비난을 뒤집어쓰게 만드는 게 네 계획이었니, 샬럿?"

'약속을 지키지 않은 나에 대한 너의 복수니?'

적어도 리비아의 귀에는 그렇게 들렸다.

샬럿이 리비아가 있는 쪽을 바라보았다. 마치 문밖에 누가 있고 그 사람의 머릿속에서 어떤 질문들이 뒤엉키고 있는지 정확히 아는 것처럼.

"아뇨. 어쨌든 이렇게 소문이 나는 건 계획에 없었어요. 오래전부터 교육을 받아서 점잖은 직업을 갖고자 하는 제 바람에도 불구하고, 그것이 이 방의 누군가가 한 약속임에도 불구하고, 결국 제게 결혼 외에 다른 삶의 방식을 허락되지 않을 것이 분명해졌어요. 저는 도저히 결혼을 선택할 수 없어요. 그래서 논리적으로 다음 조치를 취하기로 결정했어요. 처녀성을 버려서 남편을 맞이할 수 있는 자격을 무효화하는 거죠."

레이디 홈스가 불쑥 일어섰다.

"어디서 그런 멍청하고 말도 안 되는 소리를……."

"여보, 우리는 오늘 당신 말을 들을 만큼 들었어요. 샬럿, 계속하거라."

헨리 경이 으르렁대듯 말을 끊었다.

"남자가 필요했어요. 게다가 내게 결혼을 강요하지 않을 남자, 그러니 유부남이 필요했죠. 하지만 상대를 결정하기 쉽지 않았어요. 제가 아는 유부남들은 대부분 원칙이나 남들 시선을 들어서 제 제안을 거절할 테니까요. 그래서 도덕관념이 없고 어느 정도 경솔한 사람으로 타협을 할 수밖에 없었어요.

슈루즈버리 씨는 제 기준에 완벽했어요. 불행하게도 그 사람은 멍청하기까지 했죠. 어제저녁에 그 사람은 생일 파티에서 만취해 집으로 돌아간 후 아내를 정부로 착각해서 우리의 합의 사항은 물론 시간과 장소까지 전부 다 말해 버렸어요."

레이디 홈스가 크게 숨을 들이쉬었다.

"정말 너무하네. 그러면 슈루즈버리 부인이든 레이디 슈루즈버리든 당장 우리에게 왔어야지. 그러면 우리가 끔찍할 정도로 경솔한 계획을 막을 수 있었을 텐데."

"왜 그러겠어요? 그렇게 화내실 필요 없어요, 엄마. 엄마도 똑같이 하셨을걸요. 때가 무르익도록 눈치껏 입을 다물고 있다가 배심원석에 앉힐 증인들을 잔뜩 몰고 가서 부정한 남녀를 현장에서 덮치셨을 테니까."

레이디 홈스가 말을 더듬었다.

"너, 어떻게, 그런. 오, 그래 알겠다. 너는 아무 잘못도 하지 않았다고 생각하는 거지, 그렇지? 너는 이기적이어서 너밖에 모르지? 집안 평판이 진흙탕에 나뒹굴게 된 마당에 누가 리비아를 신붓감으로 보겠니?"

리비아는 어머니의 목을 조르지 않기 위해 안간힘을 써야 했다. 샬럿의 인생이 끝장났다. 아무도 샬럿에 대해서는 걱정하지 않는 걸까? 샬럿은 남은 인생을 어떻게 살아야 할까?

"그래, 이제부터 그걸 생각할 시간은 충분하겠구나! 너는 이제 평생 뒷방에서 썩어야 할 거야. 아무도 너를 찾아오지 않을 테니까. 아무도 네게 편지를 쓰지 않겠지. 아무도 네가 죽었는지 살았는지 관심도 없을 거야."

레이디 홈스의 목소리가 또다시 속도와 크기를 더하기 시작했다.

"네, 그럴 거예요."

샬럿이 들릴락 말락 작게 말했다.

리비아는 더 이상 듣고만 있을 수 없었다. 문을 활짝 열어젖혔다.

"샬럿!"

샬럿이 얼굴에 희미한 미소를 지으며 일어섰다.

"리비아."

리비아는 곧장 동생에게 달려가 꼭 안았다.

"오, 샬럿. 힘들었지."

"재가? 저 아이의 비행에 값을 치러야 할 사람은 바로 너야."

레이디 홈스가 날카로운 목소리로 되물었다.

"그런다고 제가 신경이라도 쓸 줄 아세요?"

리비아가 동생의 팔꿈치를 잡으며 쏘아붙였다.

"올라가자, 샬럿. 차를 가져오라고 할게. 배고프지?"

"그 애 가만히 놔 둬. 아직 이야기가 끝나지 않았으니까."

"아뇨, 다 끝내셨어요. 적어도 오늘 저녁에 할 꾸지람은 다하셨
어요."

레이디 홈스는 어찌나 놀랐는지 그 표정이 우스꽝스럽기까지
했다. 리비아는 걸핏하면 인상을 찌푸리기는 했어도 지금껏 부모
의 말을 노골적으로 거역한 적은 거의 없었다.

엄마가 할 말을 잃은 틈을 타 리비아를 샬럿을 데리고 얼른 응
접실을 나갔다.

제3장

트레들스 경사는 이 년 전 처음으로 셜록 홈스라는 이름을 들었다.

트레들스 부부는 잉그램 경을 따라 실리 제도로 발굴 여행을 간 적이 있었다. 트레들스의 입장에서는 저 하늘 높이 있는 사람과의 교제였지만, 그 우정이 말할 수 없이 돈독하다는 사실을 떠올릴 때마다 새삼 놀라웠다.

그 발굴 여행은 유난히 즐거웠다. 날씨는 맑고 온화했으며, 터키석처럼 푸르른 얕은 바다를 배경으로 싱그러운 녹음이 펼쳐진 풍경은 심장이 멎을 정도로 아름다웠다. 식사 시간마다 그들은 이야기를 나누며 동료애를 만끽했다. 그리고 늦은 밤 경사 부부의 천막에서는 이야기꽃을 피우는 사이사이 다정하게 사랑을 나누는 소리가 들렸다.

그러던 어느 날 저녁 시간에 그 진주 이야기가 나왔다.

얼마 전 트레들스가 아내의 가족과 함께한 부활절 만찬 자리에서, 처남인 바너비 커즌스가 아내를 위해 산 고가의 귀고리 한 쌍에 대한 이야기를 꺼냈다. 그는 그 귀고리가 열흘 전, 커즌스 부인이 하녀를 해고하기 직전에 없어졌다며 분통을 터트렸다. 커즌스 씨는 아내가 왜 그 일을 경찰의 손에 맡기지 않았는지 도무지 이해하지 못했다.

"하인이 숟가락을 훔치면."

커즌스 씨가 언성을 높이며 말을 이었다.

"다들 그 하인을 추천장 없이 내보내는 정도로 끝내겠지. 그런데 그 진주는 눈이 튀어나오게 비쌌단 말이야! 물론 집 앞에 순경을 세워 두고 싶은 사람은 없겠지만, 순경은 하인용 문으로 드나들면 되고 그런 문제는 가정부가 요령껏 처리하면 되잖아."

커즌스 씨는 자신이 무슨 말을 했는지 퍼뜩 깨닫고는 그때는 아직 경장이었던 트레들스를 향해 뻣뻣하게 고개를 까닥했다.

"물론 이 자리에 모인 사람들은 예외지."

"물론이죠."

트레들스가 대꾸했다.

커즌스 씨는 그로부터 오 분 간 제 아내를 나무랐다. 커즌스 부인이 남편보다 덜 불쾌한 사람이었다면, 트레들스도 그녀를 더 안쓰러워했을 것이다. 그리고 그 일이 있은 후 아내인 앨리스가 왜 새언니가 신고를 하지 않는지 의아하다고 말하지 않았다면, 그 일을 새까맣게 잊어버렸을 것이다.

"새언니는 하인들이 범죄를 저질렀을지 모른다는 기색만 보여도 기겁을 해요. 당신 귀에 그 이야기가 들어갈 수 있도록 내게는 살짝 말해 줄 줄 알았는데. 그 무렵에 내가 오빠네에 갔었잖아요. 기억나요? 새언니가 너무 속상해서 오빠가 나를 부른 거였어요."

잉그램 경은 늘 그렇듯이 그들의 이야기를 주의 깊게 들었다. 이틀 후 그는 앨리스에게 커즌스 부인이 하인들의 행실을 자주 의심하는지 물었다.

"나라면 오빠네에서 일하기 정말 싫을걸요."

앨리스가 대답했다.

"혹시 귀고리가 사라진 직후에 그 댁을 방문하셨을 때 악취가 심하게 나지 않던가요?"

앨리스는 깜짝 놀라 몸을 뒤로 젖혔다.

"그 말씀을 하시니 새언니 방에서 톡 쏘는 시큼한 냄새가 난다고 생각한 기억이 나요. 도대체 그걸 어떻게 아셨어요?"

"나는 눈곱만큼도 알아차리지 못했습니다, 트레들스 부인."

잉그램 경이 어딘지 수수께끼 같은 표정을 지으며 대답했다.

"하지만 그런 소소한 퍼즐을 좋아하는 홈스라는 사람을 알고 있죠. 그 사람에게 이름과 장소는 언급하지 않고 전갈을 보냈는데 오늘 몇 가지 질문을 해 달라는 답변을 받았습니다."

"어머나, 재미있어라. 그러면 홈스 씨에게 이 질문에 대한 답변을 보내실 건가요?"

잉그램 경의 눈이 반짝 빛났다.

"그러지 않아도 됩니다. 방금 한 질문의 대답이 모두 긍정일 경우, 커즌스 부인이 의심 때문에 분별력을 잃었다는 것이 자신의 가설임을 전하라고 했거든요. 더 자세히 말하자면, 커즌스 부인은 그 하녀가 귀중한 진주를 훔친 후 모조품으로 바꿔치기를 했다고 굳게 믿었습니다. 전문가의 눈도 속일 수 있는 프랑스제 모조품으로 말이죠. 자신의 의심을 입증하기 위해서 그녀는 뜨거운 식초가 가득 담긴 그릇에 그 진주 귀고리를 넣었어요. 그래서 방 안에서 그런 냄새가 난 겁니다. 왜냐하면 인조 진주는 식초에 녹지 않거든요."

앨리스가 숨을 헉 들이쉬었다.

"그런데 그 진주들이 전부 또는 일부가 녹아 버렸고, 그 결과 하녀의 결백은 입증되었지만 비싼 귀고리는 망가진 거군요."

"무덤까지 그 비밀을 가지고 갈 수밖에 없겠군! 자신의 어리석음으로 낭패를 봤으니 절도죄로 하녀를 고발할 수도 없었을 테고."

트레들스가 감탄했다.

"어머나, 그런데 새언니는 그 불쌍한 하녀를 추천장 하나 없이 쫓아냈잖아요. 칠 년 동안이나 일했는데! 우리가 그 하녀를 찾아야 해요. 그래야 내가 추천장을 쓰죠. 새언니의 야박한 행동도 바로잡고."

앨리스가 남편의 소매에 손을 얹으며 말했다.

"내가 처리할게요, 여보."

트레들스가 몸을 돌려 잉그램 경을 바라보며 말했다.

"그런데 이 홈스라는 분은 대단하군요."

잉그램 경이 살짝 미소를 지으며 대꾸했다.

"홈스의 지성은 언제나 경탄의 대상이었지."

두 달 후, 시내에서 잉그램 경과 저녁을 먹던 중에 앨리스가 주치의에게 들은 비극적이지만 수수께끼 같은 사건을 들려주었다. 그녀의 주치의인 닥터 모틀리는 오래전 어느 동료로부터 그 이야기를 들었다고 했다. 그 동료는 저명한 가문의 주치의였다. 그 집안에는 그 무렵 열네 살가량인 딸이 있었는데, 깊은 우울증을 앓았다. 어느 날 아침 그 딸이 자던 중 세상을 떠났다. 얼핏 보면 매우 평화로운 죽음 같았다. 부모는 하늘이 무너지는 것 같았지만, 그 죽음이 불가항력이었다고, 딸이 이제 훨씬 더 좋은 곳으로 갔다고 믿었다. 하지만 가족의 주치의는 그런 동화 같은 이야기가 도무지 믿어지지 않았다.

주치의는 차마 자신의 의심을 그 부모에게 말할 수 없었다. 그래서 동료인 닥터 모틀리에게 그 딸이 자살한 것 같은데 증거를 찾지 못했다고 털어놓았다. 죽은 딸은 때때로 잠을 청하기 위해 제 어머니의 아편틴크를 먹었는데, 복용량은 그 어머니가 한 방울 한 방울 꼼꼼하게 측정했다. 소녀의 침대에서 빈 모르핀 병이나 클로랄 병은 나오지 않았다. 비소나 청산가리가 관련되었음을 보여 주는 고통이나 몸부림의 흔적도 없었다. 전날 밤 소녀가 부모님에게 밤 인사를 건넸을 때만 해도 나무랄 데 없이 건강했지만, 다음 날 아침 그 부모는 움직이지 않는 딸의 시신에 엎드려 눈물을 흘렸다.

"혹시 친구분인 홈스 씨가 이 끔찍한 수수께끼를 풀어 주실 수 있지 않을까요."

앨리스가 잉그램 경에게 말했다.

다음 날 저녁 트레들스 경사는 잉그램 경에게 전갈을 받았다.

홈스로부터 받은 질문이었다.

'그 집에서는 식구들이 먹을 소다수를 만들었습니까?'

때마침 이튿날 앨리스는 건강이 악화되고 있는 아버지의 병문안을 갔다가 닥터 모틀리와 마주쳤다. 그녀는 기회를 놓치지 않고 그 사실을 물었다. 깜짝 놀란 닥터 모틀리는 그렇다고 대답했다. 그는 소다수를 만들기 위해 그 댁 하인이 액화탄산 통을 구입한 사실을 알고 있었다.

트레들스가 그 사실을 잉그램 경에게 전하자 얼마 후 답변이 도착했다. 잉그램 경이 대신 전한 홈스의 생각에 따르면 그 소녀는 스스로 의도한 이산화탄소 중독으로 숨졌다. 액화탄산이 기화하면 그로 말미암아 주변의 온도가 급격하게 낮아진다. 그러면 액화탄산 일부가 딱딱하게 굳는다. 집안의 누군가가 소녀에게 그 현상을 보여 줬을 것이다.

소녀는 자살하던 그날 밤 똑같은 현상을 일으켰고, 얼어 버린 액화탄산을 방으로 몰래 가져왔다. 얼마 후 아편틴크를 먹고 졸릴 즈음 얼어붙은 액화탄산을 침대에 놓고 침대의 휘장을 쳤다. 다음 날 아침에 얼어붙은 기체는 흔적도 없이 사라졌을 것이다. 그동안 그 기체는 완전히 승화되었으며 그 과정에서 소녀를 질식시켰다. 설령 공기 중에 이산화탄소가 과도하게 남아 있었다고 해도 하녀가 방문과 창문, 침대의 휘장을 열 때 모두 날아갔을 것이다.

그 답변을 다 읽자 트레들스가 소리쳤다.

"하지만 왜 그랬을까요? 대체 왜 그렇게 번거로운 방법을 썼을까요?"

"부모님이 딸의 죽음을 불가항력으로 생각하게 하려고 그랬을 거예요. 딸이 제 손으로 저지른 짓이 아니라 신의 뜻에 의해 세상을 등졌다고요."

앨리스가 울적하게 대답했다.

두 사람은 서로를 한참이나 꼭 안았다. 그 침묵이 끝날 즈음 앨리스가 웅얼거리듯 말했다.

"여보, 혹시 홈스는 실존하는 사람이 아니라 잉그램 경이 그분의 뛰어난 지성에 우리가 기가 죽을까 봐 만들어 낸, 가공 인물이 아닐까요?"

"그거 영리한 생각인데요, 여보. 나는 왜 그런 생각을 못했을까요?"

"오, 그건 영리한 생각이니까요."

앨리스가 웃었다. 그가 아내를 꼭 안으며 애정을 듬뿍 담아 입을 맞추었다.

그런데 겨우 몇 주 만에 트레들스가 용기를 그러모아 잉그램 경에게 '홈스'의 도움을 청하는 편지를 쓸 일이 생겼다. 트레들스의 경력은 탄탄대로였다. 그가 자신과 같은 계층의 여성과 결혼했다면 때가 되면 승진을 하고 느긋하게 지냈을 것이다. 하지만 앨리스는 그의 아내가 되기 위해 유복한 삶을 포기했다. 그는 결코 부자가 될 수 없었다. 그래도 최소한 자신의 직무에서 매우 성공적이고 존경받는 지위에 오르고, 되도록 빠른 시간 내에 아내가 자부심을 갖도록 해 줄 수는 있었다.

문제의 사건에는 포트사이드에서 출항한 P&O사의 여객선에서 발견된 시체가 등장했다. 시신으로 발견된 승객의 신원은 렌델이라는 이집트 학자였다. 그는 적어도 하루 전에 사망했으며 그의 옆에는 유가족과 친구들이 확인해 준 바에 따르면 자필이 거의 확실한 유언이 놓여 있었다.

유언은 이런 내용이었다.

파라오의 저주는 사실이다. 윌킨슨은 광기에 사로잡혀 뱃전에서 뛰어내렸으며 이제 나를 죄어 오는 저주의 손길을 느낀다. 암흑이 내려온다. 숨을 쉴 수가 없다. 아무도 나를 도와줄 수 없는 걸까?

화물칸에 실려 운반 중인 미라들은 미라라는 사실을 감안하더라도 트레들스의 눈에 특별히 위협적으로 보이지 않았다. 그리고 미라가 들어 있는 석관도 미적으로 보나 가치로 보나 특출한 것 없이 평범했다.

그 여객선의 상급 선원 한 명이 배가 사우샘프턴에 도착하기 약 서른여섯 시간 전, 몹시 동요한 렌델이 배를 돌려 자신의 친구를 수색해 달라고 요구했다는 사실을 떠올렸다. 렌델은 친구인 윌킨슨이 지브롤터를 떠난 후로 줄곧 흥분 상태였으며, 미라 망령에 대한 공포로 벌벌 떨며 자신의 선실에 틀어박혀 있었다고 주장했다. 그런데 윌킨슨을 배 어디에서도 찾을 수 없자 렌델은 그가 대서양을 떠돌고 있을 거라고 확신했다.

선원은 윌킨슨이 뱃멀미로 고생했을 거라고 말했다. 얼마 후 멀미 증상이 사라지자 잃어버린 시간을 만회하기 위해 다른 승객들과 합류했을 것이라고 말이다. 배에서는 술에 취한 승객이 구석이나 틈 혹은 상냥한 미망인들 사이에서 발견되는 일이 흔했다. 렌델은 자신의 우려를 진지하게 대해 주지 않자 발끈 화를 내며 그자리를 떴다. 그 선원은 이제 와서 후회를 했다. 그 가련한 사람의 말을 믿었어야 했다고 말이다.

트레들스는 초자연 현상을 덮어 놓고 배격하는 사람은 아니지만, 그렇다고 악령이 이승을 천 년이나 떠돌며 불운한 이집트 학자를 습격할 기회를 엿보고 있었다는 생각도 믿을 수 없었다.

그는 렌델의 시신을 구석으로 옮긴 후 잉그램 경이 홈스에게 전달할 수 있도록 이 사건에서 밝혀진 사실을 정리해 보았다. 이튿날 대답이 도착했다.

친애하는 경사에게,

나는 홈스에게 다음과 같은 답변을 받았네. 글자 그대로 인용하지.

이 사건에는 하나 이상의 계략이 엮여 있을 가능성이 있네.

첫 번째는 속임수네. 청년 두 명이 위대한 발견을 하겠다는 포부를 안고 이집트로 떠났어. 그들은 눈물이 날 정도로 평범한 유물을 갖고 귀국했지. 영국에서 그들을 기다리는 것은 부와 명성이 아니라 발굴 활동에 자금을 댄 실망한 아버지들뿐이었겠지. 이제 어떻게 해야 할까. 아, 그래. 파라오의 저주. 그들이 극적인 사건을 무대에 올리면 (렌델은 혼수상태, 윌킨슨은 행방불명) 대중은 호기심에 이끌려 그 미라들을 보려고 돈을 지불할지도 몰라. 미라를 폐기한다면 망령의 분노를 불러일으킬 수도 있지 않은가.

렌델은 분명 윌킨슨이 배에서 뛰어내렸다는 인상을 주려고 그 선원을 붙잡고 이야기를 했을걸세. 그가 뛰어내리는 모습을 목격한 사람이 없으니 가능성은 두 가지라네. 첫째, 윌킨슨은 지브롤터에서 하선했다. 둘째, 사우샘프턴에서 내렸다.

하지만 실제로 윌킨슨은 랜델이 마실 약을 몰래 바꾸려고 배에 남아 있었을 거야. 다행스럽게도 렌델은 친구의 배신을 꿈에도 모른 채 죽음에 다다랐을 테고. 그 후 윌킨슨은 렌델이 시신으로 발견되기 전에 승객들과 뒤섞여 배에서 내렸지.

윌킨슨이 렌델을 제거할 교묘한 계획을 꾸민 이유에 대해서는, 재정적 곤란이나 이집트 학자로서의 질투가 언급되지 않았으니 이렇게 말해 둠세. 쉐르세즈 라 팜[*].

자네의 노력이 성공을 거두기를 기원하며
애시버튼

죽은 청년의 약혼녀는 눈부시게 아름다웠다. 윌킨슨은 최근에 영국에 도착한 척하기에 적절한 시기를 노리고 있다가, 사우샘프턴에서 발견되었다. 범행 방법은 홈스가 추측한 내용과 거의 다르지 않았으며, 예외라면 파라오의 저주는 렌델의 아이디어였고 윌킨슨이 자신의 목적을 위해 그 아이디어를 고쳤다는 사실뿐이었다.

그 사건으로 트레들스는 상관들에게 확실한 눈도장을 찍었기에

● 쉐르세즈 라 팜 '여자를 찾아라'

홈스에게 꼭 고마움을 전하고 싶었다. 하지만 잉그램 경은 홈스를 대신해서 그런 인사를 모두 사양했다.

"홈스는 머리를 쓸 일을 원하네. 다른 것은 부차적이지."

"그렇다면 풀어야 할 난해한 수수께끼가 없을 때는 무슨 일을 합니까?"

"알고 싶지 않을걸."

잉그램 경은 잠시 후 이렇게 덧붙였다.

"이렇게 말해야겠군. 나는 알고 싶지 않네."

그 대답으로는 잉그램 경과 홈스가 동일 인물이 틀림없다는 트레들스 경사의 확신은 조금도 흔들리지 않았다.

그 후 경사는 잉그램 경을 통해 홈스에게 두 번 더 의견을 구했고 그때마다 서신을 주고받는 홈스의 견고한 지성에 감탄했다. 홈스는 어느새 트레들스 인생의 기둥이 되어 갔다. 솔직히 이미 기둥이라고 해도 틀린 말은 아니었다.

존경해 마지않는 기둥.

그런데 그 기둥이 무너졌다.

트레들스는 책상 위에 어지럽게 널려 있는 석간신문들을 옆으로 치우고 콧잔등을 손으로 집었다. 그는 홈스가 마차 사고나 템스강으로 굴러떨어졌다거나 잘못된 의료 시술로 변을 당했다는 내용의 기사를 찾지 못했다. 동료들에게 은밀하게 문의해 봤지만 소득이 없기는 마찬가지였다. 너무 과열된 분쟁도, 피해자가 발생한 강도 사건도, 남성이 심각한 혼수상태에 빠진 살인미수 사건도 없었다.

홈스에게 닥친 변고가 꼭 혼수상태여야만 할까? 홈스가 살아 있지만 그의 손이 절대 닿을 수 없다는 잉그램 경의 말을 달리 해석할 수도 있을까?

페이즐리 무늬가 찍힌 라일락색 드레스를 입은 앨리스가 방으로 들어왔다.

"아무것도 없어요?"

트레들스가 고개를 흔들었다.

"없어요."

앨리스가 한숨을 푹 쉬었다.

"가여운 홈스 씨. 도대체 무슨 일일까요?"

트레들스는 계속 고개를 가로저을 수밖에 없었다. 수사관으로서 그는 직감이 꽤 뛰어났다. 그런데 지금은 셜록 홈스 씨의 불운에 대해 올바른 실마리를 따라가기는커녕 엉뚱한 곳에서 헤매고 있다는 직감이 들었다.

"잉그램 경과 홈스 씨가 절대 동일 인물이 아니라니."

앨리스가 말을 이었다.

"내 머리도 별거 아닌가 봐요."

"흠, 나도 한때는 당신의 가설이 확실히 명쾌하다고 생각했어요. 가끔 서로 어긋나는 사실들이 떠올라, 그때까지 명쾌했던 가설이 나를 비웃듯이 느껴질 때면 기분이 고약하다니까요."

"어긋나는 사실들은 똥이나 먹으라고 해요."

그녀가 빙 둘러와 한 손을 남편의 어깨에 둘렀다.

"바이에른의 루드비히 2세가 사망한 채 발견되었다. 브리티시 콜럼비아, 뱅쿠버에서 화재로 건물 천 채 가까이 전소했다. 대체 우리는 어떤 세상에 살고 있는 걸까요. 온 세상의 비보가 문 앞까지 배달되다니."

앨리스가 다른 신문을 집어 들었다.

"국내 소식이라고 더 나은 것도 아니에요. 아일랜드 자치 법안 부결을 비판하는 기사. 건물 한 채가 전소하고 두 사람이 사망한 램버스 화재 사건의 용의자들을 아직도 찾고 있는 경찰."

"램버스의 그 건물은 나도 알아요. 런던 경찰청의 경사 중에 그 건물에 대해 제보를 받지 않은 사람이 없을 정도죠. 그곳은 도박굴 같은 곳이 아니라 마권 가게였어요. 그런 가게는 한 곳을 문 닫게 하면 두 거리 건너 또 한 곳이 문을 열어요."

그녀가 신문을 넘겼다.

"사교계 소식도 별 도움이 안 되네요. 셰리던 경의 생일 파티가 가족 문제로 취소되었어요."

"신문사가 아무 집도 불타지 않은 화재 사고와 예정대로 열린 파티 소식만 싣는다면 아무도 수익을 올리지 못 할 거예요."

트레들스는 아내의 손바닥에 입을 맞추며 말을 이었다.

"내 가정의 안주인을 볼 때마다 희소식만 한가득 받은 기분이 드니 나는 얼마나 행운아인지."

앨리스가 미소를 지었다.

"아, 트레들스 경사님. 나도 당신을 깊이 사랑한답니다. 수수께끼 같은 셜록 홈스 씨의 운명은 잠시 옆으로 밀어 놓으세요. 당신의 아첨이 즉시 효과를 발휘할 곳은 우리 부부의 잠자리뿐이니까요."

트레들스 경사는 더 이상 아내에게 달콤한 말을 늘어놓을 필요가 없었다.

제4장

"매리벨 대고모님 정말 감사합니다."

리비아가 탁한 목소리로 말했다.

독신인 매리벨 대고모는 여든세 살까지 살았다. 그녀는 유산으로 창의적 노력을 발휘한 결과물이 가득 담긴 상자 하나를 남겼다. 자수, 유약 바른 도자기, 수채화들, 약간의 재능과 그보다 훨씬 덜한 노력이 담긴 온갖 취미 작품들이었다. 리비아는 상자를 열어 내용물을 확인할수록 점점 더 실망스러워졌다. 독신녀란 아무 짝에도 쓸모없는 공예품으로 상자를 채울 수밖에 없을 정도로 길고 지겨운 시간을 평생 살아야 하는 걸까?

내용물을 반쯤 확인했을 때 리비아는 자신의 이름이 적힌 봉투한 개를 발견했는데, 그 속에 편지 한 통이 들어 있었다.

하, 너는 내가 이런 쓰레기 같은 물건들을 만드느라 수십 년을 허비

했다고 생각했겠지, 그렇지 않니? 아니란다, 얘야. 나는 만족스러운 인생을 살았고 언젠가는 너도 그렇게 되기를 바라. 하지만 그런 삶을 살게 될 때까지 네가 힘든 세월을 버티는 데 도움이 될 위안거리가 필요하겠지? 나는 너를 잘 모른다만 네 부모만 만나면 술 한잔이 간절해지더구나……

잡동사니를 다 꺼내니 상자 바닥에 '액체로 된 황금'이 나란히 놓여 있었다. 아일레이 섬의 모든 양조장에서 생산한 위스키와 칼바도스, 마데이라 와인, 셰리주, 질 좋은 빈티지 클라레에 압생트도 두 병이나 있었다.

리비아는 이 황홀한 유산을 잘 챙겨 두었다. 그때부터 술 한 방울도 허투루 버리지 않도록 조심했다. 가장 절망적인 순간이 찾아올 때까지 유일한 재산을 흥청망청 써 버리고 싶지 않았으니까.

바로 지금이 누군가의 가장 절망적인 때였다. 리비아는 그 누군가가 샬럿이라고 단언하겠지만, 정작 샬럿은 제법 의연하게 버티고 있었다. 그 대신 달콤한 마데이라 와인을 연신 꿀꺽꿀꺽 들이켜는 사람은 리비아였다. 리비아는 벌벌 떨리는 몸과 흘러내리는 눈물을 주체할 수 없었고, 분통을 터트리고 저주를 퍼부었다.

"그 인간은 어쩜 그렇게 얼간이라니. 그 로저 슈루즈버리 말이야. 구제받을 길 없이 멍청하기 짝이 없는 화상 같으니라고."

리비아는 자신의 말을 강조하려는 듯 술병을 휘둘렀다.

"오, 세상에, 샬럿, 런던에 하고 많은 부도덕하고 경박한 유부남들 중에 하필 왜 그 남자를 고른 거니?"

샬럿은 짐을 다 싸 둔 여행 가방 위에 발을 올린 채 창턱에 앉아 있었다. 리비아는 몇 시간 전에 블라우스와 코르셋을 벗어 던지고 낡고 편안한 실내복으로 갈아입었다. 샬럿은 여전히 외출복 차림이었다. 크림색 실크로 공들여 만든, 장미와 위로 한없이 뻗은 덩굴이 그려진 섬세한 드레스였다. 리비아는 최대한 수수한 옷을 좋아하는 반면, 샬럿은 예쁘장한 주름 장식이며 기나긴 레이스 장식, 꼰 실크로 짠 반짝거리는 끈으로 만들어져 흔들거리는 요란한 술 장식을 즐겼다.

'너는 미망인의 내실에 쓰인 천보다 더 많은 천을 몸에 휘휘 감고 있을 거야.'

리비아는 동생의 '많으면 많을수록 더 좋다'는 취향에 진저리를 치며 이렇게 말한 적도 있었다. 그러자 샬럿은 웃음을 터트리며 이렇게 응수했다.

'내가 말 안 했어? 매리벨 대고모님은 항상 나를 보면 고모님이 제일 좋아하는 수를 놓은 발 받침대가 생각나신대.'

리비아의 눈에 눈물이 차올랐다. 그녀는 아예 술을 병째 들이켰다.

"다음번에 로저 슈루즈버리 그 자식과 마주치면 면상을 한 대 갈겨 줄 거야."

"어머, 그건 내가 용납할 수 없어. 슈루즈베리 씨의 얼굴은 그 사람이 인류에 공헌하는 유일한 부분이야. 대신 엉덩이를 걷어차는 게 좋겠어. 그 부분은 평범한 데다 보존할 가치도 없거든."

샬럿이 말했다.

리비아는 너무 충격을 받아 숨을 헉 들이쉬다가 동시에 딸꾹질까지 했다.

"너 그 엉덩이를 봤니?"

"나는 그 사람의 모든 것을 봤어."

"설마 그…….."

"대영박물관에 가면 대개 무화과잎으로 가리고 있는 설마 그 부위까지."

"그건…… 아팠어?"

"언니가 삽입을 말하는 거라면, 엄밀히 말해 즐겁지는 않았지만 특별히 고통스럽지도 않았어. 오히려 약간의 자유를 얻기 위해 이렇게 극단적인 방법까지 동원해야 한다는 사실이 훨씬 더 불쾌했어."

리비아가 눈을 문질렀다.

"그런 방법으로 원하는 것을 손에 얻으리라 진심으로 믿었니? 우리 부모님은 네가 고분고분한 딸이었을 때도 주려고 하지 않았던 것을 지독한 타락에 대한 보상으로 주실 분 같지는 않거든."

"그래서 내가 부모님을 협박하려고 한 거야."

리비아는 갑자기 사레가 들렸다.

"뭐라고? 어떻게?"

"내 인생이 끝장났다는 사실을 온 세상에 떠벌리겠다고. 그게 싫으면 내가 교육을 받을 수 있도록 입막음용 돈을 주셨으면 좋겠다고 협박할 생각이었어."

리비아는 샬럿의 계획이 어찌나 뻔뻔한지 마음이 한결 가벼워졌다. 아니면 마데이라 와인 탓인가? 그녀는 술병을 내려놓았다.

"오, 샬럿."

그녀의 눈가에 한참 고여 있던 눈물이 마침내 볼을 타고 주르륵 흘러내렸다.

"샬럿, 약속할게. 너 혼자만 그 고약한 시골집에서 지내게 하지 않을 거야. 엄마 아빠가 보고 계시지 않을 때면 꼭 너를 찾아갈게. 책이랑 신문도 챙겨 줄게. 케이크도 갖다줄 거야. 그리고 네게……."

샬럿이 커튼 틈으로 밖을 내다보았다.

"아빠가 마시 부인을 만나러 가시나 봐."

마시 부인은 헨리 경이 요즘 만나는 애인이었다. 그녀는 글래드웰 부인처럼 레이디 홈스의 면전에서 자신이 헨리 경과 정을 통하고 있다는 사실을 슬쩍슬쩍 드러내며 즐거워했다.

"그 여자 때문에 아빠가 지독한 꼴이 되시면 좋겠어."

리비아가 잔뜩 날 선 목소리로 말했다.

"안 돼. 그러면 그 후폭풍을 엄마가 감당하셔야 해. 그건 공평하지 않아."

샬럿이 리비아를 돌아보며 말을 이었다.

"어쨌든 아빠가 외출하셨으니 엄마는 아편틴크를 마시고 잠자리에 드실 거야. 엄마가 금세 잠드시는지 살펴봐 줄래, 언니?"

리비아가 비틀거리며 일어섰다.

"그래. 그런데 그건 왜?"

"어머니가 주무시는지 보고 와, 부탁이야."

리비아는 머리가 멍했지만 동생의 말대로 했다. 레이디 홈스가 코를 드르렁거리는 소리가 들리니 의심의 여지가 없었다.

리비아가 그 사실을 샬럿에게 전하자 샬럿은 언니를 데리고 집

안쪽 방으로 향했다. 그리고 창문을 열었다.

"최대한 크게 음매 하고 울어, 어서."

"뭐라고?"

리비아는 유난히 동물 울음소리를 잘 흉내냈다. 어렸을 때 유모를 즐겁게 해 주는 것 말고는 숙녀에게 가장 쓸데없는 재능이었다. 그래도 음매 소리 흉내를 내지 않은 지 몇 년이나 되었다.

"제발, 그게 모트에게 보내는 신호야."

모트는 가족의 말을 관리하고 마차를 몰았다. 가족이 런던에 가 있을 때는 정원을 정리했다.

"대체 왜 모트에게 신호를 보내는데?"

"말해 줄게. 하지만 먼저 서둘러 줘. 조금 있으면 모트가 잠자리에 들 시간이야. 그 사람이 더 이상 자신을 부를 일이 없을 줄 알고 잠자리에 들면 안 돼."

리비아는 자신이 술에 취해 음매 하고 큰 소리로 우는 건지 헷갈렸다. 어쩌면 술에 취한 사람은 샬럿일지 몰랐다. 음매 소리는 유난스레 생생한 데다 생각지도 못한 트레몰로까지 풍부하게 가미되었다.

리비아가 끙 소리를 냈다.

"소가 된 드센 여편네가 있다면 부부 싸움이 끝났을 때 나처럼 울 거야."

"하지만 승리를 거두는 소일 거야."

샬럿이 말했다.

어딘지 자신감이 없는 듯한 음매 소리가 마구간 거리에서 났다.

샬럿이 고개를 끄덕였다.

"모트가 우리 소리를 들었나 봐."

"이제 무슨 일인지 말해 줄 거지?"

"알았어. 하지만 절대 발설하지 않겠다고 약속해."

샬럿이 리비아를 자신들의 방으로 데려가며 말했다.

"약속할게. 자, 이제 말해 봐."

샬럿은 문을 닫고 드레스의 단추를 풀기 시작했다.

"나는 떠날 거야."

"그건 나도 알아."

샬럿은 내일 기차를 타고 시골로 가 한동안 유배나 다름없는 생활을 하게 되었다. 짐도 이미 싸 두었다.

"엄마가 사교계 시즌이 끝날 때까지 나를 붙잡아 놓겠다는 생각은 하지 않으시면 좋겠어. 뭘 증명하기 위해서? 나는 차라리 우리 둘 다 시골에 갇히면 좋겠어."

리비아가 말했다.

"언니도 나도 시골에 갇히는 일은 없어. 모트가 마차를 가지고 올 거야. 그 마차로 나를 트라팔가 광장 근처에 있는 비교적 큰 호텔 한 곳으로 데려다줄 거고. 그 호텔 급사들은 파트롱•도 없이 이 시간에 여자가 혼자 투숙할 방을 찾아도 수상하게 생각하지 않을 거야. 내일 날이 밝으면 하숙집을 찾아보려고."

리비아는 고개를 흔들었다. 지금 무슨 소리를 들은 걸까?

"농담이지? 도망치겠다는 거니?"

● **파트롱** 보호자

"아니. 나는 어린아이가 아니야. 부모님의 집을 나와서 독립할 자유가 있어. 마치 내가 야반도주라도 하는 모양새가 된 건 부모님이 내 계획을 간섭하는 게 싫기 때문이야."

"맙소사, 어쨌든 도망치려는 거잖아."

샬럿은 리비아가 한 시간 전에 따라 준 마데이라 와인 잔을 처음으로 집어 들고는 얼굴에 묘한 미소를 지었다.

"그래, 나는 도망칠 거야. 시골에 갇혀 사느니 차라리 혼자 일어설 거야."

"하지만 샬럿, 하숙집을 어떻게 찾을지 전혀 모르잖아? 어느 집이 숙녀에게 적합할지 어떻게 알고?"

"〈일과 여가〉. 일을 하거나 취직을 하려는 여성들이 독자층인 잡지야. 이 잡지를 보면 때때로 엄선한 리스트가 실려 있어. 가장 최근에 실린 리스트를 기억해 뒀어. 우리는 시즌에만 런던에 집을 빌리지만 내가 런던에서 교육을 받으려면 일 년 내내 런던에서 살아야 하잖아."

물론 샬럿이라면 그런 리스트를 미리 기억해 두었을 만하다. 하지만 이야기를 주고받을수록 리비아는 자수 실 하나에만 의지해 공중에 매달려 있는 기분을 떨칠 수 없었다. 리비아도 샬럿도 자신들이 자란 환경을 벗어난 삶이 실제로 어떤지 전혀 몰랐다.

"하지만, 하지만 말이야. 숙박비를 내야 하잖아, 안 그래?"

"맞아. 따로 모아 둔 돈이 몇 파운드 있어. 게다가 일을 구할 계획도 다 있고."

"어떤 종류의 일? 샬럿, 네가 한 짓은 사방에 소문이 날 거야.

너는 학교의 교장이 절대 못 될 거야. 가정교사나 숙녀의 말동무 같은 일자리도 구할 수 없고."

"언니 말대로야. 그런데 다른 사람들의 딸을 보살피지 않아도 되는 일, 내 오명으로 다른 사람의 집을 더럽히지 않아도 되는 일들이 있어. 타자수를 구하는 회사가 많아. 최근에는 비서가 된 여성도 늘고 있고. 나는 타자를 칠 줄 알아. 학교에 들어가서 수업 내용을 필기해야 할 때를 대비해서 속기도 독학했지. 나는 여러 직종에서 일할 수 있는 자격을 갖추었어."

리비아는 잠시 눈을 꼭 감았다. 샬럿이 런던이라는 험한 바깥세상으로 도망친다는 생각만으로도 압도될 것 같았다.

"네 자격을 의심하는 게 아니야. 다만……."

"그렇다면 뭐가 두려워. 나는 괜찮을 거야. 진즉에 이렇게 했어야 했어. 성년이 되자마자 말이야."

샬럿은 벗어 버린 여름 드레스에서 폴짝 나와 여행용 적갈색 벨벳 드레스로 손을 뻗었다.

"그런데 샬럿, 너 수중에 얼마나 갖고 있는 거니? 당장 일자리를 구하지 못하면 단돈 몇 파운드로는 오래 버티지 못 해."

리비아는 레이디 홈스로부터 받은 쥐꼬리 만한 용돈을 악착같이 모았지만 샬럿은 책이며, 봉봉 캔디, 타자기나 화학 도구 세트 같은 잡동사니에 다 써 버렸다. 샬럿이 가진 돈이 5파운드가 넘는다면 리비아는 오히려 더 놀라울 것 같았다.

"괜찮을 거야, 리비아. 금방 일자리를 구할 테니까."

여성이 집을 나가서 독립을 쟁취하는 일이 그렇게 쉽다면 애초에 '여성 문제'도 생기지 않았을 것이다. 샬럿의 지성이 이 나라에서 가장 뛰어나다고 하더라도 지금이든 앞으로든 그녀는 영원히 명예를 회복할 수 없을 것이다. 모두에게 버림받은 사람. 그것은 상류사회의 허황된 허영으로부터 멀리 떨어져 있는 사람에게조차 견디기 힘든 형벌이 될 터였다.

그럼에도 불구하고 샬럿이 보여 준 강철 같은 자신감만큼은 감탄할 만했다. 모든 것을 알고, 모든 것을 관찰하고, 여전히 추리할 것이 남아 있다면 모든 것을 추리해 내는 영리한 샬럿. 고집불통인 부모님을 골탕 먹이기 위해 각고의 노력을 기울이며 꺾이지 않고 살아갈, 아니 성공할 수 있는 사람이 있다면 바로 샬럿 홈스일 것이다.

하지만 부모님을 떠올리면…….

"그럼 부모님은? 네가 도망쳤다는 사실을 아시면 두 분은 어떻게 되실까?"

"엄마는 히스테리를 부리시겠지. 아빠는 불같이 화를 내실 거고. 엄마는 런던을 뒤집어 놓더라도 나를 찾아서 따귀를 몇 대 더 때리고 싶어 하실 거야. 아빠는 처음에는 엄마에게 맞장구를 치시겠지만 확실히 혼을 내려면 집으로 데려와야 한다고 하시겠지.

하지만 아빠가 문젯거리를 경찰에 신고하거나 사설탐정에게 상담을 하겠다고 마음을 먹으셔도 외출을 하려고 옷을 갈아입을 때가 되면 마음을 바꾸실 거야. 어차피 또 도망갈 텐데 억지로 나를 집으로 끌고 오는 수고를 왜 하시겠어? 내가 런던에, 아빠의 보호막 밖의 세상에, 호되게 당하도록 내버려 두면 되지 않을까? 그렇게 되면 내가 바닥이 없는 절망에 빠져 문을 두드리는 순간, 죽을 때까지 시골에 가둘 수 있다고 생각하실 거야."

리비아가 자신의 관자놀이를 꽉 눌렀다.

"정말 가혹해."

"그렇게 생각하는 게 논리적이고 우리 아버지는 스스로를 영리한 사람이라 생각하시지. 게다가."

샬럿이 창으로 다가가 밖을 살피며 소매 끝동의 단추를 채웠다.

"모트가 왔어. 이제 가야 해."

모트가 샬럿의 짐을 마차 지붕에 동여매는 동안 샬럿은 버나딘에게 작별 인사를 하겠다고 했다. 리비아는 굳이 그런 수고를 해야 할지 망설여졌다. 그도 그럴 것이 버나딘은 철사를 감아 놓은 심, 나무 톱니, 종이 풍차 같은 물건들을 빙글빙글 돌리는 일밖에 하지 않았다. 버나딘은 다른 사람에게 결코 말을 하지 않았고, 리비아는 가끔 버나딘이 가족과 길가의 낯선 사람들을 구별할 수나 있는지 의심스러웠다.

리비아는 샬럿과 함께 잠시 버나딘을 지켜보았다. 누구든 버나딘과 이야기를 해보려고 부질없이 애를 쓰는 모습을 보고 있으면 기운이 빠지면서 화가 (아마도 신에게) 났다. 샬럿은 버나딘의 상태를 그리 신경 쓰지 않았으며, 성인이 다른 성인을 대하듯 상냥하고 차분하게 말을 건넸다.

샬럿이 언니와 작별 인사를 마칠 때까지 리비아는 복도에서 기다렸다. 이윽고 리비아는 동생과 함께 마차로 갔다. 그러더니 먼저 올라탔다.

"혹시 내가 여기서 작별 인사만 할 거라고 생각한다면……."

"그렇게 생각하지 않았어."

마차를 함께 타고 가는 동안 샬럿은 리비아에게 여성이 일자리와 셋방, 동료를 얻도록 도와주는 각종 등록소와 협회에 대해 아는 대로 다 말해 주었다. 덕분에 리비아의 마음도 얼마간 가벼워졌다. 리비아는 여자들이 도움을 받을 수 있는 방법이 그렇게 많은지 몰랐다. 어느새 마차는 샬럿이 하룻밤 지낼 호텔에 순식간에 도착했다.

리비아는 공포에 휩싸였다. 그녀는 동생의 손목을 움켜쥐었다.

"너 자신 있니, 샬럿? 정말 해낼 자신이 있어?"

샬럿이 고개를 끄덕였다. 마차의 등불이 밝히는 빛을 받은 샬럿은 화강암으로 만들어진 것처럼 어디까지나 냉철하고 강단 있어 보였다.

리비아는 작은 주머니를 동생의 손에 꼭 쥐여 주었다.

"이걸 가지고 가."

그 주머니에는 구겨진 파운드 지폐 한 장과 실링 동전 몇 개, 금 귀고리 세 쌍이 들어 있었다.

"내가 여기까지 가져온 돈은 이게 다야. 은행에 좀 더 있어. 혹시 곤란한 일이 생기면 연락해. 돈을 부쳐 줄게."

샬럿이 몇 번이나 빠르게 눈을 깜박거렸다. 뭔가 할 말이 있는 것처럼 보였다. 하지만 결국 그냥 리비아를 꼭 안았다.

"나는 분명히 괜찮을 거야. 두고 봐."

그렇게 자매는 서둘러 작별 인사를 나누었다. 마차에 내려앉은 정적과 공허함은 그 무엇으로도 깨트리거나 채울 수 없을 것 같았다. 리비아는 눈을 활짝 뜬 채 다음 오락을 즐길 장소로 느긋하게 이동하는 관광객들과 야회복을 갖춰 입은 느긋한 젊은 남자들로 붐비는 인도를 멍하니 바라보았다.

그녀의 마음은 시커먼 어둠 속으로 빠져들었다. 자매, 동료, 은신처, 희망. 샬럿은 리비아가 인생에서 소유한 모든 것이었다. 그런 동생이 떠나 버렸다. 이제 리비아에게 남은 것은 아무것도 없었다.

아무것도.

마차가 방향을 틀었다. 몇 분 후면 리비아는 시즌 동안 부모님이 빌린 집으로 돌아갈 것이다. 앞으로 그 집은 전보다 더 고요하고 더 공허한 곳이 될 것이다.

리비아는 외톨이가 될 것이다. 앞으로 영원히 외톨이가 될 것이다.

리비아는 자신이 무슨 짓을 하는지 알아차리기도 전에 당김줄을 힘껏 당겼다.

"네, 아가씨?"

말을 주고받는 구멍으로 모트의 목소리가 들렸다.

"집으로 안 갈 거야. 당장 가 봐야 할 곳이 생겼어."

제5장

리비아의 머리 안쪽에서 생겨난 통증이 이번에는 눈의 뒤쪽을 쿡쿡 쑤셔 댔다. 혀는 쇠살대를 핥은 것 같은 맛이 났다. 몸을 움직이려고 하자 미치광이 요정이 그녀의 관자놀이에 구멍을 뚫고 있는 중이라는 사실이 확실해졌다.

아침이었고 리비아는 전날 밤 손님방에서 잤다. 샬럿이 언제 집을 빠져나갔는지 모른다는 거짓말을 더욱 그럴싸하게 하기 위해서였다.

리비아는 밤새 꿈속에서 샬럿의 다정하고 슬픈 얼굴을 보았다. 그러다가 왜인지 샬럿의 이목구비가 레이디 슈루즈버리로 변했다. 입은 일자로 꾹 다물고 있고, 광대뼈가 높이 튀어나와 있었다. 리비아는 샬럿의 인생을 박살 낸 그 증오스러운 여자에게 소리를 질러 댔다.

그들 모두의 삶을 망가뜨린 여자.

리비아는 쿵 소리를 내며 침대에서 휘적휘적 나왔다. 일단 아래층으로 내려가 부모님이 샬럿이 없다는 사실을 최대한 늦게 알도록 막아야 했다.

그녀가 계단 꼭대기에 닿자마자 레이디 홈스가 흥분한 얼굴로 득달같이 계단을 올라왔다.

"너는 무슨 일이 일어났는지 절대 모를 거야!"

엄마의 목소리가 리비아의 두개골을 긁어 댔다. 욕지기가 파도처럼 밀려와 그녀의 몸을 훑고 지나갔다.

"무, 무슨 일이 일어났는데요?"

샬럿의 가출이 벌써 들통났나?

"레이디 슈루즈버리가 죽었어."

리비아는 난간의 중심기둥을 한 손으로 짚었다. 자신의 귀를 믿을 수 없다는 생각과 함께 두려움이 온몸을 관통했다.

"어떻게 그런 일이?"

"오늘 이른 새벽에 보니 죽어 있더라는구나. 벌써 주치의가 와서 사인이 뇌 동맥류라고 진단했어. 하지만 이건 신이 정의를 구현하신 거야. 자기 아들이 비열한 망나니인 주제에 우리를 찾아와 전부 다 우리 탓인 것처럼 몰아붙이던 꼬락서니라니. 그렇게 되도 싸지."

리비아는 어머니의 냉혹한 말에 몸서리를 쳤다.

"아무리 옹졸하거나 설령 위선적인 인간이라고 해도 전지전능한 신이 목숨을 빼앗기까지야 하겠어요?"

레이디 홈스는 의기양양한 어조로 대꾸했다.

"나는 때때로 그분의 역사를 확신하게 되는구나. 어쩌면 올해는 내 눈에 가시 같은 사람들을 그분이 벌하시는 해일지도 몰라."

순간 리비아는 레이디 홈스가 레이디 아멜리아 드러먼드를 말하고 있다는 사실을 퍼뜩 깨달았다. 홈스 집안에서는 그 이름을 절대입에 담지 않았다. 적어도 리비아가 듣는 데서는 그랬다. 하지만레이디 아멜리아의 급사는 지난 두 주 동안 호사가들의 입에 오르내렸다. 죽기 전날까지 그녀의 건강은 완벽했고 생기가 넘쳤다.

레이디 홈스는 리비아를 밀치듯 지나갔다.

"잠깐만요. 어머니가 아시는 건 그게 다인가요? 더 자세한 이야기는 모르세요?"

레이디 홈스는 멈춰 서서 잠시 생각했다. 그러더니 콧방귀를 꼈다.

"닐리 부인의 말로는 로저 슈루즈버리가 넋이 나갔다는구나. 자신이 망신스러운 짓을 한 탓에 어머니가 때 이른 죽음을 맞으신게 틀림없다고 했다지. 세상이 자기를 중심으로 돌아간다고 생각하다니, 정말 천생 남자라니까."

"잠깐만요. 그런데……."

레이디 홈스가 리디아와 샬럿의 방으로 발걸음을 옮겼다.

"너는 언제쯤 입 다무는 법을 배울 게냐, 올리비아? 나는 거기 서서 네 질문에 대답해 주는 것 말고도 할 일이 많아. 특히 오늘은."

레이디 홈스가 방문을 열자마자 침묵이 천둥소리처럼 울려 퍼졌다.

마침내 터져 나온 그녀의 질문에 리비아는 귀가 먹을 뻔했다.

"샬럿은 어디에 있니?"

이날 샬럿은 런던을 샅샅이 돌아다녔다. 적어도 그녀의 통통 부은 발은 그렇게 느꼈다.

아침나절, 샬럿, 아니 턴브리지에서 온 타자수인 캐롤라인 홈스 양은 월리스 부인의 하숙집에 방을 얻었다. 하숙집은 캐번디시 광장 근처의 매우 점잖은 동네에 위치한 매우 점잖은 집이었다.

자유를 손에 넣은 첫날은 얼마 안 되는 가진 돈을 흥청망청 쓰며 보냈다. 찻주전자와 이가 빠진 찻잔 세트, 물을 데울 알코올램프, 은식기와 접시류, 치약 가루, 수건, 침구, 거기에 부모님의 집에서 사는 생활에 익숙한 젊은 여성이라면 신경 쓸 필요가 없었던 자잘한 용품들도 사야 했다.

샬럿은 미래를 위한 투자라고 애써 생각했다. 리비아 그리고 버나딘도 다 함께 살게 될 자신들만의 집과 삶의 방식을 갖게 될 때를 대비해 말이다.

하지만 그 꿈을 이루려면 이 험한 세상에서 내내 혼자 마지막 힘 한 방울까지 짜내야 하는 걸까?

버나딘은 아무래도 상관이 없을지 모른다. 하지만 리비아는, 그렇게 자부심 강하고, 그렇게 연약하고, 그렇게 끊임없이 스스로를 회의하는 리비아는……

사람을 불신하면서도 정작 혼자가 될까 두려워하는 리비아는.

샬럿은 지금까지 리비아의 동지이자 친구였다. 리비아가 말하고 싶어 하면 들어주었고 리비아가 자신의 생각에 귀를 기울이고 싶어 하면 잠자코 있었다. 샬럿도 연거푸 청혼을 거부한 탓에 리비아와 함께 레이디 홈스의 노여움을 샀다. 그런데 지금 리비아의 곁에는 그녀를 지지해 주고 방패가 되어 줄 사람이 없다. 리비아

혼자 사교계의 온갖 조롱과 배출구를 다른 곳에서 찾지 못한 부모의 울분을 고스란히 감당해야 한다.

샬럿은 그을음으로 거무죽죽한 나무와 관목이 자라는 캐번디시 광장을 지나갔다. 런던의 공기는 언제나 끔찍했지만 마음대로 쓸 수 있는 마차가 있는 사람보다 하루 종일 걸어 다녀야 하는 아가씨에게 훨씬 더 지독했다. 윌리스 부인의 하숙집에 얻은 자신의 새 방 거울 앞에 선 정오 즈음, 주름 칼라의 윗부분을 보니 어느새 안쪽에 때가 동그랗게 앉아 있었다. 몇 시간 동안 여기저기 돌아다닌 터라 그 때가 무엇인지는 생각하고 싶지 않았다.

샬럿은 윔폴 스트리트를 돌아 약사 두 사람이 운영하는 애트웰 앤 듀즈버리에 들렀다. 윌리스 부인이 자질구레한 물건을 살 만한 상점으로 추천해 준 곳이었다. 샬럿은 오늘 일찍 이곳에 들러 비누와 성냥을 구입했다. 권당 1페니에 대여할 수 있는 책들을 살펴 봐야겠다는 생각도 있었다.

당연히 샬럿은 필요한 물건을 한 번에 다 떠올리지 못했다. 친절하게도 애트웰 씨는 그녀에게 문방구 몇 가지를 함께 팔았다. 샬럿은 갈색 종이로 포장되어 있으며 고객도 주인도 절대 이름으로 부르지 않는, 절취선이 있는 화장실용 티슈 백 장 한 묶음도 샀다.

가게를 나서는데 말쑥하게 차려입은 중년 신사가 지나갔다. 그가 헨리 경을 쏙 빼닮았기 때문에 샬럿은 기겁을 하며 우뚝 멈춰 섰다.

아버지와 자신 중 누가 더 화가 났을까? 아마 후자일 것이다. 샬럿은 아버지의 약속을 신뢰하지 말라는 경고를 리비아에게 몇 번이나 받았다. 하지만 그 경고에 귀를 막았다. 아니, 일부러 듣지 않았다. 아버지 헨리가 평소 모습과 거리가 먼 일종의 모범적 인물일지 모른다고 생각했기 때문이 아니라, 자신의 건전한 의견과 선의가 그에게 나름 영향을 미쳤을 것이라 자신했기 때문이다.

사실 그렇기는 했다. 하지만 결국 그에게서 어떤 차이를 이끌어 내기에는 부족했다.

윌리스 부인의 하숙집은 모퉁이를 돌면 바로였다. 샬럿이 들어가니 하숙생들이 거의 다 휴게실에 모여 어울리며 저녁을 기다리고 있었다.

"그 아가씨 엄마는 지금쯤 배꼽이 빠져라 웃고 있을 거야."

쾌활해 보이는 갈색 머리의 하숙인이 말했다.

"그 여자가 내 딸이 있는 현장을 덮치고 그렇게 거만하게 굴었는데 다음 날 시체로 발견된다면 나라도 그럴 거야."

샬럿은 고대기를 갖다 대기라도 한 듯 귀가 화끈 달아올랐다.

"설마 그 아가씨 가족이 손을 썼을 거라고 생각하는 거야?"

다른 여자가 물었다. 많아 봐야 스물한 살 정도인 그 아가씨는 갈색 머리의 이야기에 푹 빠진 것 같았다.

"그 여자가 누구죠?"

샬럿이 물었다.

갈색 머리가 얼굴을 돌려 샬럿을 보았다.

"새로 들어온 아가씨군요. 홈스 양이죠, 그렇죠?"

그 여자가 친근하게 물었다.

"네, 안녕하세요. 성함이⋯⋯."

"휘트브레드. 나는 낸 휘트브레드예요. 그리고 이쪽은 스푸너 양."

그들은 모두 악수를 했다.

"끼어들 생각은 없었지만 아주 흥미로워 보이는 이야기를 나누고 계신 것 같아서요."

히트브레드 양이 말했다.

"오, 맞아요. 내 사촌이 리전트 스트리트에 있는 고급 양장점에서 일하거든요. 오늘 하루 종일 고객들에게 이런저런 이야기를 들었나 봐요. 물론 그 사람들이 제 사촌에게 들려준 건 아니고요. 어떤 부인이 결혼한 아들이 아가씨와 있는 현장을 덮치고는 그 아가씨에게 호통을 치고 웃음거리로 만들었는데, 다음 날 보니 죽어 있더라. 뭐 이런 이야기를 자기들끼리 했다지 뭐예요."

레이디 슈루즈버리가 죽었다고? 죽어?

"어머나. 그렇게 느닷없이요?"

샬럿이 웅얼거렸다.

"사람들 이야기는 그래요. 그 이름이 뭐라더라. 머리 안에서 피가 나는 증상이었다나요?"

"뇌 동맥류요?"

샬럿이 되물었다.

"그런 것 같아요. 정말 엄청난 이야기 아녀요? 아니, 그러니까 아니냐고요. 월리스 부인은 우리가 이 집에서 '아녀요' 같은 말을 쓰는 걸 좋아하지 않아요. 숙녀답지 않다나요."

히트브레드 양이 목소리를 낮추었다.

"그리고 당신이 상냥한 젊은 남자를 사귀면 부인 앞에서 절대 입에 올려서는 안 돼요. 터너 양 앞에서도요. 여기서는 남자 친구는 절대 만들면 안 되거든요."

스푸너 양이 덧붙였다.

"특히 스푸너 양의 남자 친구처럼 젊은 남자는요. 그 사람은 스푸너 양을 찻집으로 초대해서 저녁까지 대접한답니다."

휘트브레드 양이 한 눈을 찡긋하며 말했다.

"조용히 해. 귀신 같이 알고 오네."

스푸너 양이 웃음기와 경계심으로 눈을 반짝거리며 경고했다.

그때 월리스 부인이 휴게실로 들어왔다. 그녀는 삼십 대 중반으로 키가 크고 어깨가 떡 벌어졌고 표정에서 위엄이 느껴졌다. 그녀 뒤로 체구가 작고 깡말랐으며 오 년은 더 나이 들어 보이지만, 누가 봐도 부하 같은 여자가 뒤따라 들어왔다. 그렇다면 그 부하 같은 여자는 터너 양일 것이다.

월리스 부인이 하숙인들에게 인사를 건네고 샬럿을 소개했다. 그들은 시간에 맞춰 식당 방으로 들어갔고, 그곳에서 터너 양이 식전 기도를 올린 후 다들 돼지 볼살 베이컨과 스쿼시 호박으로 저녁을 먹었다.

샬럿에게 음식은 매우 중요했다. 하지만 이날 저녁만큼은 자신의 입으로 무엇이 들어가는지도 모른 채 그냥 씹어 삼켰다. 휘트브레드 양이 알려 주는 이 하숙집의 규칙도 반쯤 흘려들었다. 다만 지금 신문을 사러 나가도 되는지 물었을 뿐이다.

"그럴 필요 없어요. 월리스 부인은 저녁 식사 후에 우리가 외출하는 걸 좋아하지 않으셔서 석간신문을 배달받으시거든요."

저녁 식사를 끝낸 후 샬럿이 휴게실로 다시 가자, 신문은 터너 양의 손에 있었다. 그녀는 그곳에서 뜨개질을 하거나, 스타킹을 수선하거나, 편지를 쓰거나, 체커 게임*을 하는 하숙인들에게 신문 기사를 큰 소리로 읽어 주었다.

"이제 이 광고를 들어 봐요, 숙녀분들. 1861년 11월 23일 밤에 웨스트민스터 대성당의 정문 계단에 버려진 여아를 진심으로 다급하게 찾습니다."

터너 양은 신문 위로 눈을 빼꼼 빼고 다른 하숙인들을 보며 말을 이었다.

"이래서 항상 조심하고 나쁜 꼬임에 넘어가지 않아야 하는 거예요. 안 그러면 이십오 년이나 지나서 아이를 찾는 유감스러운 여자가 되는 일이 여러분에게 일어날 수도 있어요."

샬럿은 그 날짜가 귀에 익었다. 기억을 더듬자 1861년 그날 누렇고 지독한 안개가 자욱했다는 사실이 떠올랐다. 다른 날도 아니고 그렇게 날씨가 지독한 날 아기를 버릴 사람이 있을지 진심으로 의심스러웠지만 아무 말도 하지 않았다.

정확히 아홉 시가 되자 터너 양이 신문을 내려놓았다. 다른 여자들도 모두 일어나서 방으로 돌아갈 준비를 했다.

샬럿이 그 신문을 집어 들었다.

"홈스 양, 소등은 아홉 시 반입니다. 그 시간 이후로는 신문을 볼 수 없습니다."

● **체커 게임** 체스판에 말을 놓고 상대의 말을 모두 따면 이기는 게임

터너 양이 딱딱하게 말했다.

"그러겠습니다."

샬럿이 고분고분하게 말했다.

작지만 먼지 한 톨 없는 공간인 제 방으로 돌아가자마자 샬럿은 레이디 슈루즈버리의 부고부터 찾아 읽었다. 레이디 슈루즈버리가 죽었다는 말은 사실이었다. 바로 전날만 해도 그렇게 정정하고 팔팔했던 사람이 어쩌다가?

레이디 슈루즈버리는 아들보다 샬럿에게 훨씬 더 화가 난 것 같았다. 단순히 아들의 행실에 단지 짜증이 난 것 이상으로 격노한 것일까? 그렇게 격노하면 잠이 든 상태에서 숨이 끊어질 수도 있을까?

샬럿은 몰래 숨겨 둘 간식거리를 사 두지 않은 사실을 아쉬워하며 관자놀이를 문질렀다. 그날 저녁에 나온 음식은 입맛이 없는 여자들에게는 충분할지 모르겠지만, 샬럿은 한 번도 그런 여자들이었던 적이 없었다.

대체 무슨 일이 일어난 걸까? 혹시 사람들은 샬럿이 이 일에 어떤 식으로건 관련되었다고 생각할까?

샬럿, 이 거짓말쟁이야!

너는 내내 잘될 거라고, 조만간 일자리를 구하는 데 아무 문제가 없을 거라고 장담했잖아. 내가 그때 얼마나 취했으면 네 말을 곧이곧대로 믿어 버렸을까.

그 후에 나는 여성의 고용에 대해 알아보려고 네가 쌓아 둔 책이며 잡지를 다 읽어 봤어. 다 읽고 나니 머리는 깨질 듯이 아프고 마음은 더 이상 우울할 수 없을 정도로 우울해지더구나.

일자리를 찾는 숙녀들에게 열려 있는 길은 대부분 이미 필요한 교육과 전문적 자격을 갖춘 사람들의 몫이야. 네게는 하나도 없는 것들이지. 그렇다면 네가 말했던 다른 기회들은 어떨까? 대부분 장기간 수습을 거쳐야 하는데, 그러려면 너한테 있지도 않는 돈을 잔뜩 지불해야 하지. 교육이나 수습 기간이 필요 없는 유일한 일자리는 급료가 너무 작아서 집안 살림에 보태려고 일을 하는 젊은 아가씨들에게나 적당하지 너처럼 독립하려고 버둥거리는 성인 여성이 할 일이 아니야.

나는 '직업여성협회' 이야기는 아직 꺼내지도 않았어. 네가 아주 도움이 될 거라고 떠든 곳 말이야. 그곳에 등록해서 일자리를 구하려면 그곳의 회원이 개인적으로 너를 보증해줘야 하더라. 입이 찢어져도 이런 말을 하고 싶지는 않지만 샬럿, 자신의 명예에 오점이 남을 위험을 무릅쓰고 너를 협회나 고용주에게 추천해 줄 여자는 이 세상에 없어.

더는 없어. 영원히 없을 거야.

어차피 너도 다 알겠지. 그래서 내게 거짓말을 한 거야. 그런 줄도 모르고 이 가망 없는 계획에 너를 돕고 부추기기까지 했다니. 차라리 달려오는 합승 마차 앞으로 너를 확 떠밀었다면, 언니로서 더 나쁜 짓을 할 수 없었을 텐데.

오, 무슨 짓을 한 거니, 샬럿? 대체 무슨 짓을 한 거야?

리비아

추신. 점심을 먹기 직전에 이 편지를 썼는데, 부치러 나갈 수 없었어. 오후에는 운이 더 좋기만 바랄 뿐이야.

추추신. 부모님의 반응은 네 말대로더라. 엄마는 저기압이고 아빠는 쌀쌀맞게 화를 내시더구나. 그러더니 네가 예상한대로 처음에는 너를 당장 찾아 오시겠다더니 금방 마음을 바꾸셨어.

추추추신. 네 말대로 두 분에게는 네가 언제 어떻게 도망쳤는지 모른다고 했어. 술을 너무 마셔서 인사불성이 되어 일찍감치 잠자리에 들었고, 너는 한밤중에 도망친 것 같다고 했지. 두 분이 그 이야기를 어디까지 믿으시는지 모르겠어. 모트에게도 물어보셨는데, 모트는 엄청난 거짓말쟁이더라고. 시종일관 두 분 눈을 똑바로 보면서 아무 것도 모른다는 듯이 순진한 표정을 짓고 있더라니까.

추추추추신. 엄마가 내게 외출 금지를 내리셨어. 어떻게든 이 편지를 모트에게 부탁해 보려고 해.

추추추추추신. 끔찍한 사실을 깨달았어. 내가 집에서 못 나가면 은행에서 돈을 한 푼도 못 찾아. 샬럿, 길거리에서 굶어 죽거나 그보다 더 지독한 지경이 되면 내게 꼭 알리겠다고 약속해. 아니다, 더 심한 경우니 하는 말은 잊어. 네가 길거리에서 굶어 죽는 것보다 더 지독한 일이 어디 있겠니. 자존심 때문에 사서 고생하지 마. 상황이 나빠지면 집으로 와. 제발.

샬럿은 월리스 부인의 하숙집 앞에서 휘트브레드 양과 마주쳤다. 그녀는 무거워 보이는 책가방을 들고 있었다.

"어머, 안녕하세요, 홈스 양. 일찍 들어오네요?"

"네. 타자기가 있어서 일감을 가지고 퇴근해도 회사에서 신경 쓰지 않아요."

샬럿이 휘트브레드 양에게 문을 열어 주며 대답했다.

샬럿은 언제나 거짓말에 능했다. 리비아의 말에 따르면 그녀는 표정 하나 변하지 않고 항상 진실, 예를 들면 타자기를 가지고 있다는 말 그리고 거짓, 이 경우에는 타자를 치는 일에 샬럿에게 급료를 주는 회사가 있다는 말 사이를 요리조리 빠져나갔다.

"그거 좋겠네요. 나도 당신처럼 지금 일거리를 집으로 가져왔어요."

샬럿은 휘트브레드 양이 생계로 실크와 카드에 색칠을 한다는 사실을 기억해 냈다.

"사장님이 스트랜드 스트리트에 판매장만 가지고 있어요. 그래서 직원들은 전부 일거리를 집으로 가져가죠. 집에서 일을 하니 좋기도 하지만 솔직히 말해서 사장님이 어디에 작업장을 내도 좋을 것 같아요. 그러면 낮 동안에 가서 사람들을 만날 곳이 생기잖아요."

"맞아요. 하루 종일 집에만 있다 보면 지겨워지기도 하죠."

샬럿은 집에만 있어도 상관없지만 리비아는 매일 가는 산책을 빠지기라도 하면 안달했다.

"맞아요. 저녁 시간까지 수다 떨 사람이 아무도 없잖아요."

휘트브레드 양은 텅 빈 휴게실의 의자에 가방을 내려놓고 뭉친 어깨를 돌리며 말을 이었다.

"그래서 오늘 사촌을 잠깐 보러 간 거예요. 같이 차를 마셨는데 사촌이 그 추문에 대해서 최신 소식을 들려줬어요."

샬럿은 레티큘*을 쥔 손에 힘을 주었다.

"무슨 소식이었어요?"

휘트브레드 양을 더 부추길 필요도 없었다.

"내 말을 도저히 믿을 수 없을 거예요. 그 죽은 부인이 죽기 고
작 몇 시간 전에 그 아가씨의 언니와 잡아먹을 것처럼 말싸움을
했다지 뭐예요. 잡아먹을 것 같은 말싸움 말이에요. 사람들 말이
그 언니라는 사람이 죽은 여자 면전에 대고 자기 동생의 인생을
망친 걸로 치면 그 아들보다 훨씬 더 죽어 마땅하다고 했대요."

샬럿은 크리켓 배트로 배를 세게 언어맞은 것 같았다.

"어머나, 세상에."

샬럿은 흥미가 동한 표정이 이 상황과 잘 들어맞기를 기도하며
이렇게 대꾸했다.

"내 말이오. 내가 사촌에게 뭐랬게요. 애비, 조만간 이 일이 정
말 재미있어질 거야. 정말 재미있어질 거라고."

휘트브레드 양은 점잔을 빼며 고개를 끄덕였다.

샬럿은 리비아의 편지를 다 읽자 뱃속에 묵직한 돌덩이가 들어
찬 것 같았다. 샬럿이 현실적으로 일자리를 구할 길이 없다는 사
실에 대한 리비아의 절망과 걱정 때문이 아니라 레이디 슈루즈버
리의 죽음에 대해 일언반구도 하지 않았기 때문이다.

이제 그 이유를 알겠다.

● **레티큘** 끈을 여미어 잠그는 여성용 천 지갑

샬럿이 언니에게 진실을 감추었듯이 언니도 그녀에게 진실을 숨긴 것이다.

샬럿은 경찰이 찾아와 리비아를 성가시게 할 거라고는 생각하지 않았다. 설령 슈루즈버리 가족이 죽음에 심상치 않은 구석이 있다고 의심하더라도 이 일을 사인심문*까지 끌고 갈 리가 만무했다. 심문 과정에서 로저 슈루즈버리가 자신이 결혼하지도 못 할 처녀를 유혹한 일이 전국의 신문에 실려 모두에게 알려질 것이기 때문이다.

그런 일이 일어나면 레이디 슈루즈버리부터 무덤에서 벌떡 일어날 것이다.

하지만 살인 혐의로 조사받지 않는다고 해도 리비아의 앞날이 평탄할 리 없었다. 소문과 억측이 너무 오래 떠돌다 보면 사교계에서도 리비아가 레이디 슈루즈버리의 죽음에 모종의 관계가 있다고 믿을 것이다. 그것만으로도 리비아는 완전히 배척되지 않는다고 해도 사교계에서 하찮은 존재로 전락하기에 충분했다.

적어도 이번에는 샬럿의 손에 간식거리가 있었다. 점심을 사면서 여분의 샌드위치와 운송되는 동안 상했기 때문에 싸게 파는 살구 몇 알도 함께 사 두었다.

샬럿은 연한 차 한 잔과 함께 샌드위치부터 먹어 치웠다. 살구를 싼 포장지는 구깃구깃한 신문지였다. 그녀는 습관적으로 그 신문에 실린 기사를 훑었다. 그 순간 눈이 휘둥그레졌다. 단신 하나를 이번에는 좀 더 주의 깊게 다시 읽었다.

● **사인심문** 사망 사건이 발생했을 때 사망 원인을 밝히고자 공개로 진행하는 심문 절차

스탠웰 무트, 커리 하우스에 사는 해링턴 색빌 씨가 어제 아침 명백한 클로랄 과다 복용으로 의식을 잃은 채 발견되었다. 불행히도 그는 의식을 회복하지 못했으며 그 자리에서 사망 선고가 내려졌다.

그는 존경받는 신사였으며 사망하기 전까지 심신이 모두 건강했다고 한다. 사인심문은 이틀 후에 열릴 예정이다.

샬럿이 인상을 썼다. 그녀에게는 어머니가 쓸모 있다고 인정한 재능이 몇 가지 있었다. 사실 몇 가지는 아니고 단 두 가지였다. 하나는 《버크의 귀족 명감》을 거의 다 외우는 것이고, 다른 하나는 런던에서 첫 시즌을 보낸 후 그 명감에 이름을 올린 가문들을 연결하는 수많은 동맹 관계와 때로는 원한 관계를 명확하게 파악한 것이다. 그렇기 때문에 샬럿은 해링턴 색빌 씨가 누구인지 정확하게 알았으며, 그처럼 최근에 급사했으며 그보다 훨씬 더 설명하기 어려운 죽음을 맞이한 두 사람을 연관 지을 수 있었다.

어쩌면 집에 꼼짝없이 갇힌 리비아를 구조하기 위해 할 만한 일이 있을지도 몰랐다.

그녀는 자리에 앉아 애트웰 앤 듀즈버리에서 구입한 문방구를 꺼냈다.

제6장

"애시, 애시, 잠깐만 시간을 내 줘. 제발."

로저 슈루즈버리가 불렀다.

잉그램 경이 돌아섰다.

"무슨 일이시죠, 슈루즈버리 씨."

두 사람은 어릴 때부터 알고 지낸 사이였다. 잉그램 경은 공식적인 자리에서 소개할 때가 아니면 자신의 옛 동창을 슈루즈버리 씨라고 부르지 않았다. 슈루즈버리는 침을 꿀꺽 삼켰다. 잉그램 경의 태도에서 비난이 전해졌다. 로저 슈루즈버리는 다시는 잉그램 경으로부터 친구로 대접받지 못하리라는 사실을 깨달았다.

두 사람은 슈루즈버리 영지의 가족 묘지에 있었다. 그곳은 콘월의 남쪽 해안에서 그리 멀지 않은 곳에 흐르는 팔강 위로 높이 솟은 절벽에 있었다. 머리 위 낮게 내려앉은 하늘은 예사롭지 않았다. 곧 비가 쏟아질 것 같았다. 레이디 슈루즈버리의 매장식은 이미 끝났기에 조문객들은 비바람이 몰아치기 전에 쉴 곳을 찾으러 서둘러 흩어지는 중이었다.

슈루즈버리가 우물쭈물했다. 잉그램 경도 그를 재촉하지 않았다. 슈루즈버리가 장갑 낀 손을 자신의 지팡이 위에서 다시 오므렸다 폈다.

두 사람의 동급생 한 명이 지나가다가 고개를 살짝 숙여 인사를 건넸다. 두 사람도 고개를 까닥했다. 천둥소리가 요란하게 울리더니 하늘이 쩍 갈라졌다. 슈루즈버리는 펄쩍 뛸 정도로 놀랐다. 하지만 잉그램 경은 눈 하나 깜짝하지 않았다.

슈루즈버리가 목청을 가다듬었다.

"애시, 아니, 경……."

그는 농담을 할 때가 아니면 지금까지 한 번도 잉그램 경을 '경'이라고 부르지 않았다. 하지만 이번만큼은 농담이 아니었다. 이 호칭은 그가 자신의 새로운 처지, 즉 더 이상 잉그램 경을 허물없는 친구로 부를 특권을 누릴 수 없는 단순한 지인이라는 사실을 인정한다는 뜻이었다.

"경, 혹시, 아, 혹시라도, 말을 대신 전해 주실 수 있을까요."

잉그램 경은 그를 가만히 바라볼 뿐이었다.

슈루즈버리는 한 손으로 뒷덜미를 감싸더니 다시 헛기침을 했다.

"아시다시피 나는 그 일 때문에 몹시 괴롭습니다. 샬럿 홈스 양이 제 발로 집을 나갔다는 소식을 들은 후로 괴로워서 견딜 수 없는 지경이 되었습니다.

런던의 어디에도 양갓집 규수에게 적당한 곳은 없습니다. 그녀에게 닥칠 만한 불미스러운 일들을 떠올리기만 해도 피가 차갑게 식는 것 같아요. 돕고 싶습니다. 아니면 적어도 그…… 사달의 내 몫만큼이라도 책임을 덜고 싶습니다. 하지만 그녀의 가족이나 여자 친구들에게 연락을 취할 수가 없어요. 어떤지 아시겠지요. 그래서 음, 어쩌면 샬럿 양이 경에게 도움을 청했을지 모른다는 생각이 들었습니다. 두 분의 사이는 도적처럼 끈끈하지 않았습니까. 그것도 한참 전이기는 했지만요."

"나는 그 사달 이후로 홈스 양으로부터 아무 소식도 못 들었습니다."

"하지만 앞으로 연락이 올 수도 있지 않습니까, 그렇죠? 그러면 내가 기꺼이 안전한 거처를 마련해 주고 잘 돌봐 줄 의향이 있다고 전해 주시겠습니까?"

"그러면 당신은 그 호의에 대해 어떻게 보답을 받을 생각인가요?"

잉그램 경의 말투는 온화하다고 여겨질 정도로 차분했다.

"그녀는…… 그녀는 원래 내…… 정부가 되기로 했습니다. 내…… 내…… 마음은 그대로입니다."

"알겠습니다."

잉그램 경의 말투는 아까보다 더 상냥했다.

"홈스 양이 내 도움을 청하면 잊지 않고 당신에게 보내드리겠습니다. 용건은 이게 다입니까?"

로저 슈루즈버리의 목울대가 움직였다.

"나를 한 대 치고 싶으시겠지요. 왜 아니겠습니까? 그렇게 하십시오!"

잉그램 경이 놀라며 눈썹을 치켜올렸다.

"슈루즈버리 씨, 나는 기혼자입니다. 슈루즈버리 부인은 어떠신지 모르겠지만, 레이디 잉그램이라면 내가 다른 여자를 놓고 주먹을 휘둘렀다는 이야기에 심기가 편치 않을 겁니다."

로저 슈루즈버리는 귀까지 벌게졌다.

"물론입니다. 물론이죠. 저를 용서하십시오."

잉그램 경이 고개를 끄덕였다.

"심심한 애도를 표합니다."

그는 몸을 돌려 자리를 떠났다.

로저 슈루즈버리는 자신이 죽도록 얻어맞기 직전이었다는 사실을 절대 모를 것이다.

잉그램 경이 소매 단추에서 눈을 떼고 고개를 들었다.

"무슨 일인가, 커밍스?"

"신문에서 홈스 씨에 관한 기사를 챙겨 뒀습니다. 나머지 부분은 더 이상 볼 일이 없으시겠지요?"

그의 시종이 말했다.

잉그램 경은 가만히 있었다. 그는 런던으로 돌아오기 전 웨스트 컨트리 신문을 한 부 샀지만, 몇 시간째 멍하니 창밖만 바라보느라 신문은 옆자리에 그대로 놓여 있었다. 패딩턴역을 떠날 때 신문을 한 부 쥐고 있었다는 사실이 이제야 어렴풋이 떠올랐다.

"자네가 괜찮다면 신문을 처분하게."

"알겠습니다, 주인님. 그 기사는 드레스 룸에 가져다 뒀습니다."

잉그램 경은 시종이 나가자 비로소 드레스 룸으로 향했다. 커밍스는 이따금 잉그램 경의 우편물을 처리하고 서신을 가져오기 때문에 그가 셜록 홈스를 기억한다고 해도 놀랄 일이 아니었다. 그런데 대체 무슨 연유로 신문에 홈스에 대한 기사가, 그것도 웨스트 컨트리 신문에 실렸을까?

시종이 잘라 놓은 신문 기사는 이런 제목이었다.

새로운 증거를 기다리며 연기된 사인심문

잉그램 경은 미스터 해링턴 색빌의 사망 경위를 읽으며 눈살을 찌푸렸다. 그도 레이디 슈루즈버리의 장례식에서 이 신사의 이름을 들었다. 오래전에 자취를 감춘 셰리던 경의 동생으로 그동안 그를 만난 사람이 아무도 없었다. 잉그램 경은 그 사람을 알지 못했지만 사람들의 대체적인 반응은 놀라움이었다. ('그 사람이 지금까지 살아 있었다니'의 다양한 변형)

기사에는 의사들과 색빌의 하인들이 사인심문에서 증언한 내용이 그대로 실려 있었다. 어느 사실에도 셜록 홈스가 나설 만한 모호한 점은 보이지 않았다.

커밍스가 괜히 기사를 오려 둔 걸까?

증인들의 증언이 끝나자, 검시관이 런던의 셜록 홈스 씨가 보낸 서신을 낭독했다.

잉그램 경이 욕설을 내뱉었다.

존경하는 검시관님,

저는 명백한 클로랄 과용으로 사망한 해링턴 색빌 씨의 죽음이 단독으로 일어난 사건이 아닐지도 모른다는 생각이 들었습니다. 레이디 아멜리아 드러먼드가 그보다 일주일 반 앞서 사망했고, 레이디 슈루즈버리가 고작 이십사 시간 후에 색빌 씨의 뒤를 따랐다는 점에 주목해 주십시오. 레이디 아멜리아는 색빌 씨의 이복형인 셰리던 경과 종형제 사이이며, 레이디 슈루즈버리의 자제 한 명의 대모이기도 했습니다.

세 사람은 모두 갑작스러운 죽음을 맞이했습니다. 색빌 씨도 그랬지만, 레이디 아멜리아와 레이디 슈루즈버리도 심신이 나무랄 데 없이 건강했습니다. 하지만 그들은 하룻밤 사이에 유명을 달리했습니다. 유일한 차이라면, 미약하나마 숨이 붙어 있는 색빌 씨를 하녀가 발견한 덕분에 하인들이 주치의를 불러왔고, 클로랄 과용을 진단해 낼 시간이 충분했다는 사실입니다. 물론 그 진단은 색빌 씨를 소생시킬 수 있는 조치를 취하기에는 너무 늦었지만 말입니다.

그 하녀가 색빌 씨를 깨우려고 하지 않았다면 그분 역시 시신으로 발견되었을 테고, 사인도 심장마비나 뇌 동맥류로 발표되었을 겁니다. 레이디 아멜리아 드러먼드와 레이디 슈루즈버리의 사망 증명서에 각각 기록된 사인이 바로 이 두 증상입니다. 아무리 급사였다고는 하나 그의 죽음이 나머지 두 사람의 경우와 비슷하게 다뤄지며 수많은 가십과 억측을 불러일으켰을 뿐, 사법기관의 관심을 끌지는 않았습니다.

각각의 죽음을 따로 보면 미심쩍은 구석이 없는 불행한 사건으로 치부될 수 있습니다. 하지만 세 사람의 죽음이 거의 연달아 일어났을 뿐만 아니라 사회적으로나 혈연으로 이어져 있다는 사실은 쉽게 무시할 수 없습니다.

그러하오니 검시관님, 부디 이 사실을 배심원단에게 알려 주시기 바랍니다.

셜록 홈스

잉그램 경은 다시 한 번 욕설을 뱉었다. 내일이면 이 소식이 온 런던에 파다할 것이다. 홈스는 그 단어를 입에 담지 않았지만 사람들의 억측이 단지 미심쩍은 죽음에서 음모의 냄새가 짙은 살인 사건으로 훌쩍 뛰어갈 때까지 얼마나 시간이 걸릴까? 그는 세상에서 벌어질 혼란을 상상조차 하고 싶지 않았다.

혹시 이 소동은 고립된 상황이 일으킨 원치 않는 따가운 관심을 돌리기 위한 계략이 아닐까? 아니다. 단지 관심을 돌리는 계기가 필요하다면 홈스는 대중의 불같은 관심을 부추기지 않고 감쪽같이 처리했을 것이다.

그는 손가락 두 개로 이마 중앙을 꾹 누르며 그 편지를 다시 읽었다. 홈스는 뭔가가 잘못되었다고 생각했고, 그 의심이 사인심문의 결과에 영향을 미칠 수 있으리라는 희망을 품고 있었다. 도망친 황무지에서 편지를 쓸 정도로 굳게 믿고 있었다.

잉그램 경은 눈을 감았지만 소용없었다. 그는 언제나 지금이 아니면 안 된다는 절박한 마음으로 자신이 줄 수 있는 것이라면 뭐든 홈스에게 주는 데 익숙했다. 그런데 지금 이 허무감은 뭐란 말인가. 홈스가 가장 원하는 것을 그는 도저히 줄 수 없었다.

어떤 사람들은 생이 끝날 때까지 천생연분을 만나지 못한다. 한편 그런 사람을 일찍 만나서, 너무 어린 나머지 상대에게서 본 모습의 의미를 알아차리지 못하기도 한다. 결국 너무 늦게 진실을 알게 되는 것이다.

그는 오려 낸 신문 기사를 옆으로 치우고 문으로 향했다.

"잉그램 경."

트레들스 경사는 자신의 응접실로 잉그램 경이 들어오자 살짝 의아함을 느꼈다. 손님이 오기에 늦은 시간은 아니었으나 저녁 식사가 끝난 후였으므로 찾아올 사람이 있으리라 생각하지 않았던 것이다.

잉그램 경이 고개를 살짝 기울였다.

"트레들스 부인, 쉬어야 할 시간에 방해가 된 것이 아니기를 바랍니다."

앨리스가 자리에서 일어나 그와 악수를 했다.

"당연히 아니죠. 어서 앉으세요. 그리고 무슨 연유로 저희를 찾아오셨는지 들려주세요."

"이것 때문입니다. 이 기사를 끝까지 읽어 주시면 고맙겠군요."

잉그램 경이 신문에서 오려 내 꼼꼼하게 접어 뒀던 꽤 큼지막한 신문 기사를 건넸다.

앨리스가 종을 울려 차를 가져오라고 시켰다. 잠시 후 그녀와 트레들스가 앉아 기사를 읽었다. 부부는 셜록 홈스가 처음 언급되자마자 거의 동시에 숨을 헉 들이쉬었다. 트레들스는 그 편지의 결말에 가서 다시 숨을 헉 들이마셨다.

"그러니까 홈스가 몸이 좋아졌다는 뜻입니까? 아니면 아직도 힘든 상태에서 이 편지를 쓴 겁니까?"

"나로서는 알 길이 없네. 홈스는 내 손길이 닿을 수 없는 곳에 있으니까."

잉그램 경의 시선이 벽난로 선반 위를 떠돌더니 자신과 트레들스가 함께 찍힌 사진에 머물렀다. 홈스가 전갈을 보내면 금세 연락이 되던 시절, 실리 제도에서 찍은 사진이었다.

"하지만 뛰어난 지력을 발휘하지 않더라도 이 사건이 홈스에게 얼마나 중요한지 추리할 수는 있겠지. 내가 알기로 색빌 씨의 죽음은 수도 경찰의 관할 밖이네. 하지만 의심스러운 죽음이 발생했는데 수사를 진행할 현지 전문가가 충분하지 않을 경우 주 경찰이 범죄수사부에 지원을 요청하는 경우가 드물지 않다는 사실도 알고 있다네."

그가 트레들스에게 시선을 돌리며 말했다.

"경사, 자네가 직접 이 사건을 조사해 줄 수 있겠나?"

트레들스가 아내를 힐끔 보자 아내가 고개를 살짝 끄덕였다.

"그럼요. 내일 아침 출근하자마자 데번 경찰대에서 근무하는 친구들에게 전보를 보내겠습니다."

잉그램 경이 숨을 내쉬었다.

"고맙네, 경사. 큰 신세를 졌어."

친애하는 잉그램 경에게,

오늘 아침 런던 경찰청에 도착하자마자 색빌 씨 사건과 관련해 데번 경찰대가 범죄수사부에 지원을 요청했다는 사실을 알게 되었습니다. 제가 자원했습니다.

제가 셜록 홈스를 실망시키지 않기만을 바랄 뿐입니다.

로버트 트레들스

제7장

"아가씨 앞으로 온 편지는 없습니다."

우체국 직원이 샬럿에게 말했다. 샬럿은 직원에게 고맙다는 인사를 건넨 후 자리를 떠나 휭하고 무색무취한 우체국 실내를 가로질렀다. 문을 나서서 세 번째 기둥까지 갈 때만 해도 괜찮았다. 하지만 그 후 폐가 짜부라지는 것 같았다.

숨을 쉴 수가 없었다. 움직일 수도 없었다. 손톱이 손바닥을 파고들 즈음 식은땀이 났다. 금방이라도 심장마비가 일어날 것 같았다. 이 모든 증상들은 심장마비의 전조일 것이다. 오, 신이시여. 언니에게 무슨 일이 생긴 건가요? 그리고 자꾸만 떠오르는 그 남자는 샬럿이 하필이면 세인트 마틴 르 그랜드의 중앙 우체국에서 죽음을 맞이했다는 사실을 알게 되면 어떻게 할까?

그러나 이 분 후에도 우체국 바닥에 쓰러지지 않고 멀쩡히 서 있자 샬럿은 방금 지나간 그 증상들이 도덕성이 날카로운 창끝으로 후벼 댄 결과가 아니라 공황의 전조라는 사실을 깨달았다.

샬럿은 지금껏 한 번도 공황에 빠진 적이 없었다. 한편 리비아는 가끔 자신을 원하는 사람 하나 없이 평생을 추저분한 하숙집에서 지내며 오로지 빵과 삶은 양배추로 연명하는 궁핍한 노처녀로 생을 마감할 것이라며, 괴로울 정도로 구체적으로 미래를 상상하다가 공황을 일으키곤 했다.

리비아가 통제할 수 없는 불안 상태로 추락할 때면(샬럿은 종종 언니 스스로가 원인이라고 생각했지만), 그럴 때마다 버터를 바른 토스트를 접시에 수북하게 담고 브랜디를 탄 뜨거운 차를 함께 가져다주었다. 그리고 리비아의 등을 쓰다듬어 주었다. 그런 후에 리비아가 가장 좋아하는 책이자, 격앙된 감정과 멜로드라마로 점철된 탓에 리비아 덕분이 아니었다면 절대 끝까지 못 읽었을 《제인 에어》를 발췌해 읽어 주었다.

하지만 자매다운 살가운 행동을 하면서도 정작 자신은 리비아의 두려움과 불안에 한 번도 공감하지 못했다. 몇십 년이나 멀리 있는, 오직 최악의 시나리오만으로 만들어진 미래에 지금 이 순간을 완전히 지배당하다니 도무지 이해할 수 없었다.

지금 이 순간까지는.

오롯이 자신이 내린 선택의 무게가 산사태도 일으킬 만한 힘과 무게로 그녀를 덮치기 전까지는.

색빌 씨의 죽음의 진상을 조사한들 아무것도 찾아내지 못한다면? 진실은 어둠에 남겨진 채 리비아가 취기에 벌인 말다툼 때문에 영원히 처벌받지 않은 살인자라는 낙인을 안고 살아야 한다면?

공포가 부풀어 오르며 장기를 짜부라트리고 들어설 자리를 더 넓혔다. 공포가 폐를 짓눌러 공기를 빼 버렸다. 거대한 구렁이처럼 위를 칭칭 감았다. 기관지로 스멀스멀 기어 올라오며 밀어붙이고, 확장하고, 구멍이 뚫린 통로는 남김없이 막아 버렸다.

샬럿은 언제나 자신은 물론 리비아의 생계도 책임질 수 있으리라 자신했다. 제 손으로 둘의 목숨을 동시에 꺾어 버리게 될 줄은 상상조차 하지 않았다.

이 시대 여성들에게 더 많은 기회가 열려 있다는 말은 그녀가 지어낸 소리가 아니었다. 일자리가 필요한 여성과 직원을 구해야 하는 고용주들을 이어 주기 위해 설립된 협회들도 허구가 아니었다.

하지만 그런 단체는 선하고 고결한 목적에도 불구하고 대부분 재정난에 허덕였다. 샬럿이 찾아간 두 곳은 이미 완전히 문을 닫았으며, 다른 한 곳도 명목상으로는 운영 중이지만 지원자를 우편으로만 받았다. 좀 더 재정 상태가 탄탄한 것처럼 보이는 단체는 모두 지체 있는 부인들이 쓴 추천장을 요구했다. 물론 샬럿이 평생을 가도 손에 넣을 수 없는 것이었다. 하지만 샬럿은 그런 사실에 크게 구애받지 않았다. 사실 샬럿은 필체를 그럴싸하게 흉내낼 수 있었고, 자신과 같은 처지에 있는 여성이 추천장을 위조한다고 해서 딱히 도덕적 문제가 있을 거라고 생각하지도 않았다.

훨씬 큰 걱정거리는 따로 있었다. 그런 협회에서 도움을 받으려면 먼저 등록비를 지불해야 했는데, 이제부터 먹지도 않고 몸만 누일 안식처가 필요한 게 아니라면, 홀쭉해진 지갑 사정으로는 감당하기 버거웠다. 게다가 마음을 굳게 먹고 등록비를 낸다고 해도 적당한 일자리가 나타날 때까지 몇 주에서 길게는 몇 달까지 기다려야 할지도 몰랐다.

샬럿은 그렇게 기다릴 시간이 없었다.

지금 당장은 그렇게 끔찍하지 않았다. 지금 당장은. 하지만 리비아가 먼 앞날을 내다보고 그 길 끝에서 본 것이 절망과 고독뿐이었듯이, 샬럿도 마지막 한 푼까지 다 써 버릴 순간을 떠올리면 돌처럼 단단해진 공포에 짓눌리는 것 같았다.

그녀가 빌린 방과 식사비는 일주일에 9실링 6펜스였다. 첫 두 주의 하숙비를 내고 나니 리비아가 준 쌈짓돈을 다 합쳐도 수중에 남은 돈은 5파운드 3실링 10펜스였다. 그 금액은 점심은 말할 것도 없고 생필품을 사느라 더 줄어들었다.

수중의 돈도 언젠가는 바닥이 날 것이다. 심지어 아주 오래 버티지도 못 할 것이다. 그 후에는 어떻게 될까? 제 삶도 돌볼 수 없는데 리비아를 어떻게 도울 수 있을까?

"괜찮아요, 아가씨?"

너무 찬란해서 오히려 우스꽝스러워 보이는 인물이, 주름 장식이 달린 하얀 속치마 위로 광택이 흐르는 프러시아 블루색 실크로 만든 폴로네즈 드레스를 입고 샬럿 앞에 서 있었다. 쓰고 있는 모자는 챙이 좁고 둥근 부분이 높이 솟았는데, 샬럿의 조류학 지식이 완전히 틀리지 않았다면, 박제한 푸른가슴청홍조가 관상용 풀장식에 자리를 잡고 있었다.

샬럿은 그제야 자신이 10미터 높이의 기둥에 등을 기댄 채 가슴에 손을 얹고 서 있다는 사실을 깨달았다. 그녀는 손을 내렸다.

"네, 괜찮아요. 고맙습니다, 부인. 날씨 때문이에요. 오늘은 꽤 덥네요."

"최근에 상당히 따뜻했죠."

그 여자가 대꾸했다. 크림처럼 부드럽고 풍성한 음색에 살짝 쉰 듯한 기색이 들릴락 말락 하는 목소리가 놀랍도록 아름다웠다.

"사람을 시켜서 물 한잔을 떠 오라고 할까요, 아가씨? 아니면 나처럼 참견하기 좋아하는 늙은 여자들로부터 몸을 피해 잠시 앉아서 고요하고 평화롭게 쉴 만한 곳을 찾아볼래요?"

그 여자가 자신의 농담에 빙그레 웃었다. 샬럿은 그 웃음을 보기 전만 해도 그 여자를 삼십 대 중반에서 후반 사이로 보았다. 하지만 그 웃음에 눈가에 잔주름이 생기고 입가에 깊은 주름이 패었다. 다시 보니 그녀는 최소 오십 대였다.

샬럿은 여자의 태도가 신선하다고 생각했다. 사교계의 암묵적인 규범을 따라야 한다고 배우며 자랐다면 그 누구도, 리비아의 표현을 빌리자면 샬럿처럼 반짝이는 걸 좋아하는 '까치 취향'을 가진 여자도, 그렇게 공이 들어간 화려한 옷을 입고 우체국에 오지 않을 것이다.

그녀는 결혼반지를 끼고 있지 않았다. 하지만 샬럿은 그렇다고 결혼을 하지 않았다는 뜻은 아니라고 판단했다. 모자에 달린 청홍조는 검은 크레이프 천으로 만든 작은 둥지에 들어 있었다. 손에 들고 있는 푸른색 레티큘의 가장자리에는 같은 천이 둘러 있어 수수한 분위기가 느껴졌다.

여자들은 남편과 사별하면 검은색 크레이프 천으로 만든 옷만 입었다. 샬럿의 눈앞에 있는 이 부인은 사치스러울 정도로 화려한 외출복을 입었지만, 섬세한 방식으로 죽은 배우자를 추모하고 싶어 하는 것 같았다. 그래서 매일 입는 일상복에 잘 보이지 않게 슬픔과 추억을 새겨 넣었으리라.

샬럿은 자신을, 더 자세히 말하자면 어쩌다 마주친 사람조차 가장 사소한 부분까지 관찰하고 마는 자신의 천성을 나무랐다. 샬럿은 그런 일을 즐겼고 재능도 있었다. 하지만 그런 능력이 무슨 소용이 있을까?

남자라도 특이하고 어딘지 걱정된다는 소리를 들을 기질일 텐데, 여자가 이런 지성을 갖추어 봤자 무슨 소용이 있을까?

샬럿은 억지로 미소를 지었다.

"고맙습니다, 부인. 정말 괜찮아요. 아무 일 없어요."

그 여자가 우체국에 볼일을 보러 당당한 태도로 걸어가자, 반경 7미터 안의 모든 남자와 대부분의 여자가 그 뒤를 따랐다. 샬럿도 마음을 다잡고 그곳을 떠났다.

어쩌면 배가 고픈 탓일지도 몰랐다. 곧 극빈한 생활이 시작되리라는 위기감에 샬럿은 아침으로 나온 버터 토스트 두 장을 챙겨 두었다. 점심으로 그 토스트를 먹지 않고도 평소처럼 지낼 수 있을지 확인해 보고 싶었다. 런던을 걸어서 다니느라 긴 하루를 보냈지만, 아직도 월리스 부인의 하숙집 작은 방까지는 2킬로미터 가까이 더 걸어야 했다. 샬럿은 주전자를 불에 올리고 그 토스트를 원래 있었어야 할 배 속으로 보내기만 하면, 더는 의기소침하지 않을 것 같다는 생각이 점점 강해졌다.

휘트브레드 양이 고맙게도 빌려준 잡지 여섯 권도 기분 전환에 도움이 될 것이다. 샬럿은 벌써 흥미진진한 여행 기사(한 편은 노르웨이의 피오르, 다른 기사는 카나리아 제도)를 찾아 놓았다. 차 한 잔과 아침으로 나오긴 했지만 토스트 두 장 그리고 다른 여자의 휴일을 간접 체험하며 걱정거리를 밀어 둘 수만 있다면…….

"1페니만 주세요, 엄마. 제발 1페니만요."

아직 어린 거지의 애처로운 울음소리가 샬럿을 우울한 현실로 낚아채 왔다. 여자아이는 체구가 작고 볼이 홀쭉했다. 얼굴과 내민 손에는 땟국이 줄줄 흘렀고, 갈색과 회색 천을 덕지덕지 기운 누더기 옷은 원래 무슨 색이었을지 짐작도 할 수 없었다.

정작 샬럿의 가슴을 죄어들게 만든 장본인은 그 소녀의 어깨를 움켜쥐고 있는 여자였다. 샬럿은 런던에서 거지를 많이 봤지만 이런 여자는 처음이었다. 아이의 어머니는 한쪽 눈에 검은 안대를 했으며, 나머지 눈은 맹인처럼 푸른 눈동자가 흐릿했다. 얼굴은 추운 겨울 북해의 해변처럼 공허했으며, 두 팔은 꼭두각시 인형처럼 뻣뻣하게 몸 옆으로 꼭 붙어 있었다.

이 걸인은 패배자처럼 보이지 않았다. 그렇게 보인다면 얼마 전까지 무엇이든 노력하고 애를 썼다는 뜻이리라. 이 여자는 모든 생기가 빠져나갔고, 희망이든 활력이든 과거에 품고 있었던 것들이 오래전에 영원히 사라져 버린 모습이었다.

그 걸인의 겉모습은 샬럿이 자주 보아 익숙해진 '지금은 운이 따라 주지 않지만 그래도 위트를 잃지 않는' 거지들, 그러니까 연민을 자아내면서 동시에 허세를 부리는 태도로 행인들에게 말을 거는 거지들보다 훨씬 더 무시무시했다.

"저녁을 먹을 수 있게 한 푼만 주세요, 엄마?"

아직 인생에서 완전히 나가떨어지지 않은 어린 여자아이가 다시 구걸을 했다.

샬럿은 레티큘을 열어 동전뿐 아니라 갈색 종이에 싸 두었던 토스트 두 장까지 꺼냈다.

"얘, 여기 6펜스가 있어. 엄마를 잘 보살펴 드려. 어머니도 꼭 저녁을 드시게 해."

그 소녀는 자신의 손바닥에 놓여 있는 동전을 믿을 수 없다는 표정으로 바라보았다. 아이는 고개를 들어 샬럿을 보더니 엄마의 손을 뿌리치고는 두 팔로 은인의 몸을 감싸 안았다. 그런 후에야 토스트를 받아 들었다.

샬럿은 자신을 짓누르는 절망감이 조금은 가벼워진 기분을 느끼며 발걸음을 재촉했다.

자신이 남을 위해 아직은 뭐라도 할 수 있다는 사실에서 받은 위안은 애트웰 앤 듀즈버리 약국의 진열대 앞에서 흔적도 없이 날아가 버리고 말았다. 샬럿은 평생 이렇게 많이 걸어 본 적이 없었다. 발이 아파 죽을 지경이었다. 발에 난 물집에 붙일 반창고를 살 수는 없겠지만 적어도 가격은 물어볼 수 있지 않을까.

샬럿은 치마의 안주머니를 톡톡 두드렸다. 들고 다니는 레티큘에는 잔돈밖에 없지만, 안주머니에는 1파운드 지폐가 들어 있었다.

월리스 부인의 하숙집은 꽤 안전하고 샬럿 방문에 달린 자물쇠도 견고했다. 하지만 샬럿이 일자리를 구하러 나간 동안 불이라도 나면 어떻게 하겠는가? 샬럿은 살림살이에, 가진 돈마저 몽땅 잃고 싶지 않았다. 파운드 지폐는 일종의 보험이었다.

그런데 그 돈이 주머니에 없었다. 능직물로 된 드레스를 아무리 더듬어도 정사각형으로 고이 접어 넣어 둔 소중한 종이의 작지만 매우 현실적인 존재감이 느껴지지 않았다. 분명 착각일 것이다. 샬럿은 손가락에 더 힘을 주어 더듬었다. 아무것도 없다. 느껴지는 것은 풍성한 페티코트뿐이었다. 그리고 그 아래 다리.

그녀를 안아 주었던 거지 소녀. 샬럿은 알아차렸어야 했다. 뭔가 잘못되는 순간 알아차렸어야 했다. 그 소녀는 얼굴에서 느껴지는 분위기와 달리 조금도 수척하지 않았다. 그리고 씻지 못해서 나는 시큼한 냄새조차 없었다.

아니, 그 전에 알아차렸어야 했다. 그 소녀는 제 어머니의 손아귀를 떠나지 않았다. 오히려 그 반대였다. 그 어머니는 딸에게 손쉬운 먹잇감에 달려들라고 신호를 줬다. 그 안대는 장애가 있는 눈을 가린 게 아니었다. 그 안대는 잘 보이는 눈을 가렸다. 검은 천은 환한 대낮에 주변에서 뭔가를 식별할 수 있을 정도로 얇았다.

샬럿은 자신이 길거리를 표류하듯 걷고 있다는 사실도 거의 알아차리지 못했다. 얼마 후 그녀는 월리스 부인의 하숙집에 도착했다. 그녀에게 말을 건넨 사람이 있었나? 그녀는 생각나지 않았다. 누가 말을 걸었다고 해도 뭐라고 대꾸했는지 기억도 희미했다.

샬럿은 주머니가 열려 있는지 확인하려고 치마에 붙어 있는 넓은 레이스 주름을 들어 올리기 전에 방문부터 잠가야 한다는 사실을 떠올렸다. 주머니에는 단추가 두 개 있는데, 외출을 하기 전에 확실하게 전부 다 채워 두었다. 그런데 단추 하나가 열려서 민첩한 손가락들이 안으로 들어가 지폐를 빼낼 수 있을 만큼 틈이 벌어져 있었다.

1파운드면 지금 남은 돈의 사십 퍼센트였다.

바로 그때 누군가 방문을 두드리는 소리가 귀에 들어왔다.

"홈스 양, 홈스 양!"

샬럿이 문을 열자 월리스 부인의 아첨꾼 하숙생이 서 있었다.

"무슨 일이시죠, 터너 양?"

"홈스 양, 귀라도 먹었나요? 아래층에서 말을 걸었는데 대꾸조차 없더군요. 게다가 지금 적어도 이 분은 문을 두드렸을 거예요."

"무슨 일이죠?"

"월리스 부인이 최대한 빨리 그분의 응접실에서 이야기를 나누고 싶어 하세요."

터너 양은 유난히 기세등등해 보였다.

월리스 부인이 왜 샬럿과 이야기를 하고 싶어 할까? 다음 주까지 집세를 지불했고, 뭔가를 깨트리는 건 고사하고 하숙집의 규칙은 아무것도 어기지 않았다.

"그러죠. 당장 내려갈게요."

복도 끄트머리에는 매일 오후 두 시간 동안만 열려 있는 작은 조리실이 있었다. 각자 방에서 물을 끓이는 것밖에 허용되지 않는 이 집의 하숙생들은, 이 조리실에서 소시지를 굽거나 차와 함께 먹을 통조림 콩을 데울 수 있었다. 오늘은 누군가 그곳에서 스크램블드에그를 만들었고 그 진한 음식 냄새에 샬럿의 위장은 기대감에 부풀어 요동쳤다. 그녀는 점심도 차 시간도 모두 건너뛰었다. 그녀에게는 전례가 없는 날이었다.

샬럿의 뇌는 허기로 잘 돌아가지 않았다. 터너 양을 봐도 평소 눈에 띄었던 소소한 태도나 행동이 거의 보이지 않았다. 대신 샬럿보다 족히 열다섯 살이나 많은 그 여자가 대놓고 계단을 통통 뛰어 내려가고 있다는 사실이 유난히 걸렸다.

샬럿의 머릿속에 징이 쩅 울렸다. 권위를 사랑하고 권력에 최대한 가깝게 다가가 맴도는 여자가 흥분하고 있다면, 그것은 분명 권위와 권력을 막 행사할 참이기 때문일 것이다. 다른 누군가를 상처 주기 위해.

샬럿을 상처 주기 위해.

1층에 있는 월리스 부인의 아담한 거처에는 응접실과 침실에 더해 분명히 개인 욕실도 있었다. 이 거처로 가려면 휴게실에서 이어지는 복도를 지나가야 했다. 복도를 몇 미터 남기고 문이 보였다. 문 옆의 벽에는 초인종이 달려 있고, 그 옆에는 이렇게 적힌 게시판이 붙어 있었다.

'위급한 상황을 제외하고 저녁 여덟 시 이후에는 벨을 누르지 마시오.'

문이 살짝 열려 있었다. 터너 양이 그 문을 지나면 나오는 또 다른 문으로 샬럿을 서둘러 밀어 넣자 월리스 부인의 응접실이 나왔다.

샬럿은 처음 월리스 부인과 면접을 보기 위해 이 응접실에 와 본 적이 있었다. 샬럿은 영락없는 숙녀처럼 행동했고, 월리스 부인은 홈스 양을 하숙인으로 들이게 되어서 몹시 기쁘다고 말했다.

하지만 지금 샬럿을 본 월리스 부인은 전혀 기쁜 사람처럼 보이지 않았다. 그녀의 표정은 험악했고, 그 기세에 터너 양만 점점 더 기세등등해지는 것 같았다.

"홈스 양을 데려 왔습니다, 부인."

그녀가 숨을 몰아쉬며 알렸다.

"고마워요, 터너 양."

월리스 부인이 대꾸했다. 그러더니 잠시 후에도 터너 양이 제 방으로 돌아갈 생각을 하지 않자 이렇게 덧붙였다.

"저녁 시간에 봅시다."

"알겠습니다. 부인."

그녀가 응접실을 나가자 월리스 부인이 명령조로 말했다.

"앉으세요, 홈스 양."

샬럿은 앉았다가 이내 다시 일어났다. 그리고 문으로 다가가 홱 열어젖혔다. 터너 양은 방 안으로 몸을 휘청했지만 조금도 당황하지 않았다.

"실례합니다. 월리스 부인에게 빨래 규칙을 여쭤보고 싶었어요. 내일 더 적당한 시간에 다시 오겠습니다."

샬럿은 터너 양과 함께 복도 한가운데에 있는 안전문에 최대한 가깝게 다가섰다. 그런 후 바깥문을 잠그고 응접실로 돌아와 문을 꼭 닫았다.

샬럿은 굳이 다시 앉지 않았다.

"무슨 일인가요, 윌리스 부인?"

윌리스 부인은 샬럿은 지그시 바라보았다.

"홈스 양, 나를 속였더군요?"

샬럿이 숨을 깊이 들이마셨다.

"제가요?"

"오늘 아침에 무어 양이 사촌인 휘트브레드 양을 찾아왔어요. 그런데 들어오다가 외출하는 당신을 봤죠. 무어 양은 리전트 스트리트의 양장점에서 일해요. 그래서 마담 미레유의 양장점에 당신이 여러 번 찾아왔다고 말해 줬어요.

안타깝게도 무어 양은 당신이 최근에 런던에 온 타자수인 턴브릿지 출신의 캐롤라인 홈스가 아니라 헨리 홈스 경의 딸인 샬럿 홈스 양으로, 최근에 유부남과 남부끄러운 짓을 벌이다 현장에서 잡혔다는 이야기도 해 줬어요. 그걸 부정할 건가요?"

얼마나 아이러니한 일인가. 웨스트엔드의 이 하숙집은 샬럿이 처음 고른 집이 아니었다. 켄싱턴에 훨씬 더 평판이 좋은 집이 있었지만 샬럿은 그곳을 후보에서 제외했다. 혹시 아는 사람과 마주치는 일을 피하고 싶었기 때문이다. 사교계가 몇십 년 전 더 큰 익명성을 약속하는 더 고급스러운 곳을 찾아 서쪽으로 더 멀리 옮겨간 후, 주로 의사와 여러 전문직 종사자들이 거주하기 시작한 비교적 안전하고 정비가 잘된 구역. 그곳이 웨스트엔드였다.

아무래도 샬럿은 선택하는 것마다 꽝인 모양이었다.

"홈스 양?"

"벌써 마음을 정하셨겠군요, 월리스 부인. 제가 부정해 봐야 거 짓말을 했다는 더 큰 비난만 부를 테죠."

"나는 당장 이곳을 나가 달라고 할 수밖에 없습니다. 하숙집의 평판은 제대로 관리해야 하니까. 이곳은 도덕적이고 선한 기독교 인의 품위에 어울리는 곳입니다. 당신이 있을 곳은 없어요, 홈스 양. 결단코 없지요."

"알겠습니다. 저 때문에 곤란하실 일은 없을 겁니다, 월리스 부 인. 선불로 낸 금액에서 제가 이곳에서 지낸 날짜만큼 제하고 남 은 돈을 돌려주세요. 그러면 한 시간 안에 이곳을 나가겠습니다."

"하숙비는 돌려줄 수 없습니다. 하숙생이 거짓말을 하거나 비행 을 저지를 경우 이미 지불한 하숙비는 환불하지 않는다는 규칙을 확실히 들었잖아요."

월리스 부인의 어조는 딱딱했다.

샬럿이 손을 맞잡았다.

"그렇다면 당신이 한 거짓말은 어떻게 되는 건가요, 월리스 부인?"

"뭐라고요?"

"분명 이곳이 도덕적이고 선한 기독교인의 품위에 어울리는 곳 이라고 하셨죠. 그런데 당신은 정기적으로 남편이 아닌 다른 남자 와 재미를 보고 있잖아요."

월리스 부인이 흠칫했다.

"어디서 그런 악의적인 소문을 들었죠? 확실히 말하는데. 감히 당신이 어떻게."

그녀가 숨을 내쉬느라 말을 멈췄다.

"확실히 말하는데 이곳에서 그런 허튼 짓거리는 절대 없습니다."

"그 말에는 동의할 수 없군요. 이 집에서는 남자 출입 금지 규칙
이 엄격하죠. 당신의 하숙생들은 남자 형제나 아버지가 런던에 찾
아와도 찻집이나 다른 곳에서 만나야 해요. 휴게실 가구를 보면 마
카사르 오일 방지용 장식 덮개가 한 장도 없는데, 여기 당신의 개인
응접실에는 의자마다 장식 덮개가 있네요. 당신의 의자만 빼고."

"마카사르 오일을 머리에 바르는 여자들도 있어요."

월리스 부인이 감정이 격해져 말했다.

샬럿은 방을 둘러보더니 자신의 오른쪽에 있는 문으로 향했다.
그 문을 열자 작은 대기실이 나왔는데, 거울과 우산 꽂이, 옷걸이
가 서 있었고 도어 매트도 깔려 있었다.

샬럿이 월리스 부인을 다시 바라보았다. 부인은 귀신에 쫓기는
듯한 표정을 짓고 있었다.

"맞아요. 마카사르 오일을 바르는 여자들도 있어요. 그런데 이
곳으로 들어오는 개인 현관 안쪽에 깔아 놓은 도어 매트에 남성용
구두 한 쌍처럼 생긴 흙 발자국을 남긴 여자는 누굴까요?"

샬럿이 방을 가로질러 월리스 부인의 책상으로 다가갔다.

"게다가 당신은 오른손잡이인데 내가 면접을 보러 왔을 때 잉크
흡수지는 책상 왼쪽에 놓여 있더군요. 당신은 긴급할 때를 대비해
서 가족의 이름과 주소를 쓰라고 했어요. 내가 당신의 책상 앞에
섰을 때, 그러니까 휴지통 바로 앞에 섰을 때 내가 본 건 버려진
네모난 압지 한 장뿐이었죠. 그 압지의 구석에는 '조지 애트웰 보

냄'이라는 글귀가 뒤집어진 채 또렷하게 찍혀 있었어요.

그때 나는 당신에게 런던에 살거나 정기적으로 이곳을 찾아오는 가족이 있는지 물었죠. 그러자 부모님은 돌아가셨고 유일한 혈육인 자매가 남편과 딸과 함께 인도에 살고 있다고 했어요. 그렇다면 애트웰 씨가 아버지나 형제일 리 만무하죠. 혹시라도 당신이 우편으로 남자를 사칭하지 않았다면. 사칭했다면 그건 그것대로 문제가 될 수 있는 행동이겠죠. 아무튼 사칭한 게 아니라면 애트웰 씨가 최근에 이곳을 떠나기 전에 이 책상에 앉아 다급하게 편지를 썼다는 말이 돼요.

그때 나는 분명히 있어야 하는 전용 문을 찾아봐야겠다고 생각했어요. 내 짐작대로 집 뒤편 골목에서 그 문을 찾고 보니, 이번에는 애트웰 앤 듀즈버리 약국의 직원용 문과 거의 마주 보고 있지 않겠어요?

나는 그 가게를 찾아가 애트웰 씨를 만나봤어요. 내가 이곳의 새 하숙인이라고 말했더니 그분은 당신이 품위 있고 부유한 여성이라며 입에 침이 마르도록 칭찬했어요. 그 사람에게 이미 아내가 있다니 정말 안타까운 일이에요."

월리스 부인의 얼굴을 붉게 달아올랐다가 하얗게 질리더니 다시 파랗게 변했다.

"처음부터 끝까지 아무 근거 없는 비난이에요."

"어쩌면요. 하지만 이곳의 다른 하숙인들은 내가 다급하게 떠난 이유에 대해 분명히 궁금해할 거예요. 당신이 내게 짐을 쌀 시간으로 준 그 한 시간 동안 나는 훨씬 더 많은 근거 없는 비난을 만들어 낼 수 있어요."

"당신은……, 당신은, 자신의 평판을 망친 것처럼 내 평판도 산산조각 내려는 속셈인가요?"

"그 반대죠. 나는 당신의 평판을 공개적으로든 개인적으로든 더럽힐 의사가 조금도 없어요. 터너 양의 깊은 귀와 기다란 혓바닥을 우리의 대화로부터 멀찌감치 떨어트려 놓는 걸 아까 봤잖아요? 나는 애트웰 씨의 가정생활에 대해서 아무것도 몰라요. 하지만 그 사람과 당신은 각자 편리한 관계를 형성했다는 건 잘 알겠어요. 저 구석에 당신들이 두고 있는 체스 게임판이 있군요. 선반의 핌스 술병은 두 사람이 함께 마시는 걸 테고요. 둘러보니 당신이 저녁 시간에 일로 바쁠 때면 그 사람은 저기 있는 윌리엄 클락 러셀의 해양 소설을 읽나 봐요. 나는 당신들이 안락하게 즐기는 삶을 뒤엎고 싶지 않아요.

그러니 당신도 내 처지를 고려해 주면 좋겠군요. 내가 지금 곤란한 상황에 처해 있다는 것 정도는 짐작하겠죠. 당신의 하숙집에 계속 있게 해 달라고 협박하는 게 아니에요. 당신도 평판을 조심해야 할 테니까요. 대신 남은 하숙비를 돌려 달라는 요청은 타당하다고 생각해요."

월리스 부인은 턱을 이리저리 움직였다. 그러더니 일어나서 책상의 잠긴 서랍을 열고 돈 통을 꺼내 샬럿에게 돈을 돌려주었다.

샬럿은 동전을 조심스럽게 주머니에 집어넣었다.

"고맙습니다, 월리스 부인. 당신의 비밀이 내 입에서 새어 나가는 일은 없을 거예요. 그리고…… 내가 당신이라면 체스의 다음 수는 룩을 b4로 옮길 거예요. 그러니까 이기고 싶다면요. 애트웰 씨를 이기게 해 주고 싶다면 폰을 a5로 옮기세요."

제8장

데번셔

죽음이 찾아온 후에도 해링턴 색빌 씨는 미남이었다. 쉰다섯 살이었지만 희끗희끗한 머리는 아직도 풍성했고 허리는 여전히 날씬했으며, 근육도 나이에 비해 이십 년은 젊었다. 피부에 푸르스름한 기색이 감돌았지만, 고인이 생전에 야외 활동으로 살짝 탄 건강한 안색이었으리라는 사실을 못 알아볼 정도로 심하지는 않았다.

고인의 표정은 근엄했다. 평화롭기까지 했다. 자연사라면 장례식에서 추모객들이 시신의 상태에 감탄하며 그토록 부유하고 건강한 남자가 느닷없이 세상을 등졌다며 진심으로 애통해할 것이 분명했다.

메리웨더 박사는 의학 지식 덕에 그 지역의 검시관에게 종종 불려 가는 병리학자였다. 트레들스와 또 다른 범죄수사부 소속의 맥도널드 경장이 시신 주위를 천천히 돌며 살펴보자 메리웨더 박사는 그 뒤를 따라 걸었다.

"경사님, 보시다시피 몸싸움을 벌인 흔적이 전혀 없습니다. 목 주위나 피부 어디에도 멍이 없지요. 상처나 부상을 입지도 않았어요. 클로랄이 사인으로 추정되고 있기 때문에 시신을 머리부터 발끝까지 샅샅이 검사했습니다. 주사기를 썼다고 볼 만한 상처는 단 하나도 없었어요. 마찬가지로 클로랄이 직장으로 주입된 증거도 없습니다."

병리학자의 어조는 전문적이며 사무적이었다. 하지만 트레들스는 그 목소리에 짜증이 섞였다는 걸 알 수 있었다. 우연한 약물 과다 복용으로 간단하게 끝날 것 같았던 사인심문이 참견쟁이인 셜록 홈스가 끼어드는 바람에 불필요하게 길어지게 되었으니까.

그런데 이제 런던 경찰청까지 등장했다.

하지만 트레들스는 그에게서 짜증만 아니라 흥분한 기색도 읽어 냈다. 메리웨더 박사는 남자들이 으레 그러듯이 진정으로 기묘한 범죄에 흥미를 느꼈다. 어찌나 교묘한지 그처럼 상당한 지식과 경험을 쌓은 사람조차 진상을 헤아리기는커녕 범죄가 일어난 사실을 알아보지도 못하는 경우 말이다.

트레들스도 아내에게 그런 흥분을 털어놓았다. 하지만 이렇게 밀접하게 연관된 사건이 자신의 이름을 널리 알려 주리라는 큰 희망을 가슴에 품고 있다는 사실만은 말하지 않았다. 기자들은 진척 사항을 알아내기 위해 범죄수사부에 벌 떼처럼 몰려왔다. 그는 명성에 별 관심이 없지만 앨리스가 경찰관과 결혼하자 가볍게 인사만 하고 소원해진 그녀의 친구들이 자신의 활약상을 조간신문에서 읽게 되기를 원했다. 그들이 앨리스를 부러워할 날은 절대 오지 않을 것이다. 하지만 언젠가는 경찰을 배필로 삼았다며 앨리스를 더는 업신여기지는 못할 것이다.

트레들스는 아내가 이 결혼을 결코 후회하지 않는다는 사실을 알고 있었다. 다만 앞으로도 그러기를 원할 뿐이었다.

"그러면 사인은 클로랄이 확실합니까?"

트레들스가 물었다.

"확실하다마다요."

군(郡)의 젊은 화학분석가인 스마이스 씨가 말했다. 그는 메리웨더 박사와 달리 시신을 무심하게 대하지 못하기에 경찰과 병리학자가 시신을 살펴보는 동안 구석으로 물러나 있었다. 하지만 자신의 전공이 나오자 열을 내며 시신의 조직에서 발견된 물질이 클로로포름이나 안티몬이 아니라 클로랄 수화물뿐이라는 사실을 확인하기 위해 어떤 기구를 사용해 어떤 절차로 검사를 진행했는지 상세하게 설명하기 시작했다.

"내가 직접 금속 분석을 진행했어요. 각 단계를 몇 차례나 반복했죠. 그러니 착오가 있을 리 없어요."

"고맙습니다, 스마이스 씨. 그리고 메리웨더 박사님, 감사합니다."

트레들스가 말했다.

메리웨더 박사의 진단이 옳았다. 색빌 씨의 시신에는 살인으로 해석할 만한 증거가 전혀 없었다. 게다가 트레들스는 열정적인 스마이스 씨가 검사를 꼼꼼하게 하지 않았다고 의심할 만한 이유도 없었다. 멀리서 보면 소소한 사실이 몽땅 간과되기 마련이니, 일단 주의를 기울이면 범죄성이 있다는 결론에, 명백하고 의기양양하게 도달할 수 있으리라 가볍게 생각했다. 하지만 가까이서 봐도 그런 짐작은 맞아떨어지지 않았다. 색빌 씨의 죽음은 점점 더 처음에 생각했던 대로의 상황처럼 보였다. 우연한 약물 과용으로 일어난 단순 사고사 말이다.

트레들스는 한숨을 쉬었다. 대중에 이름을 널리 알리는 성공을 거두겠다던 꿈은 이쯤에서 포기하자.

음, 집으로 돌아가자.

런던 경찰청의 형사들이 도착하기 전에 일반적인 정보를 취합하기 위해, 트레들스의 요청에 따라 유능한 순경 한 명이 커리 하우스와 인근 마을로 파견되었다. 트레들스가 데번에 도착해 보니 보고서가 그를 기다리고 있었으며, 사인심문의 공식 기록 사본 한 부도 준비되어 있었다.

커리 하우스는 색빌 씨의 소유가 아니었다. 그 집은 남편과 사별한 커리 부인의 소유였다. 재혼을 해서 이제 스트러더즈 부인이 된 그녀는 노위치에 있는 남편의 집으로 들어가 살게 되자, 커리 하우스에 세입자를 들였다.

색빌 씨가 커리 하우스를 임대한 지 벌써 칠 년째였다. 그런데 근방에 사는 지주들 그 누구도 색빌 씨와 인사를 하는 사이 이상으로 친분을 쌓지 못했다. 색빌 씨는 은둔자였다. 그는 인근에서 신사라는 평판을 얻었다고 했다. 깊은 유대를 맺은 이웃은 없지만 산책을 하다 마을 주민과 마주치면 그 사람이 교구 목사건 농부의 아내건 스스럼없이 인사를 건넸다.

마을에서 진행하는 행사에는 일절 참가하지 않았지만, 마을 주민들은 노르만 양식의 교회에 새로운 재단화를 설치하는 일이건, 마을 학교에 석탄과 유리창을 지원하는 일이건, 순회 도서관에 비치할 책을 구입하는 기금을 모금하는 일이건, 어떤 명분을 대더라도 그가 후한 기부금을 내리라 믿어 의심치 않았다.

다시 말해서 그는 사랑이 아니라 존경과 존중을 받았다. 그가 남들과 어울리지 않는다고 해서 유난히 이상하다고 생각하는 사람은 아무도 없었다. 이 나라의 명망 있는 가문들은 괴짜 아들을 배출하는 것으로 유명하니 말이다.

물론 마을 주민들은 색빌 씨가 어떤 명문가 출신인지 몰랐다. 그들에게는 그런 의문을 해소해 줄 《데브렛》* 한 권 없었으니 말이다. 다만 그가 신사 계급 출신이 아니라 귀족일 것이라고 본능적으로 알아차렸을 뿐이다.

커리 하우스도 이런 인상에 한몫했다.

데번 코스트는 아름다운 곳이다. 바다와 만나는 절벽은 깎아지른 듯 높고 인상적이다. 영국이 섬이라는 사실을 놀랍도록 생생하게 떠올리게 하는 곳이다. 이 해안을 따라 이어지는 곳에는 양들이 점점이 흩어져 있는 들판과 목초지가 녹색 조각보처럼 펼쳐져 있다. 커리 하우스는 스탠웰 무트 마을에서 3킬로미터 남짓 떨어

● 데브렛 영국식 에티켓 가이드북

진 곳에 있으며, 마을까지 양쪽으로 산사나무와 단풍나무 울타리가 서 있는 좁은 길로 이어져 있었다.

커리 하우스는 19세기 초에 지은 비교적 최신 건물로, 실루엣이 섬세할 정도로 군더더기가 없고 햇빛을 받으면 외벽의 치장 벽토가 새하얗게 빛났다. 그 건물은 한없이 뻗어 가는 푸른 하늘을 배경으로 흠잡을 데 없이 깔끔했다. 두 형사는 런던의 검댕과 재에 더 익숙했는데, 런던에서는 이렇게 티 하나 없이 말끔한 벽을 찾느니 차라리 유니콘을 찾는 편이 더 쉬울 것이다. 맥도널드 경장이 낮게 휘파람을 불었다.

안으로 들어가니 실내도 외관 못지않게 깔끔했다. 파스텔 톤으로 칠한 벽에 깨끗한 흰색 창틀의 창문이 달려 있고, 색감과 질감모두 화사한 이미지를 더해 주는 두툼한 동양풍 양탄자들이 깔려있었다. 그들을 맞은 여성은 주위 모습만큼 우아하다고 할 수 없었다. 가정부인 코니시 부인은 두 볼이 발그스름하고 체격은 살짝 땅딸막했다. 하지만 입고 있는 검은 드레스는 솜씨 좋게 다려져있었으며, 머리에 쓴 커다란 흰색 캡은 더할 나위 없이 빳빳했다.

우아하지는 않지만 확실히 흠 잡을 데 없었다.

그녀는 이곳까지 편하게 왔는지 정중하게 물으며 차를 마시겠느냐고 물었다. 트레들스 경사는 그러겠다고 하며 그 전에 집 안과 특히 색빌 씨가 임종을 맞은 방부터 보고 싶다고 했다.

저택의 우아한 분위기는 2층으로도 계속 이어졌다. 색빌 씨의침실에서 보이는 해안은 절경이었다. 그 저택과 해안과의 거리는 5백미터 정도로 가까웠고, 저택은 인근에서 가장 높은 지점 중 한 곳에 서 있었다.

"정말 환상적인 풍경이군."

트레들스가 중얼거렸다.

맥도널드 경장이 고개를 끄덕였다.

"애초에 이 풍경 때문에 이곳에 집을 지었겠군요."

트레들스가 관심을 그 방으로 돌렸다.

"이 침구는 색빌 씨가 돌아가신 날 깔려 있던 것입니까?"

"아닙니다, 경사님. 침구는 모두 교환했습니다. 하지만 아직 세탁을 보내지는 않았습니다."

"잠시 뒤에 그것들을 살펴봐야겠습니다. 침구 외에도 방을 전부 청소하셨겠죠?"

"네, 경사님. 그날 바로 천장에서 바닥까지 모두 했습니다."

색빌 씨의 죽음이 자연사라면 시신은 한동안 침대에 뉘여 있었을 것이다. 아니면 기껏해야 식당으로 내어 가 식탁 위에 뉘였을 것이다. 하지만 그런 상황이 아니었으니 갑작스러운 죽음과 맞닥뜨린 충실한 가정부라면 분명히 이 집을 평소처럼 질서정연하고 정돈된 상태로 되돌리고 싶었을 것이다.

트레들스가 이 방을 더 잘 보존해 두어야 했다고 아무리 아쉬워한들, 이 훌륭한 저택을 관리하는 사람이 절차대로 자신의 의무를 수행했다고 옥신각신할 수는 없는 노릇이었다.

트레들스와 맥도널드는 창문을 전부 조사하고 코니시 부인에게 집으로 들어올 수 있는 여러 방법에 대해 물었다. 그녀는 그날은 저녁 시간이 지난 후 뇌우가 쳤기 때문에 밤에 이 침실의 창문을 모두 닫았다고 확실하게 말했다. 외벽은 회반죽을 매끈하게 발라 놓아서 기어오르려면 못 오를 것도 없지만 꽤 힘들 것 같았다.

"창문마다 걸쇠는 확실히 걸려 있었습니까?"

"네, 경사님. 색빌 씨의 시신을 내간 뒤 방을 환기하려고 제가 전부 열었습니다."

"그런데 색빌 씨는 클로랄을 어디에 보관하셨죠?"

코니시 부인이 침대 옆 탁자의 서랍을 열어 하얀 알약이 두 개 들어 있는 작은 유리병을 보여 주었다.

"이게 색빌 씨가 사망하신 날 남아 있던 클로랄입니까?"

"네, 경사님. 버크 박사님이 약을 보여 달라고 하셔서 그때도 이렇게 남아 있었다는 사실을 기억하고 있습니다."

탁자 위에는 색빌 씨의 다양한 취향을 보여 주는 정기간행물 최신 호 몇 종류와 문예 주간지부터 싸구려 통속소설까지 놓여 있었다.

"이것들은 우편으로 받으셨습니까?"

"네, 경사님."

그들은 2층의 다른 방들도 살펴보았다. 그곳에는 화장실 외에 침실이 두 개 더 있었고 응접실과 서재, 시종의 방이 있었다.

"우리 여자들이 아래층을 쓰기 때문에 시종인 호지스 씨는 이곳 에서 지냅니다."

코니시 부인이 설명했다.

트레들스가 고개를 끄덕였다.

"그날 밤 다른 방의 창문도 전부 잠겨 있었습니까?"

"이튿날 제가 전부 열었습니다. 집 전체를 환기했거든요."

그녀는 묻는 말에 대해서만 간결하게 대답했다. 코니시 부인은 말이 많은 여자가 아니었다. 하지만 그녀가 어느 순간 언뜻 보여 주는 행동, 턱이 경직되거나 양손 손가락을 잔뜩 힘주어 맞잡는 행동은 겉으로 드러난 평정이 거짓이라고 말해 주는 듯했다.

그녀는 경찰과 이야기를 한다는 사실에 깊이 동요하고 있었다. 하지만 지금까지 벌어진 일로 인해 마음이 편치 않은 것인지 다른 이유가 있는지 트레들스는 판단할 수 없었다.

"그러면 문은 어땠습니까?"

"매일 밤 아홉 시에 제가 문단속을 합니다."

"아홉 시 전에 누군가 이 집에 몰래 들어올 수 있습니까?"

"그럴 수도 있겠죠."

하지만 그녀의 어조는 그런 일은 있을 수 없다고, 터무니없는 생각이라고 말하고 있었다.

색빌 씨와 레이디 아멜리아, 레이디 슈루즈버리의 죽음이 모두 연관되어 있다면, 외부인, 혹은 복수의 외부인이 분명히 개입되어 있을 것이다. 하지만 그 가설은 점점 더 빈약해 보였다. 이 집이 그리고 가장 가까운 마을이 얼마나 외진 곳인지 트레들스가 직접 눈으로 보았기 때문이다. 이곳은 외부인이 금방 눈에 띄는 곳이었다. 현지 주민이 평소와 다른 행동을 할 때도 마찬가지일 것이다.

관광객들이 해안가를 따라 풍광을 감상하며 이 지역으로 들어왔다. 하지만 사전 보고서에 따르면 그 전주에 마을의 선술집에 묵은 손님은 두 팀뿐이었다. 한 팀은 순회 사진사와 그 조수로,

두 사람은 하룻밤을 묵은 후 색빌 씨가 사망하기 닷새 전에 그곳을 떠났다. 교구 목사 형제의 친구들은 그 형제를 만나러 왔다가 비좁은 목사관에서 복작거리지 않고 선술집에서 잤다.

트레들스와 맥도널드는 어느새 1층으로 내려왔다.

"집의 남은 부분도 보여 주시겠습니까, 코니시 부인?"

시골의 대저택에서 주방 구역은 대체로 화재의 위험을 줄이기 위해 주 건물로부터 분리되어 있다. 그런데 이 저택은 주방이 1층에 있었으며, 녹색 베이즈 천으로 마감을 한 육중한 문 두 짝으로 응접실과 식당 방으로부터 분리되어 있었다. 복도를 따라가면 식품 저장실과 집사의 식기실, 부엌방을 지나 조리실이 나왔다.

복도 끝에 있는 계단은 하인방과 하인 구역만 아니라 식료품 저장실이나 세탁실 같은 다른 가사실로 이어졌다. 코니시 부인은 트레들스에게 색빌 씨의 침대에서 가져온 침구를 보관해 둔 곳을 알려 주었다. 침구는 갓 세탁을 마친 듯 새것 같았다.

"우리는 침구를 자주 교체합니다."

코니시 부인은 자랑스러워하는 기색을 숨기지 않았다.

또 다른 질문의 문이 탁 닫혔다. 하지만 트레들스는 끈기 있는 남자였다. 그러면 꼭 새로운 문을 찾아낼 것이다.

"지금 차를 드시겠어요, 경사님, 경장님?"

"그러겠습니다. 정말 감사합니다, 코니시 부인."

트레들스가 대답했다.

가정부가 잠시 우물쭈물했다.

"경사님, 경장님, 두 분은 이 집을 찾아오신 손님이시니 당연히 위층에서 차를 대접받으셔야 합니다. 그런데 저는 그 응접실에 앉아 있는 게 마음이 편하지 않을 것 같아요……."

"사람들에게 질문할 때는 그 응접실을 쓰겠습니다. 하지만 부인이 편하신 곳에서 차를 드시겠다면 우리는 상관없습니다."

트레들스가 말했다.

그들은 창고 옆에 있는 코니시 부인의 작은 방에서 차를 마셨다. 그 방은 전체 바닥의 삼 분의 이가 1층보다 낮았지만 창문이 모두 벽 높은 곳에 나 있어서 충분히 빛이 들어왔기 때문에 지하에 있는 기분이 전혀 들지 않았다.

코니시 부인이 차를 따랐다. 트레들스는 그 틈을 놓치지 않고 몇 가지 질문을 했다. 사전 보고서를 읽었기 때문에, 그는 코니시 부인이 하인들 가운데 가장 오랫동안 커리 하우스에서 일했다는 사실을 알고 있었다. 코니시 부인은 성이 커리였던 집주인이 이곳에 살 때 가정부의 자리를 물려받아 십사 년 동안 일을 해 왔다.

코니시 부인은 다른 하인들에 대한 정보는 물론 다양한 사실도 확인해 주었다. 요리사인 미크 부인이 가장 신참으로 데번 코스트에 도착한 지 한 달이 조금 넘었다. 그 외에도 종자와 하녀, 주방 하녀, 정원과 말을 돌보는 청년 한 명이 있었다.

시종인 호지스를 제외한 나머지 하인들은 이 집의 소유주로부터 급료를 받았는데, 집주인은 유능한 하인들까지 제공되는 이 집의 집세를 다른 곳보다 더 높게 받았다. 색빌 씨의 사무 변호사들은 고객의 죽음을 정식으로 조사하는 동안, 이 집의 임대료와 호지스의 급료를 지불하는 데 동의했다.

트레들스는 사인심문에서 우연한 약물 과다 복용이라는 평결이 곧장 내려지지 않아 변호사들이 짜증이 났으리라 믿어 의심치 않았다.

"색빌 경의 하루 일과에 대해서 말씀해 주시겠습니까?"

트레들스가 코니시 부인에게 말했다.

코니시 부인은 기다렸다는 듯 즉각 대답했다. 평범한 여름날이면 색빌 씨는 여섯 시 반에 침대에서 아침 코코아 한 잔을 마셨다. 그 후 목욕을 하고 옷을 갈아입었다. 일곱 시 십오 분에 말을 타러 나갔다. 아침은 그가 돌아오면 여덟 시 반에 들었다. 그는 아침을 먹은 후 서재에서 잠시 보내는 시간을 좋아했다. 점심은 한 시였다. 점심을 먹고 나면 자주 긴 산책을 나갔다가 네 시 반에 집으로 돌아와 차를 마셨고 여덟 시에 저녁을 먹었다. 그는 한 달에 두 번 점심을 먹은 후 런던에 갔다가 이튿날 차를 마실 시간 즈음에 돌아왔다.

트레들스 경사는 사전 보고서를 읽어 그 런던 외출 건을 알고 있었다. 데번 경찰대의 퍼킨스 순경은 맡은 업무를 꼼꼼하게 처리했다. 트레들스는 이 런던 방문이 마을 사람들의 호기심을 자극했다는 사실도 알았다. 어떤 사람들은 색빌 씨가 친구를 만나러 간다고 생각했으며, 어떤 사람들은 그가 도박을 할 것이라고 추측했으며, 몇몇은 그가 정기적으로 훌쩍 떠나고 싶었을 것이라는 의견을 제시했다. 그들도 색빌 씨만큼의 재산과 운신의 자유가 있다면 그렇게 했을 것이다.

"혹시 런던에 왜 가셨는지 아십니까, 코니시 부인?"

"전혀 아는 바가 없습니다, 경사님."

"집으로 돌아와서 런던에 대해 이야기한 적은 없습니까?"

그녀는 고개를 가로저었다. 물론 자신의 직무에 충실한 하인이라면 고용주의 개인적인 사정에 절대 끼어들 생각을 하지 않을 것이다.

"어떤 기차를 타고 갔죠?"

"바턴 크로스에서 세 시 오 분에 출발하는 기차였습니다."

바턴 크로스는 스탠웰 무트 다음으로 가장 가까운 마을이었다. 트레들스는 현지 철도 시간표를 살펴보았다. 그때 바톤 크로스발 세 시 오 분 차는 오후 네 시가 다 되도록 간선에 도착하지 않았다. 설령 색빌 씨가 다음 런던행 특급열차를 탔다고 해도 패딩턴역에 내릴 무렵이면 일반적인 영업시간은 한참 전에 끝났을 것이다.

중개인이나 사무 변호사를 만날 목적이었다면 절대 고르지 않을 여행 일정이었다.

"고인은 항상 같은 날 런던으로 가셨습니까?"

"매달 두 번째와 네 번째 목요일이었습니다."

런던의 연극 시즌은 9월부터 7월 말까지 이어졌다. 하지만 색빌 씨가 정해진 날짜에 런던을 찾았으니 연극 애호가의 여행이라 보기는 힘들었다. 그가 친구들을 만나러 갔다고 생각되지도 않았다. 그가 속한 사회 계급의 일원들은 일 년의 나머지는 사교계 시즌 중에 런던에서 모이는 대신 공기가 훨씬 좋은 시골에서 보냈다.

"고인의 행선지가 런던이 확실합니까, 코니시 부인?"

"호지스 씨가 그렇게 말했습니다. 호지스 씨는 색빌 씨의 옷을 세탁하러 보내기 전에 주머니를 비웠습니다. 그럴 때마다 색빌 씨가 런던에서 돌아오실 때 쓴, 패딩턴역에서 발급하고 검표를 한 표가 있었습니다."

코니시 부인은 자신의 주인에 대해 시종과 잡담을 나눴다는 사실에 당황하기라도 한 듯 살짝 얼굴을 붉혔다.

"알겠습니다. 그런데 돌아가시기 몇 주 전부터는 색빌 씨의 런던 여행이 조금 불규칙해졌더군요."

"복통 때문이었습니다."

코니시 부인이 이번에는 권위를 갖추고 대답했다.

"4월에는 두 번이나 복통을 앓으셨습니다. 처음에는 아예 집에 계셨고, 두 번째 탈이 나셨을 때는 기차를 타고 계시던 중에 점점 상태가 악화되셨습니다. 그래서 다음 역에서 내려 그날 밤은 철도 호텔에서 묵으셨습니다."

이 증언은 바턴 크로스 철도역의 승차권 판매원의 기억과 일치했다.

"하룻밤을 지낸 후에 출발했군요."

"그러셨습니다만 이튿날 아침 평소보다 이른 시각에 돌아오셨습니다. 그로부터 두 주 동안은 몸이 좋으셨는데도 아무 데도 나가지 않으셨습니다."

"고인이 복통으로 고생한 건 4월 두 차례뿐이었습니까?"

"아닙니다, 경사님. 주인님은 최소 제가 이곳에서 일한 기간 내내 복통으로 고생하셨습니다. 몸이 좋지 않아서 런던에 가지 않으신 날 전에도 한 차례 더 복통을 앓으셨을 겁니다."

칠 년 동안 한 번이었는데, 최근 한 달 동안은 두 번이라. 호기심이 생겼다. 사건은 무작위로 일어나기도 한다. 명백한 살인 사건이라고 가정할 만큼 호기심이 일지는 않지만 어쨌든 기억해 둘 만한 가치는 있었다.

"5월에 런던에 가셨을 때는 왜 평소보다 일찍 돌아왔는지 이유를 알려 주시던가요?"

"아뇨, 아무 말씀 없으셨습니다."

"커리 하우스로 돌아오셨을 때 어때 보이던가요?"

"그날 주인님은 혼자 계셨습니다. 방해받고 싶어 하지 않으시더군요."

"그리고 그날 집으로 오기 전에 교회에 들리신 것 같더군요. 마을 사람 몇 명도 봤고 목사님도 보셨습니다."

커리 하우스에서 지낸 시기를 통틀어 단 한 차례도 예배에 참석하지 않은 바로 그 남자가 말이다.

"저도 같은 이야기를 들었습니다."

"그다음 날인 목요일에 고인이 런던으로 출발하지 않아 놀라셨습니까?"

"저는…… 저는 그랬지만, 크게 놀라지는 않았습니다."

"왜죠?"

"왜인지 주인님은 뭔가를 체념하신 듯했습니다."

이런 이야기는 마을 사람들의 가십 속에는 없었다. 트레들스 경사가 살짝 눈살을 찌푸렸다.

"체념이라니 어떤 의미인가요?"

코니시 부인은 잠시 생각에 잠겼다.

"낙담하셨다고 할까요. 안절부절못하셨고요. 그분은 매사에 규칙적으로 생활하셨습니다. 그런데 마지막 몇 주 동안에는 하루 종일 사라지신 적도 있었죠. 한번은 비를 흠뻑 맞은 채로 돌아오셨어요. 집을 나가실 때 이미 비가 오고 있었는데."

이런 정보는 셜록 홈스의 추리에 좋은 징조가 아니었다. 색빌 씨와 관련된 날짜들은 레이디 아멜리아의 갑작스러운 죽음과 들어맞지 않았는데, 그가 의기소침한 이유를 연관지어 설명할 수 없었다. 레이디 아멜리아는 날짜상 훨씬 뒤에 죽었다. 가장 그럴 법한 가설은 색빌 씨가 정부를 런던에 만들어 두고 시계처럼 규칙적으로 찾아갔다는 것이다. 그리고 무슨 일이 생겼을까? 그 정부가 더 부유한 남자에게 가 버렸을까? 아니면 그녀에게 홀딱 반한 다른 남자의 청혼을 받아들였나?

가슴 아픈 고통에 빠진 남자가 몇 시간 동안 모든 것을 잊을 수 있는 물질에 과도하게 너그러워진다는 이야기는 여기저기서 들을 수 있다.

트레들스 경사는 가정부를 조금 더 압박해 보기로 했다.

"색빌 씨가 돌아가시기 전 하루 동안 이곳에서 일어난 일을 모두 말씀해 주시죠."

"말씀드릴 만한 일은 별로 없었습니다, 경사님. 그날은 반휴일이었습니다. 오후에 저는 성공회 여성 신도 모임에 참석했습니다. 모임을 끝내고 바이드포드에 가서 차를 마신 후에 상점 몇 군데에 들렀다가 일곱 시 반에 집으로 돌아왔습니다. 다른 고용인들도 마찬가지였죠. 연례 휴가였던 호지스 씨만 빼고요. 여덟 시 직전에 다 귀가했습니다.

우리는 하인 구역에서 저녁을 먹었고 식당 방에서 접시를 치웠습니다. 반휴일마다 요리사인 미크 부인은 색빌 씨의 저녁으로 데우지 않아도 되는 음식을 준비해 둡니다. 아홉 시에 제가 색빌 씨에게 차 한 잔과 비스킷 한 접시, 석간신문을 가져다 드렸습니다. 그리고 더 필요한 것은 없는지 여쭸습니다. 주인님이 없다고 하셔서 저는 제 처소로 물러갔습니다. 의식이 있는 주인님을 본 건 그때가 마지막이었습니다."

"색빌 씨에게 어떤 우편물이 왔는지 기억나십니까?"

"잡지 한두 권과 팸플릿 몇 개가 있었던 것 같습니다. 주인님은 가끔 그런 것을 즐겨 받아 보셨습니다."

코니시 부인은 자신이 고용주의 우편물을 추측했다고 인정하려니 마음이 편치 않다는 듯 살짝 머뭇거리며 대답했다.

"그때 색빌 씨는 어때 보였나요?"

"약간 피곤해 보이셨지만 걱정할 정도는 아니었습니다."

색빌 씨는 그 시간이 이승에서 보내는 마지막 시간이 되리라고 예상이나 했을까?

"사인심문에 참석하셨지요. 그러니 색빌 씨의 죽음이 그분과 지인인 두 숙녀의 죽음과 관련 있다는 홈스 씨의 편지 내용을 들으셨을 겁니다. 그 주장에 대해서 어떻게 생각하십니까?"

"어떻게 생각해야 할지 모르겠습니다."

코니시 부인이 대답만큼 조심스러운 표정으로 대답했다.

"혹시 색빌 씨의 이야기 중에 레이디 아멜리아 드러먼드나 레이디 슈루즈버리가 등장한 적이 있습니까?"

"없습니다."

"색빌 씨가 두 분에게 편지를 쓰셨습니까?"

"그분들의 성함이 적혀 있는 편지 봉투는 본 적이 없습니다."

"색빌 씨는 누구와 서신을 주고받으셨나요?"

"대개는 변호사분들이었습니다."

"의식이 없는 색빌 씨를 발견한 아침은 어땠습니까? 당시 상황을 설명해 주시죠."

코니시 부인은 잠시 생각에 잠겼다.

"호지스 씨가 휴가로 외출을 하기 전에 색빌 씨에게 아침에 코코아를 가져다 드리는 일과를 미크 부인에게 부탁했습니다. 그런데 그날 아침은 미크 부인이 부엌일로 바빠서 하녀인 베키 버틀이 코코아를 2층으로 가져갔습니다."

"사인심문에서 베키 버틀이 한 증언에 따르면."

트레들스가 끼어들었다.

"그 하녀는 쟁반을 내려놓고 색빌 씨에게 아침 인사를 건넸죠. 그가 대답하지 않자 더 큰 소리로 말을 걸었습니다. 그런데도 여전히 반응이 없어서 그의 손을 흔들었는데, 그때 손이 놀랄 정도로 차가웠습니다."

코니시 부인이 눈살을 찌푸리며 고개를 끄덕였다.

"베키 버틀이 미크 부인에게 가서 알렸습니다. 그리고 미크 부인이 제게 왔고요. 세 사람이 함께 색빌 씨의 방으로 올라갔습니다. 그때까지도 색빌 씨는 숨을 쉬고 계셨습니다. 미크 부인이 상태가 심상치 않아 보인다고 했죠. 베키는 부들부들 떨기 시작했고요. 저는 던을 찾아 마구간으로 달려갔습니다. 던은 말을 달려서 의사 선생님 댁으로 갔지만 마침 해리스 박사님은 외출 중이셨습니다. 그래서 8킬로미터를 더 달려서 바턴 크로스까지 가서 버크 박사님을 모셔 와야 했지요.

마침내 버크 박사님이 도착하셔서 진찰을 하시더니 제게 색빌 씨가 클로랄을 복용하셨는지 여쭤보셨습니다. 몇 번 본 적이 있다고 대답했습니다. 박사님은 색빌 씨의 상태를 더 잘 진단하려면 스트리크닌이 있어야 하는데 가져오지 않으셨다고 했습니다. 박사님과 던이 급히 해리스 박사님 댁으로 가서 진료실을 샅샅이 뒤져서 스트리크닌을 가져왔습니다. 하지만 그때는 너무 늦었습니다. 몇 분 전에 색빌 씨는 숨이 멎으셨거든요."

이야기를 끝마칠 즈음 코니시 부인의 목소리가 살짝 떨렸다.

"이제부터 불쾌한 질문을 드릴 텐데, 꼭 해야 하는 질문입니다."

트레들스가 운을 뗐다.

"색빌 씨에게 앙심을 품을 만한 사람을 혹시 아십니까?"

"모릅니다! 아무도 없습니다. 이 지역에서는 아무도 없을 겁니다."

가정부의 대답은 즉각적이고 그만큼 불같았다. 그녀가 이날 보여 준 모습 중 가장 격렬한 반응이었다.

"고맙습니다, 코니시 부인. 지금은 더는 질문이 없습니다."

트레들스가 말했다.

코니시 부인이 고개를 숙였지만, 그녀는 여전히 눈에 띄게 숨을 헐떡거렸다.

"다음으로는 색빌 씨를 발견한 하녀인 베키 버틀에게 질문을 하고 싶습니다만. 베키 버틀이 더 이상 이 집에서 일하지 않는다는 보고를 퍼킨스 순경에게 받았습니다. 어떻게 된 일인지 설명해 주시겠습니까, 코니시 부인?"

트레들스가 말했다.

"베키는 이번 일로 극심한 충격을 받았습니다. 홈스라는 남자의 편지로 상태가 더 심해졌죠. 사인심문이 끝나자 그만두고 부모님 댁으로 돌아가게 해 달라고 애원하더군요. 그 아이는 아직도 철부지라 차마 안 된다고 할 수가 없었습니다."

코니시 부인은 동정심으로 내린 결정이니 따질 테면 따져 보라고 경사를 도발하듯 입매에 고집스러운 기색을 슬쩍 드러냈다.

"물론 그렇게 생각하시는 게 지당합니다, 코니시 부인."

트레들스가 일어서며 온화하게 말했다.

"맥도널드 경장과 나는 위층 응접실에 가 있겠습니다. 미크 부인에게 우리가 지금 이야기를 나누고 싶어 한다고 알려 주시기 바랍니다."

지금까지 트레블스 경사가 본 요리사 중에 가장 마른 사람인 미크 부인은 보기보다 훨씬 수다스러운 증인이었다.

"저는 그게 선술집에서 드신 음식 탓이라고 생각해요. 4월에 배탈이 두 번 나셨잖아요. 옥슬리 부인이라고 저보다 먼저 이곳의 요리사였던 부인이 있는데, 양친을 잃은 조카들을 돌보게 되어서

3월 말에 이곳을 관두어야 했어요. 제가 올 때까지 이 집 식구들은 선술집에서 만든 음식으로 버텨야 했지요. 선술집의 페그 부인은 사람 좋고 음식도 푸짐하게 내지만, 음식이 좀 거칠어요. 무슨 말인지 아시려나요.

하지만 저는 이곳에 오기 전에 페잉턴에 있는 우드론 부인의 요양 병원에서 일했거든요. 십 년 동안 전국에서 소화 기능에 가장 문제가 많은 숙녀들을 위해 오로지 요리만 했지요. 우드론 부인이 제가 관둬서 너무나 안타깝다는 말씀을 했다는 사실이 지금도 자랑스러워요. 그 요양 병원이 명성을 쌓는 데 저도 나름대로 기여했으니까요."

"그래서 부인의 음식이 색빌 씨의 입에 맞으셨군요?"

누가 봐도 미크 부인은 바로 그 이야기를 하고 있었지만 트레들스가 되물었다.

"불만을 들은 적은 없어요. 하지만 아까도 말씀드렸듯이, 제가 그분에게 요리를 해 드린 기간은 별로 길지 않으니까요, 그렇죠?"

"부인의 음식은 더할 나위 없이 만족스러웠으리라 확신합니다. 자, 색빌 씨가 의식불명 상태로 발견되기 전 꼬박 하루 동안 무슨 일이 있었는지, 그리고 그날 아침 상황도 말씀해 주시겠습니까."

미트 부인은 차를 길게 한 모금 마셨다.

"그러죠. 그 전날은 우리의 반휴일이었어요. 저는 오전 내내 부엌에서 바빴죠. 모두가 먹을 점심과 데울 필요가 없는 저녁까지 생각해 둬야 했거든요. 게다가 그날은 잼을 만드는 날이었어요. 토미 던이 식물을 어찌나 잘 키우는지 정원 텃밭에서 딸기와 구즈

베리를 상자 가득 땄거든요. 점심 설거지를 끝내고 잼을 다 만들고 나서 저는 주방 하녀인 제니 프라이스를 부모님 댁에 데려다 주었어요. 정말 좋은 분들이죠. 프라이스 부부 말이에요. 저는 프라이스 부인과 잠시 이야기를 나눴어요. 함께 차를 마시면서요. 그리고 저녁에 마차로 돌아왔어요.

저녁을 먹고 부엌이 잘 정리되어 있는지 확인한 후에 잠자리에 들었어요. 저는 이튿날 아침 여섯 시에 부엌으로 나갔어요, 평소처럼요. 호지스 씨가 휴가 중이라 제가 색빌 씨의 코코아를 탔고 베키 버틀이 주인님에게 가져갔어요.

잠시 후에 그 아이가 부엌으로 돌아왔는데, 완전히 겁에 질렸지 뭐예요. '미크 부인, 아무래도 색빌 씨가 몸이 안 좋으신 것 같아요. 몸이 차가워요.' 이렇게 말하기에 심장이 철렁하지 뭐예요. '설마 돌아가셨다는 말이니, 그래?' 제가 물었어요. '아뇨, 아직 숨을 쉬세요. 하지만 몸이 정말 차가워요. 가서 직접 확인해 보세요, 제발요.'

저는 그 애를 데리고 곧장 2층으로 가 보려고 했죠. 그런데 코니시 부인이 알아야 한다는 생각이 들더군요. 그래서 부인 방으로 달려갔어요. 부인은 아직 실내복 차림이었죠. 베키의 말을 전했더니 깜짝 놀라더군요. 우리는 다 같이 위층으로 뛰어 올라갔어요. 가 보니 베키 말처럼 숨은 쉬고 계셨지만 지하실에 넣어 둔 물 한 양동이만큼 차가운 거예요.

우리는 그분을 더 잘 보려고 커튼을 걷었어요. 저는 코니시 부인에게 어쩌다 이렇게 되셨는지 모르겠지만 색빌 씨가 가망이 없는 것 같다고 했어요. 그랬더니 베키가 훌쩍거리고 부들부들 떠는 거예요. 코니시 부인은 제게 베키를 달래 주라고 하고는 도움을 청하러 서둘러 나갔어요.

제가 색빌 씨의 뺨을 몇 차례 때리고 어깨를 잡아서 흔들었지만 꿈쩍도 하지 않으시더군요. 베키는 아예 울음을 터트렸어요. 그 때 제니 프라이스가 부엌에 혼자 있다는 사실이 기억났어요. 그 애는 제가 곁에서 지켜보지 않으면 주인님에게 드리려고 요리한 음식을 먹어 버리거나 냄비에 되는 대로 아무것이나 넣어 버리거든요. 그래서 베키에게 같이 부엌으로 내려가자고 했어요. 그랬더니 색빌 씨를 혼자 두고 가기는 싫다지 뭐예요.

일단 저만 먼저 부엌으로 내려갔어요. 그때 코니시 부인이 돌아와서 2층으로 올라가는 소리를 들었어요. 부인이 잠시 후에 내려오더니 토미 던이 해리스 박사님을 모시러 갔다고 하더군요. 우리는 기다리는 것 말고는 할 일이 없는 것 같다고도 했어요. 어쨌든 저는 모두의 점심을 준비해야 해서 계속 일을 했어요. 적어도 그러려고 했죠. 하지만 몇 분마다 문밖으로 머리를 내밀고 누가 오는 소리가 들리지 않는지 살폈어요.

마침내 누가 오기는 왔는데 해리스 박사님이 아니라 다른 분이셨어요. 잠시 진찰을 해 보신 선생님이 클로랄 때문이라고 하시면서 색빌 씨 몸 주위에 뜨거운 물을 채운 병을 여러 개 두라고 하셨어요. 그래야 체온이 더 내려가지 않을 거라고요. 우리는 정신을 못 차리고 허둥댔답니다. 베키, 그 어리석은 아이는 냄비에 물을 너무 가득 채우더니 잠시 후에는 물이 끓지 않는다며 또 엉엉

울었어요. 제니 프라이스는 우리가 무슨 놀이라도 하는 줄 알고 하마터면 화상을 입을 뻔했죠. 코니시 부인이 그 애를 부엌에서 데리고 나가서 방에 가둬 버렸어요."

그날의 상황에 대해 요리사는 무척이나 상세하고 극적으로 증언했다. 그 바람에 트레들스는 그날이 어떻게 끝났는지 다 아는데도 앉은 자리에서 몸을 쑥 내밀고 들었다.

"우리는 뜨거운 물을 담은 병 여러 개를 색빌 씨 주위에 놓았어요. 코니시 부인이 맥을 짚더니 이렇게 말했죠. '맥이 전혀 잡히지 않아요.' 바로 그때 버크 박사님과 던이 스트리크닌을 들고 계단을 쿵쿵 뛰어올라 왔어요. '맥박이 느껴지지 않아요.' 코니시 부인이 버크 박사님에게 말했어요.

버크 박사님이 서둘러 색빌 씨에게 가시더군요. 박사님이 맥을 짚고 소리를 듣고 색빌 씨 코 밑에 명함 케이스를 갖다 대셨어요. 그러더니 요란하게 신음하시더군요. '색빌 씨의 증세를 제대로 알았다면 살릴 수도 있었을 텐데.'

박사님이 사망 시간을 기록하셨어요. 코니시 부인이 선생님에게 차를 드시라고 하더니 우리 모두에게 돌아가서 각자 할 일을 하라고 했어요. 그때부터 우리는 줄곧 부인이 시킨 대로 각자 할 일을 하고 있어요."

"레이디 아멜리아 드러먼드와 레이디 슈루즈버리의 죽음과 관련돼 있다는 가능성을 들으셨을 때 무슨 생각이 드시던가요?"

"아주 깜짝 놀랐지 뭐예요. 하지만 단순히 우연의 일치일 거예요, 그렇죠?"

"그걸 알아내려고 우리가 이곳까지 온 겁니다."

트레들스는 살짝 미안해하는 기색을 담아 이렇게 대꾸했다. 그는 불쑥 나타난 경찰로 인해 일상이 뒤흔들린 사람들에게 동정심이 생겼다. 특히 헛소동으로 밝혀질 가능성이 다분한 이런 경우에는 더욱 그랬다.

"돌아가신 숙녀분들에 대해 혹시 들으신 적이 있습니까?"

"한 번도 없어요. 저는 색빌 씨과 마주칠 일도 거의 없었어요. 게다가 제 일은 이 집에서 받거나 보내는 우편물과는 아무 관계도 없죠. 코니시 부인과 호지스 씨가 저보다 잘 알 거예요."

"혹시 색빌 씨에게 앙심을 품은, 아니면 해를 끼치고 싶어 한 사람을 혹시 아십니까?"

미크 부인이 몸을 부르르 떨었다.

"아뇨, 전혀 몰라요. 저는 그 질문에 대답을 해 드릴 처지가 아니에요. 무엇보다 이곳에서 고작 한 달밖에 일하지 않았고, 부엌 밖으로는 거의 나가지도 않았거든요."

"고맙습니다, 미크 부인. 정말 도움이 되었습니다. 던 군에게 잠시 시간을 내어 달라고 전해 주시기 바랍니다."

"물론이죠, 경사님."

미크 부인이 나가려고 일어섰다. 하지만 문가에서 돌아섰다.

"정말 살인 사건이 일어났다고 생각하시나요, 경사님?"

그녀의 목소리에서 불안한 기색이 비쳤다. 아니, 불안이라기보다 경악에 훨씬 더 가까웠다. 결백이 산산조각 날까 두려워하는, 누가 타인을 냉혹하게 살해하는 사건에 자신이 연루되었을지 몰라 두려워하는 사람이 느낄 법한 경악.

"우리는 평범하지 않은 구석이 있다는 의혹이 제기되었기 때문에 왔습니다. 그러므로 좀 더 수사를 진행할 만한 근거가 충분한지 확인만 하면 됩니다."

"모든 일이 우연이라고 결론 내리시기를 바라요. 그 편지를 쓴 홈스 씨는 근거도 없는 의심에 불을 지피고 죄 없는 사람들을 불편하게 만드는 것밖에 할 일이 없는 고약한 사람이에요."

요리사는 놀랄 정도로 격렬한 감정을 드러냈다. 그녀가 나가자 트레들스와 맥도널드가 눈빛을 교환했다.

"요리사의 말에 일리가 있다고 생각하지 않으세요, 경사님? 경사님 말씀을 들어 보면 그 홈스 씨는 어지간히 특이한 사람이잖아요. 그런데 이런 독특한 사람들이 어떤지 아시잖아요. 그런 사람들 머릿속이 항상 멀쩡한 건 아니죠."

맥도널드 경장이 수첩에 쓴 글씨가 더 빨리 마르게 후후 불며 말했다. 현재로서는 홈스가 멀쩡하지 않은 것은 두말할 나위 없이 확실했다. 트레들스는 진정한 천재성은 쉽사리 사라지지 않는다는 생각을 좋아했다. 하지만 홈스의 현 상태에 대해 잉그램 경은 입을 꾹 다물고 있었다. 잉그램 경 같은 사람이 아무 소득도 없는 조사를 개인적으로 계속 요구하느라 시간을 낭비할 리 없다는 믿음만 아니라면, 트레들스도 계속할 이유가 보이지 않았다.

"좀 더 인내심을 발휘해 보도록 하지. 아직 증인들도 다 만나지 않았으니까."

트레들스가 말했다.

미크 부인이 수다스러웠던 반면 토미 던은 침묵하다시피 거의 입을 열지 않았다.

토미 던은 이 저택에서 일한 지 삼 년 반이 되었다. 색빌 씨든 다른 하인이든 누구와도 문제를 일으킨 적이 없었다. 그 반휴일에 그는 산책을 나가 곶 근처에 있는 바위에 앉아서 바다를 지켜보다가 저녁 시간이 되자 하인 구역으로 돌아왔다.

"이 근방에 만나러 갈 가족은 없나, 던 군?"

트레들스가 물었다.

"저는 고아입니다. 경사님."

"알겠네. 계속하게."

"저는 저녁을 먹은 후 잠자리에 들었습니다. 아침에 마구간을 쓸고 있는데 코니시 부인이 뛰어왔습니다. 말을 타고 해리스 박사님 댁에 갔지만 안 계셨습니다. 그래서 버크 박사님 댁으로 달려가 그분을 모셔 왔습니다. 박사님이 스트리크닌이 필요하다고 하셔서 같이 해리스 박사님 댁으로 갔습니다. 돌아왔을 때는 이미 늦었더군요. 색빌 씨는 돌아가신 후였습니다."

트레들스가 계속 이야기하라고 자꾸 재촉하자 던은 레이디 아멜리아 드러먼드나 레이디 슈루즈버리에 대해서 아무것도 모르며, 색빌 씨에게 원한을 품을 만한 사람도 전혀 떠오르지 않는다고 덧붙였다. 하지만 그는 색빌 씨가 돌아가시기 몇 주 전부터 의기소침한 것처럼 보였다고 말했다.

"정신이 딴 데 가 있는 것 같았습니다. 한번은 주인님이 가장 아끼는 말에 안장을 얹었습니다. 주인님은 고삐를 잡은 채 잠시 서 계시더니 그대로 걸어가시더군요."

던이 양 주먹을 꽉 쥐었다.

"그때 무슨 일이 있는지 여쭤봤어야 했어요. 우리는 그분의 집에서 살았어요. 그분의 돈으로 살았죠. 우리는 그분에게 아무도 없다는 사실을 알았어요. 그런데 우리 중 아무도 그분에게 괜찮으신지 물어보지 않았어요."

트레들스는 색빌의 죽음에 대해 이렇게 감정적인 반응과 맞닥뜨린 건 이때가 처음이었다. 그는 그 젊은이에게 마음을 추스릴 시간을 잠시 준 후 부드러운 음성으로 물었다.

"그분은 좋은 주인이었나 보군."

"최고셨어요. 제가 이곳에서 맞는 첫 번째 크리스마스에 주인님은 갖고 계신 시계 중 하나를 주셨어요. 제 이름의 첫 글자도 새겨서요."

"그 시계를 좀 볼 수 있나?"

토미 던이 꺼내 보여 준 시계는 아주 좋은 제품으로, 고매한 인격자이자 애석하게도 이제는 고인이 된 장인 모튼 커즌스 씨가 트레들스에게 선물한 시계에 결코 뒤지지 않았다. 그리고 시계의 덮개에는 왼쪽에 대문자 D와 소문자 t가, 오른쪽에는 소문자 e가 새겨져 있었다.

"정말 후한 선물이군."

"지난 크리스마스에서는 그 시계에 달 새 시곗줄을 선물해 주셨습니다. 하지만 너무 화려해서 교회에 갈 때만 차고 가죠."

"고인의 하인들 가운데 다른 사람들도 이렇게 대단한 선물을 받았나?"

"코니시 부인은 근사한 화병 몇 개와 액자를 받으셨습니다. 호지스 씨는 은제 커프스를 받았고요. 제니 프라이스는 혼자 다 먹으라고 커다란 푸딩과 케이크를 주셨어요."

"미크 부인과 어린 하녀, 베키 버틀은?"

"그 두 사람은 이곳에서 그만큼 오래 일하지 않았습니다. 베키는 봄에 왔고, 미크 부인은 그보다 훨씬 후에 왔죠."

두 형사는 그에게 고맙다는 인사를 하고 호지스를 불러 달라고 했다.

트레들스는 돌아가신 장인의 시종과 한 틀에서 나온 것처럼 말쑥하고 세련된 남자가 나타날 줄 알았다. 하지만 호지스는 건장하다고 말할 정도로 어깨가 떡 벌어진 남자였다. 게다가 코는 유년 시절에 몇 차례 부러진 것이 분명했다. 하지만 그는 점잖은 사람이었고, 이야기를 나눠 보니 말투도 뭉개진 코로 추측할 수 있는 것보다 훨씬 더 매끄러웠다.

그는 휴가를 맞아 와이트 섬에 가 있었기 때문에 고용주가 죽기 하루 전은 물론 숨을 거두기 직전에 무슨 일이 있었는지 경찰에 도움을 주지 못했다. 하지만 색빌 씨가 몇 년 째 위통으로 고생했다는 사실을 확인해 주었다.

"아마 학창 시절 때부터 그러셨을 겁니다."

그는 미크 부인이 음식 솜씨가 뛰어나고 꼼꼼하게 잘 챙기는 요리사라고 칭찬했다.

"미크 부인은 항상 주인님 건강이 어떤지 신경 썼고 어떤 음식을 싫어하시는지 미리 알아 두려고 했습니다."

그는 색빌 씨의 시종으로 일하는 오 년 동안 주인으로부터 단한 번도 심한 말을 듣지 않았다고 강조했다. 게다가 말썽이라고는 일으키지 않은 사람에게 해를 끼치고 싶어 하는 사람이 과연 있을지 모르겠다고 했다.

트레들스는 그에게 고맙다는 인사를 한 후 제니 프라이스에게 몇 가지 질문을 해야 한다는 말을 전해 달라고 했다.

호지스의 눈이 휘둥그레졌다.

"제니 프라이스는 좀 모자라는 애인데요."

"설령 그렇다고 해도 이야기를 나눠 봐야 하네."

트레들스의 짐작과 달리 제니 프라이스는 소녀가 아니라 매우 뚱뚱한 삼십 대 여성이었다. 미크 부인에게 이끌려 들어왔을 때만 해도 걱정스러운 듯 보였지만 런던에서 온 손님들을 위해 차려 놓은 비스킷과 케이크, 샌드위치 접시들을 본 순간 즐거움으로 눈을 반짝였다.

제니 프라이스는 놀랄 정도로 민첩했다. 트레들스가 놀라운 기색을 지우기도 전에 비스킷 몇 개가 자취를 감췄다.

"아, 프라이스 양. 당신에게 할 질문이 몇 가지 있습니다."

제니 프라이스는 캐러웨이 씨앗 케이크 한 조각을 씹으며 멍한 눈빛으로 트레들스를 바라보았다.

트레들스가 다시 시도했다.

"제니, 맞죠?"

그녀가 고개를 끄덕였다.

"색빌 씨가 돌아가신 날에 대해서 생각나는 게 있으면 말해 줄 수 있습니까?"

"사람들이 주인님을 데리고 나갔어요."

"그날 있었던 일 중에 또 다른 기억은 없습니까?"

그녀가 고개를 가로저었다.

"아무것도?"

제니 프라이스는 앤초비 샌드위치를 한입 가득 물고 씹고 있었기에 굳이 대꾸하지 않았다. 트레들스는 색빌 씨와 커리 하우스에서의 생활, 부엌에서 맡은 일에 대해서 질문을 몇 가지 더 해 보았다. 그리고 웅얼거리는 소리나 다름없는 말을 답변으로 간신히 들었다. 제니 프라이스는 더 이상 경찰에게 해 줄 말이 없었다.

트레들스와 맥도널드는 패배를 인정하고 제니를 부엌으로 데려다주었다. 코니시 부인이 마침 부엌에서 미크 부인과 이야기를 나누고 있었다. 트레들스는 가정부에게 아래층 방들을 통해 집으로 쉽게 잠입할 수 없다는 사실을 확인하기 위해 그 방들도 다 보여 달라고 요청했다.

코니시 부인은 그러겠다고 했지만 눈에 띄게 꺼리는 티를 냈다. 트레들스가 사과의 의미를 담아 고개를 숙였다. 자신도 경찰이 찾아와 집을 수색한다면 탐탁지 않을 것이기 때문이다. 하지만 때로 미심쩍은 죽음이 산 자의 희망을 이기는 법이다.

가정부가 개인적으로 사용하는 공간은 작은 응접실과 그곳에 딸린 더 작은 침실이었다. 응접실 벽난로 위에는 미크 부인과 베키 버틀이 오기 전 예전 하인들의 단체 사진이 걸려 있었다. 생기 넘치고 예쁘장한 아가씨가 찍혀 있는 또 다른 사진은 코니시 부인의 침대 옆 탁자 위에 놓여 있었다.

트레들스는 하마터면 이 젊은 여성이 부인의 조카인지 묻는 결례를 범할 뻔했지만 용케 그 여성이 다름 아닌 젊은 시절의 코니시 부인이라는 사실을 알아차렸다. 문득 가정부의 나이가 그리 많지 않을 거라는 생각이 퍼뜩 들었다. 어쩌면 제니 프라이스보다 젊을 것 같았다.

"코니시 부인, 왜 제니 프라이스를 고용하셨는지 여쭤봐도 될까요?"

"오, 제가 아니에요, 경사님. 결혼 전 커리 부인이었던 스트러더즈 부인이 약 십 년 전에 제니를 고용하셨어요."

"그렇다면 그분은 왜 그런 결정을 하셨습니까?"

"프라이스 가족은 자작농이에요. 남자들은 대부분 고되게 일을 하죠. 특히 파종기와 수확기에요. 그리고 제니는, 뭐랄까. 아마 경사님은 그러지 않으시겠지만, 제니 같은 아가씨를 이용해 제 욕심을 채우려는 남자들이 있답니다. 제니의 부모님은 딸을 방에 가두려고도 했지만 제니는 방 안에 갇히면 상태가 항상 급격히 나빠져요."

코니시 부인이 하녀들의 방으로 난 문을 열었다. 침구가 깔끔하게 정리된 철제 침대가 L 자 형태로 배치되어 있었다. 제니 프라이스의 것이 분명한 침대 아래에는 슬리퍼 한 켤레가 놓여 있었다. 트레들스 경사는 창가에 설치된 창살과 문에 달린 맹꽁이자물쇠를 눈여겨보았다.

"그래서 스트러더즈 부인이 제니를 데리고 있겠다고 하신 겁니다."

코니시 부인이 말을 이었다.

"그분은 당시 사별하신 뒤였고 말과 정원을 관리하는 남자 하인을 제외하면 이곳에는 남자 하인이 더 없었죠. 게다가 그 사람도 이 저택이 아니라 마구간 위층에서 지냈고요. 제니는 쉽고 단순한 일만 할 수 있습니다만, 꾀부리지 않는 사람이고 스트러더즈 부인은 급료를 줄 필요가 없으셨죠. 사실 지금도 프라이스 가족은 여기 부엌에서 쓰는 식료품을 상당 부분 공급해 주고 있습니다."

"하지만 색빌 씨가 오신 후로 저택에 남자 하인이 늘었지 않습니까."

"처음에는 색빌 씨뿐이셨습니다. 호지스 씨는 나중에 오셨죠. 이 저택을 신사분에게 세를 주기로 했다는 소식을 듣자마자 제가 하녀들의 방문에 자물쇠를 달았습니다. 그리고 창밖으로 창살도 댔지요. 제니의 방으로 몰래 들어오려는 사람이 있을지 모른다기보다 제니가 꼬임에 넘어가 몰래 나갈까 봐 더 걱정이 되었거든요. 그런데 애초에 걱정할 필요가 없었습니다. 색빌 씨는 그런 부류의 남자분이 아니셨고, 호지스 씨도 마찬가지고요."

그들은 이제 미크 부인의 방에 있었다. 책상 위에는 요리사의 젊은 시절 사진이 있었다. 젊은 시절의 코니시 부인의 미모에는 못 미쳤지만 젊은 미크 부인은 자신감 넘치는 환한 미소를 짓고 있었다.

"아직 이 질문을 하지 않았습니다만, 코니시 부인. 색빌 씨를 남자로서 어떻게 생각하십니까?"

코니시 부인이 화들짝 놀랐다.

"그분은 신사였습니다."

"많은 남자들이 신사로 태어나지만, 모든 남자가 그렇게 불릴 만한 자격을 갖춘 건 아니죠."

"음, 그분은 명실상부한 신사였어요. 누구를 대하든 정중하셨죠. 그리고 상대를 배려하셨어요. 예전에 하인들은 각자 빨래를 했었습니다. 그런데 색빌 씨가 그 일이 얼마나 고되고 힘든지 보시고는 제게 세탁물을 외부에 맡기라고 하시더군요. 물론 비용도 직접 내 주시겠다고 하셨어요."

그녀의 목소리가 살짝 갈라졌다.

"정말 친절하신 행동이었어요. 정말요."

그녀가 들려준 이야기에 맥도널드 경장은 깊은 인상을 받았다. 코니시 부인에게 작별 인사를 건넨 후 저택을 나서는 길에 그가 말했다.

"색빌 씨가 죽다니 정말 안타까운 일이군요. 진짜 신사인 것 같은데."

"그렇게 보이는 걸 수도 있네. 내가 경험으로 배운 게 있다면 고인을 알았던 사람들은 죽은 직후에는 험담을 하지 않는 경향이 있다네. 특히 한 쌍의 경찰 앞에서는 더욱."

커리 하우스에서 나온 두 사람은 해리스 박사를 만나기 위해 마을로 되돌아갈 계획이었다. 그런데 트레들스가 나지막하게 탄성을 내지르며 몸을 돌려 다시 초인종을 눌렀다.

코니시 부인이 문을 열고 나왔다.

"경사님, 뭘 잊고 가셨나요?"

"네, 그렇습니다, 코니시 부인. 버틀 가족이 어디에 사는지 깜박하고 묻지 않았습니다."

트레들스와 맥도널드는 이 지역에 머무르는 동안 베키 버틀을 쉽게 찾아갈 수 있었다.

"그 가족은 요크셔에 삽니다."

"요크셔라고요?"

하녀로 일하는 젊은 아가씨들은 집 근처에서 일자리를 구하기 마련이다. 아니면 가족과 친구의 연줄을 이용해 아예 도시로 떠났다. 베키 버틀이 요크셔에서 6백 킬로미터나 떨어져 있고, 지도에도 잘 나오지 않는 이곳까지 왔다니 묘한 일이라고 해도 전혀 과장이 아니었다.

"제가 몇 해 전에 요크셔에서 일할 때 버틀 가족과 알게 되었습니다. 베키가 자라서 일할 나이가 되자 그 가족이 제게 일자리를 알아봐 달라고 부탁을 해 왔죠. 자신들이 믿을 만한 사람이 베키를 지켜봐 준다면 걱정을 덜 거라면서요."

"그렇군요. 베키에게 경찰이 이야기를 나누고 싶어 한다고 알리셨습니까?"

"그 말을 듣자마자 베키의 부모님에게 편지를 썼습니다. 하지만 빨라도 내일은 되어야 그곳에서 소식을 들을 겁니다."

"알겠습니다."

트레들스는 코니시 부인에게 버틀 가족의 주소를 받으며 요크서 경찰대에서 베키와 이야기해 볼 사람을 찾아봐야겠다고 기억해 두었다.

셜록 홈스가 이 죽음들에 대해, 아니 색빌 씨의 죽음만이라도 오싹할 정도로 날카로운 추리를 한 것이기를 바라야 했다. 그게 아니라면 그와 트레들스의 꼴만 우습게 끝날 것이다.

몹시 우습게 말이다.

해리스 박사의 집에 도착한 트레들스와 맥도널드는 해리스 박사만 아니라 색빌 씨의 임종 당시 그를 처치했던 버크 박사까지 경찰을 기다리고 있다는 의외의 사실에 기분이 유쾌해졌다.

"버크 박사님과 버크 양, 아내와 나는 꽤 자주 모여서 휘스트 게임을 합니다. 그래서 오늘 모여 휘스트 게임을 한다면 두 신사분이 일부러 바턴 크로스로 찾아가시는 수고를 덜겠다 싶더군요."

해리스 박사가 사정을 설명했다

"배려해 주셔서 감사합니다."

트레들스가 말했다.

"버크 박사의 전문적인 지식이 경사님의 사건에 더 관련이 있을 테니 버크 박사와 먼저 이야기를 나누고 싶으시겠지요."

"그렇게 해 주시면 저희야 편하지요."

두 사람은 해리스 박사의 서재로 안내되었다. 버크 박사는 눈빛이 반짝반짝 빛나는 생기 넘치는 사람이었다. 그는 트레들스의 질문에 지체 없이 요점만 간추려 대답했다. 그날 일곱 시 직후에 초인종이 울렸으며 그 왕진 때문에 그는 마을 선술집의 주인장에게 짧은 전갈을 급히 남겨야 했다. 그곳에 통증이 심해 모르핀이 필요한 연로한 여행자가 그를 기다리고 있었기 때문이다. 마차가 이미 준비되어 있었기 때문에 그는 토미 던을 따라 곧장 커리 하우스로 달려갔다.

"던이 색빌 씨의 상태에 대해 의식이 없고 위중한 상태인 것 같다는 말밖에 전해 주지 않아 정말 안타깝습니다. 그러지 않았다면 더 잘 준비해 갔을 텐데 말이죠."

"스트리크닌을 가지고 다니십니까?"

"대개 클로랄 과다 복용이 의심스러울 경우에는 그렇습니다. 색빌 씨의 몸이 차갑다는 말만 들었어도 분명히 챙겼을 겁니다. 체온은 클로랄 중독을 확실히 보여 주는 증상이거든요."

"스트리크닌도 치명적인 독극물 아닙니까?"

"가장 치명적인 독 중 하나죠. 건강한 사람도 이 독에 중독되면 치명적인 근육 경련을 일으킬 수 있습니다. 하지만 클로랄 중독에는 효과적인 해독제죠. 심장 기능을 촉진하고 체온이 더 떨어지지 않게 막아 주거든요."

"박사님, 색빌 씨는 자신을 죽음으로 몰고 간 클로랄을 직접 복용했다고 보십니까?"

"해리스 박사님과 나도 그 문제에 대해 이야기를 나눴지만 직접 복용하지 않았을 이유는 조금도 보이지 않았습니다. 해리스 박사님이 색빌 씨에게 처방하신 클로랄은 알약 형태였습니다. 알약이라면 약을 먹지 않으려는 성인 남성에게 억지로 먹이기 매우 힘들죠. 게다가 폭력적인 상황이 벌어졌다는 증거는 어디에도 없었습니다. 색빌 씨가 알약의 개수를 착각했고, 그 실수의 대가를 치렀다는 가설이 유일하게 말이 되죠."

버크 박사가 자신 있게 대답했다.

안경을 쓴 해리스 박사는 버크 박사에 비해 태도가 좀 더 신중했다. 하지만 그도 색빌 씨가 지속적으로 복통으로 고생했으며 미심쩍은 구석이 어디에도 없다며 한 치의 망설임도 없이 확인해 주었다. 그리고 색빌 씨의 불면증에 클로랄을 처방했다고 대답했다.

"색빌 씨를 언제 마지막으로 진찰하셨습니까?"

트레들스가 물었다.

"육 주 전입니다. 기침이 좀처럼 낫지 않아서 폐렴으로 발전할까 봐 걱정했죠."

"그렇게 되지는 않았죠, 그렇죠?"

"네. 날씨가 점점 따뜻해지면서 기침도 말끔히 떨어졌으니까요."

"고인은 복통을 선생님께 상담하지 않았지요?"

"가끔 이야기를 꺼내기는 했지만 바로 이야기를 물렸어요. 그분은 젊은 시절부터 복통으로 고생했고, 살아 있는 동안 그 증세로 고생할 거라고 체념한 상태였거든요."

"그렇군요."

트레들스가 다음 질문으로 넘어가려는데 해리스 박사가 말했다.

"새로 온 요리사가 고인보다 고인의 소화 능력에 훨씬 더 관심을 가졌습니다. 언젠가 그 요리사가 나를 찾아와서 이것저것 상의한 적도 있지요. 그것도 자신의 반휴일에 말입니다. 재미있는 사람이에요. 그 요리사는 색빌 씨의 내장을 자극할 수 있다고 입증된 식재료를 제외한 식단을 새로 짜서 그분의 복통을 고쳐 보려고 했습니다.

우선 색빌 씨가 먹어도 괜찮다고 확인된 식재료 하나로 시작해서 식재료를 하나씩 더하자는 계획을 세웠죠. 새로운 식재료를 더하기 전에 최소 사십팔 시간의 여유를 두었어요. 색빌 씨에게 복통을 일으키는 식재료를 하나씩 알아내서 바로바로 식단에서 제거할 수 있도록요. 아주 합리적인 방식이었어요. 하지만 색빌 씨는 그런 제안에 코웃음을 쳤습니다. 그는 한 번씩 복통에 시달릴 수 있다 해도 여전히 풍성하게 차린 식탁을 좋아했고, 식사에는 항상 적당한 푸딩을 곁들였습니다. 기간이 얼마나 되건 식단을 제한하다니 그분으로서는 생각조차 할 수 없는 일이었던 거죠."

"그래서 미크 부인은 색빌 씨를 설득하려고 전문가적 의견으로 힘을 보태달라고 하던가요?

"정확합니다. 나는 그 요리사의 헌신과 창의력을 높이 평가했습니다. 우리 집 요리사도 내 소화력에 그 반만큼이라도 신경을 써 주면 좋겠어요. 그런데 내가 오랜 세월 환자들을 진료하면서 한 가지 배운 점이 있다면, 다 큰 어른의 습관은 거의 고칠 수 없다는 겁니다. 나는 그 요리사에게 다음에 색빌 씨를 진료하러 가면 이야기를 해 보겠다고 말했습니다. 하지만 그분을 다시 진찰할 일이 없었습니다."

"안타깝군요. 버크 박사님께도 했던 질문을 하겠습니다. 색빌 씨가 클로랄 알약 개수를 착각해서 돌아가셨다고 생각하십니까?"

트레들스가 말했다.

해리스 박사가 안경을 벗더니 손수건으로 알을 닦았다.

"비밀 하나 알려 드릴까요, 경사님. 버크 박사는 휘스트 카드 게임 실력은 지독히도 형편없어요. 누이가 아니라면 이기는 건 꿈도 못 꾸죠. 버크 양은 녹색 베이즈 천이 깔린 테이블에서 천하무적이거든요. 하지만 의사로서 버크 박사는 그 무엇도 놓치지 않는 관찰력과 누구에게도 뒤지지 않는 실력의 소유자예요. 그가 대도시 생활에 그토록 염증을 느끼지 않았다면 크게 성공했을 겁니다. 그러니 그가 색빌 씨에게 완력이나 속임수로 클로랄을 먹인 흔적이 없다고 내게 말한다면 나는 그 말을 기꺼이 신뢰할 겁니다."

트레들스는 속으로 한숨을 쉬었다. 새로운 사람과 이야기를 나눌 때마다, 공론의 장에 올라온 홈스의 첫 번째 시도는 승리가 아니라 점점 더 헛발질로 보이는 것 같았다. 이 천재의 도움으로 널리 이름을 알리고, 앨리스의 사회적 입지도 공고해지리라는 희망은 점점 멀어지고 있었다.

"한편으로는."

해리스 박사가 말을 이었다.

"누가 봐도 명백한 설명이 가장 논리적이고 그럴듯해 보이죠. 하지만 그것만큼이나 클로랄을 실수로 잘못 세었다는 주장은 쉽게 받아들일 수가 없습니다."

트레들스가 상체를 꼿꼿하게 폈다.

"그러신가요?"

"오래전 내가 아직 의대 학생이었던 시절에 친했던 친구 한 명이 클로랄을 먹고 자살했습니다. 그 친구의 죽음이 내게 오랫동안 영향을 미쳤죠."

의사는 안경을 다시 쓰고 의미심장한 눈빛으로 트레들스를 바라보았다.

"나는 진료를 하면서 클로랄 약병에 절대로 한 번에 여덟 알 이상 넣지 않습니다."

트레들스의 손끝이 따끔거렸다. 그는 색빌 씨의 침대 옆 탁자에 있던 약병에 알약이 두 개였다는 사실을 기억했다.

"여덟 알이면 사람을 죽이기에는 충분하지 않은 양이라고 봐야겠군요."

"바로 그겁니다. 색빌 씨의 불면증은 고질적이라기보다 산발적이었습니다. 그는 일 년에 몇 번 약을 받으러 사람을 보냈습니다. 만약 그가 약이 떨어져 가서 더 받아 오라고 사람을 보냈다면 커리 하우스에 남아 있는 클로랄의 수는 그를 죽일 정도는 아니라는 말이 되죠."

지금껏 수첩 위로 몸을 숙인 채 기록을 하던 맥도널드 경장이 놀라움과 흥분으로 눈을 반짝이며 트레들스를 힐끔 보았다. 트레들스도 같은 감정으로 뱃속이 들썩거렸다.

"약이 다 떨어졌을 때만 약을 받아 오라고 사람을 보냈다고 가정하는 편이 타당한가요?"

"충분히 타당하죠. 언제든 내가 당장 약을 보내 줄 수 있으니까요."

"그런데도 커리 하우스에는 충분한 수준 이상으로 클로랄이 있었다."

트레들스는 목소리에서 동요한 티가 나지 않도록 최선을 다하며 이렇게 정리했다.

해리스 박사는 책상 가장자리에 양손을 짚고 몸을 앞으로 내밀었다.

"그 상황으로 보아 두 가지 가능성을 떠올릴 수 있었습니다. 첫째, 고인이 의도적으로 클로랄을 모아 두었다고 가정해 볼 수 있죠. 그런데 그렇게 가정하면 내가 육 주 전 진료를 한 직후에 마지막으로 약을 타 갔다는 사실에 주목해야 합니다. 자살을 하기로 마음먹은 사람이 육 주나 기다렸다니 어째 이상하지 않습니까? 게다가 그분은 일찍 죽고 싶은 마음이 조금도 없는 사람이었습니다."

트레들스가 맥도널드 경장과 또 눈빛을 주고받았다.

"그러면 두 번째 가능성은요?"

해리스 박사가 숨을 내쉬며 양손을 맞잡았다.

"적어도 나는 런던의 셜록 홈스 씨가 수고롭게 검시관에게 편지를 썼다는 사실이 전혀 유감스럽지 않다고 말해 두죠."

트레들스의 호흡이 빨라졌다. 아직은 이런 말에 휩쓸려서는 안 된다는 사실을 애써 떠올려야 했다.

"사인심문에서는 이런 의혹에 대해서 언급하지 않으셨지요, 박사님."

"나는 색빌 씨에게 클로랄을 처방했는지 여부 외에는 아무 질문도 받지 않았습니다."

"이런 의혹을 고려해 볼 때, 박사님이 집을 비우신 날 색빌 씨가 사망했다는 사실이 단순히 우연이라고 보십니까, 해리스 박사님?"

"그 사실 때문에 제가 망설인 겁니다."

해리스 박사는 잠시 자신의 손을 내려다보았다.

"이 이야기는 아무에게도 하지 않았습니다. 사인심문에서 홈스 씨의 편지가 공개되지 않았다면 나는 이 의혹에 대해 무슨 말이든 꺼냈을 겁니다. 좀처럼 입이 떨어지지 않았겠지만요."

"당연하죠. 내키지 않으신 마음 충분히 이해합니다. 이곳은 작은 마을이고, 대중의 따가운 시선은 색빌 씨와 가장 가까운 사람들에게 즉각적으로 집중될 테니까요."

해리스 박사가 고개를 끄덕였다.

"홈스 씨가 색빌 씨의 죽음을 저 바깥세상에서 일어난 두 죽음과 연결 짓자 당혹스러우면서 한편으로는 마음이 가벼워졌습니다. 그렇게 되면 그의 식솔들은 죄가 없다는 뜻일 테니까요."

"박사님이 그날 외출하실 것이라는 사실을 이 마을 사람이 아닌 외부인이 알고 있을까요?"

해리스 박사가 눈을 깜박거렸다.

"그건 잘 모르겠군요."

"하지만 이 마을 사람들은 알겠죠?"

"마을 주민들은 내가 한 달에 한 번 런던에 가서 의대 동창들을 만나 저녁을 먹으면서 우리가 다룬 흥미로운 사례에 대해 이야기를 나눈다는 사실을 압니다. 그 사람들이 나보다 더 잘 알걸요. 그런 후에 너무 늦으면 런던에서 하루를 묵고 다음 날 아침 일찍 출발하죠."

"항상 정해진 날 만나십니까?"

"대개는 매월 중순 경입니다. 런던 여행에 대해서는 교회 게시판에 메모를 남깁니다. 내가 부재 중일 때는 버크 박사가 내 환자들을 진료하죠. 그가 병원을 비울 때는 내가 대신 그의 환자들을 봐주고요. 하지만 이곳은 한밤중에 미친 듯이 문을 두드리는 소리가 들릴 만한 곳이 아닙니다. 실제로 색빌 씨의 죽음을 둘러싼 불행한 상황은 런던에 가 있는 나를 대신해서 버크 박사가 처음으로 내 환자를 진료한 경우였습니다."

두 경찰은 의사에게 감사 인사를 전한 후 그의 집을 나왔다.

"뭔가 짚이는 구석이 있으시군요, 경사님."

맥도널드가 트레들스를 지그시 바라보더니 말했다.

"자네 펜에 아직 잉크가 남아 있기를 바라네, 경장. 우리는 커리 하우스로 돌아갈 거니까."

트레들스가 대꾸했다.

문을 연 코니시 부인은 다시 찾아온 트레들스와 맥도널드를 보자마자 눈썹을 치켜올렸다.

"경사님, 경장님. 뭘 잊고 가시긴 하셨군요?"

"아닙니다, 코니시 부인. 버크 박사님과 해리스 박사님과 이야기를 나눈 후 질문 몇 가지가 떠올랐습니다. 토미 던과 잠시 이야기를 나눠도 될까요. 그리고 부인도 잠시 시간을 내주시지요."

"그럼요. 토미는 정원에 있을 겁니다. 안으로 불러야 하나요?"

"아닙니다. 그 사람이 평소에 지내는 곳에서 이야기를 나누어도 상관없습니다."

코니시 부인이 두 경찰에게 담장을 두른 텃밭을 가리켰다. 텃밭 한구석을 파고 있던 토미 던은 경찰을 보고 놀랐지만 경계하는 눈치는 아니었다.

"제가 도와 드릴 일이 또 있습니까, 경사님?"

"그렇다네. 코니시 부인이 자네에게 해리스 박사님을 모셔 오라고 하면서 정확히 뭐라고 했는지 기억하나?"

토미 던이 잠시 기억을 더듬었다.

"부인은 이렇게 말했습니다. '서둘러. 말을 타고 가서 해리스 박사님을 데려와. 색빌 씨가 많이 편찮으셔. 주인님을 도저히 깨울 수가 없어. 꾸물거릴 시간이 없어.'"

"또 다른 말은 없었나?"

"네."

"색빌 씨의 체온에 대해서 말하던가?"

"아뇨. 부인은 실내복 차림으로 달려왔고 숨을 헉헉거렸습니다. 그래서 무슨 일이 일어났다고 짐작했죠. 부인이 주인님의 몸이 정말 차갑다고 했다면 제가 분명히 기억했을 겁니다. 잊을 리가 없어요."

"해리스 박사님이 댁에 계시지 않을 거라는 생각은 떠오르지 않았나? 내가 알기로는 박사님은 런던에 가시는 날짜를 교회 게시판에 붙여 놓으시는데."

"교회 게시판을 챙겨 읽는 편이 아닙니다. 거기는 온통 제단화를 담당하는 숙녀분들이 어느 날에 만나니 어쩌니 하는 이야기밖에 없어서요."

경찰들은 그에게 인사를 건넨 후 저택으로 돌아갔다. 그리고 코니시 부인의 뒤를 따라 그녀의 방으로 향했다. 세 사람이 부엌을 지나는데 미크 부인이 머리를 내밀고 걱정스러운 표정을 지었다.

"무슨 일 있어요?"

"트레들스 경사님이 질문을 몇 가지 더 하셔야 한대요. 별일 아니에요."

코니시 부인이 살짝 딱딱한 말투로 대답했다.

트레들스와 맥도널드에게 앉을 자리와 차를 권하는 가정부는 긴장했다기보다 난처해하는 것처럼 보였다. 경찰이 다시 찾아올 정도로 문제가 심각하다는 생각은 못했던 것 같았다.

"코니시 부인."

트레들스가 말문을 열었다.

"해리스 박사님을 모셔 오라고 토미 던을 보낼 때 정확히 뭐라고 하셨는지 떠올려 주시겠습니까?"

가정부가 인상을 썼지만, 트레들스는 그것이 놀랐기 때문인지 집중을 하기 때문인지 알 수 없었다.

"제가 한 말을 그대로 기억할 수 있을지 장담을 못 하겠어요. 하지만 대충 이런 식이었던 것 같아요. '서둘러! 얼른 말을 타고 가서 해리스 박사님을 모셔 와. 색빌 씨가 몹시 편찮으셔. 주인님을 깨울 수가 없어. 몸이 점점 차가워져. 꾸물댈 시간이 없어.'"

"고인의 체온에 대해서 확실히 말씀하셨나요?"

"네."

트레들스는 맥도날드의 시선을 느꼈다.

"버크 박사님이 체온에 대해서 듣지 못한 걸 유난히 애석해하시더군요. 그 이야기를 못 들어서 클로랄 과다 복용을 처치할 준비를 제대로 못했다고요."

코니시 부인이 점점 더 인상을 찌푸렸다.

"토미 던이 그 내용을 빠트린 모양이네요."

"그렇게 생각하십니까?"

"그 사람은 아직 젊어서 위급한 상황에 잘 대처하지 못해요. 색빌 씨가 많이 편찮으시다는 소식을 듣고 머리가 멍해졌더라도 저는 놀라지 않을 거예요. 그 사람은 색빌 씨를 몹시 존경하거든요."

"알겠습니다. 그러면 그때 해리스 박사님이 댁에 계시지 않을 거라는 생각은 안 드셨나요? 집을 비우시는 날짜와 시간을 교회 게시판에 적어 두셨을 텐데요."

코니시 부인이 한숨을 쉬었다.

"그날 이후 그 사실 때문에 줄곧 마음이 편치 않습니다. 그 사실을 떠올리기는 했는데, 토미 던이 떠난 지 적어도 오 분이 지난 후였습니다. 하필 해리스 박사님이 평소에 가시는 날짜에 가시지 않았거든요. 평소 우리는 박사님이 매월 중순 언저리에 병원을 비우신다고 기억하고 있습니다. 그런데 이번에는 평소 가시는 날짜보다 적어도 일주일은 빨리 가셨어요. 전날 기차역에서 돌아오는 길에 게시판에서 본 바뀐 일정이 퍼뜩 떠올랐을 때는 토미는 이미 멀리 가서 제가 아무리 소리를 질러도 못 들었습니다."

"일정이 변경되었다는 사실을 언제 알렸는지 혹시 아십니까?"

"아마 일요일 이후일 거예요. 그게 아니면 목사님이 설교를 하시며 알려 주셨을 테죠."

"고맙습니다, 코니시 부인. 이번에는 진짜 가 보겠습니다, 약속하죠."

트레들스가 일어서서 고개를 숙였다.

"그렇다면 그 사람들 중 누군가가 거짓말을 하는 거군요?"

스탠웰 무트 마을로 돌아가는 길에 맥도널드 경장이 물었다.

그들은 런던에서 가져온 자전거를 타고 시골길을 달리는 중이었다. 자전거를 가져온 덕분에 현지 경찰대가 런던 경찰청에서 온 동료들에게 따로 교통편을 마련해 주지 않아도 되었다. 그것도 그렇지만 요즘 트레들스는 자전거에 푹 빠져 있었는데 런던에서는 마음껏 자전거를 타고 달릴 상황이 좀처럼 찾아오지 않았다. 이곳은 미풍은 향긋하고, 태양은 기분 좋게 따사로운 데다 길을 가는 행인 무리나 속도 경쟁을 하듯 쌩쌩 달리는 마차도 없었다.

하지만 시골길에는 가끔 진흙 웅덩이가 패여 있어서 잘 피해야 했다. 트레들스는 자전거를 몰아 웅덩이 하나를 돌아간 후에야 맥도널드의 질문에 대답했다.

"나는 그들 가운데 한 명이 꼭 거짓말을 할 거라고 생각하지 않아. 코니시 부인 말대로 위급 상황에 익숙하지 않은 젊은이라면 상대가 한 말의 일부는 놓치는 일도 충분히 가능하거든. 내 어머니는 내게 물건을 다섯 가지 사 오라고 심부름을 보냈는데, 내가 세 가지만 사 가도 운이 좋았다고 말씀하시곤 했다네."

맥도널드는 한 팔을 뻗어 손끝으로 울타리의 싱그러운 녹색 잎사귀를 훑었다.

"그러니까 오후 내내 사람들을 붙들고 진술을 받았지만 우리가 손에 넣은 건 해리스 박사가 품은 의혹밖에 없다는 거군요."

"하지만 꽤 신빙성 있는 의혹이야."

맥도널드는 반신반의했다.

"사인심문의 배심원단이 우연한 과다 복용 외에 다른 평결을 내릴 수 있을 정도로요?"

확실히 그 정도로는 부족했다.

"음, 앞으로 며칠 더 남았으니 그 부분을 파헤쳐 봐야지."

두 사람은 어느새 마을에 도착했다. 생울타리가 줄어들고 푸른 들판과 물결이 반짝이는 바다의 탁 트인 풍광이 나타나나 싶더니 구름 한 점 없는 하늘 위로 우뚝 솟은 마을의 교회 종탑이 눈에 들어왔다.

"그리고 우리 노력이 아무 소득 없이 끝난다고 해도 데번 코스트에서 멋진 휴가를 보내지 않았나."

제9장

샬럿,

이 빌어먹을 멍청아.

(엄마가 이 편지를 보실 일이 절대 없어야 할 텐데. 안 그러면 이렇게 불경스러운 말을 썼다고 쫓겨날 거야. 엄마 몰래 네게 편지를 쓴다고 이미 쫓겨나지 않았다면 말이지. 어쨌든 내가 하고 싶은 말은 넌 빌어먹을 멍청이야!)

오늘 아침에 엄마는 누워 계시고 아빠는 외출을 하셨어. 나는 집을 몰래 빠져나와 윌리스 부인의 하숙집을 찾아갔지. 너와 마주칠지 모른다고 생각했어. 그리고 네가 여전히 견딜 만한 상황에 있는 걸 보고 마음의 평화를 얻으려고 말이지. 그동안 내가 꾼 악몽이 그 여자의 응접실에서 하나도 빠짐없이 현실이 되었다는 사실을 굳이 말할 필요는 없겠지.

집으로 돌아와 보니 모트가 나를 위해서 몰래 찾아 온 편지가 기다리고 있더라. 내가 철저하게 감시를 받고 있는 중이라 요즘 모트가 채링 크로스 우체국에서 내 편지를 찾아 주고 있어. 소인을 보니 그 편지는 네가 하숙집에서 쫓겨난 후에 보냈더구나. 그런데도 너는 그 이야기는 일언반구도 없었어. 그 대신 처음부터 끝까지 월리스 부인의 하숙집에서 얼마나 즐겁게 보내고 있는지 거짓말만 잔뜩 적혀 있었지!

나는 지금 무서워 죽겠어. 두려움에 푹 젖었고, 두려움에 재워져 있고, 두려움에 퉁퉁 불어 있어. 제발 무슨 일이 벌어지고 있는지 내게 말해 줘. 진실이 아무리 끔찍하다고 해도 내 머릿속에서 떠오르는 지독한 시나리오들만은 못 할 거야.

아니면 네가 어디 하수구에 처박혀 있지 않다는 말만이라도 해 줘. 지금까지 네가 한 거짓말 때문에 그 말을 과연 믿을 수 있을지는 모르겠지만.

리비아

추신. 집으로 돌아와, 샬럿. 돌아와.

셜록 홈스의 편지는 세상을 떠들썩하게 만들었다. 기사의 논조로 보아 신문과 그에 자극받은 대중은 레이디 슈루즈버리의 죽음이 사악한 계획의 일부일지 모르는 가능성을 기꺼이 가지고 놀 작정인 것 같았다. 덕분에 리비아의 상황은 훨씬 나아져야 했다. 그녀는 레이디 아멜리아와 접점이 거의 없었으며 색빌 씨와 한 번도 만난 적이 없기 때문이다.

그리고 리비아의 상황은 한결 나아진 것이 분명했다. 몰래 빠져 나올 수 있었으니 말이다. 더불어 샬럿의 현재 상황도 알아내고.

사랑하는 리비아 언니,

좀 더 일찍 사실대로 말하지 못해서 미안해. 나는 하수구에 처박혀 있지도 않고, 상황이 절망적이지도 않아. 아직은.

샬럿

월리스 부인의 하숙집에서 쫓겨난 일은 암울한 그림자를 길게 드리웠다.

샬럿은 모두의 표적이 된 것 같았다. 상황이 극적으로 나아진다 고 해도 언제라도 사람들이 그녀를 알아보고, 위장한 신분이 들통 나고, 추문으로 뒤덮인 과거가 적나라하게 드러나 또다시 비난의 표적이 될 위험이 있었다.

살던 곳에서 쫓겨나는 일도 끔찍했지만 직장에서 해고될 가능 성은 그보다 훨씬 더 두려웠다.

물론 그 전에 직장부터 구해야겠지만.

오스왈드 양의 직업 소개소에서는 잉크와 과하게 우린 차 냄새가 났다. 이곳은 샬럿이 살펴본 자료 두 곳에 언급되어 있었지만, 추천이라기보다 법적으로는 하자가 없는 곳 정도의 느낌이 들었다.

샬럿이 어렴풋이 살펴본 바로는, 오스왈드 양은 다른 여성들을 돕는 것보다 자신의 잇속을 채우는 데 더 열심인 것 같았다. 샬럿은 그런 목적에 거부감이 없었다. 게다가 오스왈드 양은 샬럿이 유용한 직원이 되리라는 사실을 알아보고, 일을 할수록 더 많은 이윤이 아니라 더 많은 일만 불러들이는 자선 협회와 등록소보다 더 능률적인 모습을 보여 주리라 기대하는 듯했다.

오스왈드 양은 알이 두꺼운 안경 뒤에 자리 잡은 눈을 가늘게 뜬 채 샬럿이 가져온 추천장을 꼼꼼하게 읽었다. 그녀 뒤쪽 벽에 높이 난 작은 창문으로 청명한 푸른 하늘로 통하는 사각형 풍경이 보였다.

리비아는 이런 날씨를 고대했다. 피부에 닿는 햇살이 따스하지 않지만 담요처럼 부드러운 무게감이 느껴지는 시기. 리비아는 밖에 앉아 하늘을 향해 얼굴을 들고는, 피부가 흉하게 타거나 말거나 햇살의 온기와 빛에 몸을 푹 담갔다.

샬럿은 한 번도 리비아에게 밝히지 않았지만, 언젠가는 리비아를 프랑스 남부로 데려갈 계획을 세워 두었다. 그곳에서 몇 주를 지내거나 아예 겨울을 보내면서 매일 레몬색 햇살에 몸을 담그는 것이다.

"아가씨는…… 턴브릿지에 있는 '브로드벤트, 루카스와 아들들'에서 타자수로 근무했군요."

추천장을 옆으로 밀어 놓으며 이렇게 말하는 오스왈드 양의 목소리에서 불신의 기색이 살짝 드러났다.

"네, 맞습니다."

샬럿이 적절한 편지지에 타자를 쳐서 위조한 추천장은 어느 한 곳도 엉성하지 않았다. 레터헤드*는 고급 문구점에서 주문했으며 서명은, 샬럿의 자평이지만, 능숙했다.

하지만 샬럿이 타자수라는 위장을 완성시켜 줄 새 옷을 사는데 돈을 쓰기 주저했다는 점이 옥에 티였다. 일반적으로 보자면 타자수처럼 보이게 해 줄 옷은 비싸지 않을 것이다. 분명 그 옷을 입으면 직접 일을 해야만 먹고살 수 있는 젊은 여성으로 보일 것이다. 하지만 그녀 수중에 남은 푼돈에 비교하면, 그 어떤 옷도 기가 팍 꺾일 정도로 터무니없어 보였다.

그래서 샬럿은 가지고 있는 재킷과 블라우스, 치마를 입고 면접에 왔다. 그 옷들은 호화롭게 보이지는 않았지만, 옷감의 품질과 바느질 솜씨는 일개 타자수가 장만할 수 있을 만한 수준을 훌쩍 뛰어넘었다.

샬럿이 자신을 관찰하는 입장이었다면 어딘지 석연치 않은 구석이 있으며, 주장하는 내용과 달리 소박한 일자리를 찾는 사람이 아닐지도 모른다는 결론에 도달할 것이다. 그렇다면 지원자들의 신용도를 정확하게 판단하느냐에 사업의 성공이 걸려 있는 오스왈드 양이라고 다른 결론을 내릴까?

"런던으로 온 이유는 뭐죠?"

"부모님이 돌아가셔서 친척 아주머니가 함께 살자고 저를 부르셨어요."

● 레터헤드 편지지 윗부분에 인쇄된 개인이나 단체의 이름과 주소

"그분은 어디에 사시죠? 당신의 친척 아주머니 말이에요."

"램버스에 사세요."

거지 소녀에게 1파운드 지폐를 도둑맞은 뒤로 램버스의 허름한 하숙집이 샬럿이 고를 수 있는 범위 내에서 최고의 선택이었다. 동네는 우중충한 공장 지역이었으며 늘 물난리의 위험을 안고 있지만 낮에는 그럭저럭 안전했다. 무엇보다 타자수의 친척 아주머니가 살 만한 동네로 적당했다.

샬럿이 전혀 타자수처럼 옷을 입지 않은 사실만 제외하면 말이다. 이 옷차림은 대영박물관의 열람실에 갈 때 입었던 옷이었다. 이런 차림으로 가면 누구나 그녀를 숙녀로 대접해 주었다.

오스왈드 양이 입을 꾹 다물었다.

"타자 속도는 어떤가요, 모리슨 양?"

"일 분당 마흔다섯 단어입니다. 게다가 피트먼 타자기의 음소 맞춤법 체계에도 익숙합니다."

정직한 대답. 집을 나오기 전만 해도 샬럿은 시간이 남아돌았다. 그런 시간을 보내는 데에는 속기 연습만 한 것이 없었다.

"고용주들이 여성 비서를 고용할 생각이라면 저는 비서 일도 처리할 수 있으리라 확신합니다."

"솔직히. 모리슨 양이 그 일을 해내지 못하는 게 오히려 더 놀라울 것 같네요. 하지만 먼저 브로드벤트, 루카스와 아들들 쪽에 연락을 해 봐야겠어요."

오스왈드 양이 냉담하게 말했다.

샬럿이 숨을 헉 들이쉬었다. 그녀가 굳이 법률 회사의 편지지를 위조하기로 마음먹은 이유는 그곳의 권위에 의문을 품지 못하게 하기 위해서였다.

"지원자처럼 가장하는 여기자가 돌아다닌다는 말이 있어요."

오스왈드 양이 말을 이었다.

"자격을 갖춘 여성들과 평판이 좋은 고용주들을 이어 주는 이 사업을 이끌어 나가는 우리 같은 사람들에게서 부정부패를 찾아보겠다는 속셈이죠. 당신이 그 여기자라는 말은 아니지만. 물론 아니겠죠. 내가 나도 모르는 사이에 그런 구린 일을 돕고 싶지 않은 마음을 이해할 겁니다."

"그럼요, 당연하죠."

"신원 확인을 끝내고 빈자리가 있는지 알아보는 데 열흘 남짓 걸릴 거예요. 아가씨의 배경과 기술에 들어맞는 일자리가 있는지 알아보려면 다음 주 금요일에 찾아오면 돼요."

오스왈드 양이 이 업계에 종사자들로부터 그 여성 기자에 대해 들었다면, 분명히 지금 그 여성이 앞에 있다고 생각할 것이다. 지원자라기에는 옷을 너무 잘 입은 데다 브로드벤트, 루카스와 아들들의 추천장을 가지고 있는 지원자 아닌가.

샬럿은 배가 딱딱하게 뭉친 것 같았지만 일어서서 감사의 인사를 건넨 후 그곳을 떠났다.

런던 경찰청 자기 책상 앞으로 돌아온 트레들스 경사는 색빌 사건을 다룬 신문 기사들을 훑어보았다. 색빌 씨와 레이디 아멜리아 드러먼드, 레이디 슈루즈버리를 저세상으로 보낸 그 악랄한 사람들의 정체와 동기에 쏠리는 관심뿐 아니라 수수께끼에 싸인 셜록 홈스에 대한 억측이 난무했다.

세 사람의 죽음에 대한 가설들은 기상천외했다. 위험천만한 비밀 협회에서 새로 개발된 흔적이 남지 않는 화학물질까지 온갖 설이 나돌았다. 셜록 홈스에 관한 사람들의 추측은 뚜렷하게 엇갈렸다. 어떤 사람들은 그가 레이디 슈루즈버리가 사망하기 전날 언쟁을 벌였던 젊은 여성인 올리비아 홈스 양과 아무런 관계도 아니라고 주장했다. 홈스가 드문 성은 아니기 때문이다. 어떤 사람들은 일반 대중을 살피느니 홈스 가족의 가계도에서 잘 알려지지 않은 친척들을 조사하면 이 남자를 찾을 가능성이 훨씬 커질 것이라고 지적했다. 아무리 촌수가 멀다고 해도 사면초가의 올리비아 홈스를 도와주러 온 사람이 친척이라는 편이 더 말이 된다는 것이다.

"우편물입니다, 경사님. 월러 경사님이 보내신 겁니다."

맥도널드 경장의 목소리가 들렸다.

트레들스 경사는 데번셔를 떠나기 전 웨스트 라이딩 경찰대의 월러 경사에게 전보를 부쳐 한 가지 부탁을 해 두었다.

"훌륭해! 셰리던 경의 비서로부터는 더 소식이 없나?"

트레들스가 맥도널드로부터 편지를 받아 들며 소리쳤다.

맥도널드가 회중시계를 꺼냈다.

"아직은 없습니다. 하지만 오십오 분만 더 있으면 다음 우편물이 배달될 겁니다."

맥도널드 경장이 어슬렁거리며 그 자리를 떴다. 트레들스는 물러나는 부하를 애정 어린 눈빛으로 바라보며 수사 기술을 배우고 싶어 눈을 반짝이며 열을 올렸던 경장 시절의 자신을 떠올렸다.

트레들스는 아쉬운 듯 고개를 흔들고 월러 경사의 편지로 관심을 되돌렸다.

친애하는 트레들스,

내가 베키 버틀을 만나서 나눈 이야기를 모두 기록했으니 동봉한 문서를 확인해 보게. 나와 함께 간 스몰 순경은 속기 솜씨가 탁월하네. 그러니 이 문서의 정확도는 신뢰해도 된다네.

그 아가씨는 꽤 별난 구석이 있더군. 자신을 매우 대단하게 생각해. 부모는 이 땅의 소금처럼 올바르고 건실한 사람들이야. 그들은 지금까지 벌어진 일에 몹시 당황했고, 딸이 곤란한 일에 전혀 휘말리지 않았다는 사실을 몇 번이나 강조했네.

어쨌든 자네에게 도움이 될 수 있어 기쁘네. 실은 즐거웠다네. 또 도와줄 만한 일이 있다면 연락 주게.

월러

트레들스는 동봉된 기록을 집어 들었다. 베키 버틀이 묘사한 당시 상황은 코니시 부인과 미크 부인의 진술과 사소한 부분까지 모두 일치하는 건 아니었다. 좋은 일일 수도 있지만 이 하녀가 어떤 식으로 대답할지 미리 지시를 받았다고 생각할 수도 있었다. 어쨌든 세 여자의 진술에서 드러난 사소한 차이는 약간의 믿을 수 없는 인간의 기억력 탓으로 돌려도 될 정도였고, 크게 봐서는 대체로 일치했다.

색빌 씨가 죽기 전 이십사 시간에 대한 진술도 다른 사람들과 크게 다르지 않았다. 베키 버틀은 맡은 집안일을 하고 오후에는 목사의 아내와 함께 있었다. 교회에서는 하녀들이 반휴일과 주일에 괜한 곤란한 일에 휘말리지 않도록 다양한 활동을 운영하는 모양이었다. 그리고 저녁에 커리 하우스로 돌아와 저녁을 먹고 잠자리에 들었다. 그녀는 미크 부인의 음식에 대해 "맛은 너무 밍밍하지만 부인은 좋은 분이세요."라며 불평을 했다. 또한 밤에 제니 프라이스와 방에 갇혀 있어야 하는 일에 대해서는 "밖에서 족제비들이 돌아다니는데 닭장에 갇힌 닭이 된 것 같아요."라고 말했다. 그리고 코니시 부인의 엄한 태도에 대해서는 할 말이 더 있었지만 월러 경사가 주제를 바꾸었다.

대화의 말미에 주고받은 대화가 트레들스의 관심을 끌었다.

색빌 씨가 우연한 약물 과다 복용으로 사망했을 가능성이 가장 높지만 우리 경찰은 아직 확신할 수가 없기 때문에 이 질문을 꼭 해야 하네. 혹시 색빌 씨를 해치고 싶어 할 만한 사람을 아나? – 주인님을 죽인 사람을 말씀하시는 건가요? 그럴 줄 알았어요. 사인심문에서 그 편지 내용을 듣는 순간 알아차렸어요.

나는 그런 뉘앙스는 전혀 풍기지 않았어. 알다시피 고인은 자살했을 수도 있네. – 그분은 아니에요. 색빌 씨는 아니라고요. 백스무 살까지 살고 싶다고 제게 말씀하신 적도 있어요.

그분이 그랬나? 언제? – 얼마 전에요.

어떤 상황에서 고인이 그런 말을 했지? – 제가 커리 하우스에서 일을 시작한 지 이 주가 지났을 때였는데, 일주일 오후에 산책을 나갔어요. 마침 주인님도 그때 산책을 하셨어요. 우리는 곳 바로 위에서 마주쳤어요. 제가 이렇게 되어서 죄송하다고 했더니 주인님은 사과할 필요가 없다고 하셨어요. 아름다운 봄날에 산책을 하고 싶어지는 건 당연한 일이라고요. 주인님은 매년 봄이 기다려진다고 하셨어요. 요즘은 더욱 그런데, 점점 나이를 먹어서 앞으로 볼 수 있는 봄이 많지 않기 때문이래요. 제가 주인님은 백 살까지 사실 거라고 했어요. 그랬더니 주인님은 백 년을 살고 이십 년을 더 살고 싶다고 하셨어요.

좋아. 그러면 고인이 스스로 목숨을 끊지 않았다고 성경에 대고 맹세할 수 있겠나. – 그럼요, 경사님. 제 키보다 더 높이 쌓아 올린 성경에 대고도 맹세할 수 있어요.

그러면 고인에게 원한을 가질 만한 사람을 혹시 아나? – 저는 선하고 관대한 사람들은 늘 누군가에게 미움을 받는다고 생각해요.

구체적으로 누구지? – 주인님의 형님이에요.

그분의 형님이라고? – 네.

그분을 만난 적이 있나? – 아뇨, 주인님의 형님은 지위가 높은 귀족이
신걸요.

그런데 자네가 그걸 어떻게 아나? – 색빌 씨가 말씀해 주셨으니까요.
자신이 죽으면 형님이 좋아할 거라고 하셨어요.

트레들스는 수사에 착수한 후로 줄곧 색빌 씨의 형 셰리던 경과
면담을 잡으려고 애썼다. 그리고 레이디 아멜리아 드러먼드와 레
이디 슈루즈버리의 유족에게도 마찬가지로 연락을 했다.

그러나 두 여성의 유족은 경찰을 상대하지 않겠다고 딱 잘라 거
절했다. 레이디 슈루즈버리의 장남이자 현 남작인 슈루즈버리 경
은 셜록 홈스가 '소문이나 퍼트리고 다니는 잔혹하고 타락한 인
간'이며 트레들스의 직업적 관심을 '가족의 개인적인 슬픔에 수치
를 모르고 끼어든다'며 비난했다. 그러나 셰리던 경의 비서와는
밀고 당기기를 좀 더 한 끝에 마침내 셰리던 경과의 면담 약속을
잡을 수 있었다.

트레들스가 착각하지 않았다면 셰리던가는 잉그램 경의 집 근
처에 살았다. 물론 같은 거리는 아니었다. 트레들스는 잉그램 경
의 타운하우스를 한 번도 보지 못했기 때문에 슬그머니 호기심이
일었다.

하지만 공무가 먼저였다.

셰리던 경의 집은 줄지어 서 있는 타운하우스들 가운데 세 번째 집으로, 하얀 석조와 치장 벽토로 마감했고 연철로 된 철책으로 에워싸여 있으며, 작은 주랑 현관이 설치되어 있었다. 냉혹한 인상의 하인이 나와 트레들스 일행을 서재로 안내했다.

벽 하나가 책으로 뒤덮인 모습은 언제 봐도 즐거웠다. 그런데 그 벽을 제외한 서재의 나머지 부분에 대해서 말하자면, 트레들스가 가정용 가구의 전문가는 아니지만 비전문가의 눈으로 봐도 서재는…… 초라했다. 말 그대로 곳곳이 그러했다. 맞은편 벽에 기대 놓은 쿠션을 댄 의자 두 개는 천을 갈아야 할 때가 한참 지났다. 커튼도 보기 안쓰러웠다. 과거에 비싸게 구입했을 양탄자는 어찌나 오랫동안 사람들의 발길에 닳았는지 두께가 마른행주나 다름없었다.

하인이 주인을 부르려고 서재를 나갔다.

맥도널드 경장이 트레들스에게 서둘러 가까이 다가왔다.

"이런 댁에 오면 엉덩이를 내릴 때도 조심해야 하는 줄 알았습니다. 그런데 그 이유가 의자의 천이 더 해지고 찢어질까 봐 함부로 앉지 못해서일 줄은 몰랐네요."

트레들스도 부하처럼 소곤거리며 대답했다.

"이게 다 작물 가격 때문이라네. 오랫동안 가격이 하락하는 바람에 수입을 경작지에 기대고 있는 이런 오래된 가문들은 수입도 덩달아 줄어들었지."

"그렇다면 왜 이 큰 집을 팔고 더 싸고 작은 집으로 옮기지 않는 겁니까? 그러면 적어도 새 의자는 살 수 있을 텐데요."

"그렇게 간단하지 않다네. 저택은 아마 적법한 자녀에게만 재산을 상속하는 한사 상속으로 물려받았을 거야. 그 경우에는 설령 이 집을 팔고 싶다고 해도 먼저 의회에 청원을 하거나 그만큼 복잡한 법적 절차를 거쳐야 해."

"허, 그런 사정이 있군요. 하지만 곧 죽은 동생의 재산이 굴러 들어올 테니 가난한 신세를 면하게 되겠군요."

전날 맥도널드는 색빌 씨의 사무 변호사를 찾아갔다. 그의 변호사들은 색빌 씨가 정기적으로 런던을 찾았지만 변호사들을 만나러 오는 일은 거의 없었다고 확인해 주었다. 그리고 경사는 색빌 씨의 유언장 사본을 확보했다. 유언장에 따르면 고인은 여러 사람에게 자잘한 금액을 물려주었지만 재산은 대부분 셰리던 경에게 남겼다.

그 말은 셰리던 경은 지금까지 이 사건에 관계된 다른 사람들과 달리 검증을 통과한 동기를 갖고 있다는 뜻이었다. 그는 상당히 큰 자금이 필요했다. 동생을 제거하면 막대한 돈이 그에게 굴러 들어올 것이다.

사람들은 그보다 훨씬 적은 돈 때문에 사람을 죽인다.

그때 서재의 문이 열리고 그들의 유력한 용의자가 들어왔다. 셰리던 경은 일흔에 가까운 남자로, 키가 작고 대머리였지만 두 눈은 날카롭게 빛났고 나이에 비해 정정했다. 그는 두 형사에게 인사를 건네고는 커다란 책상 앞에 놓인 의자에 앉으라고 했다.

"내 동생의 죽음에 대해 몇 가지 질문을 하고 싶어 한다는 말을 비서로부터 들었소."

"저희는 색빌 씨가 사망하신 정황을 파악할 수 있는 실마리를 얻기를 바라고 있습니다. 경께서도 동생분의 죽음과 레이디 아멜리아 드러먼드, 레이디 슈루즈버리의 죽음이 관련되어 있다는 이야기를 들으셨겠지요?"

"요즘 가장 뜨거운 화제 중 하나가 아니오."

셰리던 경이 불쾌한 티를 숨기지 않으며 대꾸했다.

"참견하기 좋아하는 셜록 홈스라는 사람의 정체도 마찬가지고. 해링턴은 수십 년 전에 사교계에서 은퇴했소. 젊은 세대는 해링턴이 누구인지조차 모르겠지. 요즘 온갖 종류의 근거 없는 억측이 사람들 사이에 돌며 증폭되고 있소.

그런데 나는 안 되겠구려. 두 분을 도울 수가 없소. 동생과 나는 오래전부터 말도 하지 않는 사이니까. 그동안 동생이 어떤 습관과 취향을 갖게 되었는지 아는 바가 없소이다."

"고인이 왜 사교계를 물러났는지 혹시 알려 주실 수 있습니까?"

"아니, 그럴 수 없소."

못 하는 걸까? 안 하는 걸까? 셰리던 경이 건성건성 짜증스럽게 대답하자 그의 태도를 어떻게 해석해야 할지 도무지 갈피를 잡을 수 없었다.

"그 사실이 두 분이 소원해진 이유와 관계 있습니까?"

"성급하게 결론을 내리시는구려, 경사. 동생과 내가 가까운 사이는 아니었지만 그렇다고 우리 사이가 소원해졌다는 생각은 한 번도 하지 않았소."

이 대답에 트레들스는 지금까지 찾아 헤맨 틈을 발견한 것 같았다.

"사과드립니다. 색빌 경의 어느 하인이 색빌 씨가 돌아가시면 경이 좋아할 것이라고 말한 증언을 읽은 탓에 제가 선입견을 가진 것 같습니다."

셰리던 경의 표정은 전혀 바뀌지 않았다.

"충고 하나만 하지. 그런 진술 따위는 조금도 신뢰하지 마시오, 경사. 나는 해링턴의 죽음이 전혀 기쁘지 않소. 나는 동생보다 훨씬 나이가 많다오. 한때는 그 아이의 후견인이었고, 아버지이자 형이었소. 성장하는 모습을 줄곧 지켜봐 온 이의 죽음에 어찌 기쁨이 들어설 자리가 있겠소. 자, 이제 더 질문이 없다면……."

셰리던 경의 목소리에서 근엄함 이상의 감정이 느껴졌다. 트레들스는 계속 질문했다.

"제가 알게 된 사실이 한 가지 더 있습니다. 이 질문이 저속하다면 용서해 주십시오. 제가 정확하게 이해하고 있다면, 경의 가문과 같은 가족은 장남이 가문의 재산을 대부분 상속받지 않습니까. 그런데 제가 받은 인상으로는 색빌 씨가 더 많은 재산을 물려받은 사람 같군요."

"당신이 생각한 대로요. 해링턴은 나와 피가 반만 섞인 동생이라오. 그 아이의 어머니가 막대한 재산을 지참금으로 가져왔소. 그분이 가져온 지참금에서 수만 파운드는 영지를 관리하는데 들어갔지만 돌아가실 때 남은 재산을 거의 다 유일한 자식인 해링턴에게 물려주셨소. 그러니 맞소. 내 동생이 더 부유했고, 그 재산은 조상 대대로 물려받은 저택으로 결코 축이 난 적이 없었소."

사실을 열거하는 그는 동생의 죽음이 전혀 기쁘지 않다는 방금

전의 공언보다 더…… 편하게 대답했다. 그렇다면 트레들스는 셰리던 경의 말을 어떻게 해석해야 할까? 셰리던 경이 거짓말에 능숙하지 못하다고 봐야 할까. 아니면 한때 동생이자 아들이었던 사람을 잃고 정신적으로 많이 괴로워한다고 봐야 할까.

"색빌 씨의 유언장에서 가장 큰 수혜자가 누구인지 아십니까?"

"동생의 변호사들이 내가 동생의 재산을 상속받을 거라고 알려 주었소."

"고인이 돌아가시기 전부터 그 사실을 아셨습니까?"

셰리던 경의 표정이 험악하게 변했다. 그는 빠르게, 너무 빠른 것 같았지만, 아무튼 그 질문에 담긴 속뜻을 알아차렸다.

"물론 몰랐소. 우리 이야기는 여기서 끝내야겠소, 신사분들. 나가는 길은 잘 아시겠지."

"경찰이 어떻게 생각할지 걱정하는 기색이 아니네요. 그렇죠, 경사님?"

맥도널드 경장이 그 집을 나오며 물었다.

"그분은 귀족이야. 재판을 받아도 상원에서 받고 불체포특권까지 누리지. 내가 그분이라면 비천한 경찰 둘이 내 증언에 뭐라고 생각하건 눈곱만큼도 신경 쓰지 않겠네."

맥도널드가 듬성듬성 자란 붉은 기가 도는 턱수염을 긁었다.

"그렇다면 동생이 죽으면 그분이 좋아할 거라는 증언에 대해서는 누가 거짓말을 했을까요? 셰리던 경일까요? 아니면 죽은 사람일까요?"

"애초에 두 사람의 사이가 멀어지게 된 계기를 알아내지 못하면 뭐라 선뜻 말하기 어렵겠군. 다시 말해서 그 아가씨가 완전히 없는 말을 하는 게 아니라고 한다면 말이지."

트레들스는 자신이 직접 그 하녀에게 질문을 하지 못한 점이 애석했다. 직접 만나서 상대를 관찰함으로써 알아낼 수 있는 것들이 얼마나 많은가. 타자로 친 글에서 이끌어 낸 얄팍하고 여기저기 어긋나는 선율 같은 증언과는 다르다. 풍성한 정보의 오케스트라에 더해 어조의 미묘한 차이와 표정의 변화, 몸의 자세까지.

트레들스는 그 집을 떠나는 대신 맥도널드 경장을 데리고 하인들의 출입문으로 내려가 문을 두드렸다. 경장은 그 결정을 의외라고 느꼈다. 하지만 셰리던 경의 하인들을 느닷없이 찾아간 시도가 어느 의미에서는 성공적이었다. 집사와 종자와 간신히 이야기를 나눌 수 있었으니까. 하지만 결국 쓸 만한 정보를 얻어 내는 데는 실패했다.

다만 경찰의 기운을 빼는 사실 하나는 건졌다. 셰리던 경은 트레들스 경사가 주목하는 시간대에 런던을 떠난 적이 없었다. 그 정도가 아니라 색빌 씨가 사망하기 전날에는 결혼식과 피로연에 참석했다. 물론 자신의 침대에서 잠을 자고 이튿날 눈을 뜬 것은 말할 것도 없었다.

이번에는 정말 셰리던 경의 집을 나선 두 사람은 그곳을 떠나 잉그램 경이 사는 거리로 접어들었다. 이곳도 셰리던 경이 사는 거리와 풍경이 비슷해서, 스타일과 건축양식이 동일한 우아한 타운하우스들이 한 줄로 늘어서 있었다. 예외라면 이 집들 앞에는 생울타리로 에워싸인 작은 정원이 있으며, 그 안에는 그네와 오리 연못이 있다는 사실이었다.

두 사람이 잉그램 경의 집으로 다가가는데 번쩍번쩍 광이 나는 사륜마차 한 대가 모퉁이에 서더니 아름답고 세련된 드레스를 입은 여성이 내렸다. 그 순간 잉그램 경이 밖으로 나왔다. 두 사람은 냉랭하게 고개를 끄덕여 인사했다.

"오늘 저녁 일곱 시에 내가 마차를 쓰겠소."

잉그램 경이 이렇게 말하지 않았다면 트레들스는 그 여성을 잉그램 경이 잘 모르는 이웃이라고 생각했을 것이다.

그 여성은 레이디 잉그램이었다.

트레들스는 잉그램 경이 교류하는 사람들과 어울리지 못했다. 앨리스도 마찬가지였다. 그녀의 아버지가 부유한 자산가였다는 사실도 그다지 힘을 쓰지 못했다. 트레들스는 레이디 잉그램이 남편의 발굴 여행에 동행하지 않거나 벌링턴 하우스의 강연에 모습을 보이지 않아도 그리 이상하게 여기지 않았다. 사교계에서도 지체가 까마득히 높은 사람들은 사는 모습이 다르고, 레이디 잉그램도 자신의 지위에 맞는 의무를 수행하느라 바쁠 것이라고 단순하게 생각했기 때문이다.

그런데 인사를 나누는 그 부부의 모습에서 너무나 먼 거리감이 느껴졌다. 트레들스가 방금 본 장면은 상류사회 사람들이 부부의 애정을 드러내지 않고 자제하는 모습이 아니라 둘 사이에 애정이 전혀 존재하지 않는 모습이었다.

잉그램 부부는 어쩌다 한 지붕 아래에서 살게 된 남남이었다.

그 부부를 아는 사람에게는 그 사실이 새로울 것도 없었다. 하지만 트레들스는 여전히 자신이 봐서는 안 될 장면을 목격한 듯한 느낌이었다. 잉그램 경이 그에게 드러내지 않기로 한 결혼 생활을 들여다본 것 같았다. 잉그램 부부와 너무 가까이 있어서 맥도널드를 데리고 그곳을 재빨리 벗어나기에 이미 늦었다. 잉그램 경이 두 경찰을 아내에게 소개하지 않을 수 없는 상황이 되었다는 사실을 깨닫자 트레들스는 더욱 당혹스러웠다.

그때 잉그램 경이 트레들스를 알아보았다.

"경사, 이렇게도 만나는군."

두 사람이 악수를 나누었다. 트레들스는 자신의 걱정만큼 얼굴이 벌게지지 않았기만을 바라며 맥도널드 경장을 잉그램 경에게 소개했고, 잉그램 경이 아내를 돌아보며 말했다.

"레이디 잉그램, 이분들은 범죄수사부에서 가장 뛰어난 트레들스 경사와 맥도널드 경장이라오."

"만나서 반갑습니다."

레이디 잉그램이 감정이 전혀 느껴지지 않는 미소를 지으며 말했다.

"신사분들끼리 중요한 이야기를 나누시도록 자리를 비켜 드리죠. 좋은 하루 보내세요, 경사님. 좋은 하루 보내세요, 경장님."

트레들스와 맥도널드가 정중하게 인사를 했다. 잉그램 경도 고개를 까닥했다. 레이디 잉그램이 집으로 들어가자 잉그램 경이 물었다.

"두 분은 공무 수행 중이신가?"

"그렇습니다. 하지만 면담은 이미 끝냈습니다. 당분간은요."

"그거 잘 됐군. 급하지 않다면 내 아이들에게 두 분을 소개하고 싶은데. 아이들은 지금 정원에 있네."

요정처럼 생긴 다섯 살가량의 여자아이와 그보다 한 살가량 어린 튼튼해 보이는 남자아이가 유모가 지켜보는 가운데 잔가지들을 모아서 작은 천막 같은 것을 만드는 놀이에 푹 빠져 있었다. 아이들은 제 아버지를 보자마자 얼른 달려와 자신들이 만드는 성에 대해 신나게 얘기해 주었다.

잉그램 경이 양쪽을 소개했다. 아이들이 낯을 가리지 않는 데다 호기심이 왕성하고 생기에 넘쳤기에 두 경찰관과 두 애시버튼은 모두 반갑게 악수를 나누었다.

잉그램 경은 아이들에게 곧 돌아와 성 만들기를 도와주겠다고 약속한 후 두 경찰을 정원 밖으로 데리고 나갔다.

"수사에는 진척이 있소, 경사?"

트레들스가 고개를 가로저었다.

"없습니다. 여기저기 보일 듯 말 듯 몇 가지 실마리가 반짝거리는데, 이 땅의 배심원 누구라도 설득할 만한 확실한 증거는 없습니다."

잉그램 경은 실망스러워하기는 해도 놀라는 것 같지 않았다.

"이 사건은 절대 손쉽게 해결할 수 없을 걸세. 이 사건을 맡아 줘서 얼마나 감사한지 모르겠군, 경사."

"셜록 홈스를 위해서 이 정도가 제가 할 수 있는 최소한입니다."

잉그램 경의 인사치레에 마음이 따스하고 든든해진 트레들스가 대답했다.

"내가 도울 만한 일이 있다면 언제든지 연락 주게."

"사실 한 가지 있습니다."

잉그램 경과 마주치지 않았다면 트레들스는 최대한 빨리 그에게 전갈을 보냈을 것이다.

"셰리던 경과 색빌 씨가 소원해진 연유가 뭔지 은밀하게 조사해 주시면 정말 감사하겠습니다. 돌아가신 숙녀분들의 유족들은 도움을 줄 수 없다며 딱 잘라 거절하셨거든요."

잉그램 경이 잠시 생각에 잠겼다.

"그런 거라면 부탁할 만한 사람들이 있네."

트레들스는 잉그램 경이 지체 없이 이 문제에 착수하리라 믿어 의심치 않았다.

"고맙습니다. 그건 그렇고, 홈스에게서는 소식이 있습니까?"

트레들스는 데번에서 조사를 하는 동안 검시관에게 문제의 편지를 보여 달라고 요청했다. 편지에는 날짜가 적혀 있지 않았지만 봉투에 찍힌 소인의 날짜는 홈스에게 불운이 일어난 지 이틀 후였다. 그와 가까운 누군가가 나중에 그 편지를 발견하고 원래의 수신인에게 대신 보내 줬을 가능성이 높았다. 하지만 트레들스는 홈스가 회복되었을지 모른다는 실낱같은 희망을 아직도 버리지 않았다.

"없네. 아무 소식도 못 들었어."

잉그램 경은 만난 후 처음으로 트레들스에게 물었다.

"그러면 자네는, 경사? 홈스에게서 아무 소식 없었나?"

트레들스가 고개를 가로저었다. 실은 트레들스는 수사에 착수한 후 홈스에게 편지를 한 통 보냈다. 잉그램 경이 예전에 말했던 중앙 우체국으로 말이다. 그간 받은 답변에도 불구하고, 그는 이번 편지는 템스강에 버리는 게 나았다고 후회했다.

"하지만 수사를 계속하면서 할 수 있는 일은 다 해 볼 계획입니다."

이제 헤어져야 할 시간이었다.

"정말 감사하네."

잉그램 경이 트레들스와 악수를 하며 말했다.

"홈스도 같은 마음일걸세. 이 사실을 알게 된다면."

제10장

　트레들스 경사의 편지를 받고 샬럿은 경사가 수사에 착수했다
는 사실을 알게 됐다. 하지만 여성을 잠자리에서 끌어냈으니 그
어떤 감사치레도 부족한 것 같았다.

　샬럿은 집을 나설 때 우산을 챙기지 않았다. 당연한 일이었다.
숙녀에게 양산은 액세서리였지만 우산은 아니었다. 그녀에게 비
상금이 약소하나마 있을 때는 비가 오지 않았다. 그런데 요즘은
폭우가 지나가면 또 다른 폭우가 시작되었다. 샬럿은 우산이든 우
비든 살 형편이 아니었다.

　스스로에게도 비가 올 거라고 말하곤 했다. 계속 실망만 하게
되는 외출을 하지 않으려고, 집에서 나가지 않는 핑계로 말이다.

　더 나은 선택은 더는 남아 있지 않았다. 아무리 굳세게 마음을
먹고 씩씩하게 도시를 돌아다녀도 결국에는 아무 소득도 없이 발
만 팅팅 부은 채 돌아왔다. 그녀는 학교에 들어갈 수 없었다. 직

업을 가질 수도 없었다. 만족할 만한 직업을 가질 기회는 대부분 그녀의 손이 닿지 않는 곳에 있었다.

하녀가 되어도 좋지만, 나이가 걸림돌이었다. 이런 일을 하는 여자들은 대개 열한 살이나 열두 살부터 일을 시작했기 때문이다. 샬럿의 나이라면 같은 하녀라도 지위는 이미 몸종이나 가정부까지 올라가 있었다. 그녀는 부엌데기들과 함께 냄비와 팬을 문질러도 상관없었다. 그러나 그녀가 하고 싶다고 해도 가정부든 요리사든 고용을 하는 사람들이 그녀를 원할지는 미지수였다.

그것은 곧 샬럿이 거짓말을 하고, 경력이 풍부하고, 추천장을 많이 받은 척해야 한다는 뜻이었다. 샬럿은 비턴 부인의《살림 관리의 책》을 처음부터 끝까지 읽었다. 그래서 테레빈유가 천에 묻은 얼룩을 빼 주고 부지깽이를 닦을 때는 알코올이 좋다는 걸 잘 알고 있었다.

하지만 하녀로 일하는 것도 단점이 있었다. 하인이 얼마 되지 않는 작은 집에서는 고용주나 다른 하인들에게 괴롭힘을 당할지 모른다. 군대처럼 철두철미하게 관리되는 대저택은 원치 않은 관심으로부터 더 안전했다. 일 년에 한 번 열리는 하인들의 무도회가 아니면 자신의 고용주를 볼 일이 없을 테니 말이다. 그렇지만 누군가 샬럿을 알아보는 바람에 결국 쫓겨나거나 협박을 당할 위험이 훨씬 더 컸다.

그러니 샬럿이 하루 종일 천장만 멀뚱히 바라보며 지낸다고 해도 놀랄 일이 아니었다. 고용주의 아들이나 눈 밝은 동료 하인이 그녀가 추문을 일으키기 전 모습을 알아볼까 봐 벌벌 떨면서 무릎을 끓고 쇠살대를 박박 긁어 댈 미래를 위해, 현재의 에너지와 구두 밑창을 소비하는 일이 대체 무슨 의미가 있을까.

일단 가만히 있는 편이 나았다. 그러면 적어도 배는 덜 곯을 테니까.

그러나 비가 멎자 샬럿은 리비아나 트레들스 경사가 보낸 편지가 와 있을지 모른다는 희망을 안고서 (경사가 수사를 시작한 후로 더 이상 편지가 오지 않았다.) 하루치 순례를 하듯 중앙 우체국으로 발걸음을 옮겼다.

그새 기온이 떨어졌다. 리비아와 달리 샬럿은 납빛 하늘과 하루 종일 추적추적 내리는 비를 좋아했다. 잎이 다 떨어진 흔들리는 나뭇가지에서 마지막 남은 낙엽 몇 장이 부들부들 떨어 대는 동안 지붕의 기와를 덜컹거리게 만드는 싸늘한 바람까지 불면 더 좋았다.

하지만 겨울은 오로지 그 겨울을 편히 날 여유가 있는 사람에게만 즐거울 뿐이었다. 여전히 따끈한 자두 케이크 한 조각을 오물거리며 활활 타오르는 벽난로 불 앞에서 김이 모락모락 올라오는 멀드 와인 잔을 감싸 쥔 채 유리창을 때리는 폭풍우를 지켜볼 수 있는 사람.

겨울은 겨울 코트 한 벌도 없는 여자에게 결코 즐거운 계절이 아닐 것이다. 조만간 뜻밖의 사건이 일어나지 않는다면 수중에 있는 돈으로 이 도시에서 이 주밖에 더 머무를 수 없는 여자에게는 더욱더.

그 이 주가 다 가도록 운이 느닷없이 좋은 쪽으로 바뀌지 않는다면 샬럿은 자존심을 버리고 남자를 찾아가야 할 것이다.

아버지를 제외하면 그녀가 찾아갈 수 있는 남자는 둘뿐이었다. 한 명은 도움을 줄지 확신할 수 없기 때문에 절대로 찾아가고 싶지 않은 남자. 다른 한 명은 응당 그녀에게 다시 생각할 기회를 줘야 했기에 그렇게 한 남자. 물론 샬럿은 그 남자의 도움을 피할 수만 있다면 결단코 받지 않을 것이다.

어느 쪽도 좋은 선택이 아니었다. 그렇지만 이렇게 될 줄 정말 몰랐나? 집을 뛰쳐나오기 전부터 샬럿은 어떤 선택을 하건 그 끝에는 불행이 기다리고 있으며, 어떤 결정을 하건 큰 대가를 치를 수밖에 없는 상황이었다.

여름이 끝나면 다음 여름이 돌아올 때까지 영원 같은 시간을 견뎌야 하리라.

그녀가 얼마나 초라한 신세가 되었는지 더 확실히 강조라도 하듯 비가 다시 퍼붓기 시작하자 샬럿은 모자나 치맛단이 비에 젖어 망가지지 않도록 서둘러 인쇄소의 차양 아래로 비를 피해 뛰어들었다.

그리고 영원과도 같은 십오 분 동안 못 박힌 듯 서서 이제 잔인할 정도로 선명하게 보이는 미지의 미래를 들여다보았다.

빗줄기가 가늘어져 실안개 수준으로 잦아들었다. 샬럿은 다시 걷기 시작했다. 요즘 그녀는 우체국에 갈 때 전과 다른 길을 이용했다. 거지 행세를 하는 모녀 도둑의 영역을 빙 둘러 가느라 다른 방향을 선택했기 때문이다. 그런데도 그 근처에 있을 때면 샬럿은 여전히 주위를 두리번거렸다. 또 소매치기를 당할지 모른다는 두려움 때문이라기보다 그 모녀와 다시 마주칠 때 느낄 굴욕감이 두려웠기 때문이다.

거지들은 어디에도 보이지 않았다. 그런데 그녀가 걷는 길의 건너편에서 비가 그치기를 기다렸던 남자가 6미터가량 뒤떨어져 걸어오고 있었다.

샬럿을 미행하는 것일까?

샬럿은 대낮에 자신에게 위험이 닥칠 거라고 생각하지 않았다. 그렇지만 지금은 생각도 하기 싫은 가능성들이 빗발치듯 떠올랐다. 잠시 후 다시 뒤를 돌아보았다. 그 남자는 더 이상 보이지 않았다.

상상력 때문에 헛것을 보았을까? 그저 갈 길을 가던 사람이었을까?

샬럿은 중앙 우체국에 도착하자마자 우체국 전면의 끄트머리에 달린 주랑 현관 아래로 들어가 섰다. 그 남자가 계속 따라오는 중이라면 어느 지점에서 샬럿을 따라잡아야 할 테고, 그러면 샬럿에게 모습을 드러낼 것이다.

하지만 그 남자처럼 생긴 사람은 어디에도 보이지 않았고, 대신 요전 날 만났던 과하게 화려한 드레스를 아름답게 차려입었던 부인이 손에 든 우편물 한 다발을 내려다보며 스쳐 지나가는 모습이 보였다. 그 여성은 발을 옮길 때마다 제일 위에 있는 편지를 제일 아래로 옮겼는데, 그럴 때마다 아름다운 이마에 날카로운 주름이 한 줄 나타났다.

한 무리의 남자가 모퉁이를 돌아 나오는 바람에 샬럿은 그 부인을 시야에서 놓쳤다. 샬럿은 그 남자들을 유심히 살폈다. 그러나 그들 중에는 샬럿을 뒤따라오는 듯한 분위기를 풍기던 남자는 없었다.

그들이 모두 지나가자 주랑 현관 가장자리에 떨어진 편지 한 통이 눈에 들어왔다. 아무도 그 편지를 주우려고 서둘러 오지 않자 샬럿이 집었다.

편지에는 그리 아름답지 않은 필체로 제버다이어 부인의 주소와 이름이 적혀 있었다. 제버다이어 부인은 어느새 저 멀리 걸어가고 있었다. 샬럿이 그 부인을 불렀다. 그러나 부인은 뒤도 돌아보지 않고 곧장 근처 찻집으로 들어갔다.

가끔 샬럿은 찻집이라는 곳이 생겨나 동반자를 대동하지 않은 여성이 공공장소에서 체면을 구기지 않고 식사할 수 있는 장소가 되기 전에, 여성들이 그런 문제를 어떻게 해결했는지 궁금했다. 샬럿은 적어도 이것이 자신의 문제들 가운데 하나가 아니라는 사실에 감사할 따름이었다.

찻집에는 손님이 꽤 많았는데, 우체국과 인근 일터에서 일을 마치고 집으로 가기 전에 가볍게 요기를 하려는 사람들이 대부분이었다. 수수하게 차려입은 여자들과 남자들 사이에서 제버다이어 부인은 비둘기들 사이에 내려앉은 큰부리새처럼 한눈에 들어왔다.

검은 드레스에 기다란 하얀 앞치마를 입은 여종업원이 차 쟁반을 들고 서기들로 자리가 꽉 찬 테이블로 바삐 걸어갔다. 좋은 버터를 충분히 넣고 만든 스크램블드에그의 먹음직한 냄새가 샬럿을 마구 괴롭혔다.

양심상 샬럿은 지금의 하숙집에 대해 불평을 늘어놓을 수 없었다. 어쨌든 그곳 덕분에 깨끗한 이와 손톱 같은 존엄성을 지키고 청결하다고 할 만한 수준으로 버틸 수 있었다. 애초에 샬럿이 지불한 돈으로 식사라고 할 만한 것이 덤으로 나온다는 사실 자체가 기적이었다. 샬럿은 매번 감사의 마음을 가득 안고 식사하러 갔다가 허기를 배 속에 가득 넣은 채 그 시간의 나머지는 길 아래 빵집에서 헐값으로 산 이틀 지난 빵으로 주린 배를 채웠다.

결과적으로 샬럿은 굶주리지는 않았다, 아직은. 하지만 스크램블드에그 한 접시를 얻기 위해서라면 깨진 유리를 기어가서 얼굴부터 처박을 수도 있는 상태와도 그리 멀지 않았다.

샬럿은 그 차 쟁반을 한 번 더 본 후 목표물을 향해 다시 발걸음을 옮겼다. 그 목표물은 샬럿이 다가가자 놀란 표정으로 고개를 들었다.

"제버다이어 부인이신가요?"

"네, 그런데요?"

"갑자기 죄송합니다, 부인. 우체국 밖에서 이걸 떨어트리신 것 같아서요."

제버다이어 부인이 일어났다.

"어머나, 맞아요. 고마워요. 성함이……."

샬럿이 잠시 망설였다. 자신과 상대가 모두 아는 믿을 만한 제삼자가 없는 자리에서 자신을 소개할 때는 조심해야 한다고 배웠기 때문이다.

"홈스입니다."

"만나서 반가워요, 홈스 양. 잠시 앉지 않을래요?"

제버다이어 부인이 미소를 지으며 자리를 권했다.

샬럿의 눈이 휘둥그레졌다.

"고맙습니다. 하지만 폐를 끼칠 수는 없어요."

"어머, 그런 소리 말아요, 홈스 양."

제버다이어 부인이 발끈하는 시늉을 하며 말했다.

"내가 말동무를 구하고 싶어 하는 늙은 여자라는 사실이 안 보이나요? 당신이 급한 볼일이 있거나 나보다 더 흥미로운 친구가 당신의 관심을 기다리고 있다면, 아니면 전성기를 한참 지난 주제에 여전히 공작새처럼 입고 다니는 여자만 보면 도망치는 사람이라면, 그렇다고 해 줘요. 그러면 여기서 작별 인사를 나눌 테니까. 그게 아니라 오직 폐를 끼치는 게 두려운 거라면 쓸모도 없는 에티켓 몇 가지는 옆으로 치워 두고 여기 앉아요."

그 순간 샬럿의 머릿속에 터무니없는 생각이 스쳐 지나갔다. 마치 제 어머니를 만난 것 같았다. 친어머니 말이다.

그래도 샬럿은 여전히 머뭇거렸다.

종업원이 제버다이어 부인의 테이블로 다가와 일 분 전 샬럿을 유혹했던 것과 똑같은 스크램블드에그 한 접시를 내려놓았다. 햄 파이와 치킨 팟 파이 그리고 마지막으로 사치스럽고도 사치스러운, 신선하고 풍미가 풍성한 크림 한 주전자와 함께 내온 잘 익은 빨간 딸기들.

샬럿의 엉덩이가 알아서 의자를 찾아갔다.

"그렇다면 맘 편하게 폐를 끼치겠습니다."

"바로 그거예요! 이 젊은 숙녀에게 차와 식사 준비를 해 줘요."

제버다이어 부인이 여종업원에게 주문했다.

"곧 내오겠습니다."

"보시다시피, 홈스 양, 내가 음식을 너무 많이 시켰어요. 배가 고프면 이 음식이 전부 다 먹고 싶은데 정작 두 숟갈이면 배가 찬 다는 사실을 늘 잊지 뭐예요. 그러다가 음식이 나오면 자책감에 시달려요. 내가 음식을 그대로 버리는 걸 얼마나 싫어하는데 하면 서요. 이런 양심의 가책을 덜어 주지 않을래요?"

샬럿은 다시 한 번 자신의 앞에 놓인 풍성한 음식을 살폈다.

"저는 언제라도 여왕 폐하와 주국을 위해 의무를 다할 준비가 되어 있습니다. 그리고 부인의 양심도요."

제버다이어 부인이 활짝 웃었다.

"신세 좀 질게요, 홈스 양."

종업원이 각종 요리 접시와 샬럿의 커틀러리 그리고 빈 잔을 가 져왔다. 제버다이어 부인이 그녀에게 차를 따라 주었다.

"우유? 설탕?"

"둘 다요."

샬럿은 자신이 차 한 잔에 군침을 흘리는 신세가 될 줄은 상상 도 못했다.

"저도 부인처럼 금방 배가 차 버리는 문제를 자주 겪으면 좋겠 어요. 저는 그 반대거든요. 마지막으로 흡족할 때까지 음식을 먹 은 게 언제인지 기억도 안 나요."

제버다이어 부인의 몸이 그대로 굳었다.

"어머나, 세상에."

샬럿은 자신의 말이 오해를 일으킬 수도 있겠다는 생각이 퍼뜩 들었다.

"제가 위장을 든든하게 채우지 못 할 형편이라고는 생각하지 말아 주세요."

적어도 최근까지는 그렇지 않았다.

"다 제 허영심 때문이죠. 저는 1.5턱과 1.6턱 사이를 벗어나서는 안 돼요. 턱이 그 수치를 넘어서면 제 외모에 재앙이 일어나거든요."

제버다이어 부인이 깜짝 놀라며 웃음을 터트렸다.

"과장이 너무 심하네요."

"절대 과장이 아니라고 자신해요. 과학적인 실험을 통해서 제 얼굴형이 망가진다 싶을 정도로 변하는 순간의 정확한 몸무게를 그램 단위까지 알아냈거든요."

제버다이어 부인이 다시 웃었다.

"세상에, 홈스 양. 당신과 함께 이야기를 나누니 즐거워지네요. 나는 당신이 저울 위에 올라가면 그 끔찍한 체중에서 최소 6, 7킬로그램은 아래일 거라 확신해요. 그러니 만찬을 시작해 볼까요?"

제버다이어 부인은 참새처럼 깨작거리지는 않았다. 대신 너무 느긋하기는 해도 꾸준하게 먹었다. 한편 샬럿은 눈에 보이는 것은 뭐든 게걸스럽게 먹어 치우느라 주위의 시선이 신경 쓰일 정도였다.

폿 치킨과 두툼하게 버터를 바른 토스트는 샬럿이 지금까지 먹어 본 음식 중에 단연코 가장 맛있는 음식이 분명했다. 그러나 그것도 딸기와 크림을 맛보기 전의 평가였다. 이 딸기는 우주가 시작된 이래 지금까지 존재하는 가장 맛있는 먹을거리이기 때문이다.

제버다이어 부인이 이렇게 물었을 때 접시에 남은 딸기는 세 개였다.

"말해 봐요, 홈스 양. 당신은 그렇게 엄격하고 까다로운 지성을 어디에 사용하나요? 설마하니 깨어 있는 시간에 턱의 개수와 음식 섭취의 관계를 실험하면서 보내지는 않을 테고요."

"상당한 시간을 그 실험에 할애하지만, 물론 전부는 아니죠. 요즘은 타자수로 취직하려고 동분서주하고 있어요."

"이런 낭비가 있나! 어째서 당신의 능력을 좀 더 요구하는 일자리를 찾아보지 않는 거죠? 배는 빵빵하게 채우지만 지성은 형편없을 정도로 방치하는 당신을 보고 싶지는 않아요."

"여성이 육체가 아니라 지성을 쓰는 일자리를 구하려면 대부분 교육과 훈련을 요구하는데, 그 부분에서 저는 탈락이에요. 저는 교육도 훈련도 받지 못했거든요. 그리고 남아 있는 일들을 생각하면 타자수만 되어도 운이 좋다고 생각할 거예요."

"당신이 그런 패배주의자일 리 없어요, 홈스 양."

"오히려 저는 타자수 자리를 구하리라 기대할 만큼 낙천주의자인걸요. 좋은 일자리는 너무 부족한데 스스로 생계를 책임져야 하는 젊은 여성은 너무 많으니까요."

"아, 여성의 문제. 그러면 말해 봐요, 홈스 양. 당신은 어떤 일에 가장 적합할 거라고 생각해요?"

샬럿은 깜짝 놀라 눈만 껌벅거렸다. 지금까지 아무도 샬럿에게 그런 질문을 하지 않았기 때문이다.

"제가 비밀 한 가지만 말씀드려도 될까요, 부인?"

"그럼요. 나는 비밀을 아주 좋아한답니다."

"저는 언니와 부모님에게 늘 여학교의 교장이 되고 싶다고 했어요. 그건 오로지 제가 탐욕스럽기 때문인데, 여학교의 교장은 일년에 5백 퀴드(파운드)에서 7백 퀴드까지도 벌거든요. 솔직히 말씀드리자면 제가 타고난 특별한 능력으로 대체 뭘 할 수 있을지 전혀 모르겠어요."

제버다이어 부인이 앞으로 몸을 내밀었다.

"당신이 타고난 그 특별한 능력이 대체 뭐죠?"

"이걸 어떻게 설명해야 할지 잘 모르겠어요. 아니면 이걸 성가신 일이 아니라 재능이라고 불러도 되는지조차 모르겠어요. 사실 저는 아주 어릴 때 이런 능력을 모르는 사람들 앞에서 사용하면 안 된다는 걸 깨달았어요. 아니, 그 문제에 있어서는 사적인 자리에서도 마찬가지예요. 제가 잘 아는 사람들도 그 능력 때문에 금방 불편해하거든요."

"사용하다니 뭘요, 홈스 양?"

"안목이라고 할까요? 이를테면, 저는 부인이 제게 알리고 싶어 하는 것보다 더 많은 사실을 알아낼 수 있어요."

샬럿이 깊이 숨을 들이마셨다.

제버다이어 부인이 눈썹을 치켜올렸다.

"나는 이런 옷차림으로 나와 마주치는 사람들에게 나에 대해 알고 싶어 하는 것들을 전부 알려 주고 있다고 생각했어요."

"부인이 지금 입고 계신 옷이 작고하신 부군을 여전히 사무치게 애도하신다고 사방에 광고를 하고 있다는 건 모르실 것 같은데요."

제버다이어 부인은 꼼짝도 않은 채 샬럿을 뚫어져라 바라보았다.

"죄송합니다. 괜한 말을……."

"아니, 아니에요. 사과하지 말아요. 그런 말을 들을 줄은 예상도 못 했어요. 그게 다예요. 당신이 어떤 식으로 관찰을 하는지 듣고 싶어요, 홈스 양."

그 말은 요청이 아니라 명령이었다. 샬럿은 순순히 그 말에 따랐다.

"모자와 부인의 레티큘에 두른 검은 상장. 그것들은 요전 날 봤어요. 오늘 오후에는 다른 모자를 쓰고 다른 레티큘을 들고 오셨지만, 이 두 가지에도 같은 천으로 만든 1.5센티미터가량의 네모 조각이 달려 있어요. 여왕 폐하는 모두에게 보여 주기 위해 상복을 입어요. 부인은 오로지 부인을 위해 검은 상장 조각을 달아 놓으셨어요."

제버다이어 부인이 고개를 천천히 가로저었다. 한 번. 두 번.

"그 밖에는? 나에 대해서 또 뭘 알아냈죠?"

"과거에 무대에 서셨죠. 그리고 성공을 거두셨어요."

"그건 어떻게 알죠? 무대 공연자였다는 사실은 검은색 상장 조각처럼 쉽게 드러나는 사실이 아니잖아요."

"부인의 옷차림이 단서였어요. 벼락부자의 옷차림이라고 해석할 수도 있지만 부인은 단순히 요란하다기보다 일부러 과장되게 차려입으셨고, 그런 사실로 짐작해 볼 때 부인은 데미몽드*에 속하는 분이라는 결론이 나와요. 제 어머니는 데미몽드 여성들은 결

* 데미몽드 무모하면서도 쾌락적인 스타일을 추구하는 사람들로, 사교계에서 제대로 인정받지 못하는 여성들을 지칭한다. 고급 창녀나 매춘부를 완곡하게 부르는 말로도 쓰였다.

국 돈 한 푼 없이 외롭게 죽을 매춘부들이라고 가르치셨어요. 하지만 제가 이해하기로 데미몽드는 그보다 더 넓은 부류를 의미해요. 생계를 유지하기 위해 꼭 음란한 수단에 기대지 않은 채 인습에 얽매이지 않는 삶을 사는 사람도 포함하는 거죠.

처음에는 부인이 부자를 상대로 하는 매춘부였을 거라고 생각했어요. 지금 부인의 입술과 볼에 남은 볼연지의 흔적 때문에요. 그리고 빛을 아름답게 반사해서 부인의 피부를 매끄럽게 보이게 만드는 화장품도 쓰셨어요. 쌀가루인가요?"

"칡가루예요."

"그렇군요."

샬럿은 그 이름을 기억해 두었다. 샬럿은 매춘부는 볼연지를 쓸 수 있는 반면 숙녀들은 장밋빛 볼을 만들기 위해 살을 꼬집어야 한다는 독단적인 주장을 이해할 수 없었다.

"그런 점을 바탕으로 처음에 저는 부인이 매춘부, 혹은 전직 매춘부일 거라고 추측했어요. 하지만 부인의 드레스 때문에 마음을 바꿨어요. 부인은 분명히 자신이 데미몽드라고 주위에 알리고 계시지만, 그러려고 하신 옷차림이 제 호기심을 자극했거든요. 왜냐하면 부인은 남자가 아니라 여자에게 신호를 보내고 계시기 때문이에요. 부인이 신사들의 이목을 끌 작정이었다면 치맛단을 더 들어 올리고 컷아웃 패턴의 야한 부츠를 신는 편이 훨씬 더 효과적이죠. 신사들은 대부분 그 드레스가 아무리 아름다워도 너무 과하게 치장이 되었다는 사실조차 잘 알아차리지 못 할 거예요. 그렇다면 그건 숙녀들에게, 걸음마를 시작한 순간부터 그런 치장으로 단련되어 온 그들에게, 부인과 가까워지고 싶어 했다가는 지인들 사이에서 강력한 반감을 사게 될 것이라는 점을 부인이 호의로 알려 주고 있는 거죠.

부인이 매춘부가 아니라면 십중팔구 공연인이었을 거예요. 부인의 목소리, 몸짓, 그것들을 보면 훈련과 절제가 드러나거든요. 하지만 이것들만큼 중요한 단서는, 부인의 자태에서 성취에 대한 자부심이 드러난다는 사실이에요. 그건 곧 성공이죠. 하지만 그리 대단한 성공, 혹은 충분히 오랜 기간 동안의 성공은 아니에요. 그랬다면 제가 어디선가 부인의 사진을 본 적이 있어서 부인을 금방 알아봤을 거예요."

제버다이어 부인은 생각에 잠긴 표정을 지으며 찻주전자의 뚜껑을 들어 올려 안의 내용물을 들여다보더니 다시 뚜껑을 닫았다.

"나에 대해서 또 뭘 알고 있죠?"

"부인의 부군이 젊었을 때 돌아가셨다는 사실."

부인은 하마터면 의자에서 미끄러질 뻔했다.

"그건 또 어떻게 알아냈죠?"

주변 테이블의 손님들이 두 사람을 바라보았다. 제버다이어 부인은 의자에 기대앉으며 차를 한 모금 마셨다. 두 사람은 이웃한 손님들의 호기심이 잦아들기를 기다렸다.

"자, 홈스 양?"

샬럿은 차받침에 올린 찻잔을 살짝 돌렸다.

"사람들의 이목에 신경을 쓰거나 종종 유부남이라는 사실에 발목이 잡힌 한창때의 신사들은 무대 출신의 여자를 정부로 두죠.

그런 것에 조금도 개의치 않고 대중에게 즐거움을 선사했던 여성에게 청혼을 할 만큼 대담한 사람은 대체로 그보다 더 젊거나 더 늙은 남자들이에요.

그런데 노인이 죽으면 그 사람을 얼마나 사랑했건 죽음을 받아들이기가 더 쉬워요. 언제부터인가 죽음이 기다리고 있었으니까요. 하지만 젊은 남자가 때 이른 죽음을 맞이하면 헌신적인 아내는 앞으로 두 사람이 행복하게 보낼 시간이 많이 남았다고 믿었기에 문득 자신이 얼마나 고독한지 깨달아요. 그리고 오랫동안 사라지지 않을 깊은 슬픔에 빠지죠."

제버다이어 부인이 침을 꿀꺽 삼켰다.

"죄송해요. 일단 한번 시작하면 언제 멈춰야 할지 모른다는 지적을 몇 번이나 받았는데."

샬럿이 조용하게 말했다.

제버다이어 부인이 숨을 내쉬었다.

"이렇게 훌륭한 능력을 왜 평소에는 사용하기 꺼려 하는지 이유를 이제 알겠어요. 하지만 계속해 봐요."

"괜찮으시겠어요, 부인?"

"그럼요."

"음, 한 가지 예외가 있긴 하지만, 부인이 한때 인도에서 지내셨다는 사실처럼 사소한 사실 말고는 더 없어요."

"나라면 그걸 사소한 사실이라고 말하지 않을 거예요. 그런데 방금 말한 예외는 뭐죠?"

"부인의 성함은 제버다이어 부인이 아니에요. 적어도 유일한 성함이 아닐 거예요."

제버다이어 부인이 깔깔거리며 웃었다.

"그건 또 어떻게 알았어요?"

"부인이 떨어트리신 편지요. 그 편지는 중앙 우체국이 아니라 체링크로스에 있는 우체국에 유치된 거였어요. 런던 거주자가 자택이 아니라 우체국으로 우편물을 배달받고 싶어 한다면 그럴 수도 있다고 생각해요. 하지만 두 군데 우체국으로 편지를 받는다? 그렇다면 저는 부인이 일종의 계략을 꾸미고 계신다고 추측할 수밖에 없어요. 꼭 범죄에 관련되었다고 의심할 필요는 없지만요. 그래도 계략은 계략이죠."

"여기까지 알아낸 당신이 내 계략의 정체를 정확하게 말해 주지 않았다는 사실이 오히려 충격적이네요, 홈스 양."

"부인에게 편지를 쓸 만한 사람들을 겨냥한 신문광고와 관계가 있을 거예요. 그 이상은 특별한 게 없네요."

"어머나, 맙소사. 우리가 말 한 마디 나누기도 전에 나에 대해서 모든 것을 알아차렸다면 스크램블드에그 덫이 정말 효과 만점이었나 봐요."

제버다이어 부인이 나직하게 말했다.

"저를 덫으로 끌어들인 건 딸기와 크림이었어요."

샬럿은 달랑 세 개 남은 딸기를 힐끗 보고는 다시 제버다이어 부인에게 시선을 돌렸다.

"굳이 제게 설명을 해야 한다는 부담을 갖지 마세요, 제버다이어 부인. 부인의 크나큰 친절만으로도 충분했어요."

제버다이어 부인은 한동안 아무 말도 하지 않았다. 샬럿이 이제 인사를 하고 자리를 떠야 할 때가 아닌지 슬슬 고민이 될 즈음 제버다이어 부인이 있지도 않은 흘러내린 머리카락 가닥을 귀 뒤로 넘기며 말했다.

"그래도 해명을 들어 줄래요?"

"물론이죠."

"당신이 너무나 명석하게 추리한 대로 나는 일찌감치 남편을 먼저 떠나보냈어요. 남편이 요절했을 뿐만 아니라 나보다 족히 열한 살이나 어렸기 때문에 아픔이 훨씬 더 가혹했죠. 남편의 청혼을 할 수 있는 한 어떻게든 거절한 이유 중 하나였어요. 그때의 나는 지금보다 젊었어요. 하지만 그 사람이 여전히 한창일 때, 나는 노년의 나이가 될까 봐 너무 두려웠거든요.

마침내 청혼을 받아들이기로 결심했을 때조차 내가 남편의 어머니, 아니면 잘 봐줘야 친척 아주머니로 오해를 받을 거라는 농담을 하면서 청혼을 승낙했어요. 나는 생각도 못 했어요……. 신이 그 사람을 먼저 데려갈 거라고 한 번도 생각하지 않았어요. 주름살이 하나 더 생기고, 흰머리가 한 올 더 올라왔다고 호들갑을 떨기는커녕 그 사람이 곁에서 내가 어김없이 늙어 가는 모습을 지켜봐 주면 얼마나 좋을지 늘 생각해요."

샬럿은 목이 메었다. 그래서 딸기를 하나 더 먹었다.

"그 사람이 죽고 육 년 동안은 조카딸을 돌보느라 정신없이 바빴어요. 그 애는 평생 나와 함께 살았죠. 하지만 작년에 의대에 진학하려고 파리로 떠났어요. 그 아이가 얼마나 자랑스러운지 이루 말로 할 수 없지만 나는 큰 집에 혼자 남겨져서 뭘 하며 지내야 할지 갈피를 못 잡고 있죠.

할 일이 없어서가 아니라 그냥 그 일들을 혼자 하는 게 싫은 거죠. 그렇다고 조카를 다시 불러올 생각은 없어요. 이제부터는 그 아이가 날개를 펼칠 때니까요. 그래서 말동무를 찾아보자고 생각한 거예요.

직업 소개소 몇 군데에 편지를 썼더니 면접을 해 보라고 지원자를 몇 명 보내 주더군요. 하지만 그 아가씨들은 내가 무대에 오르던 시절 몸에 딱 붙는 바지와 반바지를 입고 돌아다니는 모습을 찍은 사진을 보자마자 차를 마실 새도 없이 허둥지둥 나가 버렸어요. 그렇다고 그 아가씨들의 품행도 반듯하다고 생각하면 안 돼요. 그 후에 씩씩거리며 소개소로 돌아가서 내 흉을 실컷 봤거든요."

부인은 가볍게 말했지만 샬럿은 부인이 그런 거절을 받아들이기가 쉽지 않았을 거라고 생각했다.

"그런 일이 있고 나니 신문에 광고를 싣는 것 외에 방법이 없더군요."

"하지만 후보자들이 그 일에 적합할지 어떻게 확신하실 수 있죠?"

레이디 홈스는 늘 하인들은 무릇 게으름뱅이와 도둑이라고 의심했다. 리비아는 샬럿이 본 최고의 회의주의자답게 온 세상이 그러하듯, 하인들도 그녀를 보자마자 멸시하고 이용해 먹으려고 할 것이라고 생각했다. 샬럿은 두 사람의 의견에 동의하지 않았지만, 신문 뒷면에 실릴 광고로 숙녀의 말동무를 찾는 건 적당한 지원자를 찾는 최선의 방법이라고 할 수는 없을 것 같았다. 샬럿은 자신이 자격이 되는 지원자라면 잠재적인 고용주가 친구들에게 추천을 받거나 직업 소개소의 서비스를 이용하지 않는 이유가 궁금할 것 같았다. 그리고 사기꾼의 계략이 아닌지 의심스러워 그 광고를 경계하게 될 것 같았다.

"음, 내가 광고를 하나 더 실었어요. 그건 오래전에 잃어버린 딸을 찾는 내용인데, 두 광고를 같은 페이지에 배치하되 다른 단에 실리도록 의뢰했어요."

실제로는 제버다이어 부인이 아닌 부인이 설명했다.

"그리고 당연히 두 광고의 잠재적인 지원자들은 두 명의 다른 여성에게 각기 다른 우체국으로 편지를 쓰게 했지요."

샬럿이 박수를 쳤다.

"아하! 제가 전에 있던 하숙집의 하숙인이 부인의 잃어버린 딸에 대한 기사를 읽어 줬어요. 부인의 계획을 이제 알겠어요. 만약 지원자 한 사람이 두 광고에 다 답장을 보내면 그 지원자는 절대 신뢰할 수 없겠군요."

"바로 그거예요."

"그래서 이 방법으로 후보자들을 골라내서 떨어트리셨나요?"

"한 명을 제외하고 전부요. 중년 부인의 말동무 자리에 관한 광고를 보고도 글을 쓰지 않은 아가씨가 한 명 있어요. 그런데 그 아가씨는 누구보다 진심으로 어머니를 찾고 있는 것 같아요. 있지도 않는 희망을 불어넣어 줬을지 모른다는 생각에 지금 얼마나 마음이 불편한지 몰라요."

제버다이어 부인이 살짝 미소를 지으며 말을 이었다.

"당신 말이 옳아요, 홈스 양. 나는 계략을 꾸미고 있어요. 다만 성공적인 계략이 아니에요. 적어도 내게는."

그때 훌륭한 마차 한 대가 찻집에 와서 섰다.

"오, 내 마차예요. 약속이 있었는데 깜박하고 있었어요."

부인이 일어섰다. 샬럿이 저도 모르게 근심 어린 표정을 지은 것이 틀림없었다. 부인이 이렇게 덧붙였으니 말이다.

"영수증은 이미 계산했어요. 당신에게 음식값을 떠넘겨야겠다는 생각은 꿈에도 하지 않았어요."

샬럿의 얼굴이 화끈 달아올랐다. 샬럿은 제버다이어 부인이 그녀가 지어낸 이야기에 속아 넘어갔다고 믿지 않았다. 하지만 그녀는 모녀 거지에 대해서도 완전히 잘못 생각하지 않았던가.

"저도 그런 생각은 하지 않았어요. 이렇게 친절하게 차를 대접해 주셔서 감사합니다, 부인."

"분명 우체국에서 또 마주치게 될 거예요, 홈스 양."

제버다이어 부인이 활보하듯 걸어가 마차에 오르자 찻집에 있는 모든 사람들과 길을 가던 행인의 절반의 시선이 그녀에게 꽂혔다. 샬럿은 배가 불렀지만, 이 얼마나 환상적인 기분인지, 그대로 자리에 앉아 느긋하게 마지막 남은 스크램블드에그 덩어리와 마지막 남은 햄 파이 부스러기, 천상의 맛인 마지막 딸기 두 알까지 말끔히 먹어치웠다. 애석하게도 폿 치킨은 벌써 배 속으로 다 사라져 그릇 안은 샬럿의 일정 수첩처럼 텅 비어 있었다.

마침내 자리에서 일어나자 그제야 제버다이어 부인이 의자에 놓고 간 레티큘이 눈에 들어왔다.

제11장

　본명이 제버다이어 부인이 아닌 그 부인은 자신의 결혼사진 앞에서 서서 환하게 웃고 있는 영원히 젊은 신랑을 보고 있었다. 셰리주 잔을 입으로 가져가는 그녀의 손이 살짝 떨렸다.

　충직한 집사인 미어스가 방으로 들어왔다.

　"부인, 젊은 숙녀가 부인을 뵙기를 청했습니다. 그 숙녀가……."

　"그 숙녀분을 이리로 모시게."

　밤의 어둠이 내려앉기도 전에 깊이 후회할 수도 있지만, 제버다이어 부인이 아닌 부인은 모종의 결정을 내렸다.

　그것도 중요한 결정을.

　그녀는 술잔을 내려놓고 가장 좋아하는 의자에 앉았다. 계단을 올라오는 발소리가 들렸다. 그런데 미어스의 뒤를 따라 방으로 들어오는 젊은 여성은 홈스 양이 아니라 부인이 난생처음 보는 아가씨였다.

"하트포드 양입니다."

미어스가 이렇게 알리고 물러갔다.

하트포드 양은 홈스 양과 동년배로 보였지만 비슷한 점은 그것뿐이었다. 하트포드 양은 몸이 마르고 등이 구부정하고 젊은 사람치고 볼품이 없었다. 입고 있는 드레스는 몸에 맞지 않았고 보닛은 축 처졌으며 안경은 코에서 자꾸 미끄러졌다.

"제버다이어 부인이세요?"

그녀가 머뭇거리며 물었다. 제버다이어 부인이 아닌 부인은 눈만 껌벅거렸다. 그녀는 오래전에 잃어버린 가상의 딸을 찾는 광고에서만 제버다이어 부인이었고, 그런 이유로 개인적인 주소는 밝히지 않았다. 신문 광고에도 말이다.

"제버다이어 부인, 저는 엘리 하트포드라고 합니다. 이렇게 늦게 찾아뵈어 정말 죄송합니다. 바이워터에 있는 독 앤 덕에서 요리사 보조로 일하고 있는데, 더 일찍 퇴근을 시켜 주지 않는 바람에."

"오."

"며칠 전에 퍼브의 종업원이 제게 신문을 보여 줬어요. '얘, 너는 항상 웨스트민스터 사원의 앞 계단에 버려져 있었다고 말하지 않았니? 이걸 보면 어떤 부인이 찾고 있는 아기가……."

"그 정도로 끝내세요, 하트포드 양."

또 다른 목소리가 들렸다.

하트포드 양이 홈스 양에게 시선을 돌렸다. 지금 막 발렌타인 카드에서 튀어나온 듯 눈이 크고 금발머리가 곱슬곱슬한 여자가 그토록 매몰차게 말하다니. 하트포트 양은 믿어지지 않는다는 듯이 홈스 양을 뚫어져라 바라보았다.

"당신이 무슨 권리로 내게 입을 다물라는 거죠? 웨스트민스터 대사원에 버려진 다른 아기들은 없었어요. 그곳에……."

"퍼브에서 요리사 보조로 일한다면서 아주 근사한 마차를 타고 왔더군요. 그 마차는 지금 모퉁이 뒤에서 당신을 기다리고 있어요. 그 안에는 잘 차려입은 신사 한 명이 타고 있고요."

하트포드 양은 홈스 양에게 한 걸음 다가갔다.

"거짓말 말아요. 제버다이어 부인이 당신의 어머니라고 주장하려고 온 거죠, 그렇죠?"

"나는 그럴 생각이 없어요. 내 어머니가 어디에 계신지 정확하게 알고 있는 데다 내가 새 어머니를 찾으려고 하면 몹시 역정을 내실 테니까요. 항상 그러시긴 했지만."

"그러면 당신은 여기 무슨 일로 왔죠?"

"제버다이어 부인의 레티큘을 돌려 드리려고 왔죠. 우리가 함께 차를 마시고 난 후에 부인이 그걸 두고 가셨거든요."

"오."

하트포드 양은 더 이상 말을 잇지 못했다.

"이제 그만 가시리라 믿어요, 하트포드 양."

샬럿이 냉랭한 목소리로 말했다.

하트포드 양이 턱을 쳐들었다.

"나도 이런 모욕을 더 듣고 있을 생각은 없어요."

그녀는 대단한 기세로 보란 듯이 집을 떠났다. 제버다이어 부인이 아닌 부인은 방금 무슨 일이 일어났는지 여전히 이해하지 못한 채 떠나가는 하트포드 양의 뒷모습을 멍하니 바라보았다.

"손님을 내쫓아서 죄송합니다, 왓슨 부인."

샬럿이 차분하게 덧붙였다.

"왓슨 부인이시죠, 그렇죠? 존 왓슨 부인?"

왓슨 부인은 자신이 벌떡 일어나 있었다는 사실을 그제야 알아차리고 천천히 앉았다.

"그걸 어떻게 알아냈어요, 홈스 양?"

"저는 패션에 관심이 많거든요. 부인의 모자를 보니 리전트 스트리트에 있는 마담 클로드의 가게에서 구입하신 거더라고요. 아마도 모자를 구입하면서 검은색 상장을 작게 달아 달라고 요청하는 손님은 그리 많지 않겠죠. 그래서 가게에 가서 직원들의 살림방 문을 두드렸어요. 그곳에 있는 여자들에게 제가 부인을 기차에서 만났는데, 부인이 레티큘을 두고 내리셨다고 했죠. 레티큘 안에는 부인의 주소가 없어서 부인이 쓰고 계셨던 모자로 신원을 확인하는 것 외에는 모자를 돌려 드릴 방법이 없다고요. 그랬더니 기꺼이 도와줬어요."

"그렇게까지 수고했다니 고마워요."

왓슨 부인의 목소리가 살짝 떨렸다. 마치 자신이 곤궁한 처지에 빠진 여자이기라도 한 듯했다. 실제로는 그 반대인데도 말이다.

"감사를 드려야 할 사람은 저예요, 그렇게까지 수고해 주셨으니."

"무슨 말을 하는지 전혀 모르겠군요."

샬럿이 미소를 지었다. 그러자 보조개가 생겼다. 물론 그녀는 보조개가 있었다. 전지전능하다는 신이 이 세상에 존재하는 가장 뛰어난 지성을 전혀 지성을 짐작할 수 없는 몸에 머무르게 하다니 이렇게 우스꽝스러운 일이 또 있으랴.

"마음씨 따스한 여성이 낯선 이를 배부르게 먹이고 싶었다는 이야기라면 받아들일 수 있어요. 하지만 그 여성이 레티큘을 두고 갔는데, 그 안에 시내로 외출하는 것치고 너무 많은 금액이 들어 있고 하필 쓰기 편하게 동전과 소액 지폐뿐이라면 의문을 품지 않을 수가 없어요. 정말 요행인지, 아니면 부인의 계획인지 슬슬 궁금해졌죠."

샬럿이 말했다.

집사가 차와 다과를 담은 쟁반을 가지고 왔다.

"고마워요, 미어스."

왓슨 부인이 말하자 미어스가 조용하게 나갔다.

왓슨 부인은 손가락으로 찻주전자의 손잡이를 꼭 쥐고 샬럿에게 차를 따랐다.

"내 기억이 정확하다면 설탕과 우유 다 넣죠, 홈스 양."

"네, 고맙습니다."

왓슨 부인은 차 한 잔을 보자마자 얼굴이 환하게 밝아지는 누군가의 모습을 마지막으로 본 적이 언제인지 기억도 나지 않았다. 샬럿은 눈을 반쯤 감은 채 첫 모금을 마셨다.

"마카롱도 같이 들어요."

왓슨 부인이 차와 함께 내어 온 주전부리를 몸짓으로 가리키며 권했다. 왕년에 그녀는 수천 명의 관객들 앞에 섰던 사람이었다. 그런데 지금은 단 한 명의 관객을 앞에 두고도 긴장이 되었다.

"그리고 케이크를 좋아하면 파운드케이크를 들어봐요. 아주 맛있어요. 내 입으로 말하자니 그렇지만, 우리 요리사가 만든 자두 케이크도 내가 먹어 본 것 중에 최고예요."

"제가 자두 케이크를 거절하는 날이 다 있다니 믿을 수가 없군요. 지금은 먹지 말아야겠어요."

샬럿이 파운드 케이크 한 조각을 먹으며 대답했다.

"어머나, 부인 말씀대로예요. 이 케이크 정말 맛있어요. 절대적으로 맛있어요."

왓슨 부인이 억지로 미소를 지었다.

"입맛에 맞는다니 다행이에요."

왓슨 부인은 샬럿이 케이크 접시를 싹싹 닦아 먹을 동안 뭐라도 해야 할 것 같아 마카롱을 하나 집어 들었다. 샬럿은 케이크를 다먹어 치우고 한숨을 쉬었다. 왓슨 부인은 샬럿이 한 조각을 더 먹지 않을까 반쯤 기대했다. 그녀 눈에 샬럿은 분명 케이크에 군침을 흘리는 중이었기 때문이다. 하지만 샬럿은 접시를 내려놓고 허벅지에 양손을 고이 포갰다.

"고맙습니다. 부인은 정말 너무, 너무 친절하세요."

샬럿이 왓슨 부인을 똑바로 바라보며 말했다.

샬럿의 두 눈은 맑고 놀라울 정도로 솔직했다. 왓슨 부인은 귓속에서 피가 쿵쿵 흘러가는 소리를 들으며 앞으로 벌어질 일을 대비해 마음의 준비를 했다.

샬럿이 물었다.

"부인은 제가 누구인지 아시죠. 그렇죠, 왓슨 부인? 부인은 분명 제게 일어난 일을 아실 거예요."

샬럿은 왓슨 부인이 차를 젓는 모습을 지켜보았다.

왓슨 부인은 집에서는 훨씬 수수한 옷차림이었다. 리비아라면 치마의 주름을 장식한 금사만 빼고 대체로 마음에 들어 할 만한 적갈색 벨벳 드레스를 입고 있었다. 집 안 인테리어도 보수적이었는데, 사람들이 보헤미안풍의 인테리어라고 할 때 자주 떠올리는 요란한 판화나 동양풍 장식은 보이지 않았다.

사실 무대 사진만 없다면 방문객은 자신이 평범하고 존경받을 만한 미망인의 응접실에 있다고 생각할 법했다. 아늑하고 아름다운 방이지만 그 점을 제외하면 평범한 응접실이었다.

하지만 사진들을 살펴보면 이야기는 완전히 달라졌다. 샬럿은 전통적인 관습을 무시하는 데 이력이 난 아가씨였지만 젊은 왓슨 부인이 '몸에 딱 붙는 반바지'를 입고 있는 사진을 본 순간 그녀의 반응은 살짝 놀라는 정도에서 끝나지 않았다. 여성의 두 다리는 항상 몇 겹의 치마로 감싸여 있었다. 용감하고 활동적인 소수의 여성들이 치마 속에 입는 바지인 블루머조차 착용자의 체형을 드러내지 않으려고 의도적으로 풍성하게 만드는 시절이었다.

물론 천이 부족한 옷을 입은 여배우들 엽서가 시중에서 팔리기는 했다. 그건 그렇다치고 의도적으로 윤곽을 또렷하게 드러낸 집주인의 종아리와 허벅지를 목도하는 건 또 다른 일이었다. 샬럿은 왓슨 부인의 말동무가 될 기대를 품고 온 지원자들이 얼마나 충격을 받았을지 상상할 수 있었다.

왓슨 부인은 샬럿의 시선을 계속 좇았다.

"대중은 무대에서 활약하는 여성들이 공공연히 매춘부처럼 굴지 않더라도 도덕성에 문제가 있을 거라고 생각하죠. 하지만 정극셰익스피어 여배우들은 적어도 자신들이 천박한 음악 극단에 몸담지 않는다는 사실을 위안으로 삼아요. 그리고 우리 같은 음악극단 배우들은 해학극 같은 외설적인 공연에 출연하지 않는다며위안을 삼고요. 해학극 출연자들이 자신을 누군가와 비교하는지는 알 수 없지만, 분명히 누군가보다 자신들의 신세가 더 낫다고느낄 거예요."

샬럿이 한숨을 쉬었다.

"제 언니는 궁핍한 노처녀로 늙을까 봐 걱정을 해요. 다 쓰러져가는 하숙집에서 삶은 양배추를 먹는 것보다, 아주 조금이라도 우월감을 느낄 대상이 주위에 한 명도 없는, 가장 불행한 그런 사람이 될까 봐 두려워하는 것 같아요."

왓슨 부인은 자신의 찻잔을 입에도 대지 않은 채 옆으로 내려놓았다.

"그럼 당신은 무엇을 가장 두려워하죠, 홈스 양?"

"저는……."

샬럿이 숨을 길게 내쉬었다. 자신이 무엇을 두려워하는지 잘 알지만 입 밖에 내려니 어색했다.

"저는 항상 타인에게 신세를 지게 될까 봐 두려워요. 저는 독립적으로 살고 싶어요. 그리고 제 힘으로 그 독립을 손에 넣고 싶고요. 하지만 지금은 더 이상 행운이 굴러 들어올 거라고 믿지 않아요. 제가 그런 실수를 저질렀으니 꿈도 못 꾸겠죠."

"염두에 둔, 신세를 지고 싶지 않은 사람이 구체적으로 있어요?"

샬럿이 대답을 망설였다.

"아버지에게 혼외 아들이 있어요."

이것은 모두가 아는 사실이 아니었다. 샬럿은 레이디 아멜리아가 헨리 경을 차 버린 이유가 궁금해 조사를 하다가 얼마 전에야 그 사실을 알게 되었다. 이것이 유일한 이유는 아닐 것이다. 레이디 아멜리아처럼 지체 높은 집안의 사람은 고작 준남작과 결혼하는 것만으로 이미 흠이 될 테니 말이다. 헨리 경이 혼외 관계로 아이를 갖는 일은 평범한 상황에서는 결코 용서받지 못 할 일은 아니었지만, 그래도 그에게 불리하게 작용했을 것이다.

"어머나."

왓슨 부인이 놀랐다.

"반쪽짜리 오빠가 런던에 사는데 회계사예요."

"그래서 마지막으로 도움을 청할 사람으로 생각하고 있어요?"

샬럿이 다시 망설였다.

"저는 그 오빠에 대해서 아무것도 몰라요. 솔직히 오빠는 제게 동정심을 조금이라도 느낄 이유가 없어요. 제 인생에 사생아라는 장애물이 있는 것도 아니고, 지금까지 모든 걸 엉망으로 만든 장본인도 바로 저니까요."

샬럿은 한숨을 쉬며 자두 케이크 접시를 바라보았다. 자두 케이크 한 조각에 또 손을 뻗고 싶은 건 식욕 때문일까 아니면 대식가여서일까? 아니면 오로지 두려움 때문일까?

샬럿이 왓슨 부인을 다시 바라보았다.

"부인은 제 질문에 대답을 해 주신 것 같군요. 부인은 제가 누구인지 아세요."

왓슨 부인이 마카롱 한 조각을 집어 들어 살며시 깨물었다.

"오페라에서 당신을 처음 본 게 삼 년 전일 거예요. 나는 그때 당신이 그곳에 온 가장 사랑스러운 아가씨라고 말했죠. 그랬더니 당신은 그곳에 모인 수많은 사람들 가운데 가장 괴상한 사람이라는 대답이 돌아오더군요. 상상할 수 있겠지만 그 대화가 기억에 깊이 남았어요. 그 후로 당신을 몇 번 더 봤어요. 공원에서나 당신이 어머니와 함께 양장점에서 나오는 모습을요. 그 추문이 터진 후에…… 사교계와 데미몽드 사이를 가로지르는 벽에는 언제나 여기저기 구멍이 숭숭 뚫려 있어서, 나는 당신에게 일어난 불미스러운 일에 대해 일찌감치 들었어요. 며칠 전에 우체국으로 들어가다가 얼굴이 하얗게 질리고 몹시 난처해 보이는 당신을 봤어요. 그때 당신과 다시 마주치면 도와주겠다고 마음먹었죠."

"이렇게 너그러운 친절을 베풀어 주셔서 얼마나 감사한지 모르겠어요. 하지만 부인이 레티큘에 넣어 두고 가신 돈은 적은 액수가 아니었어요. 그리고 저도 아직은 두 번 생각하지 않고 그 돈을 덥석 챙길 만큼 대단히 곤란한 상황도 아니고요."

왓슨 부인이 미소를 지었다.

"내가 그 아기자기한 계략을 짤 때만 해도 당신에 대해 제대로 알지 못했어요. 하지만 그 찻집을 나서는 순간 계획대로 되지 않으리라는 것을 깨달았어요. 나는 레티큘에 내 신상 정보를 전혀 남기지 않았어요. 하지만 나를 본 것만으로도 당신은 아주 많은 사실을 알아냈죠. 그러니 내 주소를 알아내는 것도 시간문제일 거라 생각했어요."

"부인을 이렇게 직접 만나 뵐 생각은 아니었어요. 원래는 초인종을 눌러서 나오는 하인에게 레티큘을 건네려고 했어요. 그런데 이 집을 찾아오다가 하트포드 양이 겉모습에 비해서 너무 으리으리한 마차에서 내리는 모습을 봤어요. 그녀가 돌아서더니 마차에 타고 있는 누군가와 이야기를 하는 거예요. '내 말투 어때?' 그러자 하트포드 양처럼 과장된 억양을 쓰는 남자 목소리가 들렸어요. '진짜 런던 토박이 같아.'

그 모습을 보자 어딘지 심상치 않았어요. 하트포드 양은 저보다 줄곧 얼마간 앞서 걸었어요. 모퉁이를 돌더니 댁으로 들어가지 않겠어요? 그래서 그 마차로 되돌아가서 노크를 하고 길을 잃은 척 스트랜드 스트리트로 가는 길을 물어봤죠.

그 마차에 타고 있는 젊은 남자가 저를 열심히 도와줄 거라고 생각했거든요."

샬럿이 살짝 미소를 지었다.

"그 남자는 매우 정중했고 제가 길을 찾을 수 있도록 런던 지도까지 꺼내 들었어요. 그런데 이야기를 나눠 보니 대체 그 사람이 왜 와 있는지 점점 더 수상쩍었어요. 그래서 댁의 문을 두드렸을 때 레티큘을 돌려 드리는 대신 부인을 뵙고 싶다고 청한 거죠. 응접실 앞에 당도한 순간 하트포드 양이 무엇을 원하는지 깨달았어요."

"나는 그 아가씨가 억양을 꾸민 걸 알고 있었어요. 성대모사에는 재능이 있었지만 절제를 하지 못한 탓에 〈펀치〉지의 과장된 캐리커처가 튀어나온 것 같았죠."

왓슨 부인이 말했다.

"이제 그 광고는 그만 내리시는 게 좋겠어요. 의도가 진실하건 사기꾼이건 부인을 어머니라고 주장하는 젊은 아가씨들이 자꾸 집으로 찾아오는 걸 바라지는 않으실 테니까요."

"당신 말이 옳아요. 실험은 결국 성공했어요."

왓슨 부인이 말했다.

샬럿은 아까와 살짝 달라진 부인의 어조를 눈치챘다. 저녁 시간의 왓슨 부인은 오늘 낮의 생기 넘치는 여성과 달랐다. 지금은 좀 더 차분하고, 좀 더 진지하고, 좀 더…… 지적으로 예리해 보였다.

왓슨 부인이 자리에서 일어나 벽난로 선반으로 다가갔다. 실내로 등을 돌리고 선 채 그녀는 액자의 사진들을 살펴보기 시작했다. 그곳에는 진지하지만 눈빛에서 장난기가 언뜻언뜻 드러나는 검은 머리의 젊은 남자 사진이 많았다.

부부의 결혼사진 속 그 남자는 제복을 입고 있었다. 아마 군인일 것이다. 왓슨 부인이 샬럿에게 들려준 말에 의하면 그는 죽은지 육 년 되었다. 그때 영국은 아프가니스탄과 전쟁 중이었다.

신문에서나 소식을 접하는 먼 식민지의 전쟁은 무대에 오른 연극 같았다. 생생하고도 극적이라는 점에서 말이다. 그 기사를 읽으며 사람들은 전투와 예측할 수 없는 전황, 의회의 홀을 메운 격렬한 열정에 사로잡혔을지 모른다. 아무리 그래도 전쟁은 현실로 와닿지 않았을 것이다.

적어도 샬럿은 그것들이 현실이라는 생각이 지금껏 한 번도 들지 않았다. 왓슨 부인의 우아한 뒷모습을 가만히 바라보며 갈색의 엄혹한 풍경을 가득 메우고 있는 수천 명의 전사자들이 눈앞에 떠오르기 전에는 말이다.

왓슨 부인이 돌아섰다. 샬럿은 부인의 얼굴에 슬픔에 젖은 나약한 모습이 드러나 있으리라 어렴풋이 예상했다. 하지만 그렇기는커녕 애초에 샬럿이 왓슨 부인이 무대에서 성공을 거둔 배우였으리라 꿰뚫어 보았던 이유가 새삼 떠올랐다. 지금 왓슨 부인에게서는 당당한 자신감이 뿜어져 나왔다. 그것은 평생 올바른 선택만 해 왔기에 자신을 전적으로 신뢰하는 여성의 모습 그 자체였다.

"당신이 도착하기 직전에 어떤 결정을 내렸어요."

왓슨 부인의 목소리는 부드러웠지만 어조는 단단했다.

"나는 조만간 당신이 내 레티큘을 가지고 나를 찾아올 거라고 생각했어요. 그러면 말동무 자리를 제안할 기회로 더 할 나위 없이 좋을 것 같았어요."

샬럿은 이런 전개를 전혀 예상하지 못했다. 샬럿은 몇 번이나 대답을 하려다 그냥 입을 다물었다.

"제가요? 부인의?"

"우리는 둘 다 남에게 존경받을 만한 입장이 아닌 것 같죠, 그렇게 생각하지 않아요?"

"제가 놀란 건 최근에 추문을 일으킨 제 행적을 부인이 눈감아 주셨기 때문이 아니에요. 사람들은 제가 그들을 지켜본 것만으로 알아낸 사실을 들려주면 대체로 저와 엮이고 싶어 하지 않아요."

솔직히 그 방법은 남자가 청혼을 물리도록 유도하는 방법 중에 유일하게 효과가 있었다.

왓슨 부인이 쓴웃음을 지었다.

"이유를 알 것 같아요. 본모습이 속속들이 드러나는 순간에는 몹시 불편하더군요. 하지만 내 경우에는…… 큰 짐을 내려놓은 듯 후련하기도 했어요.

나는 정해진 기간이 끝나자 상복을 벗어 버렸어요. 보살펴야 할 여자아이가 있었고, 어떻게든 삶은 계속된다는 사실을 그 아이에게 보여 주고 싶었거든요. 설령 평생의 사랑이었다고 해도, 그 남자를 죽음으로 떠나보냈다고 해도 여자의 삶은 끝장나지 않아요. 그런 상실은 용기와 품위만 있다면 얼마든지 극복할 수 있어요. 하지만 내 조카가 파리에 있는 지금은, 유쾌한 미망인이라는 역할을 보여 줄 관객이 한 명도 없는 지금은……."

왓슨 부인이 소매에 끼워 두었던 손수건을 꺼내 반듯하게 펼치더니 다시 소매에 꽂아 넣었다.

"어떻게 되든 일단 저질러 보자 싶었어요. 아무 문제 없는 척해 봐야 절대 속아 넘어가지 않을 누군가를 말동무로 삼아 보자. 내 슬픔을 더 이상 숨기지 말고 살아 보자. 어차피 그 말동무에게는 내 슬픔이 이미 또렷하게 보일 테니까."

잠시 동안 두 사람은 아무도 먼저 말문을 열지 않았다.

왓슨 부인이 다시 자리에 앉아 샬럿을 바라보았다.

"그 자리를 맡아 줄래요, 홈스 양?"

샬럿 홈스는 이 제안을 받아들일까?

샬럿은 자리에서 일어나 창가로 다가갔다. 그 창문은 하트포드 양의 마차가 주인을 기다리며 서 있었던 그 거리를 향해 나 있었다. 마차는 가고 없었지만, 그 자리에 어떤 남자가 가로등 아래에서 신문을 읽고 있었다.

샬럿은 처음에는 마차에 타고 있던 남자라고 생각했다. 하지만 다시 보니 오후에 길 맞은편에서 비를 피하고 있었던 남자였다.

샬럿이 뒤를 따라오는 것 같다고 의심했던 그 남자.

샬럿은 놀라지 않았다. 누가 그를 고용했든 샬럿을 해치려는 의도가 아니라 계속 지켜보려는 의도일 것이기 때문이다.

미행을 당한다는 생각에 샬럿은 우울해졌다. 일거수일투족을 감시당하고 싶지 않았다. 미행을 시킨 사람에게 화가 난 것은 아니다. 샬럿도 그 사람의 입장이라면 똑같이 했을 것이다. 그럼에도 불구하고 샬럿은 자신의 은밀한 수호자가 언제라도 그녀를 구할 수 있는 위치에 있어야 한다는 생각에 구애되지 않기를 바랐다.

미행까지 붙였다는 건 어디에 있든 그녀를 꼭 구출해야 할 뿐더러 당장 시도해야 한다고 알리는 것 같았다.

솔직히 냉정하게 논리적으로 따져 보면 샬럿은 자신이 처한 상황을 생각할 때마다 폐에서 산소가 서서히 빠져나가는 기분이 들었다.

물론 그녀도 오로지 자신의 능력으로 이 난관을 극복하고 싶었다. 하지만 그녀가 사는 세상에서는 어림도 없었다. 타인의 호의를 받아들여 생활이 안정되고 궁극적으로 자신만 아니라 리비아의 운명까지 개선할 수 있는 기회를 또다시 손에 쥘 수 있다면 자존심을 잠시 치워 두고 필요한 일을 해야 하리라.

샬럿이 돌아섰다. 왓슨 부인은 여전히 아까 그 마카롱을 깨작거리고 있었다. 고개를 들어 샬럿을 바라보는 부인의 눈빛은 다정하면서도 어딘지 자신이 없어 보였다.

"저를 꼭 말동무로 삼고 싶으세요, 부인?"

왓슨 부인이 남은 마카롱을 내려놓았다.

"그럼요."

"그렇다면 그 자리를 받아들이겠습니다. 감사하는 마음으로 기꺼이."

사랑하는 리비아 언니.

언니, 나 일자리 구했어.

그저 그런 일자리가 아니라 급료가 후하고, 맡은 일은 간단하고, 주거 환경이 최상이야. 사실 지금 앞으로 내가 머무를 방에 있어. 여기에는 실크 휘장이 쳐진 사주(四柱) 침대가 있고, 인상주의 화파의 작품으로 보이는 깎아지른 듯한 아름다운 해안 절벽 그림이 걸려 있어. 게다가 내 방 창문에서 리전트 파크가 보여. 지금은 잘 보이지 않아. 벌써 늦은 저녁이니까.

짐은 그동안 지냈던 하숙집에서 다 옮겨 왔어. 내 짐은 새 옷장에 딱 들어맞아. 모든 물건이 있어야 할 자리에 놓인 것 같아. 빗들은 화장대 위, 타자기는 책상 위, 내 확대경조차 침대 옆 탁자에 놓여 있어. 마치 이 방은 내가 도착해서 보금자리로 만들 날을 기다린 것 같아.

나는 지금 어느 부인의 말동무야.

자, 지금 바닥으로 쿵 떨어졌다가 다시 정신을 차렸을 테니 다시 말해 줄게. 나는 지금 어느 부인의 말동무야. 확실히 사교계의 부인은 아니야. 그리고 나이 지긋한 부인이나 부유한 중산층의 풍족한 노처녀도 아니야. 그런 사람들은 심지어 우리보다 체면을 더 중시하잖아. 데미몽드인 부인인데 전직 무대 배우였고 유복하고 친절해서.

내가 계략에 걸려들었을지 모른다고 지레 걱정하지 마. 내 새 고용주는 교양이 있고 친절하신 분이라 내게 일자리만 주신 게 아니라 나를 인간적으로 받아들여 주셨어. 어떻게든 그분 마음에 들고 싶은데 거꾸로 미운 털이 박히지 않을까 하는 게 지금 나의 유일한 걱정거리야.

당분간 새 주소를 알려 주지 않을 거야. 이 편지가 엉뚱한 사람의 손에 들어가 엄마가 내 후원자의 현관 앞에 나타나 한바탕 분노를 터트리는 모습은 절대 보고 싶지 않거든. 가출한 주제에 여배우와 어울리기 시작했다는 소식을 들으면 아빠가 아무리 뜯어말려도 엄마가 그렇게 하실 거라는 걸 언니도 잘 알겠지.

내일 아침 제일 먼저 이 편지부터 부칠 거야. 오후에 중앙 우체국에 갈 즈음 언니의 답장이 도착해 있기를 바라. 이 거대한 도시에서 하루에 열한 차례나 배달을 해 주다니 신의 은총이 있기를. 최대한 빨리 언니의 답장을 받아 볼 수 있기를 기원해.

샬럿

샬럿은 평소처럼 리비아를 위한 희망적인 그림을 그리기로 했다.

에둘러 말해도 샬럿은 부인들의 말동무 역할에 그다지 어울리지 않았다. 그녀가 여학교의 교장이 되고 싶었던 이유는 돈에 욕심이 나서만은 아니었다. 교장이 된다는 건 자주권과 권위를 손에 넣는다는 뜻이며, 권력이 미치는 범위가 상대적으로 분리되어 있다는 점도 앞의 두 가지만큼이나 중요했다. 교장은 모든 결정을 내린다. 게다가 아무도 교장이 친구를 사귀리라 기대하지 않는다. 초연하게 직무를 수행하며 일 년에 5백 파운드 벌기. 지상 낙원이 분명했다.

부인의 말동무라는 자리는 취업으로 손에 넣고 싶었던 것들중 어느 하나도 보장해 주지 않았다. 부인의 말동무라는 자리는 누군가의 부록 같은 것이다. 바느질감을 가지러 위층으로 대신 올라갈 여분의 다리. 저녁에 신문을 큰 소리로 읽어 주는 남는 목소리. 방들이 공허함으로 메아리치지 않도록 집 안에 있을 또 다른 몸뚱이.

그렇지만 샬럿의 걱정거리는 위와 같은 몰개성적인 노동이 아니라, 고용주가 말동무를 고용한 것이 처음이고 샬럿의 지성을 대체로 높이 평가한다는 점이었다. 샬럿은 왓슨 부인이 샬럿의 체면을 떨어트린다고 생각해서, 바느질감을 가져오라고 하거나 신문을 읽어 달라고 하지 못할까 봐 걱정이었다. 그러다가는 할 일이 거의 없어지지 않을까.

그리고 왓슨 부인. 왓슨 부인을 어찌 대해야 할지도 걱정이었다.

대화의 주제가 날씨와 패션, 사교계에서 벌어지는 미심쩍은 사건들이라면 그럭저럭 할 수 있었다. 하지만 타인이 마음속 가장 깊은 곳에 감춰 둔 감정은 언제나 수수께끼였다. 감정이 무엇이고 그것들을 어떻게 해석해야 할지 모르기 때문이 아니라, 그녀 자신이 비슷한 감정에 휘둘리고 끌려다녀 본 적이 없기 때문이었다.

샬럿이 보낸 하루하루는 사실과 사실적 관찰로 나뉘어졌다. 가끔 샬럿은 자신이 사람들의 삶을 통과해 돌아다니면서 직접 보고 들은 것을 모조리 녹음하는 축음기 실린더와 활동사진 카메라라고 생각했다. (과학자들은 여전히 이 기계들을 연구 중이다.)

가끔 샬럿은 특정한 순간에 마음속으로 주석을 달았다. 나머지 순간들은 별다른 주석 없이 소리와 움직이는 이미지들로 처리해 기억 속에 자리 잡도록 했다. 다른 사람들에게는 기억이 그런 식으로 작동하지 않는다는 사실을 샬럿은 청소년기에 처음 알게 되었다. 그들에게 인생이라는 서류철에서 유일하게 잊을 수 없는 요소는 감정이었다. 그들은 언제 혹은 어디서 혹은 누가 있을 때 사건이 발생했다고 기억하거나, 자신의 기억을 신뢰하지 않고 자신들이 느낀 희열과 비통함, 가슴을 꿰뚫는 순수한 증오, 이미 힘과 효력을 잃고 찌꺼기만 남은 감정들을 기억했다.

샬럿은 그런 현실을 받아들였다. 본능적으로 이해할 수는 없어도 자신이 괴짜이며, 다른 모든 측면에서도 그렇듯이 이 점에서도 자신의 경험은 정상 범주에는 들어가지 않는다는 사실을 받아들였다.

그러니 의견을 묻지도 않는데 어떻게 샬럿 같은 사람이 왓슨 부인의 비통함에 대해 이렇다 저렇다 말할 수 있겠는가. 그런 점에서 샬럿은 이튿날 왓슨 부인이 고인이 된 남편에 대해 아무런 말도 하지 않자 마음이 적잖이 홀가분해졌다.

왓슨 부인은 샬럿이 매일 해야 할 일과 목록도 주지 않았다.

"이런 경우는 나도 처음이에요. 시간이 가면 우리 모두 만족할 만한 선을 찾을 수 있겠죠."

왓슨 부인이 사과를 담아 말했다.

샬럿은 물건을 가져오라는 심부름 같은 일도 기꺼이 할 생각이라고 말해 두어야 할지 고민했다. 일단은 하루 이틀 정도 상황을 살피기로 했다. 왓슨 부인은 공식적으로 샬럿에게 하인들을 소개해 주었다. 집사인 미어스 씨와 요리사인 마담 가스코뉴, 부엌일과 다른 집안일을 모두 담당하는 폴리와 로지 배닝 자매, 왓슨 부인의 말을 돌보며 마차를 모는 폴 로슨이었다.

미어스 씨는 여가 시간에 그림을 그렸다. 마담 가스코뉴는 프랑스가 아니라 벨기에 출신, 그것도 불어를 쓰지 않는 지역이었다. 그리고 배닝 자매는 함께 자라기는 했지만 사실 피로 이어진 혈육은 아니었다.

그들 모두 좋은 사람들이었다. 예외라면…….

"제가 이런 이야기를 꺼낼 입장인지 잘 모르겠어요, 왓슨 부인."

샬럿이 자신의 고용주와 함께 리전트 파크로 산책을 나왔을 때 운을 뗐다.

"로슨 씨는 한때 옥살이를 했다는 생각이 강하게 들어요."

"맞아요. 그랬어요. 살면서 약간의 파격을 경험하는 사람들이 적지 않죠."

왓슨 부인은 전혀 놀라지 않고 선선히 말했다.

샬럿은 자신이 최근에 겪은 파격의 규모를 되돌아볼 때 그 대답에 수긍하지 않을 수 없었다.

"그 말씀이 맞아요, 부인."

점심 식사 후 왓슨 부인이 낮잠을 자러 가자, 리비아에게 편지를 한 통 더 보낼 시간이 넉넉하게 남았다. 그녀는 다른 사람에게 편지를 써 보려고 했지만 여섯 번이나 시도한 끝에 결국 그만 두었다.

그날 오후 늦게 왓슨 부인은 샬럿을 데리고 마차로 중앙 우체국에 갔다. 왓슨 부인은 오전에 신문사에 광고를 중단한다는 편지를 보냈지만 지원자들의 문의가 완전히 그치려면 며칠 더 필요할 것 같았다.

리비아의 편지는 없었다. 사실 리비아의 편지는 리비아가 모트를 만날 수 있고, 모트가 그 편지를 부칠 수 있을 때마다 보냈기 때문에 언제 올지 기약이 없었다. 대신 런던 경찰국 로버트 트레들스 경사가 보낸 전갈이 샬럿을 기다리고 있었다.

"홈스 양, 내가 듣기에 편지를 줄 때 당신을 무슨 셜록 홈스라고 부르는 것 같았어요."

두 사람을 태운 마차가 모퉁이를 돌아 나가자 왓슨 부인이 물었다.

그녀의 얼굴에 드러난 감정은 오직 호기심뿐이었다. 샬럿은 진실을 털어놓기로 마음먹었다.

"네, 제대로 들으셨어요."

왓슨 부인이 몸을 앞으로 내밀었다.

"혹시 사교계를 발칵 뒤집어 놓은 편지를 사인심문에 보낸 그 셜록 홈스?"

"제가 쓰는 가명이에요."

"당신이 셜록 홈스?"

왓슨 부인의 태도에서 여전히 비난의 기색은 느껴지지 않았다.

"찰스 홈스라고 하면 너무 진부할 것 같았어요. 샬럿이라는 이름에 대응하는 남성형 이름이 없지만 셜록과는 발음이 많이 비슷하잖아요."

왓슨 부인이 등을 기대며 편히 앉았다.

"이제야 모든 게 딱 맞아떨어지는군요. 언니가 받는 혐의를 지우려고 그런 편지를 썼군요."

"언니의 결백을 입증하는 최선의 방법은 진실을 밝히는 것이니까요."

"그 세 사람의 죽음이 더 큰 그림의 일부분이라고 진심으로 믿는 거예요?"

"그 세 죽음이 단순히 우연의 일치라는 사실을 납득할 수가 없어요."

샬럿이 손에 쥔 편지로 시선을 내렸다.

"트레들스 경사님이 제게 희소식을 보냈다면 좋을 텐데."

"런던 경찰청에 아는 사람이 있어요?"

"개인적으로는 모르지만 셜록 홈스는 공통의 친구를 통해서 그 사람에게 몇 번 상담을 해 줬어요."

"그럼 어서 그분 편지를 읽어 봐요. 무슨 내용인지 궁금해서 좀이 쑤실 텐데."

샬럿을 더 이상 재촉할 필요는 없었다.

친애하는 홈스 씨,

잉그램 경의 요청으로 그간 색빌 사건을 조사했습니다. 그 과정에서
잡힐 듯 말 듯한 단서와 몇 가지 진실을 끼워 맞추기는 했지만 구체
적인 증거는 아무것도 밝혀내지 못했습니다. 핵심 증거로 제시할 만
한 것은 고사하고, 사인심문의 배심원을 납득시킬 만한 구체적인 사
실은 전혀요.
시간이 촉박합니다. 사인심문이 내일 오후에 재개됩니다. 수사에 도
움이 될 만한 혜안이 있다면 무엇이라도 좋으니 사정이 허락하시는
대로 조속히 알려 주시기 바랍니다.

로버트 트레들스

추신. 빠른 쾌유를 기원합니다.

"그리 힘이 날 만한 소식이 아닌가 봐요."
왓슨 부인이 말했다.
샬럿은 왓슨 부인이 직접 읽어 보도록 편지를 건넸다. 그녀는
편지의 내용을 눈으로 훑었다.
"이제 어떻게 할 거예요?"
샬럿이 손가락 하나를 입술에 갖다 댔다.

"경사님의 편지는 오늘 날짜예요. 그 말은 사인심문이 재개될 때까지 아직 시간이 있다는 뜻이지요. 그분과 만날 자리를 만들어야겠어요."

"샬럿 홈스로?"

"이렇게 중요한 순간에는 어림도 없죠."

남자들은 유연한 사고를 하는 사람조차 여성의 사고력을 무시하는 경향이 있으니까.

"우리의 공통된 친구라면 런던 근처에 제가 빌릴 만한 장소를 가지고 있을 거예요. 그 사람이 셜록 홈스가 병중이라고 한 것 같으니 경사님에게 셜록 홈스가 옆방에 있지만 그를 직접 만날 수는 없어서 저, 홈스 양이 정보를 전해 주는 연락병이 되어야 한다고 말해 두면 그럭저럭 넘어갈 거예요."

샬럿이 지금 당장 준비를 시작하면, 그리고 만사가 뜻대로 진행된다면, 아슬아슬하겠지만 경사를 만날 자리를 만들 수 있을 것이다.

"그 약속을 잡기 위해 개인적으로 시간을 써도 될까요, 왓슨 부인? 물론 이 시간은 급료에서 제하셔야……."

"내게 더 좋은 생각이 있어요. 집 바로 뒤에 있는 어퍼 베이커 스트리트에 내 건물이 있어요. 세입자 한 명이 이 주 전에 이사를 나갔고 청소를 다 해 둬서 언제든지 세입자를 받을 수 있지만 아직 세를 내놓지 않았어요. 경사님을 그 집에서 만나면 어때요?"

샬럿은 그리 오래 고민하지 않았다.

"그렇다면 로슨 씨에게 가장 가까운 우체국에서 세워 달라고 말씀해 주시겠어요? 경사님에게 전보를 쳐서 오늘 밤에 저를 만나러 오라고 해야겠어요."

샬럿은 그 집이 필요했기에 왓슨 부인의 제안을 받아들일 수밖에 없었다. 지금은 시간이 금이니까. 그런데 막상 어퍼 베이커 스트리트의 그 집을 셜록 홈스의 거처로 꾸미기 시작하자, 왓슨 부인의 도움을 거절했다면 야박한 짓을 한 셈이 될 뻔했다는 생각이 들었다.

그도 그럴 것이 왓슨 부인이 활기를 되찾았기 때문이다.

그 집에는 이미 가구가 갖춰져 있었지만, 왓슨 부인은 생활감을 불어넣기 위해 당장 작업을 시작했다. 화분과 폭신폭신한 좌석 쿠션들을 집에서 가져왔다. 대량으로 책을 사들여 서가를 착착 채웠다. 며칠치 신문과 잡지 여섯 권으로 벽난로 옆 독서대를 채웠다.

그런데 왓슨 부인의 작업은 도무지 끝날 기미가 보이지 않았다. 그 집에 성인 남성이 살고 있다는 인상을 만들어야 했다. 그래서 사이드보드에 위스키 디캔터를 놓고, 모자 몇 개와 남성용 코트 두 벌을 걸고, 문가의 우산 꽂이에는 지팡이 세 개를 놓아 두었다.

그리고 담배 파이프에 불을 붙여 꺼질 때까지 연기가 올라오도록 재떨이에 놓아두었다. 차의 향기를 실내에 퍼트리기 위해, 김이 모락모락 올라오는 찻잔 여러 개를 두고 식도록 내버려 두었다. 왓슨 부인은 세세한 부분까지 놀라운 통찰력을 발휘해 알코올 램프에 물을 끓이고, 그 물에 감기 시럽 몇 방울과 장뇌, 아마인유, 말린 허브 한 줌까지 넣었다. 실내에는 사랑하는 사람에게 먹이거나 주사하는 각종 틴크제와 혼합물의 냄새가 삽시간에 퍼졌다. 마치 요양 시설 같은 냄새였다.

왓슨 부인은 이마에 주름살이 생기도록 인상을 쓴 채 응접실을 돌아다니며 다양한 각도에서 그곳을 살펴보았다. 샬럿은 책꽂이에 자신의 책 몇 권을 꽂은 후 방 안을 훑어보았다. 작은 골동품이며 기념품들이 선반 꼭대기를 장식했다. 장미를 꽂은 화병이 어퍼 베이커 스트리트가 내려다보이는 내닫이창의 창틀에 놓여 있었다. 응접실에 붙어 있는 침실에는 잠자리가 완벽하게 마련되었고, 이불 아래에는 기다란 베개가 놓여 있었다. 살짝 열린 문틈으로 누군가 방 안을 훔쳐볼 가능성에 대비해 사소한 부분까지 완벽하게 신경을 써서 남성용 슬리퍼 한 켤레가 침대 아래에서 튀어나오게 놓아두었다.

"사진이 하나도 없어요."

샬럿이 말했다.

"그럴 줄 알았어. 뭔가 빠졌다 싶더라니. 혹시 사진 없어요?"

왓슨 부인이 흥분해 말했다.

"몇 장 있어요."

샬럿이 작은 앨범을 가져왔다.

"하지만 제 오빠로 보일 사람과 제가 함께 있는 사진은 없어요."

"그만하면 됐어요. 셜록 홈스는 카메라를 싫어한다고 말하면 돼요."

그들은 늦은 차를 마시려고 왓슨 부인의 집으로 돌아갔다. 잠시후 샬럿은 사진을 가지러 제 방으로 갔다. 복도로 나오던 샬럿은 하마터면 왓슨 부인과 부딪힐 뻔했다. 그녀의 표정을 보자마자 이렇게 묻지 않을 수 없었다.

"무슨 일이세요, 부인?"

"이런 소식은 전하고 싶지 않지만, 홈스 양. 방금 들었는데, 레이디 아멜리아가 죽던 날 저녁에 당신의 아버님과 말다툼을 했대요. 아주 지독한 말다툼. 게다가, 게다가 당신 아버지가 그녀를 죽이겠다고 위협하는 소리를 들은 사람도 있어요."

제12장

  잉그램 경은 연석에 선 채 견고하게 지은 붉은 벽돌 건물을 뚫어져라 바라보았다. 트레들스 경사와 달리 그는 그 집이 영 마음에 들지 않는 듯했다. 한편 트레들스는 잉그램 경의 얼굴에 기꺼워하는 기색이 전혀 없다는 것이 더 놀라웠다.

  트레들스는 홈스의 전보를 받자마자 반가운 마음에 숨을 헉 들이쉬며 자리에서 벌떡 일어서기까지 했는데 말이다.

셜록 홈스는 기꺼이 오늘 저녁 일곱 시에 경사님을 뵙고 색빌 사건에 대해 의견을 나누고 싶습니다.

어퍼 베이커 스트리트 18번지

  런던 경찰청의 전화 시스템을 십분 활용해 그는 곧장 잉그램 경에게 전화를 걸었다. 잉그램 경은 집에 없었지만 얼마 후 트레들스는 이런 내용의 전갈을 받았다. '잉그램 경은 홈스의 연락을 받았으며, 오늘 저녁 어퍼 베이커 스트리트 18번지에서 트레들스 경사와 합류할 예정.'

두 남자가 악수를 나눴다.

"경께서는 기쁘다기보다 염려가 되시는 것 같습니다. 홈스 씨가 건강을 되찾다니 이런 희소식이 어디 있겠습니까, 그렇죠?"

"자네가 생각하는 것만큼 희망적일 것 같지는 않네, 경사."

"그렇다면 아직 회복된 게 아닙니까?"

잉그램 경이 숨을 내쉬었다.

"자네와 내가 생각하는 회복의 기준에는 어떤 식으로든 못 미칠 걸세."

"그렇다면……."

"들어가 보면 알겠지."

초인종을 눌렀다. 트레들스는 숨을 죽였다. 잉그램 경이 기운 빠지는 말을 했어도 그는 위대한 셜록 홈스를 곧 만난다는 사실에 여전히 가슴이 뛰었다.

풀을 빳빳하게 먹인 하얀 캡을 쓴, 등이 구부정한 몸집 큰 여자가 문을 열었다. 그녀는 콧잔등에 걸쳐 놓은 철테 안경으로 두 사람을 올려다보며 심한 요크셔 억양으로 말했다.

"두 분이 홈스 양이 기다리고 계신 신사분들이군요. 어서 들어오시죠."

홈스 양? 그 여자의 풍성한 뒤태를 따라 계단을 올라가며 트레들스 경사는 입 모양으로 잉그램 경에게 되물었다.

여동생. 잉그램 경이 대답했다.

이 대답에 트레들스는 내심 놀랐다. 물론 홈스라도 여자 형제 몇 명이 있을 수 있지만, 그의 마음속에 자리잡은 홈스는 여성 가족과 동거하기보다 언제나 혼자인 고독한 존재였기 때문이다.

그들은 안내를 받아 아늑해 보이는 응접실로 들어갔다. 벽지는 장미와 아이비 무늬이고 친츠*를 씌운 의자들이 놓여 있으며, 구석에는 오래된 괘종시계가 조용히 똑딱똑딱 소리를 내고 있었다. 그들이 들어가자 창밖을 보며 서 있던 홈스 양이 돌아보았다.

트레들스는 눈이 휘둥그레졌다. 그도 그럴 것이 홈스의 여동생이 광고를 그리는 삽화가가 생각하는 이상적인 여성상을 쏙 빼닮았을 줄은 꿈에도 몰랐기 때문이다. 그가 잉그램 경을 힐끔 보았다. 잉그램 경은 무덤덤한 표정이었다. 하기야 그는 홈스와 아는 사이이니 전에도 홈스 양을 만났을 것이다.

홈스 양이 앞으로 나와 두 사람과 악수를 했다.

"어서 오세요, 잉그램 경. 안녕하세요, 경사님. 만나서 반갑습니다."

"저도 마찬가지입니다. 좀 더 즐거운 상황에서 만나 뵙기를 고대했습니다만, 홈스 씨가 수사에 도움을 주실 수 있을 정도로 호전된 것만으로도 마음이 든든합니다."

트레들스가 말했다.

홈스 양이 앉아서 맞잡은 손을 허벅지에 내려놓았다.

"오빠의 건강은 오래전부터 오빠에게 짐이 되었습니다. 이번 발

● **친츠** 주로 꽃무늬를 날염한 광택이 나는 면직물로 가구 커버로 많이 쓰인다.

병이 가장 지독했지요. 우리는 어느 순간 희망을 버리기까지 했으니까요. 지금도 오라버니는 간신히 의사소통을 할 수 있는 상태입니다."

"그럴 수가, 정말 천만다행이군요."

"네. 오라버니가 이만큼이나 회복된 건 정말 기적이에요."

홈스 양이 감격에 겨워하며 말을 이었다.

"안타깝게도 오라버니는 여전히 자리보전을 하고 있어서 경사님을 직접 만날 수는 없습니다."

"저런."

트레들스는 실망한 티가 많이 나지 않기를 바랐다.

"그렇다면 우리와 함께 그 사건을 살펴보실 수 없겠군요."

"그 사건을 살펴볼 수는 없겠지만 도움을 드릴 수는 있을 거예요. 오라버니가 자신의 침상에서 모든 것을 듣고 볼 수 있도록 신중하게 이 방을 꾸며 놓았으니까요."

트레들스와 잉그램 경에게 문을 열어 주었던 여자가 차를 가져왔다. 홈스 양이 컵에 차를 따라 그 여자에게 건네며 말했다.

"이걸 오라버니에게 가져다주겠어요, 허드슨 부인? 그리고 오빠 옆에서 편하게 있는지 지켜봐 주세요."

"네, 아가씨."

허드슨 부인이 대답했다.

그녀는 찻잔을 가지고 뒤뚱거리며 방을 나갔다. 그 뒷모습을 빤히 바라보는 잉그램 경의 얼굴에 야릇한 미소가 떠올랐다.

홈스 양이 두 사람에게 차를 따르고 길쭉한 조개껍질을 닮은 신기한 모양의 비스킷이 담긴 접시를 내밀었다.

"마들렌이에요. 아주 맛있답니다. 만드는 법은 마담 듀랑이 직접 고안했다고 해요."

홈스 양이 말했다.

트레들스는 마담 듀랑이 누군지는 몰랐지만 비스킷은 맛이 괜찮았다. 아니, 그 정도가 아니라 세 번째 베어 물었을 즈음에는 마들렌이 환상적으로 맛있는 음식이라는 사실을 깨달았다. 그는 접시를 내려다보며 하나를 몰래 숨겨 집에 가져가 앨리스에게 맛보게 해 줄 방법이 없을지 고민했다.

"시간이 촉박하다는 사실을 압니다. 준비가 되시면 언제든지 진행할 준비가 되어 있습니다, 경사님."

홈스 양이 말했다.

트레들스가 병자가 누워 있는 방으로 시선을 돌렸다.

"이런 식으로 제대로 논의가 진행되리라고 확신하십니까, 홈스 양?"

"저는 조금도 의심하지 않습니다."

"하지만 홈스 씨가 제가 생각하는 것만큼 몸이 좋지 않으시다면. 혹시라도 사건을 논의하느라 기력을 과하게 잃으시면 어쩌죠? 여기 있으면 제가 언제 중단해야 할지 알 수 없지 않습니까."

"우리 이야기가 오라버니에게 너무 길다 싶으면 허드슨 부인이 알려 줄 거예요."

트레들스는 자신의 태도가 신중하다기보다 어리석어 보이리라 생각하면서도 결국 목소리를 낮추어 물었다.

"홈스 양, 이런 질문을 드려 대단히 송구하지만, 지난 발병 때 병세로 오라버니의 지적 능력에 문제가 생기지는 않았습니까?"

홈스 양이 비웃음 같은 미소를 지었다.

"경사님, 그때의 병세로 셜록 홈스의 삶이 다양한 측면으로 힘들어지기는 했습니다. 하지만 천만다행으로 그의 지성은 멀쩡해서 변함없이 괴짜에, 대하기 까다로운 사람이라는 사실을 제가 보증하죠."

트레들스는 자신이 헛소리를 들었는지 아니면 잉그램 경이 들릴락 말락 코웃음을 쳤는지 알 수 없었다.

"여전히 못 믿으시는군요, 경사님. 셜록의 관찰력과 추리력이 아주 멀쩡하다는 사실을 확인하고 싶으세요?"

홈스 양이 말했다.

"나라면 숙녀분의 말을 곧이곧대로 믿겠네."

잉그램 경이 찻잔의 테두리를 유심히 바라보며 말했다.

트레들스는 어째서인지 잉그램 경이 이곳에 도착한 후로 한 번도 홈스 양을 똑바로 바라보지 않았다는 사실이 떠올랐다.

"선택은 경사님이 하세요."

트레들스는 잠시 망설였다.

"잉그램 경, 홈스 씨가 편찮으신 뒤로 직접 만나신 적이 있습니까?"

"아니, 없네."

"그렇다면 송구스럽지만 이 일은 공익의 문제이니 홈스 씨의 능력이 예전과 다름이 없는지 확인하고 싶습니다."

"그렇겠지."

잉그램 경이 말했다.

몹시 수상쩍게도 잉그램 경의 목소리에서 짜증은 느껴지지 않았지만 동정의 기색이 극히 희미하게 느껴졌다.

"그럼 잠깐 실례하겠습니다."

홈스 양이 옆방으로 들어가 문을 닫았다.

트레들스가 잉그램 경을 돌아보았다.

"제 결정을 고집하느라 실례를 범한 것이 아니었으면 좋겠군요."

"전혀 아니네. 내가 자네 입장이라도 같은 선택을 했을 거야."

트레들스가 안도의 한숨을 푹 쉬었다.

잉그램 경이 덧붙였다.

"그리고 자네가 내 입장이라면 같은 경고를 했겠지."

홈스 양은 방문객들에게 환한 미소를 보이며 돌아왔다. 그녀는 자리에 앉아 능숙한 손길로 치마 주름을 정돈했다.

"셜록이 경사님에 대해 이런 이야기를 했습니다."

셜록이? 트레들스가 잉그램 경을 다시 바라보았지만 정작 그는 찻잔의 형태에 또다시 매료된 것 같았다.

홈스 양이 치마의 주머니에서 작은 수첩을 하나 꺼내더니 그것을 참고하며 이야기를 시작했다.

"경사님은 북서부 지방 출신이시죠. 컴브리아주. 배로인퍼니스. 부친께서는 제강소나 조선소에서 근무하셨어요. 아마도 조선소겠죠. 그분은 스코틀랜드인이셨고 모친은 아니에요. 부친은 경사님을 좋은 학교로 보내실 정도로 돈을 잘 버셨지만 안타깝게도 일찍 돌아가셔서 경사님은 대학에 진학하실 수 없었습니다."

트레들스가 홈스 양을 빤히 바라보았다. 셜록 홈스는 이 사실을 전부 잉그램 경에게 들었을까? 하지만 그는 잉그램 경에게 자신의 아버지인 앵거스 트레들스의 직업까지 말한 기억은 없었다.

"경사님은 컴브리아에서 경찰이 되셨지만 얼마 지나지 않아 런던으로 오셨어요. 그리고 결혼하셨죠. 행복한 결혼요. 많은 이들의 축하를 받으셨죠. 경사님의 장인은 부유한 분이셨습니다. 그리고 잉그램 경처럼 경사님의 지성과 근면함, 품위를 높이 평가하셨고요. 안타깝게도 그분은 돌아가셨고, 후계자는 그렇게 뛰어난 사람이 아니며 경사님이나 아내분에 대해 아버지만큼 애정을 갖고 있지 않지요. 최근 들어 살림살이가 점점 쪼들렸지만 아내분은 재주가 많고 꿋꿋한 여성이라 가정의 아늑한 분위기는 크게 흔들리지 않았을 거예요."

트레들스 경사는 괜히 입을 열지 않으려고 애썼다. 그는 자신의 재정 상황에 대해 잉그램 경에게 한 번도 이야기하지 않았다. 잉그램 경의 표정에 미안해하는 기색이 살짝 어렸다.

"홈스 씨는 제가 여기서 열 마디 정도 한 말을 듣고 그 사실을 다 추리하신 겁니까?"

"경사님은 백 마디 가까이 말씀하셨어요. 그 정도면 경사님의 출신 지역과 교육 정도를 가늠하기 위해 충분한 수준보다 훨씬 많은 단어 수죠. 경사님의 경우 모음에 스코틀랜드 억양의 흔적이 남아 있어 조금 더 복잡하기는 했어요. 한편으로는 그 점 덕분에 배로인퍼니스라고 결론을 내리기 더 쉬웠죠. 그곳의 산업 지대에서 일자리를 구하기 위해 스코틀랜드 사람들이 많이 이주했으니까요. 그리고 제강소인지 조선소인지 하는 문제는 경사님의 표정에서 답이 드러났어요.

나머지는 꽤 쉬웠어요. 경사님은 아직 젊으세요. 그런데도 현재의 자리에 오르셨다는 건 이 일을 일찍 시작했을 뿐만 아니라 성공하려는 의지도 있다는 뜻이겠죠. 그렇다고 가진 것이 야망밖에 없는 부류에 속하는 분은 아닙니다. 그랬다면 잉그램 경이 경사님의 관심사에 흥미를 가지실 리 없으니까요."

홈스 양은 잉그램 경을 힐끔 보았는데, 그는 대단한 집중력으로 차를 젓고 있었다.

"그건 그렇지."

잉그램 경이 말했다.

연거푸 감탄하는 와중에도 트레들스 경사는 잉그램 경과 홈스가 무슨 관계인지 점점 궁금해지기 시작했다.

홈스 양이 다시 미소를 지었다.

"이 정도면 질문에 답이 되었을까요?"

트레들스는 자신의 질문이 뭐였는지 금방 떠오르지 않아 잠시 기억을 더듬었다. 홈스는 어떻게 그렇게 적은 정보로 그에 대해 그렇게 많은 사실을 알아낼 수 있었을까?

"완전하지는 않습니다."

"아, 경사님의 가정사를 말씀하시는 거군요. 경사님이 결혼 전이 아니라 후에 배로인퍼니스를 떠났으리라는 가설은 거의 틀림이 없을 거예요. 경사님은 신중하신 분이라 결혼을 너무 일찍 하셨을 것 같지 않고 가정이 있는 사람보다 독신이 다른 도시로 더 홀가분하게 옮겨 갈 수 있죠. 돌아가신 장인의 유복한 재정 상황에 대해서라면, 지금 입고 계신 양복의 옷감과 재단 상태는 잉그램 경의 하인도 절대 무시할 수 없는 수준의 양복을 만드는 재봉사의 작품이에요. 다시 말하면 고인이 되신 장인의 재봉사가 만든 것이겠죠.

하지만 그 양복은 고급스러운 옷감과 그만큼 고급스러운 바느질 솜씨에 비해서 디자인은 이 년이나 지났습니다. 단추를 최근에 다시 달았고 소맷동도 다시 꿰맸어요. 가장 표가 나는 부분이 셔츠인데, 깃이 떼고 달 수 있는 것이군요. 잉그램 경, 경은 깃이 탈부착식인 셔츠를 입으시나요?"

"아닙니다. 그런 셔츠가 아닙니다."

잉그램 경이 대답했다.

"잉그램 경은 탈부착식 깃이 필요하지 않지요. 열두 벌이나 되는 셔츠를 한 번에 세탁 보내실 여력이 되니까요. 하지만 런던에서 가장 솜씨 좋은 재봉사 한 명이 만든 재킷 아래에 탈부착식 옷깃을 하고 있는 남자라면, 글쎄요. 그 재킷을 훔쳤거나 최근 들어 형편이 나빠진 거겠죠. 런던 경찰청의 봉급이 눈에 띄게 삭감되지 않았으니 결론은 한 가지. 트레들스 부인의 수입이 크게 줄어들었으며, 너그러운 아버지의 자리에 지금은 훨씬 덜 너그러운 남자 형제가 있다고 보는 게 논리적일 거예요.

아내분이 경사님께 헌신적인 면에 대해서는…… 아내분은 신분이 낮은 사람과 결혼한 점 때문에 고약한 오빠에게 벌을 받고 계십니다. 그렇지만 경사님 옷차림은 나무랄 데가 없어요. 경사님의 옷을 수선하는 데 들어간 관심과 기술은 그 옷을 처음 만들 때 재봉사가 기울인 수준과 거의 같을 정도죠. 살림이 쪼들리지 않도록 아내분이 어떤 희생을 치르셨는지 모르겠지만, 경사님에게 가능하면 영향이 가지 않도록 마음을 무척 많이 쓰셨어요. 그것이 사랑이 아니라면……."

홈스 양의 설명을 듣는 내내 트레들스는 어떻게든 당혹스럽고 망연자실한 심정을 드러내지 않으려고 얼굴 근육에 온 신경을 집중했다. 생판 남에게 자신의 가정 형편이 적나라하게 드러난 데다 하필 다름 아닌 고귀한 친구 앞이라니. 그런데 지금은 터져 나오는 눈물을 삼키느라 갖은 애를 써야 했다.

"제 아내 같은 사람을 만나다니 저는 이루 말할 수 없이 행운아죠."

"네, 그렇습니다. 경사님."

홈스 양이 차를 한 모금 마시며 말했다.

트레들스 경사도 복받치는 감정을 가라앉히려고 똑같이 차를 한 모금 마셨다. 사랑하는 앨리스. 사랑하고 사랑하는 앨리스.

"경사님, 제 오라버니의 능력이 최근 발병으로 전혀 손상을 입지 않았다는 사실을 이제 좀 더 확신하시겠습니까?"

트레들스는 '확신'이라는 말이 정확한 표현인지 알 수 없었다. 그는 당황스러울 만큼 홈스에 대한 경외감을 억누를 수 없었기 때문이다.

"저는, 네. 홈스 양."

그녀가 다시 미소를 지었다.

"좋습니다. 이제 시작할까요."

트레들스가 지금까지 수사 내용을 간략하게 설명했다.

"셰리던 경의 자택에서 나온 직후 우연히 잉그램 경과 마주쳤습니다. 그 기회를 이용해서 두 형제가 소원하게 된 사연을 알아봐주십사 요청드렸습니다."

"그 사연을 조사하는 데 생각보다 시일이 좀 더 소요되었네. 자네가 전화를 했다는 전갈을 받았을 때 막 레이디 에이버리와 이야기를 나눈 참이었다네, 경사."

잉그램 경이 대답했다.

"당연히 레이디 에이버리겠지요."

홈스 양이 트레들스를 돌아보며 말했다.

"자매 사이인 레이디 에이버리와 레이디 서머스비는 사교계에서 가십에 가장 정통한 분들이에요. 그 두 분은 모든 불륜, 모든 모욕, 지난 오십 년 동안 일어난 모든 다툼에 대해서 백과사전 수준의 지식을 자랑해요. 살아 있는 누군가가 그 형제가 소원해진 이유를 안다면 다름 아닌 셰리던 경 본인과 그 두 숙녀분들 중 한 명일 거예요."

잉그램 경이 대답했다.

"아쉽게도 레이디 에이버리조차 그 사연에 대해서 전혀 아는 바가 없었습니다. 하지만 그 형제가 함께 있는 모습이 마지막으로 목격된 건 지금으로부터 이십칠 년 전인 1859년 8월이라고 하더군요. 그 전해 여름에 셰리던가의 유일한 아이가 사망했습니다. 셰리던 경 부부는 그 후로 일 년 동안 사교계에 모습을 드러내지 않았습니다. 그리고 그 해 8월에 처음으로 하우스 파티에 참석했죠. 레이디 에이버리도 그 파티에 참석했고, 그때만 해도 형제는 매우 우애가 깊었다고 기억했습니다.

그로부터 얼마 후 색빌 씨가 프랑스 남부로 장기 체류 예정으로 떠났습니다. 레이디 에이버리는 그 소식을 대수롭지 않게 여겼습니다. 그는 부유한 독신이고 프랑스 남부는 인기가 많은 곳이니까요. 그런데 한참이 지나서야 그가 여전히 돌아오지 않았다는 사실을 알게 된 겁니다. 결국 그는 돌아왔지만 가족의 품으로는 돌아가지 않았다는 소문이 났다고 합니다. 레이디 셰리던에게 어떻게 된 사연인지 알아보려고 했지만 그녀도 아는 게 없는 눈치더군요. 레이디 에이버리는 색빌 씨가 개인적으로 굉장히 고생했고 상처를 입었기에 가족에게 돌아가 위안과 위로를 구하지 않고, 아예 아무도 모르는 곳에서 은둔하려 한 인상을 받았다고 합니다.

레이디 에이버리가 말해 줄 수 있는 건 그 정도였습니다. 이 사건과 관련이 있을 수도 없을 수도 있겠죠. 경사, 셰리던 경이 문제의 시간에 내내 런던에 있었다는 증언은 확인했다고 했지. 혹시 레이디 셰리던의 행적에 대해서는 물어봤나?"

"아뇨, 그러지 않았습니다. 그건 생각도 못 했습니다."

"레이디 에이버리가 얼마 전 패딩턴역에서 기차에서 몸종도 없이 혼자 내리는 레이디 셰리던을 봤다고 했네. 레이디 에이버리는 그날이 색빌 씨가 사망한 날이라고 확신했고."

패딩턴역에서는 데번을 비롯해 런던의 서쪽에 위치한 모든 지역으로 갈 수 있다. 레이디 셰리던의 행선지가 스탠웰 무트 근교라면 그 사실은 몹시 흥미로울 터였다. 하지만 이번에도 구체적인 증거로는 부족한 애매한 실마리일 뿐이었다.

"또 다른 건 없나요, 신사분들?"

홈스 양이 물었다.

트레들스 경사가 사인심문이 끝난 후 진행된 수사 과정에서 나온 녹취록과 보고서를 전부 꺼냈다.

"이걸 오라버니에게 가져가겠습니다. 실례할게요."

그녀가 옆방으로 가려고 일어서자 두 사람도 일어섰다. 잉그램 경은 앉지 않고 천천히 그 방을 돌아다니며 살림살이를 찬찬히 살펴보았다. 트레들스는 무심코 홈스 양이 두고 간 수첩으로 손을 뻗었다.

수첩은 새것이었다. 첫 번째 페이지는 단어 하나를 제외하면 백지나 다름없었다. 그 단어는 낯선 필체로 쓰인 그의 고향 배로인 퍼니스.

그는 인상을 찌푸리며 수첩을 내려놓았다.

잉그램 경은 벽난로 선반 앞에 서서 이마에 깊은 주름이 잡힌 채로 그곳에 놓인 사진들을 보는 중이었다. 트레들스는 책꽂이로 가 옆으로 눕혀져 있는 얇은 책 한 권을 집어 들었다. 잉그램 경의 저서로 《로마 유적지에서 보낸 여름》이라는 제목이었다. 트레들스는 잉그램 경이 삼촌의 영지에 있는 고대 로마의 유적지를 탐험했다고 한 말이 기억났다. 하지만 그가 그 경험을 글로 남기기까지 한 줄은 몰랐다.

그 책은 '따뜻함과 분별력의 원천인 내 친구이자 동맹인 J. H. R.'
에게 헌정되었다. 다음 페이지에는 이렇게 적혀 있었다. '홈스에
게, 최고 인간 쓰레기의 지위를 언제나 지켜 나가기를, 애시.'

"홈스가 그렇게 쓰라고 불러 줬지."

잉그램 경이 방 반대편에서 말했다.

트레들스가 껄껄 웃었다. 그가 고작 두 페이지를 읽었을 즈음
어느새 홈스 양이 돌아왔다. 그녀의 목소리에서 즐거운 기색이 느
껴졌다.

"우여곡절로 점철된 잉그램 경의 고고학 모험을 담은 책이죠."

트레들스가 책을 있던 자리에 돌려놓았다.

"홈스 씨가 자료를 다 읽으셨습니까?"

"네."

"새로운 실마리를 찾으셨습니까?"

트레들스는 홈스가 알려 줄 명료한 해석을 가득 받아 갈 생각에
골몰한 나머지 보는 이가 당황스러울 정도로 열을 내며 물었다.

"오라버니는 색빌 씨 침실의 커튼과 관련해서 증언에 차이가 난
다는 사실을 알아냈어요."

"뭐라고요?"

"의식이 없는 색빌 씨를 제일 먼저 발견한 하녀였던 베키 버틀
은 사인심문의 증언에서 색빌 씨의 방으로 가자마자 커튼을 걷었
다고 말했습니다. 하지만 경사님이 요리사인 미크 부인으로부터
받은 답변을 보면 그녀와 코니시 부인이 그 방에 도착한 후에 색

빌 씨의 상태를 더 잘 보기 위해서 커튼을 걷었다고 기록되어 있습니다."

트레들스는 실망한 티가 나지 않기를 바랐다.

"그 점은 저도 알아차렸습니다만 기억이 불완전한 탓이라 생각했습니다. 증인들은 대개 같은 사건에 대해서도 기억이 확연히 다른 경우가 대부분이거든요. 홈스 씨는 이 차이가 의미심장하다고 보시나요?"

홈스 양이 잉그램 경을 힐끔 보았다.

"사인심문이 내일 재개된다는 점을 감안하면 아무 의미도 없습니다. 경사님이 말씀하신 것처럼 그 정도 차이는 기억이 불완전한 탓으로 쉽게 치부될 테지요. 셜록도 경사님이 수사를 계속하도록 사인심문 배심원단이 평결을 번복하게 설득할 만한 증거가 충분하지 않다는 판단에 대체로 동의합니다."

이번에야말로 트레들스는 굳이 실망감을 숨기지 않았다.

"그렇다면 우리가 할 수 있는 일이 전혀 없다는 말입니까?"

홈스 양이 손가락 끝을 마주 대어 톡톡 쳤다.

"해리스 박사님과 버크 박사님의 조제실에 있는 스트리크닌을 확인해 보실 수 있겠죠."

그가 잘못 들은 걸까?

"스트리크닌이라고요? 색빌 씨의 사인은 클로랄인데요."

"하지만 우리는 지금 고인의 죽음이 우연한 약물 과다 복용이 아니라 우연한 과다 복용처럼 보이려고 의도한 살인 사건이라는 가설을 바탕으로 조사를 하고 있습니다."

홈스 양이 몸을 앞으로 살짝 내밀었다.

"경사님이 보이지 않는 살인을 여러 차례에 걸쳐 저지를 수 있는 지능범이라면, 색빌 씨의 목숨이 경각에 달린 순간 의사가 가져온 스트리크닌을 복용하고 목숨을 부지하는 일이 없도록 어떻게 손을 쓰시겠어요?"

트레들스는 지금껏 이런저런 이야기를 많이 들었지만 색빌 씨와 레이디 아멜리아 드러먼드, 레이디 슈루즈버리의 죽음을 살인으로 규정한 것은 이때가 처음이었다. 한 줄기 소름이 등줄기를 타고 내려갔다.

"그렇다면 살인자는 인근의 스트리크닌 비축분에 손을 댔을 거라는 말씀이신가요?"

"네. 그렇게 해 두면 설령 생명을 구할 수 있는 순간에 누군가 도우러 오더라도 아무 소용이 없을 테니까요."

트레들스가 한숨을 내쉬었다.

"악마적이면서 기발한 방법이군요."

"그렇죠. 솔직히 상당한 비약이죠. 하지만 지금 시점에서 잃을 게 있나요, 경사님?"

홈스 양이 겸손하게 말했다.

"그렇군요, 아무것도 없죠. 아무튼 무슨 정보라도 늦지 않게 확보하기를 원한다면 서둘러야겠습니다."

트레들스는 즉시 검사에 필요한 증거를 수집하라고 전보를 쳐야 했다. 경사는 내일 아침이 되자마자 데번으로 가야겠다고 생각했지만, 가능한 빨리 떠나서 오전에 그곳에 도착해 수사에 박차를 가하는 편이 나을 것 같았다.

경사가 일어났다.

"고맙습니다, 홈스 양. 제가 고마워하더라고 홈스 씨에게 꼭 전해 주십시오. 제가 알아서 나가겠습니다."

"경사님?"

"네, 홈스 양?"

홈스 양이 살짝 미소를 지었다.

"오라버니가 이렇게 조언했어요. 화학분석가에게 보유하고 있는 모든 독극물 검사를 해 보라고 요청하세요. 만약 스트리크닌을 아무도 건드리지 않았다고 밝혀지면, 색빌 씨의 체내에 우연히 있을 리 없는 뭔가를 찾아내는 것만이 우리의 마지막 희망일 테니까요."

제13장

트레들스 경사가 떠난 후 침묵이 내려앉았다.

샬럿은 창가로 가서 장미 화병에 물을 약간 부었다. 그녀는 유리창을 두드리는 빗방울을 보고 깜짝 놀랐다. 소나기가 조용하지만 꾸준하게 내리고 있었다. 저 아래로 마차 한 대가 각등 주위로 노란 후광을 달고 말발굽과 바퀴로 물을 튀기며 지나갔다.

샬럿은 잉그램 경이 좀 더 머무를 것이라 기대했다. 사실 두 사람은 아이였을 때부터 서로를 잘 아는 오랜 친구 사이였다. 그녀는 그와 단둘이 이야기할 수 있기를 몹시 기대했다. 하지만 언제나처럼 어른이 된 후로 두 사람만 있을 때면 항상 둘 사이에 침묵이 끼어든다는 사실을 또 잊었다.

그래도 가슴속에서 솟아나는 감정은 무척 익숙했다. 그것은 즐거움과 고통이 뒤섞인 감정으로, 이 둘은 절대 혼자 오지 않았다.

샬럿은 그런 감정을 느끼지 않고도 살 수 있었다. 평생 그리움과 후회의 허무함이 주는 통증을 경험하지 않은 채 평생 행복하게 지낼 수도 있었다. 잉그램 경이 샬럿을 인간으로 만들었다. 인간처럼 구는 걸 가장 싫어하는 샬럿을 적어도 그녀가 될 수 있는 만큼의 인간으로 만들었다.

"차를 더 드릴까요?"

샬럿은 엄밀히 말해 두 사람 외에 누가 또 있다는 사실을 떠올리며 이렇게 물었다. 왓슨 부인이 옆방에 있었고, 방문이 살짝 열려 있었다.

"고맙지만 됐어요."

잉그램 경이 조용하게 말했다.

"간식거리는요?"

그는 마들렌에 손도 대지 않았다.

"정말 고맙지만 사양하죠."

샬럿은 제 자리로 돌아가 마들렌을 하나 먹었다. 사람이 어떻게 마들렌을 먹지 않겠다고 말할 의지력을 발휘할 수 있는지 이해가 되지 않았다. 하기야 눈앞의 이 남자는 그녀가 티 케이크이건 인생을 바꿔 버릴 결정이건 무엇을 권해도 늘 거절하는 사람이었다.

샬럿이 아는 젊은 숙녀들은 이상적인 남성상을 직접 만들어 보며 즐거워했다. 샬럿은 대체 왜 그런 짓을 하는지 결코 이해할 수가 없었다. 생각해 보자. 남자와 달리 집 같은 경우, 계획을 하고 확장을 하고 천장부터 바닥까지 다시 꾸밀 수도 있다. 그런데도 샬럿은 아직 자신의 집을 완벽하게 꾸몄다고 생각하는 여자를 한 번도 만나지 못했다. 하지만 샬럿도 자신의 이상형을 만들어 내는 놀이에 열중했다면 분명히 자신을 빼닮은 누군가를 만들어 낼 것이다. 냉담한 관찰자, 침묵의 피조물, 철저하게 그녀의 머릿속에서 행복한 삶을 사는 남자.

반면 잉그램 경에 대해서라면, 샬럿은 언제나 그의 육체적 조건에 매혹되었다. 샬럿은 그가 차지하는 공간과 그의 움직임, 체중, 코트의 솔기와 주름, 머리카락의 길이와 질감을 속속들이 알고 있었다. 물론 실제로 만져 본 적은 없었다. 그녀는 그의 시선과 손의 위치, 숨을 쉴 때마다 부풀어 올랐다가 가라앉는 가슴을 유심히 관찰하고 있다는 사실을 깨닫곤 했다.

샬럿이 아는 남자들 가운데 멋진 남자의 표본은 잉그램 경만은 아니었다. 예를 들어 사람들은 더 잘생기고, 더 세련된 남자로 로저 슈루즈버리를 꼽았다. 하지만 잉그램 경은 또 다른 매력이 있었다. 사람의 가슴을 철렁하게 만드는 육감적인 모습과 온 세상을 향해 은은하게 내뿜는 적의가 뒤엉킨 활력. 그 매력이 남자와 여자 모두를 끌어당기는 남성적 마력으로 작용했다.

그가 더 젊었을 때는 그 적의가 좀 더 명확하게 뿜어져 나왔다. 하지만 어느 시점부터 문제아는 개과천선해 최상류층 사람들에게 완전히 녹아들게 되었다. 그는 사람들이 그가 소속돼 있을 거라고 예상하는 모든 클럽의 회원이었고, 어울려야 할 사람들과 친교를 맺었고, 당연히 사교계 시즌마다 사람들의 주목을 받는 하이라이트의 일부인 폴로 경기에도 참가했다.

그렇게 십 년이 흘렀고, 그는 어느새 사교계의 기둥으로 불리고 있었다.

하지만…….

진중한 태도와 사교성의 이면에는 다른 그 무엇보다 유적지와 유물들 사이를 거닐며 만끽하던 기나긴 고독을 더 좋아하는 소년이 웅크리고 있었다. 그리고 그는 지금까지도, 샬럿이 만난 사람들 가운데, 그녀가 좀처럼 말을 하지 않아도 괘념치 않는 유일한 사람이었다. 때때로 샬럿은 그가 그 침묵 상태를 편하게 느끼는 것 같았다. 물론 그녀가 말을 하지 않아서, 다시 말해서 그녀가 그의 사생활을 관찰하며 쩔쩔매게 만들지 않아서, 마음이 편한 것일지도 몰랐다.

샬럿은 다시 왓슨 부인을 떠올렸다. 다행히도 침묵은 더 이상 길어지지 않았다.

"그 커튼에 대한 진술 차이가 어떤 점에서 중요한지 경사님에게 따로 설명하지 않았어요."

"알고 있어요."

"하지만 이해하셨죠?"

그가 순간적으로 망설이나 싶더니 고개를 끄덕였다.

트레들스 경사가 자신보다 훨씬 더 부유한 집안 출신인 여성과 결혼할 때, 처가를 존중하고 위신을 떨어트리지 않기 위해 즉, 아내와 같은 계급인 것처럼 보이려고 런던에서 최고 수준의 재봉사에게 자신의 옷을 맡기는 데 동의했다는 건 샬럿의 추측이었다. 또한 자신보다 신분이 낮은 사람과 결혼한 트레들스 부인이 평생 동안 헌신하기로 한 남자를 존중하고 위신을 떨어트리지 않기 위해 자신이 알던 사치스러운 삶의 방식을 뒤로 하고 검소한 가정을 꾸리기로 했다는 것도 그녀의 추측이었다.

샬럿은 트레들스 경사의 하녀가 아침마다 그의 침대로 오지 않을 것이라 짐작했다. 그런 문제에서 미숙하기에 커튼에 대한 미크 부인의 진술에서 실마리를 찾아내지 못한 것이다.

"그건 그렇고 오늘 오후에 당신 언니를 방문했어요."

잉그램 경이 말했다.

반쯤 먹은 채 들고 있던 마들렌을 쥔 손가락에 힘이 잔뜩 들어갔다.

"언니는 어떻게 지내고 있던가요?"

"무너지지 않으려고 최선을 다하고 있더군요."

오, 리비아.

"언니는 아버지와 레이디 아멜리아의 언쟁에 대해 알던가요?"

"모르는 사람이 없어요."

'의도하지 않은 결과'보다 더 무시무시한 표현이 어디 없을까?

"아버지는 만나 보셨나요?"

"외출 중이셨어요. 당신 어머니는 방문객을 받지 않으셨고요."

그 말은 엄마가 자리보전하고 있다는 뜻이었다. 분명히 아편틴크를 잔뜩 복용하셨겠지.

"리비아 양이 혹시 내가 당신과 만나면 당신이 한 일에 매우 고마워하고 있다고 전해 달라고 부탁했습니다. 힘주어서 말하길 그녀는 당신이 그것을 예견할 수 없을 거라고……."

"레이디 아멜리아와 레이디 슈루즈버리, 색빌 씨의 죽음을 연결 짓는 일 말이죠. 내가 그런 짓을 해서 살인 혐의를 받는 홈스를 두 명으로 늘린 걸까요?"

"내일이면 트레들스 경사가 뭐든 알아낼 겁니다."

샬럿은 너무 놀라서 들고 있던 마들렌을 떨어트릴 뻔했다. 지금 그가 샬럿을 위로해 주었다. 서로 알고 지낸 그 세월 동안 그에게서 한 번도 위로를 받은 적이 없었는데 말이다.

"속으로는 그렇게 생각하지 않으시잖아요."

"나는 당신의 행동에 자주 의문을 품지만 추론 과정에 대해서는 드물게 의문을 품죠. 그리고 이 상황은 그 드문 경우에 속하지 않아요."

샬럿이 숨을 깊이 들이쉬었다. 자신의 처지가 어디까지 추락했기에 하고많은 사람 중에 잉그램 경이 위로를 건네고 싶은 마음이 들었나 싶었다.

"고맙습니다. 정말 친절하시군요."

왓슨 부인이 침실에서 머리를 빼꼼 내밀었다.

"실례합니다만, 아가씨. 홈스 씨가 깊이 잠드셨어요. 제가 계속 곁을 지키고 있어야 할까요?"

"그럴 필요 없어요, 허드슨 부인. 고마워요."

왓슨 부인은 고개를 까닥해 인사를 하더니 쿵쿵거리며 계단을 내려가 그곳을 떠났다. 집 안이 다시 고요해지자 잉그램 경이 물었다.

"저 사람은 당신이 고용한 여배우인가?"

그는 무덤덤하게 말하려고 신경을 썼지만 이렇게까지 일을 벌인 것을 마뜩치 않게 생각하는 속내가 목소리에 그대로 드러났다. 샬럿은 그런 속내를 모르는 척했다.

"썩 그럴듯하지 않아? 그리고 저분이 억양으로 경사님의 고향을 알아냈어."

"나는 이 상황이 마음에 들지 않아. 당신은 그 여자에 대해 아무것도 모르잖아."

적어도 이런 반응이 훨씬 그다웠다.

"어쩐지 나는 부인에 대해서 많은 것을 알고 있다는 생각이 들어."

"당신이 다른 사람의 상황을 추리해 낼 수 있다고 해서 그 사람의 생각과 의도를 다 읽을 수 있는 건 아니야. 이런 상황이 이를테면 리비아 양 같은 다른 사람에게 일어났다면 당신은 말도 안 되는 행운이라고 지적하지 않을까?"

"가끔 찾아오는 행운은 그냥 행운일 뿐이야."

"그리고 대부분 사실이라고 하기에는 너무 좋게 느껴지기도 하지."

의견 차이, 이것이야말로 두 사람의 평소 모습이었다. 씁쓸하고 달콤한 감정, 이 친근함. 때로 씁쓸함보다 달콤함이 앞서는 날도 있지만 오늘 저녁은 아니었다.

샬럿이 일어나서 응접실 안쪽에 있는 책상으로 다가갔다.

"내가 어떻게 하기를 바라? 후원자를 떠나라고?"

"그래."

"그러면?"

"내가 당신을 돕게 해 줘."

어느새 점잖고 체면을 중시하는 사람이 되어 장차 사교계의 기둥이 될 몸인 옛 친구가 명령했다.

"당신은 항상 여학교 교장이 되고 싶다고 했잖아. 아직도 그 목표를 이룰 수 있어."

"어떻게?"

그가 그녀가 있는 책상으로 다가왔다.

"미국으로 가. 그곳에서 새 신분을 만들고 새 출발을 할 수 있어. 그곳에서는 학교를 가고, 실습을 하고, 궁극적으로 좋은 직업을 구하려는 당신을 막을 수 있는 건 아무것도 없으니까."

"그동안 당신이 모든 경비를 부담하고?"

"당신이 자립하게 되면 그때 갚아. 원하면 이자까지 쳐서."

"하지만 내가 자립하지 않거나 돈을 되갚지 않아도, 아무 일도 일어나지 않겠지. 내 말이 맞아?"

그는 아무 대답도 하지 않았다.

그의 시선이 그녀의 오른쪽 어깨 너머 어디쯤에 머물렀다. 그의 손은 책상 가장자리를 꼭 쥐고 있었다. 숨을 쉴 때마다 그의 가슴이 오르내렸다. 그리고 짙은 회색 코트 아래 받쳐 입은 실크 자카드 조끼는 가장 깊은 여명과 같은 푸른색에 은빛 무늬가 아른거렸다.

"슈루즈버리에게서 무슨 말 들었어?"

그의 턱에 힘이 들어갔다.

"들었어."

"그가 내게 정부 자리를 제안했지?"

"그래."

"설마 나를 대신해서 거절하지는 않았겠지?"

마침내 그가 샬럿의 눈을 똑바로 바라보았다.

"주제넘게 당신을 대변할 생각은 없어."

그의 근엄한 짙은 색 눈동자에서 적의에 가까운 감정이 드러났다. 그가 내뿜는 열기에 그녀는 피부가 따끔거리고 신경이 까맣게 타들어 갈 정도였다. 그녀는 마지막 남은 마들렌을 입에 넣었다.

"내가 그 제안을 고려해 볼지 안 물어볼 거야?"

잉그램 경의 시선이 샬럿의 입에 머무르더니 다시 눈으로 올라왔다.

"하지 않으리라고 생각해 본 적도 없어. 당신은 무슨 일이든 고려하고 실행에 옮길 수 있다는 사실을 몸소 보여 줬으니까."

그녀가 턱을 살짝 들어 올렸다.

"나한테 화났어?"

그가 다시 입을 꾹 다물었다. 그러더니 의자를 사이에 두고 서 있어도 둘 사이가 너무 가깝다는 사실에 충격을 받은 것처럼 그녀를 바라보았다.

"당신은 내가 슈루즈버리의 제안을 받아들이는 것보다야……."

샬럿이 웅얼거렸다.

"왓슨 부인과 함께 지내는 편이 낫다고 생각하지 않아?"

그의 시선이 향하는 방향. 목의 뿌리에서 펄떡거리는 맥박. 손의 위치. 세게 움켜쥔 의자의 등받이. 점점 빨라지는 호흡에 맞춰 오르내리는 눈부시게 하얀 리넨 셔츠.

다음 순간 그는 어느새 3미터 떨어진 괘종시계 곁으로 가 있었다.

"선택을 해야 할 때가 오면 내 희망 사항을 고려해 볼 건가?"

샬럿이 불규칙한 숨을 천천히 내쉬었다.

"나는 사과하지 않을 거야, 당신도 알겠지만. 슈루즈버리에게 가려고 결정한 건 내가 감수할 만한 유일한 선택이자, 내 가족이 내 주위로 평생 둘러쳐 놓은 벽을 뚫을 수 있는 유일한 방법이었기 때문이야."

"내가 당신에게 사과를 요구했던가?"

"아니. 하지만 지금 내게 화를 내고 있잖아. 그것도 불같이."

그가 반쯤 몸을 돌아섰다. 눈빛이 물리적인 형태를 가질 수 있다면 그의 눈빛이 벽을 뚫었을 것이다.

"지금 당신에게 불같이 화를 내는 사람은 당신의 행복에 눈곱만큼이라도 관심이 있는 사람이야, 샬럿."

"하지만 난 이제 괜찮아."

"길거리에서 굶고 있지는 않지만 괜찮지는 않아. 당신은 지금 어느 부인의 말동무야, 맙소사. 그 자리에 이보다 더 안 어울리는 사람이 있을지. 오늘은 더 지독한 불행을 피해 갔다며 좋아할지 모르지. 어쩌면 내일도. 하지만 일주일 후면 당신은 지겨워질걸.

당신이 부모님 슬하에서 지낼 때는 적어도 독립적으로 살아갈 미래를 기대해 볼 수 있었어. 지금은 뭘 기대할 수 있지? 왓슨 부인에게 오로지 선한 동기밖에 없다고 너그럽게 믿는다 치자. 그래 봐야 당신이 추구하는 것을 하나도 제공해 주지 않는 자리에 고용되었다는 건 변함이 없으니까. 독립도, 지적 자극도 없고 소득은 5백 파운드 근처에도 미치지 못하겠지.

당신은 얼마나 버틸 수 있을까? 이 우리에서 저 우리로 옮겨 갔을 뿐이라는 사실을 언제가 되어야 깨달을까? 얼마나 있어야 당신의 지성이 같은 이야기를 쉰여덟 번이나 듣는 일이 지겹다며 반기를 들까?"

그녀는 기댈 것이 필요해 책상에 몸을 기댔다.

"정말 산통 깨는 이야기네."

"그럼 어떨 거라고 생각했는데? 다채롭고 충만한 삶?"

이번에 말문을 닫아 버린 쪽은 샬럿이었다.

그가 숨을 내쉬었다.

"이제 가 볼게."

그가 우산대에서 지팡이를 집어 들자 샬럿이 말했다.

"당신이 한 가지 조건만 들어주면 당신의 지원을 받아서 미국으로 건너가 교육을 받을게."

"싫어."

"하지만 아직 듣지도……."

그가 문손잡이에 한 손을 얹으며 말했다.

"나는 당신 모자에 달린 리본 색으로 당신 어머니의 어제 점심 메뉴를 맞힐 수 없지만, 그렇다고 해서 지금 당신이 무슨 요구를 하려는지 추리할 수 없다는 건 아니야. 내가 주지 않겠다고 했을 때 로저 슈루즈버리에게 가겠다는 협박으로 내게서 얻어 내려고 했던 것과 같은…… 서비스겠지."

샬럿이 입술을 삐죽거렸다.

"그러게 협박을 들어주지 그랬어. 당신이 오만한 태도를 버리고 용감하게 굴면 우리는 훨씬 더 나은 삶을 살 수 있을 거야."

"아니, 당신이 내가 말한 대로 생각했다면 우리는 더 잘 살 수 있겠지."

"나는 당신이 원하는 대로 살 수 없어. 모든 걸 속에 담아 둔 채 모든 게 다 잘 돌아가는 척 살 수는 없어."

"남들은 다 그렇게 살아. 그런데 당신은 왜 못해?"

논쟁이 점점 위험천만하게도 지난번 대화에 가까워져 갔다. 그때 대화는 열띤 격론으로 이어졌고, 끝내 샬럿이 "아니야, 당신이 내 충고를 받아들여서 지금의 아내에게 청혼하지 않았다면 지금 우리는 정말 잘 살고 있을 거야."라고 소리치는 것으로 끝났다. 그 말은 샬럿이 지난 육 년 동안 끝내 그에게 던지지 않았던 '내 그럴 줄 알았어'라는 말과 다름없었다.

그들은 결국 좋은 낯으로 헤어지지 못했다.

그녀가 한숨을 내쉬었다.

"좋아. 당신이 아무리 원해도 나를 정부로 들이지는 마."

그가 모자를 썼다.

"안녕히 계시오, 홈스 양."

샬럿은 그가 사적인 대화에서 홈스 양이라고 부르는 게 너무 싫었다. 그 호칭에 담겨 있는 거리감이 미웠다. 그가 끝내 넘지 않을 깊은 바다가 미웠다.

"당신은 도우려고 했을 뿐인데 못되게 굴어서 미안해. 사과할게."

그는 한동안 아무 말도 하지 않았다.

"나를 도발하지 마, 샬럿. 당신은 나를 당황하게 해. 당신은 예전 같으면 주어진 대로 기꺼이 받아들였을 것들에 의문을 품게 해. 하지만 그건 당신 탓이 아니야. 어쨌든 그것 때문은 아니니까."

그가 문을 열고 나갔다. 샬럿이 계단참으로 나가 보니 그는 벌써 계단을 반이나 내려가 있었다.

"이제 왔슨 부인과 함께 지내니 안전해. 더는 내게 미행을 붙일 필요 없어."

그녀가 내려가는 그의 등에 대고 소리쳤다.

그가 우뚝 멈춰 섰다. 그러더니 돌아보지 않은 채 그대로 대답했다.

"홈스 양, 무슨 말씀을 하시는지 모르겠군요."

샬럿은 《로마 유적지에서 보낸 여름》에서 제일 좋아하는 페이지를 펼쳤다.

나의 숙모님은 당신의 아이들이 재미있게 노는 데 관심이 많아서, 기간과 강도로 따지면 흥청망청이라는 말이 잘 어울릴 만한 파티를 아이들에게 자주 열어 주셨다. 나는 스무 명이 넘는 소년 소녀가 와글거리며 발산하는 에너지를 개의치 않았다. 오히려 그 아이들이 한층 더 시끌벅적하게 놀도록 부추겼다. 하지만 그해 여름 나는, 어느 화창한 여름날 케이크와 오렌지에이드를 배가 터지도록 먹은 한 무리의 아이들이 집 근처를 벗어나 섬세하고 경이에 가득 찬 나의 발굴터에 언제 들이닥칠지 몰라 잠을 설쳐 가며 걱정했다.

실제로 타락한 열세 살짜리 아이가 내 우려를 현실로 만들겠다고 협박하며 나를 희생물로 삼았다. 한 무리의 천둥벌거숭이 아이들이 영지를 가로질러 내 발굴터로 쳐들어오더니, 한니발과 그 부대가 코끼리와 함께 알프스를 넘어와 이탈리아를 짓밟을 때처럼 엄청난 파괴와 혼란을 일으키겠다고 했다.

그 발굴터를 온전하게 보존하기 위해 내가 해야만 했던 그 일을 다른 이는 절대 겪지 말길 바란다.

근사한 추억. 그녀에게 입을 맞추도록 열다섯 살의 그를 협박했던 그날의 탁월한 결과물.

나는 점잔 빼는 키스는 싫어. 샬럿이 그에게 유쾌하게 말했다. 외설스럽다는 네 평판에 걸맞게 해 주기 바라.

그가 코웃음을 쳤다. 외설스럽다는 말이 무슨 뜻인지나 아니?

점잖지 않고 음란하다는 뜻이지.

내가 그런 평을 듣고 있다고?

그는 대체로 '문제가 많은 어린 잉그램 경'이라는 말을 들었다. 아이들은 그에게 뿔이 나고 끝이 갈라진 꼬리가 달린 것처럼 쑥덕거렸다. 그는 아홉 살부터 담배를 피웠다고 했다. 그로 인해 쫓겨난 가정교사가 열두 명이나 된다고 했다. 이튼에서 보낸 첫해 동안 하녀를 지독하게 괴롭혔다는 말도 있었다.

샬럿은 그런 소문은 믿을 것이 못 된다고 생각했지만 담배는 예외였다. 그에게서 터키 담배 냄새가 났다. 늘 인상을 구기고 있는 소년의 체취치고 불쾌하지 않았다.

맞아, 그게 네 평판이야.

그가 미심쩍은 눈빛으로 바라보았다. 그리고 너는 적절하지 않고 음란한 입맞춤을 하고 싶다고?

다른 입맞춤에 무슨 의미가 있어?

샬럿은 이 마지막 말을 했을 수도 하지 않았을 수도 있다. 직후의 입맞춤이 그녀의 뇌에 미세한 오작동을 일으켰다. 샬럿은 그 후에 무슨 이야기를 했는지 기억나지 않았다.

현재로 돌아온 샬럿이 살며시 한숨을 쉬었다. 두 사람은 자신들이 처음이자 마지막으로 입을 맞춘 그날을 그다지 깊이 생각하지 않았다. 잉그램 경은 샬럿에게 이용당할 표적이고, 샬럿은 잉그램 경이 보기에 그저 몹시 이상한 여자아이였다.

두 사람이 미래를 내다볼 수 있었다면.

"홈스 양, 너무 걱정할 필요 없어요. 모두 잘될 거예요."

왓슨 부인이 말했다.

두 사람은 늦은 저녁 식사를 거의 마쳤지만 샬럿은 식사 내내 평소와 같은 식욕을 보이지 않았다.

샬럿은 때때로 자신의 마음이 어떤 점에서 우체국과 유사하다고 생각했다. 빠른 속도와 높은 효율로 정보의 꾸러미를 분류하고 전달하는 복잡한 시스템 말이다. 하지만 그 순간 그녀가 가진 가장 귀중한 자산은 자동차와 더 비슷했다. 몇 킬로미터를 갈 때마다 고장이 나서 불운한 운전자의 발을 길가에 묶어 버릴 것 같은 기계 말이다.

그녀는 왓슨 부인에게 힘없이 웃어 보였다.

"저는 어떤 일을 하든 초조해 본 적이 없어요. 애초에 사람들이 왜 초조해하는지 이해를 못했죠. 해야 할 일이 있으면 조바심을 내지 않았어요. 제가 통제할 수 없는 결과물을 걱정한다는 건 우주가 저를 벌줄지 말지 결정하기도 전에 스스로 벌을 주는 것과 같다고 생각했거든요.

그런데 이제 알겠어요. 예전에 제가 아무것도 걱정하지 않은 건 아무것도 두려워하지 않았기 때문이에요. 그런 침착함은 결국 허울뿐인 안도감일 뿐 진정한 결과가 나타나는 순간 증발하고 말아요. 제가 어떻게 될지 몰라서 불안해요. 제 언니. 그리고 이제는 제 아버지까지."

샬럿이 숟가락을 과일 콤폿*으로 쑥 밀어 넣었다.

"왓슨 부인, 부인 말씀이 옳아요. 이렇게까지 걱정할 필요가 없어요. 그런데도 지금은 어떻게 걱정을 멈춰야 하는지 모르겠어요."

"희망을 바라는 눈으로 날 보고 있군요, 홈스 양. 하지만 나도 '너무 걱정할 필요 없어요' 같은 말밖에 몰라요. 어떻게 하면 쓸모없는 조바심을 싹부터 싹둑 잘라 낼 수 있을지 내가 뭘 알겠어요. 젊은 시절의 나라면 분명 부러워할 만한 삶을 사는데도 사실 가끔 한밤중에 잠을 깨고 걱정할 때가 있어요."

두 사람은 한동안 침묵을 지켰다. 바깥에는 여전히 추적추적 비가 내렸다. 빗방울이 끊임없이 지붕을 두드렸다.

왓슨 부인이 한숨을 푹 쉬었다.

샬럿이 복숭아 한 조각을 포크로 찔러서 시럽에 푹 담가 휘저었다.

"어떤 경우든 내일이 되면 불확실한 부분이 많이 해소될 거예요. 트레들스 경사님이 뭔가를 알게 되면 우리에게 연락을 줄 테

● **콤폿** 설탕에 졸여 식힌 과일 디저트

니까요."

왓슨 부인도 샬럿처럼 콤폿 그릇에 담긴 내용물을 휘휘 저었다.

"경사님을 개인적으로 만나 보니 어때요?"

"마음에 들어요. 경사님은 어느 정도는 자신의 본분에 맞는 분이에요. '지체 높은' 사람들에게 그렇게 정중하게 굴 줄은 몰랐지만요. 자신의 출신을 잊었다는 말을 듣기 싫어서 그런 식으로 행동하시는지도 모르죠. 아니면 우리가 속해 있는 계급과 계층 구조가 타당하고 권위 있다고 진심으로 믿거나."

"다시 말해서 셜록 홈스가 계속 남자인 척하는 편이 옳다고 보는군요."

"네."

트레들스 경사는 샬럿에게 나무랄 데 없이 정중했다. 하지만 그것은 기사도 정신에 기인한 존중으로, 동등한 상대에게 가지는 배려가 아니라 강자가 약자에게 베푸는 친절이었다 그가 분명 자신보다 우월한 사람이라 느끼는 잉그램 경에게 보내는 존경심과 달랐다.

"당신 친구는 어때요? 잉그램 경 말이에요. 그분은 당신에게 셜록 홈스라는 형제가 없다는 사실 정도는 알 텐데요. 그런데도 당신의 추리력을 아무렇지 않게 받아들이는 것 같았어요."

왓슨 부인이 물었다.

"그분은 오래전부터 제 능력의 희생자였어요. 어린 시절부터 단련되었죠."

"폴로 경기에서 그 사람을 본 적이 있어요. 언제나 여자들이 주위에 몰려들더군요. 어떤 남자들은 고전적인 미남이 아닌데도 여자들에게 인기가 있어요."

"음, 그는 유부남이에요."

샬럿의 대꾸는 흡사 불만처럼 들렸다. 비난일까.

"하지만 결혼 생활이 그리 평탄하지 않죠, 내가 아는 바에 따르면."

결혼은 그의 최대 실수였다. 하지만 그를 가십으로만 아는 사람이 사생활에 대해 언급하자, 샬럿은 그 실수를 옹호해야 한다는 생각이 들었다.

"사교계의 결혼은 여태껏 행복이 목적인 적은 없었어요."

"오, 나는 오래전부터 지켜봐 왔어요. 그들의 결혼은 철저하게 정략적이고 때로는 어디까지나 냉혹한 관계도 있죠. 하지만 가끔 오로지 사랑과 그 사랑이 불러온 압도적인 낙천주의 외에는 존재의 이유가 없는 관계를 보기도 해요. 그런 인연을 볼 때면 나는 숨을 죽이고 지켜보죠. 그러다 그 결혼이 좋게 끝나지 않을 때면 가슴이 뭉근하게 아파요. 다른 결말이 될 수도 있었을 텐데 하는 생각이 들어서요."

잉그램 경의 경우에도 다른 결말이 있었을까? 그가 결혼하기 전 샬럿은 완벽한 여자는 오직 남자의 상상 속에서만 존재하는 것이라고, 단점이 없는 것처럼 보이려고 애쓰는 사람은 분명히 모종의 동기를 숨기고 있다고 경고했었다. 굳이 그렇게 하지 않았더라도 잉그램 경은 자신의 대부가 사망했을 때 유언장에 명시된 유산 대신 고작 5백 파운드의 연금을 받게 되었다고 아내를 시험하지 않았을까?

잉그램 부인이 그 시험의 진실을 알게 됐다면 실망감에 피가 차갑게 식었다가 분노로 뜨겁게 달아오르기보다 오히려 치솟는 기쁨을 주체하지 못했을 것이다. 아니, 심지어 시어머니 될 사람과 유대인 은행가의 불륜 결과라고 알려진 남자와 결혼한 이유는 오로지 그가 물려받을 유산 때문이었다고 무심코 털어놓았을지도 몰랐다. 돈이 아니라면 왜 자신의 아이들의 혈통을 더럽힐 짓을 하겠는가?

샬럿은 이렇게 자문하며 자신이 내뱉은 말의 무게를 고민했다. 그때 그녀가 한 경고의 말이 그의 마음속에 의심의 씨앗을 뿌렸을까. 아니면 샬럿이 몇 해 전에 무슨 말을 했건 상관없이 결국 그 결혼은 같은 의심을 싹틔웠을까?

샬럿이 숨을 깊이 들이쉬었다.

"그의 아이들은 사랑스러워요, 적어도."

왓슨 부인이 콤폿에서 건진 딸기 한 조각을 입에 넣고 생각에 잠긴 채 씹었다.

"사랑에 빠진 적이 있어요, 홈스 양?"

"아뇨."

샬럿의 입에서 대답이 이렇게 순식간에 튀어나오지 않았거나 굳이 힘주어 말하지 않았다면 더 설득력이 있었을 것이다. 하지만 왓슨 부인은 그저 고개를 천천히 끄덕였다.

"가끔 사랑에 빠지는 건 축복이에요, 홈스 양. 축복."

제14장

　이튿날에 어퍼 베이커 스트리트 18번지로 샬럿에게 보낸 전보가 도착했다.

　친애하는 홈스 씨와 홈스 양,

　버크 박사님과 해리스 박사님의 진료실에서 실제로 누군가가 스트리크닌의 재고에 손을 댔다는 사실을 알려 드리게 되어 기쁘기 짝이 없습니다. 약병에는 스트리크닌이 하나도 없었습니다. 우리는 분명히 계획적인 살인 사건을 수사하게 되었습니다.

로버트 트레들스

　저녁 즈음 그 소식은 런던 전역으로 퍼져 나갔다. 신비에 싸인 셜록 홈스의 주장이 입증되었다. 적어도 해링턴 색빌 씨에 관한 그의 의심은 옳았다. 레이디 슈루즈버리의 유가족은 여전히 그녀의 죽음이 자연사이며, 그 외의 주장은 악질적인 중상모략이라는 주장을 고집스럽게 고수했다. 그와 반대로 레이디 아멜리아의 유가족은 상황이 급변하자 망연자실해하는 것 같았다. 그들은 아무런 반응을 내놓지 않았다.

"당신은 이 순간을 만끽해야 해요, 홈스 양."

이튿날 아침 왓슨 부인이 이렇게 말했다. 그녀는 크림색 바탕에 전형적인 파스텔 페이즐리 무늬가 찍혀 있는 실크 드레스를 입고 있었다.

"세상에서 제일 큰 도시를 찬탄과 추측으로 몰아넣은 사람치고 너무 무덤덤한 거 아니에요?"

샬럿은 롤빵에 버터를 아주 듬뿍 발랐다.

"이 모든 소동이 제 가족이 처한 상황에 더 큰 변화를 몰고 왔다면 더 좋았겠죠."

세 사람의 죽음을 하나로 이어 주는 연결 고리에 대해 황당무계한 가설들이 횡행했다. 셜록 홈스의 정체에 대한 추측도 꼬리를 물고 이어졌다. 하지만 사람들은 홈스 가족이 색빌 씨와 대중에게 알려지지 않은 어떤 관계를 맺고 있었을지 모른다고 의심했다.

샬럿이 이렇게 뜨뜻미지근한 반응을 보이는 이유는 대중의 관심이 홈스가에 계속 쏠리기 때문만은 아니었다. 잉그램 경이 던지고 간 골치 아픈 이야기도 한몫했다. 저 멀리 있는 불투명한 미래를 위해 자신이 아는 모든 것 그리고 모든 사람을 두고 떠나야 하는 걸까? 끝끝내 그렇게 결정을 내려야 한다면 시간을 끌지 말고 되도록 빨리 내리는 편이 좋지 않을까?

"홈스 양, 또 조바심을 내고 있군요."

버터는 스펀지 같은 따뜻한 롤빵 속으로 사르르 녹아 사라졌다. 샬럿은 지금까지 그런 모습을 보면 마음이 편안해졌다. 버터가 녹아든 롤빵을 한입 베어 물면 마음이 더없이 행복할 정도로 텅 비워졌다. 그런데 벌써 롤빵을 세 개째 먹고 있지만 왓슨 부인의 말처럼 여전히 조바심치고 있었다.

"죄송해요."

"아니에요, 사과하지 말아요. 당신에게 지금 필요한 게 뭔지 알아요? 정신을 쏟을 만한 일이에요."

"저는 일이 있는걸요."

왓슨 부인이 손을 내저었다. 방 안으로 흘러 들어온 아침 햇살에 그녀의 소매에 달린 레이스 단추가 눈에 들어왔다.

"늙은 여자의 말동무가 당신의 시간을 유용하게 활용하는 일이 아니라는 건 당신도 나도 알잖아요."

"그럼 무슨 일이 적당하죠?"

"그날 찻집에서 내게 들려줬던 이야기를 생각해 봐요. 다른 사람들이 간과한 것들을 놀라운 통찰력으로 바꾸는 당신의 능력 말이에요."

왓슨 부인은 눈을 반짝이며 말을 이었다.

"당신은 그런 능력이 사교계에서 추방당한 젊은 숙녀에게는 아무 짝에도 쓸모가 없다고 한탄했잖아요. 아, 그건 여전히 사실이에요. 하지만 셜록 홈스 덕분에 상황이 바뀌었어요. 그 신비로운 신사는 지금 런던에서 그리고 런던을 넘어서 유명 인사가 되었어요. 그의 능력을 그냥 놀려 두면 안 돼요."

샬럿은 자신의 입술에서 1센티미터 떨어져 있는 롤빵에 대해서 완전히 잊어버렸다.

"지금 그 말씀은……."

왓슨 부인이 종이 한 장을 테이블 위로 밀어 샬럿에게 보여 주었다.

"어떻게 생각해요?"

런던 경찰청 범죄수사부의 저명한 자문인 셜록 홈스가 개인 고객에게도 서비스를 제공합니다. 합리적인 가격. 문의는 중앙 우체국 사서함 × × ×로 받습니다.

"지금은 중앙 우체국에 당신의 개인 사서함이 없지만 그 문제는 이 광고를 신문사에 보내기 전에 해결할 수 있어요."

샬럿은 머리가 아찔했다. 부모님은 딸이 대중에게 자신을 광고한다는 사실을 아는 순간 그대로 절명할 것이다.

"당신이 풀어 줘야 할 문제가 있을 만한 사람에게 우리가 개별적으로 연락을 할 수 없다면, 그들이 당신에게 유용한 도움을 받을 수 있다는 사실을 무슨 수로 알겠어요?"

왓슨 부인이 상냥하게 말했다.

일리가 있었다. 돈을 내는 고객들이 졸졸 흐르는 개울 정도라도 찾아오게 하려면 샬럿은 자신의 서비스를 널리 알려야 했다. 게다가 셜록 홈스의 이름이 사람들의 기억에서 희미해지기 전에 서둘러 행동에 옮겨야 했다.

"하지만 저는 부인의 말동무인걸요. 고객을 받아 상담을 시작하면 그 일은 어떻게 해요?"

"아하, 하지만 이 일이 돈 받는 말동무보다 훨씬 좋잖아요. 내게 글을 읽어 주거나 내가 주절주절 떠드는 이야기를 들어주는 일은 금방 지겨워질 거예요. 솔직히 나도 그런 일에는 눈곱만큼도 관심이 없고요. 내 말대로 우리 함께 모험을 시작해 봐요. 게다가 돈까지 벌어 주는 모험이잖아요."

왓슨 부인은 기대감에 차 양손을 마주 비볐다.

"유료 광고 외에도 당신은 사무실과 명함과 사무용품, 우체국에 일 년에 3쿼드를 내는 개인 사서함 대여, 물론 온갖 종류의 우발적 사건, 사람들은 우발적인 사건에 미리 대비하지 못하죠. 그런 것들이 필요해요. 지금 당신의 형편으로는 필요한 준비를 갖출 수 없지만 나는 가능해요. 어퍼 베이커 스트리트의 그 집을 사무실로 쓰면 돼요. 내가 나머지 비용을 선불로 지불할게요. 그리고 당신이 받은 수수료에서 내가 투자한 돈을 차감하는 걸로 해요."

"하지만 제가 부인이 투자한 비용을 회수할 만큼 수수료를 많이 벌 수 있을지 모르시잖아요."

"이건 사업이에요, 친애하는 홈스 양. 모든 투자에는 위험이 따르지만 이 정도는 내가 기꺼이 짊어지는 수준이 아니라 아예 풍덩 뛰어들고 싶어요. 솔직히."

그녀가 샬럿에게 한쪽 눈을 찡긋했다.

"협상은 신중하게 해야 해요. 내가 당신이 앞으로 벌어들일 돈을 왕창 떼 가지 않도록."

"부인."

왓슨 부인의 표정이 진지해졌다.

"홈스 양, 나는 배우였어요. 나는 재능 넘치는 여배우들이 성공할 전망이 확실하지 않을 때, 자신을 고용해 준 남자들에게 번 돈에서 터무니없는 몫을 넘기는 모습을 많이 봤어요. 당신은 같은 실수를 하지 말아요. 당장 형편이 힘들다고 해서 자신의 절대적인 가치를 낮추어 보지 말라는 뜻이에요."

마침내 진짜 엄마를 만난 듯한 느낌이 되돌아왔다. 샬럿은 목이 메여 침을 꿀꺽 삼켰다.

"네, 부인. 그 말씀 명심할게요."

"좋아요. 오, 홈스 양. 앞으로 우리에게 재미있는 일들이 잔뜩 생길 거예요."

왓슨 부인이 양손을 자신의 가슴에 댔다.

사랑하는 나의 로버트,

내가 고작 두 시간 전에 편지를 쓴 거 알아요. 그런데 너무너무 맛있는 자그마한 케이크가 가득 담긴 상자와 셜록 홈스 씨와 그분의 여동생이 보낸 감사 인사까지 도착해서 알리지 않을 수가 없었어요. 상자에 동봉한 편지에는 당신이 내게 이 마들렌을 꼭 맛보게 해 주고 싶어 했다고 적혀 있었어요. 내 사랑, 언제나 나를 생각하는 당신을 얼마나 사랑하는지 모를 거예요. (그리고 언제나처럼 홈스 씨의 예리함에 탄복했어요. 당신이 속마음을 큰 소리로 말했을 리 없잖아요.)

이제 본론으로 들어갈게요. 홈스 씨가 당신에게 그 하녀가 커튼을 열지 않았다는 사실의 참뜻을 전해 달라고 부탁했어요. 그는 화학분석에서 아무것도 건지지 못할 경우를 대비해서 너무 많은 이야기를 하고 싶지 않았다고 썼어요. 당신이 사건을 수사할 전권을 받았으니, 그 사실이 하녀와 색빌 씨의 부적절한 관계를 강력하게 암시한다는 사실을 알아야 한다고 했어요. 나는 친정에서 그런 경우를 단한 번도 본 적이 없어요. 오빠가 비록 온갖 단점을 다 가진 인간이기는 해도 고용인들을 성적으로 이용하는 사람은 결코 아니에요. 무엇보다 분명히 끔찍한 병에 걸릴까 봐 벌벌 떨 테니까요. 하지만 하녀로 힘겹게 일하는 너무 많은 어린 소녀들은 고용의 대가로 달갑지 않는 성적 접촉에 대처해야 하죠.

문제의 아가씨인 베키 버틀의 경우 나는 그 아가씨를 만난 적도 없고 어떤 상황에 처해 있는지도 잘 모르지만, 자발적인 관계인 것처럼 보여요. 물론 성적으로 먼저 접근한 사람은 색빌 씨겠죠.

그 하녀가 주인어른이 일어나기 전에 벽난로를 다시 피우기 위해 침실로 들어갔다면 커튼으로 갈 필요가 없는 건 두말하면 잔소리죠. 자고 있는 주인어른을 방해해서는 안 될 테니까요. 하지만 그 하녀는 주인어른에게 아침 코코아를 가져다 드리려고 들어갔어요. 그렇다면 당연히 환기를 시키고, 햇살이 비치도록 먼저 커튼을 걷고 창문도 열어야만 하죠.

그런데 아무런 지시도 없이 먼저 그분에게 다가가 몸을 만졌다는 사실은 그 하녀가 자신의 의무는 안중에도 없었다는 뜻이에요. 솔직히 이 상황에서 이게 가장 완곡한 표현이겠네요.

그렇지만 이런 내 추측이 사실이 아니기를 바라요. 이런 시나리오를 생각하면 그 소녀가 걱정스럽고 이 세상을 너무 냉소적으로 바라보게 되니까요.

갓 끓인 차 한 잔과 투스카니의 여름날처럼 화사하고 맛있는 마들렌 하나면 나는 위로받을 수 있을 거예요.

내 모든 사랑을 담아
앨리스

트레들스 경사는 손가락으로 아내의 편지를 톡톡 치며 이 정보가 과연 쓸모 있을지 가늠해 보았다.

아니, 더 정확하게는 올바른 방향으로 쓸모 있을지가 관건이었다.

두 의사의 진료실에 있던 스트리크닌의 재고를 누군가 건드렸다는 사실과 레이디 셰리던이 패딩턴역에서 목격되었다는 잉그램 경의 조사 내용이 더해져 셰리던 일가에 대한 그의 의심은 확고해졌다.

그런데 베키 버틀이 미심쩍은 행동을 했을 가능성이 그의 가설을 흔들었다.

셰리던가 사람들은 유력한 용의자들이었다. 더 이상 애정이 남아 있지 않은 형제를 제거함으로써 그들은 지긋지긋한 돈 걱정에

종지부를 찍을 수 있다. 그들은 실수로 약물을 과다 복용한 것처럼 보이도록 복잡한 살인 과정을 연출할 지식과 자금이 있다. 물론 재정 상황에 심각한 구멍이 났지만.

하지만 그 동기가 금전이라는 점이 문제였다. 셰리던가의 재정난은 급성이라기보다 만성이었다. 그들은 지난 몇십 년 동안 아무도 죽이지 않고 나름대로 재정난을 버텨 왔다. 그런데 왜 인생의 황혼기에 접어든 지금 이런 일을 꾸미겠는가?

반면 현 시점에서 베키 버틀과 색빌 씨의 부적절한 행동이 살인을 촉발할 열정에 불을 붙였을 가능성이 훨씬 높아졌다. 다른 누군가가 베키 버틀의 애정을 얻기 위해 경쟁했을 수도 있다. 이를테면 바깥일을 담당하는 하인인 토미 던. 그는 나이대가 베키 버틀과 훨씬 더 가깝고, 거절당한 젊은 남자는 금세 위험천만한 야수로 변할 수 있다.

하지만 범인이 분노에 휩싸여 색빌 씨의 목을 조르지 않았다는 사실을 어떻게 보아야 할까. 트레들스는 토미 던이 자신의 흔적을 조금도 남기지 않을 정교한 계획을 짤 만한 부류로 보이지 않았다.

다른 여자 하인들은 어떨까? 그들 중 한 명이 자신이야말로 주인과 모종의 이해에 도달했다고 믿었는데 그가 베키 버틀과도 관계를 맺고 있다는 사실을 알게 되었다면? 그 사실이 지옥도 모자랄 격렬한 분노를 불러일으켰을 수도 있지 않을까?

"경사님, 화학분석가가 경사님 앞으로 전갈을 보냈습니다."

맥도널드 경장이 말했다.

"음?"

"왜 그러십니까, 경사님?"

맥도널드가 눈을 크게 뜨며 물었다.

트레들스는 냉정을 되찾을 시간이 필요했다.

"내가 클로랄 외에 다른 독극물이 있는지 색빌 씨의 조직을 검사해 달라고 요청한 건을 기억하나?"

그가 다시 전보문을 힐끔 보았다.

"검사 결과 비소가 나왔네."

제15장

　다시 찾은 커리 하우스는 전과 완전히 달라진 풍경으로 트레들스 경사를 맞이했다. 그 집은 안개의 바다에 떠 있는 유령선처럼 거대하게 부풀어 오른 수증기 속으로 밀려 나갔다 밀려 들어왔다.

　실내에서 풍기는 분위기도 전과 달랐다. 아름다운 해안의 풍광을 알아볼 수 없게 되자 전과 같은 유쾌함과 생기는 사라졌다. 그저 예쁘기만 한 실내장식에 황량함만 더욱 강조되어 고립감만 사무치게 느껴졌다.

　트레들스가 도착하기 전 맥도널드 경장은 현지 순경 두 명을 대동한 채 그 저택을 샅샅이 수색했다. 그 결과 비소 용기를 두 개 찾아냈다. 부엌에서 찾아낸 한 통은 붉게 칠해져 있었다. 부주의로 인한 오용을 방지하기 위해 법이 정한 규정을 따른 조치였다. 다른 한 통은 쥐를 잡기 위해 보관해 둔 삼산화비소로 저장실에 보관되어 있었다.

이 정도는 이런 규모의 저택에서 일상적으로 구비해 두기 때문에 비소를 썼을 만한 사람에 대해 알아낼 수 있는 직접적인 실마리가 되지 않았다. 그뿐만 아니라 삼산화비소를 구입할 때는 신원을 밝혀야 하지만, 거기까지 생각해 두었을 예비 독살범은 집에서 멀리 떨어진 곳에서 비양심적인 약사를 찾아내 아무 흔적도 남지 않는 거래를 했을 수 있다.

이런 점만 봐도 범인은 영리한 독살범이었다. 고인의 위 내용물에서는 비소가 검출되지 않았지만 머리카락과 손톱에 남아 있는 것을 보면 독살범은 오래전부터 범행을 진행했을 것이다.

그런데 무슨 일이 일어난 걸까? 왜 독살범은 계획을 바꾸었을까? 색빌 씨가 아직 정해지지 않은 미래의 어느 날이 아니라 당장 죽어야 했던 이유가 뭘까?

꽤 뻔뻔한 아가씨로 밝혀진 베키 버틀은 이 일과 관련이 있을까?

"그 저장실에 드나들 수 있는 사람들을 알려 주시겠습니까, 코니시 부인."

그들은 다시 가정부의 방에 와 있었다. 하지만 그녀는 지난번 방문했을 때만큼 이곳 하인들에게 통제력을 발휘하는 것처럼 보이지 않았다. 하기야 색빌 씨가 살해되었다는 사실을 안 이상 커리 하우스의 누구에게도 아무렇지 않게 대하기가 어려울 것이다.

"저장실은 평소에 잠가 둬요."

그녀가 흔들림 없이 침착하게 말을 이었다.

"케이크와 비스킷을 안에 보관하기 때문에 제니 프라이스가 그곳에 못 들어가게 하죠. 하지만 호지스 씨는 열쇠가 있어요. 색빌 씨에게 아침 코코아를 타 드리려고 코코아와 설탕을 가져가셨거든요. 미크 부인도 수프를 담을 큰 그릇을 쓰고 싶을 때가 있고요.

그리고 가끔 제가 토미 던에게 제 열쇠를 주기도 해요. 고용인은 하루 세 끼 외에 차를 제공받아요. 하지만 토미의 일은 중노동이죠. 그래서 토미가 직접 비스킷을 몇 개 가져가 먹어도 저는 신경 쓰지 않아요."

"그러니까 제니 프라이스를 제외한 모두가 그곳을 드나드는군요."

이래서야 수사에는 아무 도움도 되지 않았다.

"네. 와인이나 맥주는 그곳에 두지 않아요. 주류는 자물쇠로 잠가 두는 지하 저장고에 넣어 두거든요. 은식기도 없고요. 지금껏 저장실에서 가져가면 안 되는 것을 가져간 사람은 없었어요. 그런데 경사님, 색빌 씨는 클로랄 과다 복용으로 돌아가셨는데 어째서 비소를 쓴 사람에 관심을 가지시는 거죠?"

트레들스가 자신의 기록을 힐끔 보았다.

"베키 버틀은 말씀하지 않으셨군요. 그 하녀도 저장실에 출입합니까?"

"가끔 제가 뭘 좀 가져다 달라고 심부름을 보냈어요. 설마 그 아이를 의심하시는 건 아니죠?"

트레들스는 그 질문에 대답하지 않았다.

"색빌 씨가 돌아가신 날 아침, 그 방에 들어가셨을 때 커튼이 열려 있었습니까?"

코니시 부인이 눈을 깜박거렸다.

"잘 기억이 나지 않네요. 색빌 씨는 몸이 너무 차가웠고 다들 우왕좌왕했거든요. 커튼에 신경 쓸 경황이 없었어요."

"당시 커튼이 닫혀 있었다면 주위를 살피기 위해 커튼을 걷어야 했을까요?"

"커튼에 대해서는 아무 기억도 나지 않네요. 아마 걷혀 있었을 거예요."

가정부의 태도에 존경심이 들 정도였다. 트레들스는 《숙련된 영국 가정부》의 표지를 아름답게 장식한 그녀의 모습을 떠올리는 데 단 한 톨의 상상력도 필요하지 않았다. 방금 한 대답은 거짓말일까?

무엇보다 거짓말을 하고 있다면 그 이유는 뭘까? 어째서 트레들스에게 그 하녀가 나쁜 짓을 했을지 모른다는 인상을 주지 않으려고 애쓰는 걸까?

"베키 버틀의 사진을 보고 싶습니다."

갑작스럽게 주제가 바뀌자 코니시 부인이 자신의 찻잔으로 손을 뻗었다.

"그 애는 사진을 한 장도 남기지 않았어요."

"그렇다면 그 하녀의 성격에 대해서 말해 주시죠."

코니시 부인은 트레들스의 기준에는 과할 정도로 많은 설탕을 차에 탔다.

"베키는…… 다루기 힘든 나이였어요. 그 애는 자신을 어른이라고 생각했고, 남들이 아니라고 하건 말건 신경 쓰지 않았죠. 하지만 마음씨는 고운 아이예요. 몇 년 후면 분명히 참한 아가씨가 될 거예요."

"그 하녀가 언제 커리 하우스로 돌아올까요?"

"글쎄요, 그건 저도 모르겠어요, 경사님. 지금쯤이면 그 애 부모님의 귀에도 색빌 씨가 살해되셨다는 소식이 들어갔을 테니 이곳으로 되돌려 보내고 싶지는 않으실 것 같군요."

트레들스가 방금 코니시 부인의 목소리에서 얼핏 느낀 건 안도의 기색일까? 이 가정부에게는 자신의 체면을 신경 써야 할 이유가 있을까. 만약 베키 버틀의 행동이 의심스럽다는 사실이 새어 나가면 하인들의 책임자로서 그녀의 평판에도 좋지는 않을 것이다. 하지만 코니시 부인의 걱정거리는 이것뿐일까?

"코니시 부인, 색빌 씨가 클로랄의 과다 복용으로 돌아가셨는데 왜 비소에 대해서 묻는지 궁금해하셨죠. 그건 색빌 씨가 누군가의 손에 독살되었다는 증거인 비소를 그분의 시신에서 찾아냈기 때문입니다."

코니시 부인이 화들짝 놀랐다.

"말도 안 돼요!"

트레들스가 말을 이었다.

"그 누군가가 색빌 씨와 자주 만났을 가능성이 매우 높습니다. 색빌 씨는 이곳에서 은둔하다시피 지냈기 때문에 용의자는 이 댁 사람들로 한정되겠죠."

"어떻게, 어떻게 그렇게 끔찍한 생각을 하시나요."

"안타깝게도 사실이 그렇습니다."

"하지만 돌아가신 건 클로랄 때문이잖아요. 게다가 의사 선생님 두 분의 진료실에 몰래 들어가 도둑질할 수 있는 사람은 여기에 아무도 없어요."

그 점이 도무지 알 수 없는 부분이었다. 하지만 트레들스는 다년간 형사로 일하면서 하인들 중에는 사람들이 일반적으로 생각하는 것보다 훨씬 다양한 부류가 있다는 사실을 알게 되었다. 인생의 더 그늘진 면을 알았던 사람들이 하인들의 구역에 둥지를 튼다는 이야기가 금시초문이 아니었다.

"가정부라면 누구나 자신이 감독하는 하인들이 법을 철저하게 지키는 사람들이라 생각하겠죠. 그리고 그러기를 바랄 테고요. 하지만 부인도 이곳에서 일하는 사람들의 배경을 전부 다 아는 건 아니잖습니까, 그렇죠?"

코니시 부인이 내키지 않는 듯 수긍했다.

"이 집에서 색빌 씨에게 앙심을 품을 만한 사람은 누굴까요?"

"그런 사람은 없습니다!"

"사실이 아니라는 것을 아시지 않습니까. 이 지붕 아래에서 사는 누군가가 주인을 해치고 싶어 했습니다. 부인은 이 집의 살림을 감독할 책임이 있습니다. 하인들 간에 뒤틀리고 곪아 터질 가능성이 있는 긴장 관계가 있다면 파악해 두셔야죠."

코니시 부인이 양손으로 찻잔을 잡았다.

"경사님, 이 집을 악의의 온상으로 생각하시면 안 됩니다. 전혀 그렇지 않아요."

"경솔한 독살범이라면 자신의 증오를 여기저기에 다 드러내겠지요. 불만이나 분노를 미묘하게 터트리는 징후를 감지하신 적이 있습니까?"

"저는 색빌 씨에 대한 불평을 한 번도 듣지 못했습니다. 베키는 그분을 점잖은 신사로 여겼어요. 제니 프라이스는 그분을 흠모했죠. 미크 부인은 이곳에 온 지 얼마 안 되었지만 원체 성격이 밝은 분이고, 누구든 무엇이든 좋은 말만 하고요."

이런 말들은 칭찬이라기보다는 마음에 꼭 든다고 할 수 없는 사람들에게 적당히 듣기 좋은 말을 늘어놓는 것처럼 들렸다.

"토미 던은 색빌 씨의 어깨 위로 태양이 뜨고 진다고 생각했어요. 그리고 호지스 씨는…… 호지스 씨는 입이 아주 무거운 분이죠."

트레들스는 한쪽 눈썹을 치켜올렸지만 일단 가정부의 말을 기다렸다.

코니시 부인이 차를 꿀꺽 마셨다.

"저는 호지스 씨와 색빌 씨가 지금껏 별일 없이 잘 지냈다고 생각했습니다. 그런데 지난 크리스마스에 토미 던이 주인어른으로부터 시계를 선물 받고 걸핏하면 시계를 꺼내 시간을 확인하자 호지스 씨가 토미 던을 멍청이 보듯 보더군요. 그때 어쩌면 약간 질투를 하는지도 모른다고 생각했습니다. 토미 던은 주인님의 것에 버금갈 정도로 훌륭한 시계를 받을 이유가 없었거든요.

미크 부인이 처음 왔을 때 이곳의 모든 것을 마음에 들어 했어요. 그녀와 토미 던이 이 저택이 참 좋은 곳이고 주인님이 정말 신사다운 분이라며 칭찬하자, 호지스 씨의 표정이 돌처럼 차갑게 굳어 버리더군요. 한번은 그대로 일어나서 하인 구역을 나가 버린 적도 있어요."

호지스를 응접실로 불러서 몇 가지 질문을 하자 코니시 부인의 주장을 단박에 반박했다.

"제가 토미 던에게 눈을 몇 번 흘기기는 했겠죠. 하지만 그건 그 녀석이 걸핏하면 시곗줄을 꺼내니까 하도 어이가 없어서 그랬습니다. 다 큰 남자라면 체통을 지킬 줄 알아야죠. 그날 저녁을 먹고 하인 구역을 나간 이유는 비가 올 것 같았기 때문입니다. 제 방의 창문을 살짝 열어 놓았다는 사실이 기억났거든요. 오 분 후에 돌아왔습니다. 그리고 그때 미크 부인이 함께 이야기를 했던 사람은 토미 던이 아니었습니다. 베키 버틀이었죠."

순간 트레들스에게 어떤 생각이 퍼뜩 떠올랐다.

"버틀 양이 던 군과 함께 이야기하지 않은 게 확실한가?"

"제가 아는 한 두 사람은 거의 말을 섞지 않았습니다."

묘한 이야기였다. 나이가 지긋한 사람들이 대부분인 이 집에서 두 사람은 유일한 젊은이였다.

"늘 그런 식이었나?"

"그렇지는 않습니다. 베키가 처음 왔을 때만 해도 토미 던과 이야기를 많이 했죠. 그 친구가 베키에게 이런저런 도움도 많이 줬고요. 그런데 그 후에 상황이 변했어요. 원래 토미는 저녁을 먹으면 남아서 우리 이야기를 듣곤 했습니다. 먼저 입을 여는 법은 없지만 이야기에 귀를 기울이더군요. 특히 우리가 직접 가 봤거나 둘러본 곳들에 대한 이야기를 꺼내면 꼭 듣고 싶어 했습니다. 그런데 베키가 온 직후로는 더 이상 그러지 않았습니다. 저녁 식사를 끝내면 그대로 제 방으로 돌아가 버렸어요."

이 증언은 토미 던이 베키 버틀에게 연정을 품었을지 모른다는 그리고 자신의 애정을 알아주지 않자 실망했을 거라는 추측과 맞아떨어졌다.

"이보게, 우리 수사에 도움이 될 만한 다른 이야기는 없나?"

호지스가 잠시 생각에 잠겼다.

"제가 휴가를 마치고 사인심문에 참석하려고 돌아왔을 때 색빌 씨의 침실에 있던 위스키 디캔터가 보이지 않았습니다."

"찾아봤나?"

"코니시 부인에게 물어봤습니다. 그랬더니 집 안을 구석구석 뒤져봤지만 없다고 하더군요."

위스키라면 비소를 몰래 타서 먹일 좋은 수단이 될 수 있다. 사실 어느 것이나 비소를 탈 만한 좋은 재료가 될 수 있다. 비소가 독살자들의 무기고에서 가장 사랑을 받는 무기가 된 데는 다 그럴 만한 이유가 있었다. 비소 가루는 무색무취이며 음식과 음료에 쉽게 탈 수 있다. 게다가 비소에 중독된 증상은 콜레라 증상과 거의 비슷하다. 그러니 물 사정이 그리 안 좋은 지역에서는 배탈로 착각할 수도 있었다.

"자네에게 이 이야기를 알려 주는 게 좋겠군. 색빌 씨의 시신에서 비소가 발견되었네."

호지스가 주먹을 꽉 쥐었다. 그가 몇 차례나 무겁게 숨을 내쉬었다.

"스트리크닌으로 장난을 친 것도 충분히 지독한데. 비소까지요?"

"그렇다네. 색빌 씨는 위스키를 얼마나 자주 마셨나?"

"거의……."

호지스가 감정에 복받쳐 다시 숨을 후 내쉬었다.

"거의 매일 드셨습니다만 한 번에 소량을 넘기지 않으셨습니다."

"마시지 않을 때는?"

"날씨가 따뜻한 날이면 위스키 대신 와인을 한잔 달라고 하셨죠. 지하 저장고에 두면 와인이 늘 차갑거든요."

"이 질문을 전에도 한 것으로 기억하네만, 다시 한 번 더 물어보겠네. 색빌 씨가 죽기를 바랐던 사람, 특히 이 집 식솔들 중에서 그런 사람을 아나?"

호지스의 턱 한구석의 근육이 움찔했지만 그의 대답은 한결같았다.

"모릅니다."

"고인이 고통을 겪기를 바랐을지도 모르는 사람이 혹시 있었나?"

색빌 씨가 최근 몇 달 동안 고생했던 복통은 비소의 중독 증상이었을 가능성이 높았다.

호지스는 손을 펼치더니 다시 주먹을 쥐었다.

"아뇨, 경사님. 이 집에 그런 범죄자 같은 인간은 없습니다."

토미 던도 같은 대답을 했다.

"색빌 씨보다 더 너그러운 주인님은 없습니다. 그리고 새로운 주인님은 우리를 내보내실지도 모릅니다. 그런데 왜 우리가 그분을 해치려고 하겠습니까?"

그의 말도 일리가 있었다. 하인의 경우 주인을 독살했다가는 먹고살 길이 막막해질 수도 있었다. 특히 주인이 유산으로 저택을 물려받지 않은 이런 임대 주택은 더욱 그랬다. 다음 세입자 입장에서는 하인들을 전부 새로 데려오는 게 당연한 처사일 것이다.

트레들스는 미크 부인이 다른 하인과 이곳의 좋은 점과 주인에 대해 이야기를 하는 와중에 호지스 씨가 하인 구역을 나가 버린 일에 대해서 물었다.

"그 사람이 자네였나? 아니면 베키 버틀이었나?"

"베키였을 겁니다. 그런 일은 제가 잘 기억을 못해요."

"자네는 거기에 없었나?"

"네. 저녁을 먹고 나서 곧장 제 방으로 돌아갔습니다."

"베키 버틀과는 잘 지내지 못한 것 같더군."

적의가 토미 던의 얼굴에 그늘을 드리웠다.

"그 애는 자신이 대단하다고 생각하죠."

그의 표정에서 과도할 정도로 적의가 느껴졌다. 던이 베키 버틀을 껄끄럽게 생각하는 이유는 자신을 너무 대단하게 생각하는 태도 외에 뭔가 더 있는 것 같았다.

"베키에 대한 감정이 바뀌기 전에는, 연정을 느꼈나?"

토미 던이 코웃음을 쳤다.

"뭐라고요? 내가 그 여자애를 좋아했다고 물으시는 건가요?"

"그렇네."

"그럴 리가요. 그 계집애는 말라깽이였어요. 염소처럼 거죽만 남아서는. 저는 그런 취향은 아니에요."

"그렇다면 왜 그 하녀를 싫어하게 된 거지?"

던은 어깨를 으쓱했지만 턱에 어찌나 힘을 줬는지 목 줄기에서 핏줄이 도드라져 보일 정도였다.

"방금도 말씀드렸지만 그 애는 너무 잘난 척을 했다니까요."

한때는 충분히 친밀하다고 할 만한 관계를 탈선시킨 사건이 일어났지만, 트레들스는 그 사건을 던에게 캐물을 생각은 아니었다.

"사라졌다는 위스키 디캔터에 대해서는 아는 게 있나?"

"제 방에 들어갔더니 코니시 부인이 그 디캔터를 찾고 계시더군요. 부인은 제가 그것을 가져간 게 아니라 누가 제 침대나 어딘가에 숨겨 놓았을 수도 있어서 찾아봤다고 하셨어요. 그 말을 믿었다고는 못하겠네요."

트레들스는 경찰 일을 하다 마주치는 이런 장면이 늘 거북했다. 살인 사건 수사는 마음 깊이 파묻어 둔 채 강박적으로 키워 온 원한뿐 아니라, 일상적으로 겪는 수많은 억울한 감정까지 들추어낸다. 사건을 수사하지 않았다면 당분간은 표면 아래에 잠들어 있었을 감정의 흐름.

사이좋게 잘 지내는 집이라는 이미지, 즉 주인은 신사적이고 배려할 줄 알고, 하인들은 주인에게 충실하고 서로에게 다정할 것이라는 생각을 의심 없이 받아들일 정도로 순진할 필요는 없다. 하지만 그럴 수도 있다고 믿지 않으면 어떤 집을 보아도 악다구니와 불만이 부글부글 끓고 있다고 의심하는 냉소적인 부류가 될 것이다.

그런 면에서 보면 로버트 트레들스는 몹시 행운아였다. 그는 회의주의와 각성 같은 너무 쉬운 길로 빠지지 말아야 할 법적 의무가 있었다.

제니 프라이스와 다시 이야기를 나눠 봐야 소득이 없을 터라 트레들스는 미크 부인을 불렀다 그녀는 잔뜩 긴장해 있었다.

"경사님, 색빌 씨가 비소에 독살당하셨다는 이야기가 사실인가요?"

소문이 퍼질 거라는 것쯤은 트레들스도 이미 예상하고 있었다.

"누가 부인에게 와서 그 이야기를 하던가요?"

그 질문에 대한 대답이 하인들이 서로 어느 정도 친밀한지 판단하는 데 도움이 될지도 몰랐다.

"누가 와서 알려 준 게 아니에요. 코니시 부인이 부엌을 지나가는데 충격을 심하게 받은 것 같더군요. 그래서 따라가서 무슨 일인지 물어봤죠. 그랬더니 말해 주더군요. 어찌나 끔찍한 이야기인지 호지스 씨와 토미 던에게도 물어봤지 뭐예요. 도저히 믿고 싶지 않았거든요."

커리 하우스의 요리사는 여전히 트레들스가 사실이 아니라고 바로잡아 주기를 바라는 듯 가만히 바라보았다.

"사실입니다."

그가 부드럽게 말했다.

그 즉시 요리사의 시선이 맥도널드 경장에게 옮겨 갔다. 그도 고개를 끄덕이며 마지막으로 그 사실을 부정하려는 시도를 차단해 버렸다.

미크 부인이 땅이 꺼지기라도 하듯 천천히 의자에 앉았다.

"하지만 그건 사악한 일이잖아요. 악행이라고요."

트레들스는 미크 부인이 냉정을 되찾을 시간을 주었다.

"부인이 지난번에 하신 답변에 따르면, 부인이 색빌 씨의 침실에 들어가셨을 때 제일 먼저 한 일 중에 커튼을 걷은 것도 있었습니다. 맞습니까?"

그녀가 당황하며 그를 바라보았다.

"그게 무슨 관계가 있나요?"

"질문에 대답해 주십시오. 커튼을 걷으셨습니까?"

"제가 걷었어요."

"그때는 커튼이 닫혀 있었다고 확신하십니까?"

미크 부인이 몸을 더 곧추세웠다. 그리고 상처받은 자존심에 발끈하며 자신의 정직함을 옹호하려 들었다.

"절대적으로 확신해요, 경사님. 우리는 서둘러서 색빌 씨의 침대로 달려갔어요. '주인님을 만져 봐요. 만져 보라고요.' 베키가 이렇게 소리치는 거예요. 그래서 그렇게 했죠. 그랬더니 체온이 정상이 아니었어요. 고개를 들어 코니시 부인을 봤죠. 그런데 그녀는 주인님을 보고 있지 않았어요. 그녀는 커튼을 보고 있었죠. 그 순간을 아주 또렷하게 기억해요. 방 안은 여전히 어두컴컴했지만 햇빛이 어느새 커튼의 끄트머리 주위로 새어 들어오고 있었거든요. 후광처럼 말이에요. 코니시 부인이 그녀 쪽에 있는 커튼을 활짝 열기에 나는 내 쪽에 더 가까운 창문의 커튼을 활짝 열었어요."

미크 부인의 대답은 다른 뉘앙스를 풍기려는 느낌이 전혀 들지 않고 정직했다.

트레들스는 자신이 커튼의 중요성에 대해 전혀 의식하지 못했던 사실이 떠올랐다. 그때 어떤 생각이 그의 뇌리를 스쳤다.

"가사일 중에 다른 일을 하신 적이 있습니까, 미크 부인?"

"아뇨, 경사님. 저는 항상 요리사였어요. 처음에는 요리사 보조, 나중에는 요리사."

아마 그녀는 그저 솔직하게 사실대로 말했을 뿐, 자신의 대답이 얼마나 중요한지 짐작도 못했을 것이다.

"베키 버틀에 대해서는 어떻게 생각하십니까?"

"베키요? 다소 다루기 힘든 구석이 있는 애죠. 저야 기가 세든 말든 신경 쓰지 않지만 코니시 부인은 그 애 때문에 골치를 썩이는 것 같았어요."

"외모가 매력적인가요?"

"아름답다고는 할 수 없지만 그 나이대 여자아이들은 풋풋하잖아요. 처음으로 젊음이 꽃을 피우는 시기니까."

"혹시 이 집에 그 하녀의 사진이 있습니까?"

미크 부인이 눈을 찡그렸다.

"아…… 니요. 잠깐만요. 기억났어요. 최근에 순회 사진사가 왔었어요. 호지스 씨는 색빌 씨가 바로 전해에 하인들의 사진값을 지불했기 때문에 이렇게 금방 또 지불해 주시지는 않을 거라고 하셨죠. 그랬더니 코니시 부인이 자신이 사진값을 내겠다고 했어요. 그래서 우리는 저택 밖으로 의자를 끌고 나가서 사진사 앞에 앉았어요. 며칠 후에 사진사가 코니시 부인에게 사진 한 장을 가지고 왔죠."

"베키 버틀이 그 사진에 찍혀 있습니까?"

"그럼요. 제 오른쪽 뒤에 서 있어요."

코니시 부인은 이 집에 그 하녀의 사진이 단 한 장도 없다고 단언했다. 트레들스는 떠나기 전에 가정부에게 다시 한 번 더 이야기를 해야겠다고 메모했다.

"호지스 씨가 위스키 디캔터가 없어졌다고 하시더군요. 그 이야기를 들으셨습니까?"

그때 문을 두드리는 소리가 났다. 트레들스가 대답도 하기 전에 퍼킨스 순경이 고개를 빼꼼 들이밀었다. 그는 런던 경찰청에서 온 두 형사와 함께 움직이며 수사를 보좌했다. 젊은 순경의 얼굴이 흥분으로 붉게 물들어 있었다.

"경사님, 경장님, 잠시만 이야기를 할 수 있을까요."

트레들스가 한쪽 눈썹을 들어 올렸다. 순경이 면담 중에 끼어들 정도니 중요한 소식일 것이다. 그가 웅얼거리며 사과의 말을 한 후 방을 나가자 맥도널드가 그의 뒤를 따랐다.

"경사님! 경장님이 제게 확인해 보라고 한 이름……."

"무슨 이름 말인가, 경장?"

"제가 미크 부인의 방을 수색하던 중에 말입니다. 낸시 몽크 앞으로 온 편지를 몇 통 찾아냈습니다. 이름이 익숙한데 누구인지 도무지 생각이 나지 않더라고요. 그래서 퍼킨스 순경에게 이 이름과 관련해서 뭔가를 더 찾아낼 수 있는지 알아봐 달라고 했습니다."

"서의 동료들 중 한 명이 금세 기억하더군요."

퍼킨스가 맥도널드의 말을 받았다.

"하지만 서둘러서 일을 그르치고 싶지 않아서 런던 경찰청에 휘트스톤 전신 기계로 전보를 보냈습니다. 그리고 답장을 받았고 의심스러운 부분을 사실로 확인했습니다.

낸시 몽크는 이십오 년 전 비소 독살 재판에 선 적이 있습니다. 마침 출장 중이었던 그 집의 가장을 제외한 가족 전원이 사망한 사건이었죠. 그녀는 법정에서 스스로를 변호했고, 배심원은 그녀가 어린아이들을 몹시 아꼈다는 사실에 설득되었습니다. 게다가 요리사와 가장 사이에 무슨 관계가 있었다는 증거가 전혀 없었기 때문에 무죄 판결을 받았습니다. 그녀에게는 당시 결혼을 약속한 젊은 청과물상이 있었습니다."

그런데 이십오 년 후 그녀가 또 다른 비소 독살 사건에 연루되었다는 말인가.

트레들스 경사가 돌아와 보니 미크 부인은 의자에 앉아 손으로 의자 팔걸이를 꼭 붙든 채 몸을 앞뒤로 흔들고 있었다.

트레들스는 단도직입적으로 말했다.

"미크 부인, 과거에는 다른 이름을 쓰셨습니까?"

그녀의 얼굴에서 핏기가 싹 빠져나갔다.

"왜 그런 걸 물으시죠?"

그는 잠자코 기다렸다.

"나는 누명을 쓴 거예요!"

폭발하듯 튀어나온 한 옥타브 높은 목소리는 깔쭉깔쭉한 테두리가 달린 것처럼 날카롭게 들렸다.

"저를 고용한 그 남자. 그 사람이 범인이었어요. 그 인간 사촌이 양 농장을 했는데, 그곳에 양모를 다듬으려고 삼산화비소를 보관해 뒀어요. 그 가족이 죽기 한 달 전에 그 사람이 사촌 집에 다녀왔죠. 그는 잘라 놓은 덩어리 설탕과 가루 설탕이 든 예비용 통에 비소를 섞었어요. 저는 그 설탕 통을 찬장에 놓아뒀거든요. 얼마후 부엌에 둔 설탕 통에 설탕이 다 떨어지고, 예비용 설탕을 쓰기 시작할 즈음 그 사람은 출장을 가서 확실하게 집을 비웠어요.

저는 여느 아침처럼 아이들에게 줄 설탕 우유와 마님이 드실 뜨거운 코코아를 내갔어요. 버터를 바른 토스트에 설탕을 뿌려 먹었죠. 그날 그 가족이 얼마나 고통스러워했는지 상상도 못하실 거예요. 저는 걱정이 돼서 미칠 지경이었죠. 하지만 중독이 되었다는 생각은 떠오르지도 않았어요. 그리고 제가 기소될 줄은 상상도 못했죠.

마님은 아름답지도 영리하지도 않았어요. 그래도 그 인간을 위해서 최선을 다해 좋은 가정을 꾸리려고 했어요. 아이들은 사랑스러웠고 제가 요리하는 음식은 뭐든 다 좋아했죠. 그 아이들의 아버지가 그 일이 있고 일 년도 되지 않아 동업자의 딸에게 청혼했지만 거절당했다는 소식을 듣고 어찌나 통쾌하던지. 그 사람이 화가 잔뜩 난 숫양에게 들이받힌 후 사촌의 농장에서 죽었다는 소식을 들었을 때는 뛸 듯이 기뻤어요. 결국 신은 눈이 멀지도 귀가 먹지도 않으셨으니까요."

그녀가 손가락으로 깍지를 꼈다. 그 손가락들은 오랜 노동으로 굵고 울퉁불퉁했다.

"하지만 그것이 하늘이 행한 정의였다면 제게는 너무 늦었어요. 남자 친구는 제가 결백하다는 사실을 믿어 줬지만, 그의 어머니는 공개 재판에 섰던 사람과는 절대 결혼시키지 않겠다고 했죠. 제가 그녀를 독살할지도 모른다며 무서워한 건 말할 것도 없고요. 그래서 저는 더 이상 랭캐셔에 있을 수 없었어요. 남자 친구에게 작별을 고하고 멀리 떠나 이름을 바꾸고 혼자 새 출발을 했죠."

한때 내시 몽크였던 사람이 고개를 들어 트레들스를 보았다. 그녀의 시선은 솔직하고 거리낌이 없었다.

"저는 색빌 씨를 독살하지 않았어요. 그리고 이십 년 동안 모신 이전 고용주에게 확인해 보시면 다 사실이라는 걸 확인하실 수 있어요. 그분은 제가 관두는 걸 몹시 애석해하셨죠. 물론 계속 있을 수도 있었지만 저는 더 이상 젊지 않아서 스무 명이 넘는 소화불량을 겪는 여자들에게 매일 식사를 제공하는 일이 너무 힘들었어요."

"우리가 부인의 전 고용주에게 반드시 확인해 보도록 하겠습니다."

트레들스가 말했다.

그녀가 심적으로 얼마나 고통스러운지 뻔히 보여서 트레들스는 숨을 쉬기도 힘겨웠다. 그는 요리사를 믿고 싶었지만 개인적인 동정심으로 수사를 흐릴 수는 없었다.

"그러면 그동안 어떻게 하실 작정이시죠, 경사님? 저를 체포하실 건가요?"

미크 부인의 어깨가 축 처졌다.

트레들스가 속으로 한숨을 푹 쉬었다.

"그럴 계획은 없습니다. 아직은요. 대신 이 집을 절대 떠나지 마세요. 이곳을 나가면 도망자로 간주할 겁니다."

트레들스는 사진에 대해 잊지 않았지만 이번에도 코니시 부인은 대답이 준비되어 있었다.

"베키가 집을 떠날 때 그 사진을 가져갔어요. 집으로 가고 싶어 했는데 돌아가면 부모님이 다시 보내 주지 않을까 봐 걱정했거든요. 그러더니 기념으로 그 사진을 가져가게 해 달라고 하더군요."

트레들스가 고개를 끄덕였다.

"다른 고용인들과 면담을 진행하던 중에 부인이 찾아다니셨다는 위스키 디캔터에 대해 알게 되었습니다. 그 이야기를 제게 빼놓으셨더군요."

코니시 부인이 숨을 헉 들이쉬었다.

"하지만 그건 사건과 관계가 없잖아요. 제가 이곳에서 일하는 동안 이 집에서 절도 사건은 한 번도 일어나지 않았습니다. 색빌 씨가 돌아가시자마자 누군가 그분의 물건을 가져가도 상관없다고 생각했다는 사실에 저는 화가 났어요."

언뜻 들으면 이 대답은 납득할 수 있을 정도로 설득력이 있었다. 하지만 다시 생각해 보라. 겉으로 보이는 모습을 그대로 받아들였다면 색빌 씨의 죽음을 수사하는 일도 없었을 것이다.

"그래서 디캔터는 찾으셨습니까?"

"아뇨."

가정부가 얼른 대답했다.

"디캔터가 나타나면 알려 주십시오."

"물론이죠, 경사님. 물론이에요."

코니시 부인이 환하게 미소를 지었다.

제16장

샬럿이 무엇을 기대했건 신문에 실린 셜록 홈스의 광고에 대한 호응은 그 예상을 훌쩍 넘었다. 왓슨 부인조차 밀려 들어오는 문의 덕분에 기쁘다는 말로도 부족하다고 할 정도였다.

그녀가 샬럿에게 주의를 준 것처럼, 수수께끼를 풀어야만 하는 복잡한 상황과 전혀 관계없는 편지가 많았다. 어떤 편지들은 셜록 홈스가 자신과 상관도 없는 문제에 끼어든다며 비난하는 내용이었는데, 한 통은 레이디 아멜리아의 친구라는 사람의 편지였고, 다른 한통은 레이디 슈루즈버리의 친척이라고 주장했다. 어떤 편지들은 가공의 홈스와 가꾼 우정과 유대감을 주장하며, 다시 교류를 이어 나가고 싶으니 가능하다면 경제적인 원조를 바란다는 내용이었다. 샬럿이 가장 재미있었던 편지는 여섯 통 남짓한 청혼 편지로, 발신인은 당대의 유일무이한 천재가 훌륭한 아내의 온기와 보살핌을 누리지 못하는 상황을 바라지 않는 여자들이었다.

홈스가 동성애자일 것이라고 확신하는 어느 신사의 편지도 있었다.

내가 관찰한 바에 의하면 위대한 남자들은 다른 위대한 남자들을 향한 깊은 사랑을 품고 있을 가능성이 그렇지 않을 가능성보다 훨씬 더 높습니다. 그러므로 나는 당신에게 우리 모임에 들어와 우리를 비난하는 선입견과, 발각되고 추방당할까 봐 우리를 두려움에 떠는 아웃사이더로 만드는 장애물을 전복하는 데 힘을 모으자고 촉구하는 바입니다.

"지금이라도 그 모임에 들어갈 수 있어요. 하지만 제가 그 신사를 지독하게 실망시킬까 두렵네요."

샬럿이 왓슨 부인에게 말했다.

나머지 문의 중에서 일부는 내용이 거짓이었기에 바로 제외했다.

"이 남자는 자기 수입이 일 년에 4천 파운드인데 약혼녀가 그를 사랑하는 건지 돈이 목적인지 알아봐 달래요. 이 편지지를 봐요. 이 남자의 수입이 정말 일 년에 4천 파운드라면 나는 기절초풍할 거예요."

왓슨 부인이 코웃음을 쳤다.

꽃집에서 일하며 항상 장미 한 송이만 사는 고객이 느닷없이 노란 백일홍 한 다발을 산 행동에 의문이 든다고 한 젊은 여성의 편지에 왓슨 부인은 충분히 있을 법한 이야기라고 여겼다. 하지만 샬럿은 편지를 한 번 보더니 조작이라고 단언했다.

"잉그램 경은 뛰어난 달필가예요. 저는 그분께 누구나 여러 가지 필적을 능숙하게 구사할 수 있기는 하지만, 계속 이어지는 글자들을 물처럼 자연스럽게 쓰는 실력을 쌓으려면 엄청나게 연습해야 한다고 배웠어요. 그런데 연습한 사람이 쓴 글씨조차 여전히 단어를 시작하고 마칠 때 눈에 띌 정도로 망설이는 부분이 있을 수 있어요. 사실 이 편지를 보면 글쓴이가 신문사에서 근무하는 것 같아요."

왓슨 부인의 눈이 휘둥그레졌다. 홈스 씨와 인터뷰를 하고 싶다는 신문사의 문의 편지가 잔뜩 왔지만 받는 즉시 폐기해 버렸던 것이다. 샬럿이 활짝 웃었다.

"이 남자의 필체로는 아무것도 알아내지 못했지만 편지에 찍힌 소인을 보니 〈타임스〉지 건물과 매우 가까워요. 우리의 예비 사기꾼은 수수께끼의 셜록 홈스와 대면 인터뷰를 하고 싶으면 자신의 사기에 좀 더 공을 들이는 편이 좋다는 사실에는 생각이 미치지 않았던 거죠."

어퍼 베이커 스트리트 18번지에서 처음으로 맞이한 진짜 고객은 두 볼이 발그레하고 간절한 표정을 한 젊은 남자였다. 그는 사랑스러운 젊은 숙녀에게 구애를 했다. 그녀의 생일이 삼 주 후로 다가오자 그는 그녀에게 무슨 선물을 받고 싶은지 물었다. 그리고 대답으로 그 숙녀는 이 청년의 애정이 얼마나 깊은지 시험하기 위해 한 가지 수수께끼를 냈다.

내가 받고 싶은 선물은 한 해(year)의 시작에서, 사전(dictionary)에서 가장 긴 단어의 한가운데에서, 계단(stairs)의 제일 아래 칸에서, 영원 (eternity)의 끝에서 찾을 수 있어요. 이걸 보니 지금 머릿속이 위아래로 뒤죽박죽인가요? 그렇다면 당신은 바른 방향으로 뒤집어야 해요.

샬럿은 '셜록의' 침실로 들어갔다가 삼 분 후에 환한 미소를 지으며 돌아왔다.

"오라버니가 이 수수께끼를 풀어 줬습니다. 일단 한 '해'의 시작에 있는 철자는……."

"저도 벌써 그런 방식으로 시도해 봤습니다."

그 청년이 말을 이었다.

"한 '해(year)'라는 단어의 시작은 철자 y죠. 계단(stairs)의 제일 아래 칸의 철자는 s고요. 영원(eternity)의 끝은 다시 y가 됩니다. 하지만 사전에서 가장 긴 단어는 뭘까요?"

"그건 사전마다 다르겠죠, 안 그런가요? 하지만 '사전(dictionary)' 이라는 단어에서 가장 긴 단어는 사전 그 자체예요."

그 청년이 기쁨의 탄성을 내질렀다.

"그렇다면 그 단어의 한가운데에 있는 철자는…… 아하……."

샬럿은 그가 답을 외칠 때까지 참을성 있게 기다렸다.

"O! 답은 o군요."

"정답을 찾으신 것 같군요."

"그런데 y와 o, s, y가 뭘 의미할까요?"

"당신의 숙녀분은 모든 것이 위아래 뒤죽박죽이 될 수 있다고 알려 줬잖아요, 그렇죠? 그러면 그분이 지시한 방향을 반대로 돌려

보죠. 어쨌든 방향은 뒤집을 수 있으니까요. 이번에는 한 해의 끝과 계단의 꼭대기 칸, 영원의 시작을 찾아서 조합하면 어떻게 되죠? 사전의 한가운데는 위아래가 바뀌어도 여전히 한가운데겠죠."

그 청년이 잠시 생각에 잠겼다.

"R. O. S. E. 장미. 그녀는 장미를 원하는 거야! 생일에 장미를 선물하면 되겠어요!"

그는 입이 귀에 걸린 채 그곳을 떠났다. 사업의 관리자인 왓슨 부인은 의뢰인을 안내했다.

샬럿도 왓슨 부인도 셜록 홈스의 서비스에 대해 정당한 사례비로 얼마를 받아야 할지 경험이 없었기 때문에 왓슨 부인은 의뢰인의 문제를 해결한 면담의 경우 7실링을 청구하기로 정했다. 의사가 왕진비로 청구하는 금액보다 조금 더 많았지만 너무 과한 수준은 아니었다. 그리고 이 세상에 셜록 홈스는 단 한 사람이지 않은가.

왓슨 부인이 입이 찢어져라 활짝 웃으며 돌아왔다. 샬럿이 의자에서 일어났다.

"믿을 수가 없어요. 정말 돈을 내다니!"

왓슨 부인은 당연히 샬럿의 의뢰인들이 돈을 낼 것이라고 재차 확인해 주었다. 하지만 샬럿은 여전히 이 모든 일이 신기루처럼 느껴졌다. 허공에 뜬 정교한 성의 신기루 말이다. 무엇보다 몇 분 되지 않는 시간과 약간의 사고력을, 진짜 돈 그것도 괜찮은 동네에 있는 식사를 제공하는 하숙집의 일주일치 집세로 충분한 비용으로 바꿀 수 있다!

"어머, 당연하잖아요. 그 사람은 돈을 냈죠. 그것도 아주 기꺼이."

왓슨 부인의 얼굴에 장난기 어린 만족감이 번지자 ……샬럿이 입을 떡 벌렸다.

"수수료를 얼마라고 하셨어요?"

"1기니."

1기니라면 21실링이고, 그들이 청구하기로 정해 놓은 금액의 세 배였다. 샬럿이 입을 떡 벌린 채 왓슨 부인을 바라보았다.

"그건 너무 많잖아요!"

"맞아요. 하지만 이런 일은 내가 더 잘 알아요. 당신이 그 청년에 대해 알아낸 것을 말해 줬을 때 그 청년은 자신이 상당히 부유하다고 확인해 줬잖아요. 안 그래요?"

그 청년의 집안은 제조업으로 성공을 거두었다. 하지만 그렇다고 해도 1기니는 큰돈이다.

"이건 그 사람이 지불할 능력이 있느냐의 문제가 아니라 과다 청구의 문제라고요."

왓슨 부인은 묵직한 동전을 샬럿의 손바닥에 올려놓고 손가락으로 그 동전을 감싸 쥐게 했다.

"당신은 바가지를 씌우기보다 헐값에 의뢰를 해결해 줄 가능성이 훨씬 더 높다는 사실을 명심해요. 당신은 자신의 가치가 어느 정도인지 아직도 잘 모르는 데다 자신의 값어치를 고스란히 요구하도록 배운 적도 없으니까요. 그래서 내가 이 사업의 회계 담당자로 자원한 거예요. 나는 그 두 가지를 다 알고 있으니까요."

왓슨 부인이 미소를 지었다.

그들의 두 번째 의뢰인은 남편에게 선물받은 에메랄드 반지를 어디에 뒀는지 기억나지 않아서 남편이 출장에서 돌아올 때까지 필사적으로 찾고 있는 삼십 살가량의 소심한 부인네였다. 샬럿은 그 부인의 모자 고정용 핀 꽂이 바닥에서 반지를 찾았다. 왓슨 부인은 그 의뢰인에게 9실링에 집으로 타고 갈 영업용 마차 비용까지 더해서 청구했다. 그러자 그 의뢰인은 기꺼이 그 돈을 지불했을 뿐만 아니라 '방을 떠날 수 없는 불쌍한 홈스 씨'를 위해 햄 파이까지 안겨 주었다.

"사업이 이런 식으로만 된다면 우리는 일 년에 5백 파운드 넘게 벌 수 있겠어요."

두 사람이 마차에 자리를 잡자 샬럿이 감탄하며 말했다.

왓슨 부인이 자신의 보닛에 달린 해오라기를 톡톡 치며 말했다.

"친애하는 홈스 양, 5백 파운드는 그리 대단한 액수가 아니에요."

"하지만 제가 오랫동안 학교에서 배우고, 연수를 받고, 경험을 쌓고 나면 그 정도를 받을 수 있을 거라고 기대한걸요!"

"음, 우리는 일 년에 5백 파운드도 못 벌 수 있어요. 의뢰인들이 항상 꾸준하게 찾아오지 않을 수도 있으니까요. 공작들이나 왕자들의 의뢰를 받아서 내가 비서들에게 건당 50퀴드씩 청구한다면 훨씬 더 많은 돈을 벌겠어요."

왓슨 부인이 대단히 흐뭇한 표정을 지으며 말을 이었다.

"그리고 내가 그 사람들에게 과다 청구를 해도 걱정하지 말아요. 귀족이라고 전부 재정 상황이 지독하게 궁핍한 건 아니니까. 웨스트민스터 공작은 수입이 일 년에 25만 파운드에 달해요."

샬럿은 웃음을 터트리지 않을 수 없었다.

"친애하는 부인, 제가 부인의 친절을 이용하는 걸까 걱정했어요. 그런데 이제 보니 전혀 쓸모없는 걱정이었네요. 부인은 상어처럼 무시무시한 사기꾼이세요!"

왓슨 부인은 샬럿의 말에 확연히 기뻐하며 살짝 우쭐해했다.

"물속에서도 돈 냄새는 기가 막히게 찾아내는 상어지요. 하지만 이빨은 꽤 말랑말랑해요."

"리비아 양. 어떤 여자가 아가씨를 찾아왔어요. 라즈쿠리마 인디라라고 자기소개를 했어요."

하녀가 말했다.

리비아가 요 며칠 전혀 진척이 없는 자수틀에서 고개를 들었다.

"뭐라고?"

가끔 런던에서 인도 공주를 보는 일도 있지만 홈스가는 인도와 거의 인연이 없을뿐더러 외국의 고관대작들과 교류하는 지위도 아니었다. 대관절 그런 홈스가의 리비아를 왜 찾아온 걸까?

응접실로 가 보니 주홍색과 금색의 실크로 몸을 휘감은 여자가 등을 돌린 채 창가에 서 있었다. 머리는 몸까지 전부 다 휘감은 몹시 긴 숄로 가려져 있었다. 리비아의 기척에 손님이 빙 돌아서며 숄을 얼굴로 끌어내려 눈을 제외한 모든 부분을 가렸다.

그 여자는 리비아가 혼자 온 모습을 보자 숄의 가장자리를 잡고 있던 손을 내렸다.

샬럿!

샬럿이 입술 위로 손가락 하나를 갖다 대며 리비아에게 조용히

하라고 신호를 했다. 리비아가 얼른 방을 가로질러 가 동생을 얼싸안았다.

"어머나, 샬럿!"

마침내 리비아가 동생에게서 물러났다.

"맙소사, 알몸이나 다름없잖아!"

샬럿이 입은 블라우스는 가슴 바로 아래에서 끝났다. 어깨에서 엉덩이까지 상반신을 대각선으로 가로지르고 등을 감싸는 숄은 드러난 몸통을 거의 다 가려 주었지만 때때로 옆구리의 맨살이 10센티미터가량 훌쩍 드러나곤 했다.

"이렇게 하면 아무도 내 얼굴을 보지 않아. 언니, 잘 지냈어?"

샬럿이 리비아의 팔에 한 손을 올렸다.

"아주 잘 지냈어. 사람들은 더 이상 내가 레이디 슈루즈버리를 끝장냈다고 진심으로 믿지 않아. 하지만 그걸로 한동안은 이런저런 억측을 해 대겠지."

상황은 생각보다 조금 덜 희망적이었다. 비소가 발견되었다는 사실로 사람들은 색빌 씨가 살해되었을 수도 있으며, 그곳 주민 누군가가 범인일 것이며 그 누군가는 하인들 가운데 있을 가능성이 가장 높다고 쑥덕거리느라 바빴다. 결국 이런 추측은 색빌 씨의 죽음이 나머지 두 사람의 죽음과는 아무런 관계도 없다는 의견 일치로 이어졌다.

결국 나머지 두 사람의 죽음에 대한 의혹은 다시 한 번 리비아와 헨리 경 각각에게 떨어지고 말았다. 그래서 샬럿이 위험을 무릅쓰고 언니를 만나러 온 것이다.

"언니, 살이 너무 많이 빠졌어."

샬럿이 부드러운 음성으로 말했다.

"내가 먹는 것보다 네가 먹는 모습을 지켜보는 편이 늘 더 즐거웠어. 적어도 너는 몸이 많이 상하지 않았네."

리비아가 샬럿의 얼굴을 양손으로 감쌌다.

"왓슨 부인은 하루 종일 내게 음식을 내밀고 나는 아무것도 거절하지 않으니까. 하지만 이대로 가다가는 다음 주면 최대 허용 턱 개수에 다다를 거야. 그때가 되면 이렇게 무턱대고 먹는 짓도 관두게 될 거야."

리비아가 킥킥거리며 웃었다.

샬럿이 리비아의 손을 잡았다.

"사인심문이라도 열리면 좋을 텐데. 레이디 슈루즈버리 건만이라도."

리비아가 한숨을 쉬었다.

"걱정하지 마."

샬럿이 리비아 옆으로 다가와 한 팔로 어깨를 감쌌다.

"트레들스 경사님이 이 사건을 철저하게 파헤칠 거야. 그분은 무척 유능한 경찰이니까."

샬럿은 누군가를 위로하는 본능을 타고나지 않았다. 리비아는 이 사실을 잘 알았다. 두 사람이 어렸을 때 리비아가 가끔 자신이 보잘것없고 시시한 존재라는 감정에 압도되어 스스로와 전투를 벌일 때면 샬럿은 방 한구석에서 그 모습을 가만히 지켜보기만 했다. 하지만 자라면서 샬럿은 언니의 등을 부드럽게 토닥거려 주면 리비아가 혼자라는 생각을 덜 하고 절망적인 기분에서 덜 허우적거린다는 사실을 깨우쳤다. 꼭 안아 주어도 되었다. 팔을 토닥이는 것도 좋았다.

사실 어떤 식이건 신체 접촉은 효과가 있었다.

샬럿이 원래부터 신체적 친밀감을 꺼려 한다는 사실을 알면서도 샬럿의 손길이 주는 위안이 줄어들기는커녕 더 커지기만 하다니 묘한 일이었다. 샬럿의 손길은 고통받고 있는 타인에 대한 반사적인 반응이 아니라 의식적인 행동이었다.

리비아는 동생에게 몸을 기댄 채 밤낮으로 머리 한구석을 떠나지 않는 무시무시한 생각을 비로소 꺼냈다.

"트레들스 경사님이 진상을 파헤쳤더니 결국 색빌 씨의 집사가 저지른 일이라는 사실만 드러나면 어떻게 하지?"

그랬다간 리비아는 영원히 레이디 슈루즈버리의 죽음에 책임이 있을지도 모르는 여자로 남을 것이다.

리비아는 평생 누구에게도 주목받지 못한다는 사실에 좌절하며 살았다. 집에서 그녀는 부모가 가장 마지막에 기억하는 딸이었다. 사교계의 여자들은 더 예쁘거나, 더 생기 넘치거나, 더 젊거나, 더 영리하거나, 심지어 더 가련했다. 독재자 같은 남자 형제의 손아귀에서 꼼짝 못하고 견뎌야 하는 삶이 기다리고 있던, 평범하고 돈한 푼 없는 노처녀도 홀아비의 청혼을 받은 경우가 있었으니까.

하지만 리비아는 어딜 가나 자신의 존재감을 지워 버리는 특별한 방패를 가지고 다니는 것 같았다. 그 방패 뒤라면 방 한가운데에 서 있어도 그 누구의 눈에도 띄지 않을 수 있었다.

사람들의 관심을 받을 수 있기를 얼마나 간절히 기원했던가.

그런데 소원을 빌 때는 조심해야 한다는 교훈을 이런 식으로 깨닫다니 참으로 잔인한 일이었다.

"트레들스 경사님이 조만간 진짜 용의자들을 체포하실 거야. 범죄수사부 자문으로서 내가 장담해."

샬럿이 말했다.

리비아가 코웃음을 쳤다.

"그 말을 들으니 생각났네. 셜록 홈스의 서비스에 대한 광고를 봤어. 너 정말 의뢰인을 받고 있니? 그 설정을 어떻게 들키지 않고 계속할 작정이지?"

샬럿은 자신과 왓슨 부인이 고안한 방법을 설명했다.

"오늘 아침에 고객이 두 명이나 왔어. 벌써 30실링을 벌었다니까."

"그렇게 빨리?"

"응. 그리고 오후에 한 명 더 예약이 잡혀 있어."

샬럿이 레티큘을 열어 작은 주머니를 꺼내 리비아의 손에 쥐여주었다. 리비아는 그 주머니를 열지 않아도 샬럿이 도망치던 밤에 주었던 장신구와 돈이 들었다는 사실을 알 수 있었다.

리비아가 그 주머니를 다시 돌려주었다.

"아직은 일러. 한 주나 한 달 후에도 고객이 너를 찾아올지 아직은 모르는 일이잖아. 그리고 나는 아직도 그 왓슨 부인이라는 사람에 대해서 판단을 보류 중이야."

샬럿이 고개를 가로저었다.

"나는 지금 언니가 더 걱정이야. 이거 받아. 왓슨 부인이 이 셜록 홈스 사업의 착수금을 대셨어. 그러니까 적어도 착수금을 회수할 때까지는 내가 건강하게 잘 지내도록 보살펴 주셔야 할 이유가 있어."

리비아가 그 주머니를 내려다보았다.

"오, 샬럿. 대체 우리에게 무슨 일이 일어나고 있는 거니?"

"내 수정 구슬에 따르면 왓슨 부인은 큰돈을 버실 거야. 나는 명성을 얻을 테고. 언니는 모든 누명을 말끔히 벗을 거고. 그리고 아빠도. 그러면 엄마는 잠시 동안은 걱정거리가 말끔히 사라진 것 같겠지만 얼마 후면 예전과 다름없이 불만을 터트리시겠지."

오, 맙소사. 그렇게만 된다면. 그렇게만 된다면 얼마나 좋을까.

"지금도 그 구슬을 들여다보고 있다면 내가 영원히 이 집에서 엄마 아빠와 살아야 하는지 말해 줄래?"

"언니가 그렇게 되기를 원한다면. 언니가 원한다면 그렇게 될 거야."

샬럿이 상냥하게 말했다.

"레이디 셰리던, 촉박하게 연락을 드렸는데 시간을 내주셔서 감사드립니다."

트레들스 경사가 말했다.

레이디 셰리던이 차가운 미소를 지었다.

"보내신 편지의 내용을 보니 거절이나 연기를 할 여지가 없더군요, 경사님."

그녀는 체구가 자그마하고 이목구비가 반듯한 여성으로, 뒤로 넘겨 틀어 올린 희끗한 머리는 잔머리 한 올 새어 나오지 않게 말끔히 손질돼 있었다. 남편이 아직 활력 넘치고 정정한 반면 레이디 셰리던은 한때는 아름다웠겠지만 지금은 흐르는 세월과 가혹한 환경에 닳고 낡은 그녀의 타운하우스밖에 떠오르지 않았다.

"이렇게 불쑥 찾아뵐 수밖에 없는 점을 사과드립니다."

트레들스가 최대한 부드럽게 말했다.

"하지만 그레이트 웨스턴선을 타고 와 패딩턴역에서 내리시는 모습을 본 증인이 있습니다. 그 증인을 제 동료가 신문했는데, 색빌 씨가 돌아가신 날 부인을 목격했다고 확언했습니다. 자신의 주장을 뒷받침하기 위해 자신의 일정표까지 보여 주었고요."

"그렇지 않아도 레이디 에이버리에게 연락을 받았어요."

그녀의 대답에서 은근히 비꼬는 기색이 느껴졌다.

"나는 그날 런던으로 돌아왔어요. 내가 YWCA의 후원자라 바스에 새로 문을 연 YWCA센터 개관식에 참가했지요. 개관식을 지켜본 눈이 무수히 많아요. 나는 다음 날 기차를 타고 돌아왔고요."

"그렇다면 스탠웰 무트에는 가지 않으셨습니까?"

바스에 갔다면 스탠웰 무트까지 간단하게 다녀올 수 있다.

"경사님, 나는 스탠웰 무트에는 발도 들이지 않았다고 확언해 드리죠."

안타깝게도 이 말은 사실일 것이다. 퍼킨스 순경이 성실하게 발품을 팔며 조사한 결과 셰리던가의 사람들 중 누구도 그 마을이나 인근 지역을 방문한 증거의 작은 조각조차 찾을 수 없었다.

"저는 부인이 과거에 색빌 씨를 많이 아끼셨다는 이야기도 들었습니다. 고인이 가족을 떠났다는 사실을 안타까워하셨다고요. 레이디 에이버리는 당시 고인이 모든 연락을 끊어 버린 이유를 부인이 전혀 모른다고 했다고 증언했습니다. 하지만 부인은 그 이유를 알면서도 말씀하지 않으셨을 가능성이 매우 농후합니다. 레이디 에이버리라면 알게 된 사실을 다른 사람에게 흘릴 가능성이 높기 때문이죠."

"예리한 관찰이군요."

레이디 셰리던의 얼굴에 깃든 표정은 거의 미소에 가까웠다.

트레들스는 노부인의 표정에서 그의 추측을 인정하는 것이나 다름없는 미소를 본 순간 그녀에게 호감이 생겼다. 하지만 이 노부인이 여전히 유력한 용의자라는 사실을 떠올리며 마음을 다잡았다.

"색빌 씨가 가족을 떠난 경위를 알려 주실 수 있습니까?"

레이디 셰리던이 힘없이 손을 내저었다.

"남자의 명예에 대해 형제가 지리멸렬한 언쟁을 몇 번이나 벌이다 그렇게 되었어요. 이제는 그 불화가 어떻게 시작되었는지 기억도 나지 않아요."

이 문제를 묵살하는 그녀의 태도는 충분히 진짜 같았다. 트레들스는 다른 각도로 접근해 보기로 했다.

"셰리던 경은 관계는 절대 소원하지 않았다고 말하시더군요."

"나는 남편이 그렇게 믿었다고 생각해요. 남편은 해링턴이 죽는 날까지, 동생이 언젠가 집으로 찾아와 그동안 자신이 잘못했노라고 인정하기를 바랐을 테니까요."

예전에는 그렇게 우애가 좋았던 형제를 남남처럼 지내게 만든 그 언쟁이 과연 사소한 것이었을까?

"색빌 씨의 죽음에 대해 슬퍼하시지 않는 것 같습니다."

"나는 사람들 앞에서 절대 슬픔을 내색하지 않도록 배웠어요. 그게 아니라도 우리는 오래전에 그를 잃었어요. 내 남편은 알아차리지 못했을지 몰라도 결국 나는 그랬어요. 나는 이미 애도를 끝냈답니다."

그녀의 목소리가 딱딱했다.

트레들스 경사가 일어서서 고개를 숙였다.

"고맙습니다. 제가 드릴 말씀은 이게 다입니다."

"숨을 들이쉬어요."

왓슨 부인이 지시했다.

샬럿이 한껏 숨을 들이쉬었다. 왓슨 부인이 코르셋의 레이스를 힘껏 잡아당겼다. 셜록 홈스가 자리보전을 하고 있다고 알려진 침대에는 샬럿이 방금 벗은 가그라 촐리*를 구성하는 주홍색과 황금색 실크와 블라우스, 치마, 스카프가 뒤엉켜 있었다. 왓슨 부인이 코르셋 레이스를 묶어 주자 샬럿은 페티코트로 몸을 집어넣고 커튼 뒤에서 아래 거리를 살짝 내다보았다.

샬럿은 부모님의 집에서 어퍼 베이커 스트리트 18번지로 오는 내내 미행을 당했다. 확신할 수 있었다. 그런데 지금 저 아래에서 서성거리는 사람이나 마차는 전혀 보이지 않았다.

옷을 다 갖춰 입었을 때 벨이 울렸다. 샬럿은 가그라 촐리를 한

● **가그라 촐리** 남아시아 여성의 전통 의상으로, 가그라는 폭이 넓은 치마이고 촐리는 허리 부위가 드러나는 짧은 상의를 말한다.

더미로 모아 장식장에 쑤셔 넣고 응접실에 앉았다. 한편 왓슨 부인은 1층으로 내려가 마블턴 부인을 맞이했다.

마블턴 부인의 편지는 셜록 홈스가 제일 먼저 답장을 보낸 의뢰 중 하나였다.

친애하는 홈스 씨,

저는 남편이 걱정됩니다.

제 남편은 집을 비울 때면 하루에 두 번씩 편지를 씁니다. 우편이 너무 늦을 것 같으면 전보도 같이 보냅니다. 상황이 허락한다면 전화까지 겁니다. 제가 복도에 서서 남들에게 다 들리도록 내밀한 감정을 소리쳐야 하다니 한 집의 안주인이 할 만한 일이 절대 아니라고 말해 봤지만 소용이 없었답니다.

그런데 남편에게서 지난 서른여섯 시간 동안 소식이 없습니다. 대신 반송 주소가 없는 묘한 편지가 도착했습니다. 저는 남편이 이 편지로 무슨 말을 하고 싶은지 짐작도 안 됩니다. 문장은 비문이 아닌데, 제가 목축업에 관심이 있는지 없는지 궁금해하는 사람이 대체 왜 있을까요?

편지는 평범한 종이에 타자로 친 것이었습니다. 혹시 제게 충고를 해 주실 수 있을까 싶어서 이 편지의 사본을 만들어 동봉합니다.

C. B. 마블턴

샬럿이 당장 답장을 썼다.

친애하는 마블턴 부인,

부군에 대한 일은 매우 유감입니다. 제가 부군의 행방을 알려 드릴 수는 없지만 부인이 받으신 편지에 대해서는 제 생각을 말씀드릴 수 있습니다.

편지의 내용은 일단 문장은 말이 되지만 아무 의미도 없습니다. 하지만 구두점 즉, 줄표와 온점을 검토해 보면 그 편지에는 모스 부호로 쓴 메시지가 나타납니다.

해독해 보면 그 메시지는 '중앙 우체국으로 나를 데리러 와요'가 됩니다.

차후에 제 서비스가 또 필요하시게 되면 내일 오후 네 시에 어퍼 베이커 스트리트 18번지로 찾아와 주십시오.

셜록 홈스

그런 연유로 지금 마블턴 부인 즉, 평소 남편이 집을 비울 때면 하루에도 몇 번이나 연락을 받지만 지금은 일흔두 시간 이상 아무런 소식도 듣지 못한 여자 의뢰인이 도착했다.

그녀는 안색이 창백하고 긴장하고 있었지만, 평소라면 호리호리하고 반듯한 외모가 돋보였을 사십 대 여성이었다. 리비아라면 우아하면서 군더더기 없이 간소한 디자인의 외출복을 몹시 칭찬했을 것이다. 우선 사교적인 인삿말이 오고 갔다. 샬럿은 이제는 기본 절차가 된, 옆방에 있는 자신의 '오라버니'에 대해 설명했다.

마블턴 부인은 꼭 맞잡은 두 손을 허벅지 위에 내려놓고 홈스 씨가 꼭 건강을 되찾기를 바란다고 했다.

샬럿은 그 인삿말 뒤로 몇 초간 침묵을 지킨 후 역시 기본 절차가 된 질문을 했다.

"오라버니의 관찰력과 추리력이 전과 전혀 다름이 없는지 확실하게 확인하고 싶으시겠죠?"

"오늘 아침에 중앙 우체국에 가서 제 앞으로 온 편지를 받았어요. 홈스 씨의 지적 날카로움을 전적으로 확신하게 되었지요."

마블턴 부인이 어느새 편지를 내밀며 말했다.

"새로 온 편지를 한번 보시겠어요?"

이번에는 타자로 친 편지가 아니었다. 타자 대신 철자를 하나씩 붙여 완성했다. 종이의 두께로 봤을 때 신문이 아니라 책에서 오린 것 같았다. 편지는 리전트 스트리트에 있는 시뇨르 카스텔라니가 만든 부츠의 재질과 솜씨를 칭찬하는 내용이었다.

"제가 이미 그곳에서 찾아봤어요."

마블턴 부인이 말을 이었다.

"리전트 스트리트에는 그런 상호나 그 이름의 사람이 소유한 가게는 한 군데도 없었어요. 저번 편지처럼 줄표와 온점 부호도 확인했는데 이번에는 그런 식이 아닌 것 같아요. 혹시나 모스 부호를 변형한 것이 아닌가 싶어서 t에 있는 가로선과 i에 있는 점으로도 시도해 봤어요. 그런데 이것도 아니에요."

그녀는 자신과 전혀 관계없는 사실을 반복하는 것처럼 단조로운 어조로 말했다. 하지만 샬럿은 그녀의 목소리가 살짝 떨리는 순간을, 그 공포와 불안을 놓치지 않았다.

샬럿이 다시 평소처럼 '셜록'의 침실로 들어갔다. 그곳에 앉아 있는 왓슨 부인은 의뢰인에 버금갈 정도로 고통스러워 보였다. 왓슨 부인은 남편인 왓슨 군의관의 전사를 꿈에도 생각하지 못한 상태에서 전해 들었을까? 아니면 며칠 동안 무시무시한 예감을 확인해 줄 소식이 들이닥칠까 봐 괴로워했을까?

샬럿은 어떻게 하면 좋을지 몰라서 '셜록'에게 주려고 가져온 찻잔을 왓슨 부인의 손에 쥐여 주며 잠시 그녀 옆에 앉았다.

응접실로 돌아오자마자 샬럿은 손도 대지 않은 차를 빤히 바라보고만 있는 마블턴 부인에게 말했다.

"오라버니는 이 편지가 단순한 베이컨식 암호일 거라고 생각해요."

"그게 뭐죠?"

마블턴 부인의 시선은 어둡고 강렬했다. 이 강렬함은 희망이 아니라 절망에서 나왔다.

"프랜시스 베이컨이 만든 암호법인데, 암호문을 비교적 뻔한 곳에 숨기는 방식이에요. 하나씩 오려 붙인 철자들을 살펴보시면 캐슬론 서체와 디도 서체 두 가지 활자체가 나와요."

마블턴 부인이 편지를 유심히 보았다.

"그 점은 미처 알아차리지 못했어요."

"본문이 캐슬론 서체로 시작하니 캐슬론을 a, 디도를 b라고 하죠. 본문 전체를 철자별로 분류하면 a와 b로 구성된 기다란 줄이 될 거예요. 마블턴 부인, 제가 a와 b를 부르면 기록해 주시겠어요?"

마블턴 부인이 장갑을 벗었다. 샬럿이 그녀에게 펜과 수첩을 건넸다.

"혹시 경찰서에는 가 보셨나요?"

마블턴 부인이 고개를 가로저었다.

"제가 남편에 대해 모든 것을 아는 건 아니에요. 그이의 인생에는 제게 절대 말해 주지 않는 시기가 있어요. 저도 차라리 잊고 싶은 시기가 있기 때문에 그 문제를 거론하지 않았어요. 그를 알고 지낸 동안 그는 최고의 남자였어요. 친구들에게 사랑받고, 동업자들에게는 존경받는 완벽한 신사였죠. 그런데 제가 경찰서에 간다면 어떤 과거가 끌려 나올지 알 수 없어요. 그것도 생판 남들 앞에서 말이에요."

"이해합니다, 마블턴 부인. 저희는 절대적으로 신중하게 처리하니 믿으셔도 돼요."

모든 철자를 a와 b로 정리한 후 재확인까지 마치자 샬럿이 말했다.

"이 a와 b로 된 기다란 줄에서 철자를 다섯 개씩 묶을 거예요. 그렇게 만든 ab 묶음을 베이컨이 각 철자에 대응하도록 만든 묶음과 비교해 봐야 해요."

편지글 전체를 해독하자 나온 메시지는 '브라운의 꾸러미'였다.

그녀가 그 메시지를 가만히 바라보는데 입가의 미세한 주름이 더 깊어졌다. 잠시 후 그녀는 침을 꿀꺽 삼키고는 고개를 들어 샬럿을 보았다.

"인정하고 싶지는 않지만 중앙 우체국으로 이 편지를 찾으러 가는 내내…… 안절부절못했어요. 혹시 저와 함께 브라운 호텔까지 가 주실 수 있을까요, 홈스 양? 이 일을 혼자 하지 않아도 된다면 용기를 조금이라도 더 끌어모을 수 있을 것 같아요."

샬럿은 몸이 부르르 떨렸다. 하지만 브라운 호텔에 다녀오기만 하면 된다. 게다가 대낮 아닌가.

"네, 함께 가 드리죠."

마블턴 부인은 벌써 영업용 마차를 대기시켰다. 마침 왓슨 부인도 동행하고 싶어 해서 샬럿과 왓슨 부인은 다른 마차를 잡아서 그 뒤를 따르기로 했다.

"의뢰인의 억양에서 뭘 좀 알아내셨어요?"

두 사람을 태운 마차가 커다란 사륜마차를 돌아 지나가자 샬럿이 왓슨 부인에게 물었다.

"잉글랜드. 아니면 적어도 잉글랜드에서 자랐어요. 하지만 대륙에서 지낸 적이 있어요. 미국에서 지낸 적도 있는데, 그곳에서 적어도 십 년은 살았어요. 의뢰인에 대해서 뭘 알아냈나요?"

"의뢰인은 유복한 집안에서 태어났어요. 하지만 유년 시절에 운이 급격히 변했어요. 체면은 유지할 정도로 몰락해 기억에서 사라진 정도가 아니라, 극도로 빈곤한 처지가 될 정도로 극심했어요. 분명히 비천한 신분이 되어 육체노동을 해야 했을 거예요."

샬럿이 편지의 철자를 a와 b로 구별해 적어 달라고 한 건 마블턴 부인이 자신도 남편을 위해 뭐라도 한다고 생각하게 만들기 위해서였다. 하지만 그만큼 중요한 이유가 또 있었다. 그렇게 함으로써 샬럿은 그녀의 두 손을 관찰할 수 있었다. 의뢰인의 두 손은 손질이 잘되어 있었다. 하지만 일이 익숙하지 않은 젊은 여성이 부엌에서 몇 번이나 입은 화상 자국은 최고의 화장수를 쓴다고 해도 쉽게 사라지지 않는다.

"분명히 어느 시점에서 운이 확 트였어요. 그게 영국을 떠나기 전인지 후인지 확신할 수는 없어요. 아마 떠난 후겠죠. 그리고 지금은 그녀에게는 성공적인 귀환인 셈이에요. 아니, 그래야만 했죠. 적어도 남편이 행방불명되기 전까지는."

왓슨 부인이 창밖을 물끄러미 바라보다가 다시 샬럿을 바라보았다.

"우리가 의뢰인을 도울 일이 없을지도 몰라요. 그래도 괜찮겠어요?"

'괜찮으시겠어요?' 샬럿은 왓슨 부인에게 이렇게 묻고 싶었다. 하지만 그건 너무 주제넘은 질문 같았다.

"어떻게든 해낼 거예요."

샬럿이 대답했다.

브라운 호텔에서 받은 꾸러미에는 열쇠 하나와 객실 번호가 적힌 메모가 들어 있었다.

마블턴 부인은 열쇠를 움켜쥐고 몸이 그대로 굳어 버린 것 같았다. 왓슨 부인도 그녀를 걱정스러운 눈빛으로 바라보며 그대로 굳어 버렸다. 샬럿이 데스크의 직원에게 환한 미소를 지었다.

"우리는 이곳에 오면 상이 기다리고 있을 거라는 말을 듣고 왔어요. 그런데 누가 이런 일을 준비했는지 아무리 생각해도 모르겠지 뭐예요. 혹시 이 꾸러미를 맡긴 분에 대한 기록이 있을까요?"

여드름이 난 청년은 얼굴이 벌게졌다.

"아, 있습니다. 네, 있고말고요. 잠시만 기다려 주세요, 아가씨."

그는 숙박부를 꺼냈다.

"이 꾸러미는 요크 씨가 두고 가셨습니다."

샬럿이 마블턴 부인을 슬쩍 봤다. 그 이름은 마블턴 부인에게 아무 의미도 없는 듯했다.

"요크 씨는 아직도 계신가요?"

"그분은 이틀 전에 파리로 가셨습니다."

"그렇다면 그분의 짐은 사우샘프턴으로 미리 보내셨나요? 어떤 여객선에 승선하셨죠?"

"짐꾼들이 그분의 짐을 가지러 왔던 것으로 압니다. 그리고 제가 알기로 그분은 프랑스 선사의 여객선으로 떠나셨습니다."

마블턴 부인이 그 이름을 듣자 움찔했다. 샬럿이 다시 미소 띤 얼굴로 직원을 바라보았다.

"우리가 꽤 무거운 물건을 챙겨 나와야 할지 몰라요. 제일 건장한 짐꾼 두 명을 보내 주시면 정말 고맙겠군요."

샬럿은 객실에 누군가 숨어 있을 거라고 생각하지 않았지만, 만전을 기하는 것이 상책이었다.

"알겠습니다, 아가씨. 짐꾼 두 명을 객실 밖에 대기하도록 조치하겠습니다. 일이 분이면 도착할 겁니다."

샬럿이 고통스러워 보이는 의뢰인과 창백한 왓슨 부인을 긴 의자로 안내했다. 몇 분 후 샬럿은 두 사람을 데리고 목적지로 향했다. 객실에 도착하니 복도에는 짐꾼들이 먼저 와 있었는데, 벽을 등에 대고 선 채 세 사람을 향해 챙 없는 모자를 정중하게 살짝 잡아당겼다.

샬럿이 열쇠 구멍에 넣은 열쇠를 돌리고는 문을 천천히 열었다. 응접실은 텅 비어 있었다. 하지만 마블턴 부인이 숨을 헉 쉬더니 벽난로 선반으로 달려가 그곳에 놓인 만년필 한 자루를 꼭 쥐었다.

세 사람은 객실의 나머지 부분도 찾아보았지만 마블턴 씨의 소지품은 더 이상 나오지 않았다. 샬럿은 짐꾼들에게 팁을 주고 보낸 후 확대경을 꺼내 객실 전체를 센티미터 단위로 꼼꼼하게 훑었다.

"내가 남편에게 약혼 선물로 준 펜이에요. 남편은 내게 보낸 편지를 전부 이 펜으로 썼죠."

마블턴 부인이 특별히 누구에게랄 것도 없이 혼잣말처럼 말했다.

실내가 말끔하게 청소된 것을 보니 객실 메이드가 아침에 다녀간 것 같았다. 샬럿은 밤새 아무도 이곳에 묵지 않았다는 사실을 제외하고 더 이상 알아낼 것이 없자, 왓슨 부인에게 의뢰인을 잘 지켜봐 달라고 당부했다. 그러고는 로비로 가 다른 직원과 이야기를 했다.

"지난밤 이 방에서 묵은 신사분 말인데요."

샬럿은 그 직원에게 쪽지에 적힌 숫자를 보여 주었다.

"이분의 소지품을 제가 주운 것 같아요. 혹시 벌써 체크아웃 하셨는지 알려 주시겠어요?"

"지금 확인해 보겠습니다."

직원이 말했다. 그는 약간 살집이 있으며 아까 직원보다 나이가 많았다. 그가 숙박부의 기록을 꼼꼼하게 살폈다.

"어디 보자. 운이 좋으시군요, 아가씨. 마블턴 씨는 저희 호텔에 며칠 더 묵으실 예정입니다."

제17장

"하나에서 열까지 어쩜 이렇게 사악한지."

마블턴 부인은 객실을 마블턴 씨 이름으로 빌렸다는 사실을 샬럿에게 전해 듣자 이렇게 중얼거렸다.

"상황이 예상치 못한 방향으로 흘러가도 별로 놀라지 않으시는 것 같아요."

샬럿이 말했다.

"배후에 누가 있는지 이제야 깨달았으니까요. 그리고 그 누군가는 남편의 과거가 아니라 내 과거에서 온 사람이에요."

마블턴 부인이 음울한 미소를 지었다.

"고맙습니다, 홈스 양. 왓슨 부인도 이렇게 함께 와 주셔서 감사드려요. 이제 두 분이 더 하실 만한 일은 없을 거예요."

"조사할 길이 다 막힌 건 아니에요. 요크 씨의 행적은 추적할 수 있어요. 여객선은 등록 명부가 있고……."

"알아요, 홈스 양. 그것이 나를 위해 만들어 놓은 가짜 흔적이 아니라고 생각하시나 봐요."

"설령 허위라고 밝혀진다고 해도 이 방은 아직 체크아웃을 하지 않았어요. 게다가……."

"됐어요!"

그 한마디가 방 안에 메아리쳤다. 숨을 깊이 들이쉬는 마블턴 부인의 안색은 망자처럼 창백하고 두 눈은 광기에 휩싸인 것처럼 번득였다.

"제발 내 말을 잘 들으세요, 홈스 양. 이 남자가 누군지 알면 근처에도 가고 싶지 않을 거예요. 절대 다가가지 말아요. 내 말 알아들었나요?"

왓슨 부인이 샬럿의 팔을 잡더니 대신 대답했다.

"네, 알아들었어요."

마블턴 부인은 흠잡을 데 없이 예의를 갖추어 두 사람을 배웅했다. 샬럿과 왓슨 부인은 앨버말 스트리트로 나가는 내내 아무 말도 하지 않았다. 마차에 앉자마자 왓슨 부인이 불쑥 말했다.

"맙소사, 이제 저 부인은 어떻게 되는 거죠?"

샬럿은 적당한 대답이 생각나지 않았다.

트레들스 경사는 남은 오후를 런던 경찰청에서 맥도널드 경장과 상관 크로프트 경감과 함께 사건 회의로 다 보냈다. 색빌 씨가 정기적으로 런던을 찾은 이유를 밝혀내려는 맥도널드 경장의 수사는 좀처럼 진척을 거두지 못했다. 결국 두 사람은 크로프트 경감의 허가를 받아 고인의 사진을 신문에 실어 대중에게 도움을 요청하고, 사람들이 유용한 정보를 제보해 주기를 기대하기로 했다.

마침내 퇴근한 트레들스는 집에 돌아와 아내에게 말했다.

"우리는 레이디 셰리던이 말한 그날 행적에 대해서도 확인해야 해."

경찰은 그 외에도 확인해야 할 사항이 매우 많았다. 트레들스 경사는 셰리던 경과 레이디 셰리던이 서로에게 비밀로 한 채 색빌 씨를 살해할 계획을 세웠다는 가설을 계속 파고들었다. 그리고 부부는 각각 커리 하우스에 공범이 있었다. 물론 같은 사람을 공범으로 뒀을 가능성도 배제할 수 없었다.

이 이중 모의 시나리오면 비소와 클로랄을 모두 사용한 이유가 설명이 된다. 셰리던 부부 중 한 명은 서서히 진행되는 독살을, 다른 사람은 신속한 독살을 택했을 것이다. 자신들의 계획을 실행에 옮기기 위해 두 사람 중 누구도 스탠웰 무트에 직접 갈 필요가 없었다. 그러면 그 두 사람의 공범인 사람들이 커리 하우스에서 색빌 씨에게 앙심을 품은 사람이 아무도 없다고 한 진술도 사실이 된다.

"홈스 씨와 다시 만날 약속을 잡았어요? 그 위대한 인물이 수수께끼로 남아 있는 동안 그 옆방에서 만난다고 해야 정확하겠죠?"

앨리스가 물었다.

"아니, 다시 잡지 않았어요."

그가 몸을 숙여 아내의 턱에 입을 맞추었다.

"아무리 위대한 사람이라고 해도 가끔은 내 아내와 더 많은 시간을 보내야 하니까."

트레들스는 지난번 상담을 한 지 얼마 되지도 않았는데 또 상담을 청하기가 내키지 않는다는 말은 하지 않았다. 그는 이런 마음을 제대로 설명할 수 없었다. 며칠 전만 해도 어떻게든 그 남자를 만나고 싶어 안달했는데 말이다.

아마 이 사건만큼은 드물게 자신의 사건이라 느끼고 있기 때문일 것이다. 자신은 철저하고 유능한 수사관이므로 타인에게 의지하지 않고 사건의 나머지 부분을 해결해야 한다고 생각했으리라.

앨리스가 그의 볼에 입을 맞추었다.

"하! 당신이 어퍼 베이커 스트리트를 또 방문한다면 마들렌을 더 받을 수 있겠다고 좋아했는데."

"트레들스 부인, 변덕이 죽 끓듯 하는군요! 당신의 심장은 구운 빵 한 상자에 홀랑 넘어가 버린 건가요?"

"전에는 몰랐답니다, 경사님. 그렇지만 프랑스 빵에 들어 있는 유혹의 힘을 마침내 깨닫고 말았어요."

앨리스가 남편에게 깨끗한 셔츠 두 벌과 아름다울 정도로 반짝반짝 광이 나는 구두 한 켤레를 건넸다. 그는 야간 기차로 요크셔로 갈 예정이었다.

"그런데 홈스 양은 어떻게 생겼어요? 궁금해요. 신문 광고를 봤죠, 그렇죠? 홈스 씨가 개인적으로 의뢰인을 받기 시작했어요. 의뢰인이 어퍼 베이커 스트리트에 쇄도하지 않는다면 그게 더 놀라울걸요. 밀물처럼 밀려드는 의뢰인을 맞아야 할 사람은 홈스 양이잖아요."

홈스 양을 어떻게 묘사해야 할까?

"우리가 셜록 홈스 씨의 외모를 추측했던 날을 기억해요?"

"그때 우리는 그 사람이 검은 머리에 안색은 항상 램프 불로 글을 읽느라 창백하고, 눈빛은 지적일 것이라고 결론 내렸죠. 게다가 우리 같은 평범한 사람들이 짜증스러울 테니 대체로 괴팍하게 굴 거라고 했어요. 그 사람은 스타일은 단순하지만 고급스러운 옷을 입을 거라고도 했어요. 그러면 시시한 일에는 관심을 가지지 않을 테니까요."

앨리스가 잠시 생각에 잠겼다.

"그에게 여동생이 있다는 걸 알았다면 여동생이 오빠를 꼭 닮았을 거라고 짐작했을 거예요, 그렇죠?"

트레들스는 손수건 몇 장과 양말 두 켤레를 아내로부터 받아 여행용 가방에 툭 던져 넣었다.

"홈스 씨의 뛰어난 지성은 자석처럼 사람을 끌어당기는 한편 카리스마가 있을 거예요. 그 사실을 굳이 모른다고 해도 손아래 형제는 손위 형제를 닮고 싶어 하죠. 대체로 신체적 특징을 닮으려고 할 거예요. 그편이 지적 능력을 닮으려고 하는 것보다 쉬울 테니까요."

"상당히 일리 있는 추정이에요."

"그런 점에서 나는 홈스 양의 자아가 무엇으로도 깨트릴 수 없이 견고하거나, 셜록 홈스가 병이 나기 전에는 누구 못지않은 멋쟁이였을 거라는 결론에 도달했어요."

앨리스의 두 눈이 호기심으로 반짝거렸다.

"세상에. 지금 홈스 양이 화려하게 차려입었다는 이야기를 하려는 거예요?"

"우리가 약혼했을 때 당신이 제일 좋아하는 드레스 장식 가게에 나를 데려갔었죠."

앨리스가 웃음을 터트렸다.

"그리고 그 가게에서 나올 때 당신이 그랬죠. 그곳이 무시무시할 정도로 여성스러워서 당신의 남성성이 사라질까 봐 무섭다고요."

"그 가게가 생명을 얻는다면 그건 아마 홈스 양일 거예요. 스커트에 달린 리본을 세어 봤더니 모두 열여섯 줄이었어요."

"정말 특이하네요. 나는 그렇게 꾸미는 여성을 진지하게 대할 자신이 없어요."

"나도 처음에는 그랬어요. 하지만 그 자리를 뜰 즈음에는……."

"즈음에는?"

트레들스는 홈스 양이 그에 관해 한 말과 그녀의 수첩에 적힌 단 한마디 배로인퍼니스를 떠올렸다.

"그 자리를 뜰 즈음에는 그 아가씨를 다시는 우습게 여기지 못하리라는 사실을 깨달았어요."

샬럿이 빌린 전세 마차가 도착하자 잉그램 경이 고개를 들었다. 요즘 들어 부쩍 수척해진 사람은 리비아만이 아니었다. 그의 두 눈도 점점 푹 들어갔다. 멀리 보이는 가로등 불빛을 받아 그의 두 볼에 난 푹 파인 구멍이 반짝거렸다.

마차가 멈췄다. 그가 문을 열고 마차에 올라타 뒤쪽을 향한 좌석에 앉았다.

"안녕하세요, 잉그램 경."

마차가 다시 움직이자 샬럿이 말했다.

"이렇게 와 주셔서 감사합니다."

"무슨 일이 있었는지 말해 봐. 자세하게."

그는 한 손은 지팡이 손잡이에 가볍게 올리고 다른 손은 좌석에 내려놓은 채 그림자 속에 자신의 얼굴을 숨겼다. 그리고 한 번도 말을 끊지 않고 샬럿의 이야기를 끝까지 들었다.

그녀가 이야기를 끝맺자 둘 사이로 정적이 흘렀다. 샬럿은 속으로 한숨을 쉬었다. 그가 이런저런 이유를 대며 그녀에게 불쾌한 티를 내지 않은 적이 마지막으로 언제였는지 기억도 나지 않았다.

샬럿의 마음의 눈에는, 그가 한쪽 무릎을 땅에 댄 채 고대 로마의 항아리 안을 뒤덮고 있는 흙을 벗겨 내는 동안 자신은 《브리태니커 백과사전》의 책장을 천천히 넘기는 모습이 보였다. 그가 샬럿에게 키스한 후로 샬럿은 스스럼없이 그의 유적지에 나타났고, 그는 거리낌 없이 그녀를 무시하게 되었다. 그들의 침묵은 얼마나 아름다웠던지. 그 시절은 또 얼마나 아름다웠던지.

평온했던 그 시절을 떠올리자 샬럿은 자신이 어느새 늙어 버린 것 같았다. 확실히 많고도 많은 일들이 일어났고, 엉망으로 망가지기에 충분한 시간이 흘렀다…….

문득 샬럿은 그녀를 가만히 살피는 그의 시선에 신경이 쓰이기 시작했다. 그날 있었던 일들을 처음부터 들려주는 동안 그는 줄곧 지팡이 손잡이만 뚫어져라 보았다. 그리고 간간히 창밖을 내다보았다. 하지만 지금 그의 관심은 온전히 그녀에게 향해 있었다.

반면 샬럿의 시선은 반쯤은 밖에 달린 마차의 등으로 향해 있었다. 그녀는 숨을 죽인 채 일부러 그가 있는 쪽으로는 시선을 주지 않았다. 그녀는 그의 시선이 주는 무게감과 강렬함을 사치스럽게 탐닉하고 싶었다. 기꺼움과 고통이 뒤섞인 이 달콤하고도 쌉쌀한 감정에 계속 빠져 있고 싶었다.

어떻게 두 사람은 그 오랜 세월 동안 서로가 진정한 짝이라는 사실을 몰랐을까? 이제는 너무 늦었는데, 이제는 불처럼 뜨겁게 서로를 의식하는 짧은 순간밖에 허락되지 않는데, 어째서 두 사람은 지금에서야 그 사실을 받아들여야 하는 걸까?

그가 지팡이로 마차의 바닥을 두드리자 이제 침묵을 끝내자는 둔탁한 소리가 울렸다. 그녀가 조용하고도 깊이 숨을 들이쉬었다.

"역시…… 마블턴 부인의 사건에 등장하는 악당은 당신 취향에는 진부하군."

그는 목소리에 감정이 드러나지 않도록 철저하게 조심했다.

샬럿도 사무적이고 효율적인 어조로 말했다.

"나도 예전에 베이컨의 방법대로 암호를 만들어 봤어. 정말 지겨웠지. 내가 그녀의 남편을 인질로 잡고 그녀를 걱정하게 만들고 싶었다면, 그다지 영리하지 못한 퍼즐을 보내느니 홀로 불안 속에서 고통 받도록 내버려 둘 거야."

"당신 말대로라면 이 마블턴 부인이라는 여자는 정교한 계략에 빠진 거군. 왜?"

"그걸 내가 알아내려는 거야. 날 위해서 편지 한 통만 위조해 줘."

"직접 할 수 있잖아. 내가 공들여 가르쳤으니까."

"그래도 여전히 당신이 나보다 훨씬 나아."

그가 코웃음을 쳤다.

"내가 더 낫지만 그렇게까지 나은 건 아니야. 위조까지 해 가며 무슨 내용을 써서 누구에게 보내려는 거야?"

도와주겠다는 약속은 아니지만 그는 한 걸음 더 다가갔다.

"마블턴 부인에게서 한 가지 이상한 점을 알아차렸어. 그 부인이 몸에 걸친 건 전부 다 새거야. 적어도 겉으로 드러나는 부분은 전부 다. 나도 옷이라면 정말 좋아해. 하지만 새 드레스뿐 아니라 새 장갑에 새 부츠, 새 모자 게다가 새 레티큘과 새 양산을 동시에 차려입고 나간 적이 과연 있기나 한지 기억도 안 나."

"살고 있던 집에 불이 났을지도 모르지."

"예전에 해로드 백화점을 뻔질나게 드나들며 구경했던 터라 그녀가 몸에 걸친 옷이며 장신구 대부분을 그곳에서 본 기억이 있어. 오늘 저녁에 그 상업의 성지에 순례를 가서 런던에 처음 온 사람이 그 물건들을 사 간 적이 있는지 물어보고 다녔어. 물건을 구매한 여자가 주소가 적인 명함을 주면서 찾아오라고 했는데 내가 그 명함을 잃어버려서 망연자실한 상태라고 둘러댔지."

"인간이 정직하게 살기를 원했다면 신은 최고의 거짓말쟁이들에게 그렇게 순진하고 진지해 보이는 얼굴을 주지 말았어야해."

잉그램 경이 중얼거렸다.

찰나의 순간 샬럿의 가슴속에서 불꽃이 환하게 터지는 듯한 즐거움이 스치고 지나갔다. 그녀가 어둠 속에서 미소를 지었다.

"바로 그거야. 내가 거짓말로 슬쩍 넘어가는 게 명백한 신의 의도니까 그렇게 하지 않으면 그분의 목적을 방해하는 게 되겠지. 어쨌든 덕분에 마블턴 부인이 현재 클라리지 호텔에 머물고 있다는 사실을 알아냈어. 그녀가 사들인 물건들이 그곳으로 배달되었거든.

마블턴 부인을 미심쩍게 여기는 이유는 바로 이거야. 그 여자와 나는 공통점이 아주 많은 것 같아. 그녀가 겪은 인생의 굴곡. 그녀는 호화스럽지는 않아도 안락하게 살다가 한순간에 부엌데기로 전락했어. 그런 극단적인 경우에 처한 사람은 거의 생각도 나지 않아. 설령 양친을 여의고 그녀를 돌봐 줄 손위 형제들이 없었다고 해도 친척 아주머니와 아저씨와 사촌들과 조부모까지 아무도 없었다고? 가족의 친구들은? 가정부나 부인의 말동무처럼 좀 덜 고생스러운 일을 구할 수 있잖아?"

"지금 당신은 그 부인이 나락으로 떨어지자 도망을 택했다는 말을 하려는 건가?"

"그런 사람이 흔할 리 없어. 레이디 에이버리나 레이디 서머스비 같은 분들이라면 사교계 사람들에 대해서 한 명도 빠짐없이 뒷사정을 알고 있다는 데 돈이라도 걸 수 있어. 당신이 익명으로 편지를 써 줘. 레이디 에이버리는 이미 색빌 사건에 발을 들였으니까 이번에는 선택의 폭을 넓혀서 레이디 서머스비에게 보내면 되겠네. 오래전에 안락한 삶에서 무시무시하게 몰락한 어떤 숙녀가 런던으로 돌아와서 지금 클라리지 호텔에서 지내고 있다고 알려. 장담하는데 우리는 이틀 안으로 마블턴 부인의 정체를 알게 될 거야."

"싫어."

그는 조용하게 대답했지만 어조는 단호했다. 샬럿이 고개를 갸웃했다.

"이유가 뭐야?"

"이 문제를 다각도로 생각하지 않았군, 샬럿. 레이디 서머스비에게 그 부인의 정체를 알아보게 한 후 진짜 신원을 사방팔방 떠들고 다니게 만들겠다는 건가? 마블턴 부인이 어떤 식으로든 진짜 위험에 처하면 당신은 정말 몹쓸 짓을 한 셈이 될 거야."

"어머나."

샬럿이 말했다. 그녀는 정말 이 문제를 다각적으로 살펴보지 않았다.

"실은 코벤트가든에서 연극 초연이 있어. 서두르면 인터미션에 맞춰 갈 수 있을 거야. 서로가 서로를 지켜보는 밤이니 우리의 레이디 가십들 중 한 명은 그곳에 올 거야."

"너무 티 내지 않도록 조심해. 당신이 그 질문을 하려는 목적으로만 접근했다는 사실을 그 사람들에게 들키지 마."

샬럿의 말에 잉그램 경이 코웃음을 쳤다.

"논리적으로 생각해 보면 요즘은 내가 그 사람들에게 접근하는 게 아니라 그 반대라는 사실이 저절로 떠오르지 않나? 그 사람들은 아직도 당신이 어떻게 되었는지 알아내려고 혈안이 되어 있어. 당신과 어느 정도 친분이 있는 사람들은 누구라도 그들에게 신문을 당해야 하지."

그 무렵 샬럿은 자신이 일으킨 추문에 대해 까맣게 잊고 있었다.

"당신은 그 사람들에게 뭐라고 하는데?"

그가 좌석 등받이에 몸을 기댔다. 샬럿은 그의 시선이 지닌 힘을 다시 한 번 실감했다. 그런 눈으로 바라볼 때 그는 무슨 생각을 할까? 그는 무엇을 원하는 걸까? 그의 심장 가장 깊은 곳에서는 어떤 고통 아니면 즐거움이 펼쳐지고 있을까?

"아무것도 모른다고 해. 그리고 당신 소식은 다시는 못 들을 것 같다고 덧붙이지."

잉그램 경이 차분하게 대답했다.

샬럿이 집에 돌아와 보니 샬럿의 동업자는 응접실에서 남성용 스모킹 재킷을 입고 클라레가 담긴 잔을 들고 있었다.

"샤토 오 브리옹, 65년산 빈티지예요."

왓슨 부인이 잔을 들어 짙은 선홍색 액체를 불빛에 비춰 보았다.

"내 남편은 이 와인을 몹시 좋아했어요. 우리는 결혼하면서 이 와인을 한꺼번에 네 상자나 구입했어요. 매년 결혼기념일마다 한 병씩 따자고 했죠."

왓슨 부인이 돌아섰다.

"한잔할래요, 홈스 양?"

"네, 고맙습니다."

샬럿이 자리에 앉으며 말했다.

존 왓슨이 다시는 음미하지 못할 그 와인은 벨벳처럼 부드러우면서 맛이 강했다. 왓슨 부인이 자신의 잔을 다시 채우고 길게 들이켰다.

"평소에 나는 스스로를 세상 물정에 밝은 사람이라고 생각했어요. 그런데 이 일이 그저 놀이처럼 재미있을 거라고만 생각했다니. 맙소사, 어쩌면 그렇게 순진했던 거지? 마블턴 부인의 마음속에서 어떤 일이 벌어지고 있을지 계속 곱씹게 돼요."

왓슨 부인이 먼 곳을 멍하니 바라보며 말을 이었다.

"남편이 빗나간 제자일* 탄환에 전사했다는 전보를 받고 나는 믿으려고 하지 않았어요. 사람들이 다른 사람과 내 남편을 착각했다고, 내 남편은 지금 부상을 입고 어딘가에 의식을 잃은 채 쓰러져 있는지 모른다고, 어쩌면 아프가니스탄 병사에게 납치되어 끔찍한 감옥에 갇혀 있는지 모른다는 생각까지 했어요. 그러면서도 남편의 죽음만큼은 떠올리려고 하지 않았어요. 결국 남편의 연대에서 그이의 전우들이 나를 찾아온 후에야. 그러니까 자신의 눈앞에서 내 남편이 죽는 순간을 목격하고 그를 카불에 안장한 사람들이 와서 애도를 표하고 난 후에야 비로소 그 사실을 받아들일 수 있었죠.

당시 나는 적어도 남편이 어디에 있는지, 그에게 무슨 일이 일어났는지 알았어요. 마블턴 부인은 그때의 나와 달리 아무것도 모르니 더 힘들지 않을까요? 머릿속으로 가장 끔찍한 상황들을 떠올리다가 모든 게 다 잘될 거라고, 무사한 남편과 다시 만날 거라고, 이 모든 소동이 바보 같은 장난으로 드러날 거라고 스스로를 위로하고 있을까요? 그녀는 분명히 희망과 절망 사이를 오락가락하고 있을 거예요. 자꾸 희미해지는 희망과 자꾸 커져 가는 절망

● **제자일** 아프가니스탄식 장총

사이를."

샬럿은 와인을 한 모금 더 마셨다. 마블턴 부인에 대한 의혹을 들려주면 왓슨 부인도 그녀에 대한 걱정을 접을 수 있겠지만 대신 샬럿을 걱정하기 시작할 것이다. (하지만 내가 당신을 걱정하는 건 괜찮지? 상상 속 잉그램 경이 말했다. 그럼. 샬럿이 대꾸했다. 괜찮을 뿐만 아니라 바람직한 행동이지.)

"혹시, 혹시 언젠가 카불에 가서 돌아가신 부군의 묘를 찾아가 보고 싶지 않으세요, 왓슨 부인?"

왓슨 부인이 자리에 앉았다.

"그런 생각을 자주 했어요. 가끔은 인도를 그렇게 급작스럽게 떠난 일을 후회해요. 인도에 남아 있었다면 그곳에 다녀올 수 있었을 거라고요. 하지만 이제 남편의 묘는 너무 먼 곳에 있어요."

그리고 그동안 도둑맞은 세월을 다시 떠올리는 일도 너무나 아득하리라.

"그곳에 다시 가고 싶으시면, 제가 기꺼이 부인의 곁을 지켜 드릴 거라는 사실을 기억해 주세요."

왓슨 부인이 아주 희미하게 미소를 지었다.

"셜록 홈스가 없는 런던은 어쩌라고요?"

"런던은 제가 없어도 지난 천년 동안 잘 버텨 왔어요. 그러니 제가 몇 달 없어도 잘 버틸 거예요."

샬럿이 자신의 잔을 내려놓았다.

"안녕히 주무세요, 부인."

샬럿이 문으로 가자 왓슨 부인이 말했다.

"고마워요, 홈스 양."

샬럿은 잠시 멈췄다가 다시 걷기 시작했다.

이튿날 아침 잉그램 경의 편지가 아침 우편으로 도착했다.

샬럿,

오페라 공연장에 내가 나타나자 예상대로 레이디 서머스비와 레이디 에이버리가 다가왔어. 당신의 행방에 대해 가르쳐 달라는 말에 요리조리 몸을 빼다가 아주 자연스럽게 혹시 예전에도 당신 같은 사람이 있었는지 물어봤지. 규칙에 저항했을 뿐만 아니라 그 결과에도 저항한 젊은 여성이 있었는지 말이야.

두 사람은 별로 망설이는 기색도 없이 소피아 론즈데일이라는 이름을 꺼내더군. 물론 두 사람은 그 여자가 도망을 쳤다기보다 완전히 의절을 당했다고 알고 있었지만. 거의 이십오 년 전 일인데도 두 사람은 그 여자가 조상 대대로 살아온 집에서 그리 멀지 않은 발리올 칼리지의 구내식당에서 일자리를 구했다고 기억해 냈지. 소피아 론즈데일은 젊은 강사와 결혼했는데, 그 강사가 결혼 직후 외국에서 일자리를 찾아 이 나라를 떠났다고 장담하더군.

그 부부가 외국 어디로 떠났을까. 여기서부터 두 사람의 의견이 갈렸어. 레이디 에이버리는 빈이라고 했어. 레이디 서머스비는 부다페스트라는 주장을 절대 굽히지 않았고. 마침 막이 다시 올라가는 바람에 이 토론은 결론을 내릴 시간이 없었어.

어쨌든 두 사람이 말해 준 소피아 론즈데일이 당신이 말한 마블턴 부인과 매우 흡사한 것 같아.

애시버튼

샬럿은 왓슨 부인의 《버크의 귀족 명감》을 집어 들었다. 론즈데일가는 옥스퍼드셔에서 저명한 가문으로, 몽세르 백작가를 배출한 가장 명망 있는 일족이었다. 소피아 론즈데일은 아마도 그 가문의 분가 출신이겠지만, 분가라도 해도 몹시 고귀한 일족이라는 사실은 변함이 없다.

아쉽게도 그날 오전에는 소피아 론즈데일의 문제를 좀 더 검토할 여유가 없었다. 샬럿이 만나야 할 의뢰인들이 줄을 서 있었기 때문이다.

고령인 미혼 자매가 똑같이 고령인 집사가 왠지 다른 사람처럼 보이는 이유를 묻는 의뢰를 해결했을 즈음이었다. 그 집사는 오래전에 죽었는데, 자매 중 한 명이 그 사실을 자꾸 잊어버리고 집에 낯선 사람이 있다며 기겁하자 결국 새 집사는 흰머리 가발을 찾아서 다른 자매와 짜고 전임자 행세를 하기 시작했다. 그즈음 생각지도 못한 잉그램 경의 편지가 또 도착했다.

실종되었다고 알려진 소피아 론즈데일의 남편과 달리 잉그램 경이 하루 동안 보내는 편지는 한 통을 넘기지 않기 때문에 의외였다.

꼭 그래야만 할 이유가 있는 게 틀림없었다.

샬럿,

레이디 에이버리의 전갈이 지금 막 도착했어. 오래전 수첩을 확인해
봤더니 소피아 론즈데일이 결혼한 강사가 교편을 잡으러 간 곳에 대
해서는 두 사람 다 틀렸다고 해. 부다페스트도, 빈도 아닌 베를린이
었다는군.
그런데 그것보다 훨씬 중요한 정보가 레이디 에이버리의 기록 말미
에 묻혀 있었어. 3막이 시작되는 바람에 내게 이 말을 전할 시간이
없었는데, 소피아 론즈데일은 이십 년도 더 전에 스위스에서 휴가를
보내던 중 사망했다는군.

애시버튼

제18장

'염소처럼 거죽만 남은'이라는 말은 베키 버틀에게는 부당한 표현이었다. 물론 말랐다는 말은 사실이었다. 그 하녀는 체격이 작고 호리호리했으며 갈색 눈은 매우 크고 입술은 놀라울 정도로 분홍색이었다.

미크 부인의 표현처럼, 아름답지는 않지만 매끄러운 피부에 젊음이 막 피어올라 충분히 예쁘장했다.

그런데 이목구비가 묘하게 낯이 익었다.

베키 버틀은 어깨를 웅크리고 윗니로 아랫입술을 덮은 채 앉았다.

"색빌 씨가, 그분이 비소로 독살되셨다는 말이 사실인가요, 경사님?"

"그렇다네, 사실이야."

그녀의 두 눈에서 생기가 사라져 텅 빈 것 같았다.

"저는, 그분이 살해되셨다는 이야기가 나왔을 때, 저는 분명 그분의 형님이 범인이라고 생각했어요. 하지만 비소라면, 그건 그 집에 사는 누군가의 소행인 거죠, 그렇죠?"

"아마 그럴 거네."

"대체 왜죠? 그분은 정말 좋은 분이셨어요."

목소리가 어찌나 나지막한지 자신에게 묻는 것 같았다.

"어떻게 좋은 분이었지?"

베키 버틀이 벽난로 선반에 일렬로 진열해 놓은 엽서들로 시선을 돌렸다. 선반이라고 해야 다른 가구에서 떼어 냈을, 기다란 짙은 색 목재에 불과했다. 버틀 가족의 오래된 시골집은 커리 하우스의 현대적인 화려함과는 비교도 되지 않았다. 천장이 너무 낮아서 트레들스는 똑바로 서 있기도 힘들었다. 벽은 연기로 거무스름하게 찌든 데다 창문까지 적어서 실내는 항상 어두침침하게 느껴졌다.

"색빌 씨는 제게 말을 걸어 주셨어요. 그렇게 해 준 사람은 그분이 유일했어요. 다른 사람은 그저 이거 해라 저거 해라, 시키기만 했죠."

이번에도 베키 버틀은 혼잣말을 하는 것 같았다.

"어린 하녀들은 주인에게 직접 말을 해서는 안 되는 줄 알았는데, 자네와 색빌 씨는 어떻게 그렇게 친근한 사이가 되었지?"

"주인님과 저는 해안을 따라 난 오솔길에서 마주쳤어요. 언젠가 일요일 오후에 그곳을 산책하고 있었는데, 색빌 씨도 산책 중이셨죠. 제가 주인님을 보고 주인님이 다니시는 길로 다녀서 죄송하다고 했어요. 그랬더니 색빌 씨가 젊은 숙녀는 자신의 일에 대해서 사과할 필요가 없다고 하셨어요. 그래서 제가 주인님의 집에서 하녀로 일하고 있는데 코니시 부인이 제가 주인님과 이야기를 나눈 사실을 안다면 호되게 벌을 주실 거라고 했죠.

주인님은 껄껄 웃으시며 말씀하셨어요. '코니시 부인은 신경 쓰지 말거라.' 그러시더니 잠시 같이 산책을 하면서 저에 대한 이야기를 들려주지 않겠느냐고 하셨어요."

그런 선선한 태도와 친근한 호기심이 이 소녀에게 지대한 영향을 미쳤을 것이다.

"그래서 무슨 이야기를 했나?"

"별 이야기 안 했어요. 주인님은 제가 어디 출신인지 물어보셨어요. 제가 커리 하우스를 좋아하는지. 다른 사람들이 잘해 주는지 같은 거요. 그래서 저는 요크셔 출신이에요. 네, 좋아해요. 네, 잘해 줘요. 이렇게 대답했죠. 그랬더니 이야기를 하는 게 너무 긴장되면 더 이상 말하지 않아도 된다고 하셨어요."

"그때 같이 걸은 거리는 어느 정도였지?"

"1킬로미터? 아마 2킬로미터쯤 되었을 거예요."

그곳의 지형과 두 사람의 걸음 속도를 생각해 보면 대략 이십오 분.

"그래서 그 이후로는 아무 말도 안 했나?"

"아니요? 이틀 후에 제가 서재에서 먼지를 털고 있었어요. 주인님이 서류를 찾으러 들어오셨다가 제가 책 한 권을 들고 있는 모습을 보셨어요. 주인님의 물건을 함부로 만졌다고 혼을 내실 줄 알았는데, 무슨 책인지 물어보기만 하셨어요. 저는 일본에 대한 책이라고 대답했어요. 그랬더니 그 책이 마음에 드는지 물어보셨어요."

그녀가 애석하다는 듯 한숨을 쉬었다.

"그렇게 우리는 이야기를 시작했어요."

"질문은 항상 색빌 씨가 하고 자네는 대답만 했나?"

"주인님이 제게도 질문을 해 보라고 하셨어요. 그래서 그 저택에 있는 책을 전부 다 읽으셨는지, 전기 스위치를 만져 보신 적이 있는지, 여왕님이 여왕님이기 전을 기억하시는지 같은 걸 여쭤봤어요."

"자네의 질문에 다 대답해 주시던가?"

"전부는 아니었어요. 제가 왜 런던에 가시는지 여쭤봤을 때는 대답해 주시지 않았어요."

트레들스가 귀를 쫑긋 세웠다.

"어떻게 그리고 언제 그런 이야기가 나왔지?"

"그 저택에서 일한 지 네 번째 주였어요. 코니시 부인이 제게 위층 응접실을 다시 청소하라고 하셨어요. 처음에 할 때 제대로 하지 않았다고요. 청소를 하는데 색빌 씨가 들어오셨어요. 제게 왜 그렇게 성이 난 것처럼 보이냐고 하셔서 사정을 설명해 드렸더니 주인님은 나무랄 데 없이 청소가 잘된 것 같다고 하셨어요. 저는 지금 상태가 완전한 모조품이라고 대답했어요."

소녀는 모조품이라는 단어를 조심스럽게 음미하듯 말했다.

"주인님에게는 충분히 훌륭해도 코니시 부인에게는 그 정도로 훌륭하지 않다고요. 그랬더니 껄껄 웃으시면서 당연히 가정부는 저택의 청소에 있어서는 주인보다 뛰어난 전문가니 귀담아들어야 한다고 하셨어요. 그런데 그날은 주인님이 런던에 가시는 날이었어요. 주인님이 응접실을 두 번이나 청소해서 속상한 마음을 달랠 수 있도록 런던에서 사다 줄 만한 것이 있는지 물어보셨어요.

저는 물건을 살 돈이 없다고 말씀드렸어요. 그러자 주인님이 그건 선물이라고 하셨죠. 그래서 예전에 런던을 지나갈 때 제대로 보지 못해서 예쁜 엽서를 갖고 싶다고 대답했어요. 엽서가 있으면 적어도 한 곳은 제대로 볼 수 있을 것 같다고요. 주인님은 런던에 다녀오시면서 엽서를 여섯 장이나 주셨어요. 정말 예쁜 엽서들이었죠."

트레들스는 벽난로 선반을 힐끔 보았다.

"저것들인가?"

"네, 경사님."

트레들스가 벽난로로 다가가 엽서를 잘 살펴보았다. 엽서마다 구석에 구멍이 나 있었다.

"커리 하우스에서 지낼 때 이 엽서들을 벽에 붙여 뒀나?"

"네, 경사님."

"색빌 씨가 다른 사람에게도 런던에서 물건을 사다 준 적이 있었나?"

"아마 그렇지 않을 거예요. 주인님은 다른 사람에게는 아무 말씀도 하지 않으셨을 거예요. 안 그러면 모두들 뭔가를 사다 달라고 했을 테니까요."

"왜 색빌 씨가 자네에게는 그렇게 해 준 것 같나?"

소녀가 볼을 붉혔다.

"주인님에게 저는 평범한 사람이기 때문이라고 하셨어요. 다른 사람들에게 주인님은 오직 그 집의 주인이자, 월급을 받기 위해 모셔야만 하는 사람이라고 하셨어요."

"고인이 다른 물건도 사 주셨나?"

베키 버틀이 입술을 불쑥 내밀었다.

"아뇨. 그러시지 않았어요. 다음에 런던에 가실 때 제게 필요한 것이 있는지 물어보셨어요. 하지만 결국 가지 않으셨죠. 그날 복통이 지독하셨거든요. 이튿날 겨우 출발하셨지만 엑세스터에서 기차를 내려서 그곳에서 하룻밤 묵으셔야 했어요. 그때 복통이 너무 지독하셨거든요."

그녀가 숨을 헉 들이쉬었다.

"경사님은 혹시 그 복통들이 문제라고 생각하시는 거죠? 비소 중독은 심한 복통과 증세가 그렇게 다르지 않다고 하잖아요?"

"색빌 씨는 미크 부인이 요리사로 오시기 전에도 복통으로 고생하셨나?"

트레들스는 이미 답을 알았다. 그것이 미크 부인을 체포하지 않은 이유이기도 했다.

"그런 적이 있었어요."

베키 버틀이 다시 숨을 헉 쉬었다.

"맙소사! 저도 그날 몹시 심하게 앓았어요. 설마 저도 중독된 걸까요, 경사님?"

트레들스가 상체를 꼿꼿이 세웠다.

"색빌 씨는 하인들과 같은 음식을 먹었나?"

"아뇨. 주인님의 식사는 저희 식사와는 따로 요리해서 내 가요. 잠깐, 잠깐만요."

그녀가 잠시 생각에 잠겼다.

"그때 복통은 우리가 여전히 퍼브에서 음식을 시켜 먹었을 때였어요. 그 주에 결혼식이 있었는데, 페그 부인이 그 결혼식 음식을 담당하셨거든요. 그래서 그 주에 커리 하우스에서는 모두가 다 같은 음식을 먹었을 거예요. 수프와 생선 파이, 삶은 쇠고기였어요."

페그 부인은 스탠웰 무트에서 나고 자랐다. 사람들 말에 따르면 그녀는 색빌 씨와 전혀 접점이 없었다.

"그날 아팠던 사람이 또 있나?"

"아뇨. 저뿐이었어요."

"자네와 색빌 씨만 따로 먹은 음식이 또 뭐가 있지?"

베키 버틀은 선뜻 대답하지 않았다.

"뭘 먹었지?"

"그날 주인님은 출발하시기 전에는 기분이 좋으셨어요. 제가 석탄 한 통을 가지고 올라가는데 주인님이 제 손이 추위로 곱은 것을 보셨어요. 코니시 부인이 결혼식을 도와줄 사람으로 저를 보내셨는데 커리 하우스로 돌아오는 중에 비를 만났거든요. 그래서 주인님이 몸을 데우게 위스키를 약간 마셔 보겠느냐고 하셨어요."

트레들스의 눈썹이 위로 치솟았다.

"색빌 씨가 돌아가신 후 사라진 위스키 디캔터를 코니시 부인이 찾으셨네. 그 집에서는 끝내 못 찾았지. 자네가 가져왔나?"

베키 버틀은 젊은 아가씨답지 않게 사람을 똑바로 쳐다보았으며 트레들스를 잠시 응시하기도 했는데, 이 질문을 받자마자 고개를 숙였다.

"자네가 가져간 것으로 받아들이지. 그 위스키를 또 마셨나?"

"아뇨! 저는 위스키를 좋아하지도 않는걸요."

"그렇다면 왜 가져왔지?"

"왜냐하면, 왜냐하면 그날 주인님이 제게 정말 상냥하게 대해 주셔서 그 순간을 기억할 만한 물건을 챙기고 싶었어요."

"고인은 자네에게 늘 유난히 잘해 주시지 않았나?"

"그러셨지만 그날 후로 주인님을 많이 뵙지 못했어요."

"그건 왜지?"

베키 버틀이 머리 뿌리까지 얼굴을 붉히더니 고개를 가로저었다.

"버틀 양, 이건 살인 사건 수사야. 내 질문에 대답하게."

"하지만 이건…… 개인적인 일이에요."

"수많은 살인 사건이 사람들이 개인적으로 한 행동 때문에 일어난다네."

"하지만, 하지만 저는 아무 짓도 안 했어요. 이 일은 그냥…… 개인적인 일이에요."

그녀는 좀처럼 태도를 바꿀 것 같지 않았다. 트레들스는 질문 목록에 있는 다음 사항으로 넘어갔다.

"자네가 아침 코코아를 가져갔더니 색빌 씨가 의식을 잃고 누워 있었던 그날 아침, 자네는 왜 커튼을 걷지 않았지?"

"그게 사건과 무슨 관계가 있어요?"

"그렇다면 사실이군, 자네가 커튼을 걷지 않았다는 말."

"아마 걷지 않았을 거예요."

"색빌 씨가 아직 침대에 있을 때 그에게 다가갔다니 매우 부적절한 일이라고 생각되는군. 그런데도 자네는 그렇게 행동했다고 진술했어."

"저는 나쁜 짓은 절대 하지 않았어요. 제가 커리 하우스에서 일을 시작하고 첫 몇 주 동안에는 모퉁이만 돌면 주인님과 마주쳤어요. 그래서 저는 우리가 친구라고 여겼어요. 그때는 주인님을 한참이나 뵙지 못했기 때문에 제가 주인님의 손을 잡고 흔들어 깨워드려야겠다고 생각했어요. '안녕하세요, 놀랐죠, 저예요.' 같은 느낌으로요. 친구를 대할 때처럼, 친구 집에 갔는데 아직도 자고 있다면 그렇게 하듯이 말이에요."

"그렇다면 자네와 색빌 씨 사이에 부도덕한 일은 전혀 없었다는 건가?"

"네! 당연하잖아요. 주인님은 제 아빠보다도 나이가 훨씬 더 많아요. 아빠는 이제 노인이라고요!"

그녀의 반응에는 한 치의 거짓도 없는 듯했다.

"그 저택에 자네와 색빌 씨의 분위기가 그다지 순수하지 않다고 생각할 만한 사람이 있을까?"

소녀가 몸을 움찔했다.

"뭐라고요? 왜 그 사람들이 그런 식으로 생각하겠어요?"

"그런 저택의 주인이 어린 하녀와 우정을 키우는 일은 흔히 볼 수 있는 일이 아니니까."

"왜 그런 질문을 하시죠? 혹시 색빌 씨가 살해된 것과 관계가 있나요?"

"그 저택의 누군가가 자네와 색빌 씨 사이에 부도덕한 일이 벌어지고 있다고 믿는 바람에 온갖 일들이 일어났을 수 있네. 그 사람은 자네가 노리개가 되었다고 생각한 나머지 자네 대신 화를 터트렸을지도 몰라. 그 사람이 여자라면 자신 때문에 화가 나을 수도 있지. 그 여자가 자신과 색빌 씨 사이에 연애 감정이 있다고 생각했다면 어떨까? 금전적인 이유가 개입되어 있을 수도 있어. 색빌 씨의 유언장에서 자신이 최고 수혜자일 거라고 믿었던 거야. 그래서 색빌 씨가 다른 사람과 가까워지는 걸 원하지 않았겠지. 내 말뜻을 알겠나?"

"아마, 아마도 그런 것 같아요."

"그렇다면 그런 의심을 품었을 사람을 말해 보게."

베키 버틀이 손가락을 비틀었다.

"그 사람이 용의자가 되는 건가요?"

"명확한 범행 동기가 없고 저택의 하인이 몇 되지 않기 때문에 이미 모든 사람이 용의자네. 버틀 양, 자네의 대답으로 용의자 범위가 넓어지지는 않을 거야. 오히려 좁혀지겠지."

"그렇다면 괜찮을 것 같네요."

베키 버틀이 애매하게 말을 이었다.

"그리고 제가 대답을 한다고 해도 그 남자가 실제로 용의자가 될 일은 없을 것 같지만요."

그 남자라.

"토미 던인가?"

"토미요? 토미는 제가 절벽에서 떨어져도 신경도 안 쓸 거예요."

베키 버틀이 웃었다.

"내가 알기로 그는 커리 하우스에 젊은 사람이 들어와서 처음에는 좋아했다고 하던데. 왜 그렇게 되었지?"

"그 사람에게 물어보세요."

베키의 눈에서 재미있어 하는 기색이 반짝했다. 그리고 잘난 체하는 기색도 설핏 보였다.

"물어봤지만 대답을 거부하더군. 자네가 나를 도와줄 수 있을까? 이유를 말해 주면 용의 선상에서 그를 제외하겠네."

엄밀히 말해서 이건 사실이 아니었다. 토미 던이 평소 베키를 싫어한 사실이 베키와 색빌 씨 사이에 벌어진 일과 전혀 관계가 없다고 하더라도, 그는 여전히 셰리던 경이나 레이디 셰리던의 공범일 가능성이 있었다. 물론 그럴 가능성은 희박해 보이지만 말이다.

"그러면 남에게는 절대 말하지 않겠다고 약속해 주세요."

"이 사건과 관계가 없다면 약속하지."

"아무 관계도 없어요. 제가 산책을 하다가 토미가 바턴 크로스의 교회지기인 위크스 씨와 함께 있는 모습을 어쩌다 봤어요."

베키 버틀의 안색이 어두워졌다.

"이 이야기를 절대 다른 사람에게 하시면 안 돼요, 경사님. 제가 토미를 좀 놀려 댔어요. 제가 비밀을 잘 못 지킨다고 했죠. 진심이 아니었지만 토미가 겁을 잔뜩 먹더라고요. 제가 비밀을 퍼트리고 다닐 거라고 생각해서 화도 냈고요. 하지만 토미는 무서워서 제정신이 아니었을 거예요. 커리 하우스가 아니면 갈 데도 없고 위크스 씨는 키워야 할 아이들이 있으니까요. 제가 그 사람의 비밀을 절대 누설하지 않을 거라는 걸 믿어 주지 않았어요."

트레들스는 남자들 사이의 부적절한 행위가 도무지 이해되지 않았다. 하지만 그 사실이 발각될 경우 어떤 일이 일어날지는 잘 알았다.

"토미의 비밀은 안전할 거네."

"고맙습니다, 경사님."

베키 버틀이 조용하게 말했다.

트레들스는 일 분가량 침묵을 지켰다. 다정하다고 해도 좋을 분위기 속에서 트레들스는 미지근한 차를 마시고 베키 버틀은 돌처럼 딱딱해 보이는 비스킷을 조금씩 갉아 먹었다.

"혹시 자네와 색빌 씨 사이에 일어난 일을 알아차린 사람이 호지스 씨였나?"

베키가 고개를 끄덕였다.

"제가 지독하게 배탈이 난 다음 날, 호지스 씨가 제게 색빌 씨의 위스키를 몰래 마셨는지 물어보셨어요. 저는 호지스 씨에게 저를 도둑이라고 생각하시는지 되물었어요. 호지스 씨는 색빌 씨가 배탈이 날까 조심하시느라 몇 모금씩밖에 마시지 않는데 마시는 양의 두 배가 디캔터에서 사라졌다고 하셨어요. 그런데 주인어른을 제외하고 제가 그 방에 드나드는 유일한 사람이라는 거예요.

그래서 제가 마시기는 했지만 그건 색빌 씨가 권하셨기 때문이고, 그 자리에서 거절하는 건 무례한 행동이었을 거라고 말씀드렸어요. 호지스 씨가 뭔가를 무시무시한 기세로 노려보시더니 신사는 평민과는 다르다고 하셨어요. 아무도 그 사람들에 대해서 책임을 지지 않으니까 알아서 조심하는 게 좋을 거라고."

베키가 옆으로 고개를 돌렸다. 트레들스는 왜 처음 만났는데도 묘하게 낯이 익다고 느꼈는지 깨닫고 깜짝 놀랐다. 커리 하우스에서 본 젊은 시절의 코니시 부인의 사진 때문이었다. 베키를 특정한 각도에서 보면 그 가정부와 똑 닮았던 것이다.

지금껏 그는 코니시 부인을 두 번째 연인이자 분노한 제삼자, 기회주의자인 협력자의 각도에서 바라보았다. 하지만 그 가정부가 베키를 마음 깊이 걱정하는 혈육이라면 완전히 새로운 풍경의 문이 열린 셈이었다.

"코니시 부인의 말로는 자네가 그 집을 나올 때 고용인들의 단체 사진을 기념품으로 가져갔다더군."

"제가 나온 게 아니에요. 코니시 부인이 저를 해고한 거죠. 제가 울고불고 기절하면서 흉한 꼴을 너무 많이 보였다면서요."

베키는 입술을 굳게 다물었다.

"제가 그러기는 했죠. 그런데 그 사진은 제가 가져온 게 아니에요. 제가 기억하고 싶은 사람은 색빌 씨뿐인데 그 사진에 그분은 안 계시잖아요. 집에 도착해 보니 제 짐에 그 사진이 들어 있었어요."

이렇게 진술이 차이가 나자 트레들스는 심장이 뛰었다. 베키는 유일한 사진과 함께 몇백 킬로미터나 떨어져 있었다. 아무도 두 사람이 혈연관계일 거라 의심하지 않을 것이 분명했다.

"그 사진을 보고 싶네. 그리고 위스키 디캔터를 내게 돌려주게."

베키 버틀은 양해를 구한 후 자리를 떴다가 잠시 후 사진과 디캔터를 가지고 돌아왔다.

트레들스가 그 디캔터를 살펴보니, 술이 5센티미터가량 남아 있었다. 문득 베키 버틀이 내용물을 다 비우고 다른 술로 디캔터를 채웠을지 모른다는 생각이 뇌리를 스쳤다. 하지만 재빨리 냄새를 맡아 본 것만으로도 병에 든 호박색 액체가 결코 싸구려가 아니라 스코틀랜드 최고급 위스키라는 사실을 알 수 있었다.

그는 다음으로 사진으로 관심을 돌렸다. 사진에 담긴 코니시 부인과 베키 버틀은 그리 닮아 있지 않았다. 그래도 트레들스는 베키 버틀에게 부모님을 불러 달라고 했다.

사냥터지기였지만 지금은 관절염 때문에 더 이상 일을 하지 않는 버틀 씨는 아직 어리고 외동인 아이를 키우는 사람치고 확실히 나이가 많았다. 그의 아내는 네모난 돌판 같은 체격으로 남편보다 더 나이 들어 보였다. 베키 버틀이 문을 닫고 나가자 끽끽거리는 마룻바닥 위로 멀어지는 발자국 소리가 들렸다.

트레들스는 베키가 자신들의 대화가 들리지 않는 곳까지 갈 때까지 잠시 기다렸다.

"버틀 씨, 버틀 부인. 제가 지금 하려는 질문이 얼마나 주제넘게 들리실지 압니다. 부디 용서해 주시기 바랍니다."

부부는 서로를 바라보았다.

"무슨 일인가요, 경사님?"

버틀 부인은 좀처럼 입을 열지 않는지 목소리가 녹이 슨 톱니바퀴를 억지로 돌릴 때처럼 거칠거칠했다.

"두 분이 베키의 친부모인지 확인해야 합니다."

버틀 부부는 또다시 시선을 교환했다. 버틀 부인이 앞치마로 손을 닦았다.

"왜 그걸 아셔야 하나요, 경사님?"

"저는 살인 사건을 수사 중입니다. 범행을 저지를 수단이 있는 용의자들 중에 구체적인 동기가 있는 사람이 아무도 없습니다. 그러므로 사건에 관계된 사람들 사이에 혹시 있을지 모르는 접점을 철저하게 파헤쳐야 합니다. 혹시 어떤 정보로 누군가가 곤란한 지경이 될지도 모른다고 걱정되신다면, 부디 제가 꼭 알아야 할 사실을 숨기는 바람에 결백한 타인이 유죄로 기소될 수 있다는 사실을 잘 생각해 보세요."

버틀 씨가 한 손을 아내의 손 위에 얹었다. 버틀 부인이 남편을 힐끔 보더니 트레들스의 눈을 똑바로 응시했다.

"태어난 지 며칠밖에 안 된 베키를 데려와서 친딸처럼 키웠습니다."

트레들스는 그동안 참고 있는 줄도 몰랐던 숨을 비로소 내쉬었다.

"그러면 커리 하우스의 코니시 부인이 베키의 생모입니까?"

버틀 부인이 고개를 끄덕였다.

"저를 믿어 주셔서 감사합니다. 이 비밀이 밖으로 새지 않도록 최선을 다하겠습니다."

트레들스가 고개를 숙였다.

마침내 유력한 용의자가 부각되었다는 사실이 어딘지 불안할 정도였지만, 가설은 맞아떨어졌다. 필요 이상으로 가까운 베키 버틀과 고용주의 관계에 대해 누군가 코니시 부인에게 이야기를 했다. 코니시 부인은 자신의 딸과 색빌 씨의 관계가 점점 염려되었을 것이다. 감수성이 예민한 나이에 코니시 부인은 어느 남자의 노리갯감이 되었지만, 그 남자는 그녀와 결혼해 태어날 아기를 키우기를 거부했다. 아마도 부도덕한 고용주였을 것이다. 코니시 부인은 자신의 딸에게도 같은 일이 일어날까 봐 필사적이지 않았을까.

베키 버틀이 응접실로 돌아왔다. 트레들스가 불러 달라고 했기 때문이다. 확실히 확인하고 싶은 사항이 마지막으로 하나 더 있었다. 하지만 베키의 얼굴을 본 순간 그는 그 소녀가 모든 것을 다 들었다는 사실을 깨달았다. 어떻게? 베키가 엿들으려고 되돌아왔다면 마룻바닥이 끽끽거렸을 텐데.

그때 베키가 그의 마음속 의문을 듣기라도 한 듯 그의 머리 뒤를 가리켰다. 돌아보니 그곳에 반쯤 열린 작은 창문이 있었다. 밖에서 엿들은 것이다.

"코니시 부인이 제 어머니일 리 없어요. 저를 좋아하지도 않은걸요."

베키가 거의 속삭이다시피 말했다.

"그분이 자네에게 애정이 있는지 없는지 장담할 수는 없지만 자네에게 엄청난 책임감을 느끼는 것만큼은 부인할 수 없어."

"아무런 나쁜 짓도 하지 않으신 색빌 씨를 죽일 정도로요? 그럴 리 없어요."

"그분이 색빌 씨를 독살했다면, 색빌 씨의 행동을 알아차린 것 때문에 살인을 시도한 사람이 그녀가 처음은 아닐 거야."

"도대체 코니시 부인이 뭘 알아차리셨는데요?"

트레들스는 이 질문에 최고의 유도신문을 했다.

"자네는 몰랐겠지만, 자네가 모퉁이를 돌 때마다 색빌 씨가 더
는 나타나지 않게 된 사건을 목격했겠지."

베키 버틀이 그를 향해 눈을 가늘게 떴다.

"말도 안 돼요."

"그럴까? 나는 무슨 일이 있었는지 모르니 아무 말도 못 하겠군."

"아무 일도 일어나지 않았어요. 아무 일도요."

"코니시 부인에게는 단순히 아무 일이 아니었을지도 모르지."

베키 버틀이 양손을 허공으로 던지듯 들었다.

"좋아요. 말씀드릴게요. 색빌 씨와 제가 지독한 복통으로 고생
한 지 몇 주 후였어요. 저는, 저는 생리 중이었고, 그 달은 생리통
이 유난히 끔찍했죠. 서 있기도 힘들었어요. 하지만 코니시 부인
은 그건 변명이라고 하셨어요. 그 집의 다른 하녀들은 생리 중이
라고 침대에 누워 있지 않는다고요.

색빌 씨는 제가 아파하는 것을 보고 걱정해 주셨어요. 제가 뭘
잘못 먹었을지 모른다고 생각하시더군요. 그래서 사실대로 말씀
드렸어요. 생리통일 뿐이라고요."

트레들스는 자신이 말을 더듬지 않기만 바랄 뿐이었다. 당황해
서 얼굴이 화끈거렸다.

"그게 다였나?"

"네. 엄마는, 코니시 부인이 아니라 제 진짜 엄마요. 남자들은

387

여자가 생리 이야기를 꺼내면 항상 싫어한다고 말씀하셨어요. 저는 어처구니없다고 생각했어요. 남자들은 자신이 어디가 아프고 통증을 느끼면 잘만 떠들어 대는데 왜 여자들이 우리의 통증에 대해서 약간 불평을 한다고 못마땅하게 굴겠어요? 그런데 엄마 말씀이 맞았어요. 색빌 씨와 저 사이에 뭐가 있었던 그 후로 끝났거든요."

베키 버틀의 눈빛이 어두워졌다.

"아마 그분은 진짜 친구가 아니었나 봐요."

샬럿은 검은색 새끼 양가죽 장갑으로 감싸인 손가락으로 검은색 손수건을 비틀다가 자신이 가냘프고 쓸쓸한 미망인의 분위기를 풍겨야 한다는 사실을 떠올렸다. 클라리지 호텔의 로비를 돌아다니는 손님들을 훑어보며 이리저리 돌아다녀 봐야 별 도움이 되지 않았다. 미망인의 베일로 얼굴이 흐릿하게 가려지기는 하나 어깨의 자세나 머리의 각도까지 완전히 가릴 수는 없었다.

샬럿은 정문을 신중하게 바라본 후 곁눈질로 계단을 힐끗 확인했다. 지금쯤 손수건을 들어 올리고 무기력하게 펄럭거려야 했다. 어쩌면 그것만 아니라……

"삼가 고인의 명복을 빕니다, 부인."

샬럿은 심장이 덜컥 내려앉았다. 난데없이 잉그램 경이 불쑥 나타난 것이다.

"당신 여기서 뭐 하는 거야?"

그의 입꼬리 한쪽이 슬쩍 올라갔다. 샬럿은 또다시 심장이 철렁

했다. 잉그램이 경이 그녀에게 마지막으로 미소를, 아니 반쪽 미소라도 지어 준 때가 언제인지 기억도 나지 않았다.

"나를 보면 반가워할 줄 알았는데. 당신은 평소에도 늘 이런 계획을 세우니까."

"달리 할 일이 없을 때나 그렇지."

그가 긴 의자에 앉은 샬럿의 옆자리에 앉았다. 반쪽짜리 미소는 어느새 사라졌지만 그 자리에 험악한 표정이 들어선 것도 아니었다. 보기 드물고 도무지 이해할 수 없는 상황이었다. 그 순간만큼은 그가 샬럿에게 적극적으로 불쾌해할 일이 없는 모양이었다.

"당신처럼 남자를 성적 능력을 가진 가죽으로나 치부하는 사람이 그 많은 청혼을 받았다는 걸 떠올릴 때마다 새삼 놀란다니까."

샬럿은 실제로 꽤 많은 청혼을 받았는데, 그중에는 잉그램 경의 형인 밴크로프트 경의 청혼도 있었다. 샬럿은 자신이 받은 청혼 중에 이 청혼을 제일 좋아했다.

"그건 다 내 데콜타주● 덕분이지. 신사들이 내 가슴을 뚫어져라 바라볼 때는 내가 하는 말이 안 들리니까. 내일 나무에 여자 가슴이 열리면 그 나무도 결혼반지를 끼게 될 거라고 진지하게 믿고 있어."

그가 껄껄 웃었다.

샬럿은 온몸의 신경이 따끔거렸다.

왓슨 부인의 말대로 어떤 남자들은 여자에게 이런 영향을 미쳤다. 그러나 이렇게 한창 감시 임무를 수행하던 중이라면 마땅히

● 데콜타주 여성의 드레스나 상의에서 어깨와 가슴 윗부분을 드러내는 네크라인

그런 영향에 반응하지 않아야 했다. 적어도 집중력이 흩어질 만한 반응은 하지 말아야 했다.

그가 가볍게 숨을 내쉬었다.

"당신은 재능이 무척 많아, 샬럿. 하지만 지독히도 미숙해. 당신이 의뢰인인 마블턴 부인에 대해 쓸 만한 정보를 건지려고 클라리지 호텔에서 일을 꾸미리라는 것 정도는 너무 쉬워서 예상하고 말고 할 것도 없었어."

설마 잉그램 경은 샬럿을 뜯어말리러 온 것일까 아니면…….

"나와 함께할 작정이라면 더는 말하지 마."

"나중에 곤경에 처한 당신을 구해 주는 것보다는 쉬워."

샬럿은 그가 함께하겠다는 뜻을 물리쳐야 한다고 생각했지만, 그녀가 이런 일에 경험이 전혀 없다는 그의 말도 옳았다. 그리고 그녀가 무사한지 굳이 나서서 살펴봐 주겠다면 보이지 않는 곳에서 몸을 숨기고 있는 것보다 곁에 앉도록 내버려 두는 편이 나았다.

샬럿이 장갑을 단정히 펴며 정리했다.

"여기 오래 있을 생각은 없어. 곧 만날 의뢰인이 있거든."

"이번에는 골치가 덜 아픈 사람이길 바라."

"당신은 왜 입만 열면 초를 치는 거야. 적어도 왓슨 부인과 나는 동업으로 벌써 5파운드나 벌었어. 그리고 다음 두 주 동안 의뢰인이 줄을 서 있다고."

5파운드! 이 생각만 하면 샬럿은 하늘을 날 듯이 기뻤다.

하지만 그는 확실하게 비꼬는 기회를 절대 놓치지 않았다.

"그 여자는 당신의 명석함을 자신의 잇속을 위해 써 먹는 일에 귀신처럼 빠르군."

샬럿이 베일을 통해 그를 빤히 바라보았다.

"대체 왜 그러는 거야, 잘난 귀족 나으리? 평소에는 사람들을 좀 더 너그럽게 대하잖아. 특히 당신이 잘 모르는 사람이라면 더더욱."

"그런 위선적인 사람들이 당신의 삶을 좌지우지하려고 들지 않는다면 나는 좀 더 너그러워질 용의가 있어, 샬럿. 아직도 우······."

샬럿은 더 이상 잉그램 경의 말을 듣고 있지 않았다.

"왜 그래?"

그가 두 손으로 그녀를 잡으며 조용하게 물었다. 덕분에 지나가는 사람들 눈에는 슬픔에 잠긴 젊은 미망인과 그녀를 위로하는 근사한 친구가 대화에 열중해 있는 것처럼 보였다.

"황금색 페이즐리 무늬 조끼를 입은 남자 보여? 저 사람을 알아."

샬럿이 고개를 살짝 기울여서 그 남자의 위치를 알렸다.

잉그램 경이 티 나지 않게 그 남자를 슬쩍 보았다.

"누군데?"

"내가 처음으로 왓슨 부인의 집을 찾아간 날, 내가 도착하기 전에 왓슨 부인이 나인 줄 알고 어떤 아가씨를 집으로 들였어. 알고 보니 그 아가씨는 있지도 않는 왓슨 부인의 핏줄이라고 주장한 사기꾼이었지."

"그런데?"

"그 아가씨에게는 한패인 젊은 남자가 있었어."

샬럿이 페이즐리 조끼 남자를 한 번 더 보았다.

"저 남자."

제19장

트레들스 경사가 커리 하우스에서 가장 가까운 경찰서에 도착했을 즈음 코니시 부인은 이미 경찰서에 불려 와 조사실에서 대기하고 있었다.

경사는 한시도 지체하지 않았다.

"코니시 부인, 베키 버틀이 부인의 딸이라는 사실에 대해서 함구하셨더군요."

코니시 부인은 경사가 그녀의 얼굴에 모래를 던지기라도 한 듯 움찔했다.

"그건, 그건."

"저라면 부인하려고 애쓰지 않겠습니다. 이미 버틀 부인으로부터 확인까지 다 받은 상황이니까요."

코니시 부인이 문을 바라보았다.

"밖을 지키고 있던 순경을 보내 두었습니다. 베키의 친부모에 대한 이야기는 최선을 다해 함구하겠다고 버블 부인에게도 약속했습니다."

트레들스가 말했다.

코니시 부인이 자신의 손을 바라보았다. 그녀는 아마도 가진 것 중 가장 좋은 양가죽 장갑을 끼고 경찰서에 왔을 것이다.

"제가 왜 그 이야기를 먼저 꺼내지 못했는지 이해하실 거예요, 경사님. 지금 이 자리에 오기까지 오랫동안 갖은 고생을 했답니다.

색빌 씨가 돌아가신 후 스트루더즈 부인이 커리 하우스의 다음 세입자가 가정부가 필요 없다면 부인의 댁에서 일해 주면 좋겠다는 편지를 보내셨어요. 그런데 제게 사생아가 있다는 사실이 알려지면 저를 더 이상 고용하지 않으실 겁니다. 그 부인뿐만 아니라 아무도 저를 고용하지 않을 거예요. 이 업계에서는 평판이 가장 중요하니까요."

그녀의 목소리에서 느껴지는 불안감이 너무나 절절했다.

"그런데 왜 그 아이를 부인이 일하는 곳으로 부르셨습니까?"

"버틀 부인이 베키가 나이가 들면서 너무 고집이 세고 차분하지 못하다고 걱정하셨거든요. 버틀 부부는 부유하지 않아요. 베키는 결국 하녀 일을 해야 할 거예요. 그리고 하녀의 일이란……. 이 일은 보잘것없고 답답한 삶을 살게 될 수도 있어요. 제가 하급 하녀일 때 얼마나 지겨웠는지, 기대할 만한 일이 얼마나 적었는지 지금도 기억합니다. 저는 곤란한 지경에 빠지고 싶지 않았지만 여기저기 추파를 던지며 시시덕거리는 일이 지겨움을 해결하는 유일한 방법이었어요.

그러다가 저택의 아드님과 사랑에 빠졌고, 그분이 저를 돌봐 주겠다고 약속하셨어요. 새로울 것 없는 진부한 이야기죠. 그런데도 막상 제게 그런 일이 닥치자, 그분은 남과 다를 것이고 저도 마찬가지라고 생각했어요. 결국에는 우리 중에 남과 다른 사람은 아무도 없었지만요.

저는 베키가 같은 꼴을 당할까 봐 걱정이 되었습니다. 이곳에서는 제가 나름대로 책임자이지 않습니까. 제가 그 아이를 돌볼 수 있었어요. 무엇보다도 저는 커리 하우스가 안전한 곳이라고 여겼어요. 색빌 씨는 저나 저택에서 일하는 다른 여자들에게 먼저 손을 댄 적이 한 번도 없었어요. 그리고 제니 프라이스에게는 여느 정상적인 사람들보다 더 조심스럽게 대해 주셨고요."

트레들스가 의자를 꺼냈지만 코니시 부인은 앉지 않았다.

"그런데 색빌 씨는 부인이 생각하신 것처럼 행동하지 않았지요."

코니시 부인의 입술이 떨렸다.

"혹시 경사님은…… 경사님 생각에……."

"부인은 토미 던에게 색빌 씨의 증상에 대해 알릴 때 의사가 스트리크닌이 필요하다는 사실을 알 수 있는 자세한 증세는 전하지 않으셨더군요. 또한 베키가 그 사진을 갖고 싶어 했다고 하셨지만, 실은 부인이 그 사진을 베키의 소지품에 숨겨 놓아 아무도 그 아이가 부인의 딸이며, 부인에게 그 아이를 보호해야 할 강력한 동기가 있다는 사실을 알아차리지 못하게 했습니다. 다른 사람들의 증언대로 부인이 사라진 위스키 디캔터를 필사적으로 찾아다니셨다는 사실은 말할 것도 없고요."

"그 위스키에 비소가 들었다는 말씀이신가요?"

코니시 부인이 자신과 경사 사이에 놓인 탁자의 가장자리를 장갑을 낀 손으로 움켜쥐며 소리쳤다.

"베키는 색빌 씨가 어쩔 수 없이 엑세스터에서 하룻밤을 보내야 했던 바로 그날 복통으로 고생했습니다. 두 사람이 모두 먹은 음식은 그 디캔터에 들어 있던 위스키뿐이었습니다."

"만약 위스키에 비소가 들어 있었다면 그걸 거기에 넣은 사람은 제가 아닙니다. 지금까지 제가 완벽하게 신뢰를 드리지 못하기는 했어요. 하지만 그건 제 목숨이 아니라 제 자리와 평판을 지키기 위해서였습니다!"

그녀의 가쁜 숨소리가 작은 방에서 울렸다. 트레들스는 그녀가 감정을 추스르도록 잠시 기다렸다.

"색빌 씨가 베키에게 위스키를 권했다는 이야기는 호지스 씨에게서 들으셨습니까?"

"네. 그리고 제게 그 아이를 좀 더 눈여겨봐야 한다고 하셨어요. 그래서 베키가 위층을 청소할 때면 근처를 몰래 돌아다니기 시작했죠. 하루에도 몇 번씩 그렇게 했지만 색빌 씨와 베키가 함께 있는 모습은 보지 못했습니다. 저는 색빌 씨가 돌아가시기 전날까지 계속 주위에서 몰래 지켜봤어요. 그분이 베키를 다른 목적으로 대한다거나 그럴 생각이라는 증거도 없는데 제가 왜 색빌 씨를 독살하겠어요?"

"그렇다면 왜 위스키 디캔터를 열심히 찾으신 겁니까? 그걸 찾으려고 토미 던의 숙소까지 몰래 들어가면서 말이죠."

"베키가 그걸 가져갔다는 사실을 믿고 싶지 않았어요. 제가 낳은 핏줄이 도둑이라니 도저히 믿고 싶지 않았어요."

그녀가 애원하듯 트레들스를 바라보았다.

"그렇다면 그 사진은 왜 베키의 짐에 몰래 넣으셨습니까?"

"베키가 오기 전만 해도 저는 그 아이와 다시는 헤어지기 싫을까 봐 걱정했어요. 그런데 그 애가 왔고…… 그 애는 완전히 타인이더군요. 그 아이는 자신을 너무 대단하게 생각했죠. 일을 열심히 할 생각은 없고요. 게다가 베키는 진짜 신사의 식솔이라는 사실을 제외하면 하녀로서의 삶에는 조금도 관심이 없었어요."

코니시 부인이 한숨을 쉬었다.

"제가 처음으로 하녀로 들어간 집에서 하녀들이 가정부에게 혼났던 일을 아직도 기억한답니다. 어쩌면 저렇게 야박하고 쓸데없이 엄격할까 생각했던 기억도 나고요. 그런데 지금은 제가 그런 여자가 되었죠. 저는 왜 베키가 자신의 일에 좀 더 자부심을 가지지 않는지, 왜 벽난로 선반에 쌓인 먼지가 그 아이의 눈에는 먼지로 보이지 않는지 이해할 수가 없었어요. 그 아이는 제게 실망스러운 하녀이고, 그 아이에게 저는 괴물 같은 가정부겠지요.

그래도 저는 그 사진을 베키에게 주고 싶었어요. 직접 건네줄 수는 없었어요. 그러면 이상하게 생각할지도 모르니까요. 그렇지만 그 사진을 갖게 되면 간직해 줄 거라는 생각이 들더군요. 언젠가 그 아이가 더 나이가 들었을 때 과거를 돌아보며, 제가 불합리한 게 아니라 책임감이 강했던 것이라고 이해해 줄 거라고 생각했어요."

그때 노크 소리가 들리는 바람에 그녀가 깜짝 놀랐다. 그녀는 경악한 표정으로 트레들스를 바라보았다.

트레들스가 일어섰다.

"실례하겠습니다."

문밖에는 퍼킨스 순경이 와 있었다.

"경사님, 화학분석가로부터 결과가 도착했습니다."

트레들스가 전보를 받아 들었다. 그리고 욕설을 뱉었다. 그가 베키 버틀의 방에서 찾아낸 위스키에는 비소의 흔적이 없었다. 클로랄의 흔적도 없었다.

"맥도널드 경장님이 휘트스톤 전신 기계로 보낸 전갈도 도착했습니다."

퍼킨스 순경이 말했다.

트레들스 경사님,

런던에서 색빌 씨의 행적을 진술하겠다며 런던 경찰청에 수십 명이 찾아왔습니다. 제보를 요청하는 신문광고의 문제점이죠. 그래도 한 사람은 믿을 만해 보입니다.

그 남자의 증언에 따르면, 색빌 씨는 정기적으로 램버스에 있는 그 사람의 집 맞은편 집을 방문했는데, 대체로 저녁 시간 직전이었습니다. 그가 색빌 씨를 눈여겨본 이유는 그가 잘생긴 신사였으며, 그 지역에 살 만한 사람으로 보이지 않았기 때문입니다. 그런데 그의 증언 중에 가장 흥미로운 부분은 따로 있었습니다. 약 육 주 전에 그 집에 불이 났습니다. 마침 색빌 씨가 마지막으로 런던을 방문하려고 했던 시기와 딱 맞아떨어집니다. 그가 심한 복통 때문에 예정보다 일찍 돌아왔던 때 말입니다.

만전을 기하기 위해 그 남자에게 커리 하우스의 하인들 사진을 보여 주었습니다. 놀랍게도 시종인 호지스를 금방 알아보더군요. 호지스가 색빌 씨와 동행했는지 묻자, 두 사람이 같이 있는 모습은 본 적은 없지만 호지스를 기억한다고 대답했습니다. 호지스가 한번은 그의 집을 찾아와 색빌 씨가 방문한 집에서 무슨 일이 벌어지는지 아느냐고 물었기 때문이랍니다.

색빌 씨나 호지스를 본 사람이 또 있는지 그 동네를 탐문해 보겠습니다.

맥도널드

클라리지 호텔의 스위트룸에 잠입하는 일은 식은 죽 먹기일 것이다. 짐꾼 한두 명에게 뇌물을 주면 해결될 테니 말이다.

그러나 잉그램 경의 매서운 눈길을 받으며 불법 침입 데뷔전을 벌이는 날은 그렇게 쉽게 풀리지 않는다. 일단 따라야 할 절차가 생겼다. 잉그램 경의 둘째 형이자 한때 샬럿의 청혼자로, 많은 책임을 지고 있으며 자신의 목적을 달성할 수 있는 수단을 그 책임만큼 많이 가진 남자인 밴크로프트 애시버튼 경에게 그 문제를 일임해야 했다. 그리고 밴크로프트 경이 불법 침입을 할 적절한 시간을 알려 줄 때까지 대기해야 했다.

"저 높은 자리에 계신 분의 재가를 받아야 하다니 김새네."

샬럿은 마블턴 부인이 쓰고 있는 텅 빈 넓은 객실로 들어가며 잉그램 경에게 불평했다.

"이런 일은 원래 좀 더…… 불법 같은 기분이 들어야 하는데."

불법은커녕 두 사람은 나라 안팎의 위협에서 제국을 수호하는 남자로부터 사십오 분이라는 철통처럼 안전한 시간을 보장받았다.

잉그램 경은 고개만 절레절레 내저었다.

"배은망덕한 소리는 하고 싶지 않지만. 당신이 부탁했겠지?"

샬럿이 약간 미안한 감정을 느끼며 말했다.

앞으로 사십오 분 동안 마블턴 부인이 절대 돌아오지 않으리라는 장담을 형에게 받았으면서도 잉그램 경은 창문으로 다가가 저 아래 길을 살펴보았다.

"밴크로프트가 이해하는 말은 부탁뿐이거든."

"당신은 이제 부탁할 기회가 얼마 없을 텐데."

샬럿은 두 형제 사이의 거래에 대해 조금은 알았다.

대답하는 그의 목소리에서 희미한 후회의 기색이 느껴졌다.

"이번이 마지막이었어."

때때로 그는 한동안 영국을 떠났는데, 표면상의 이유는 발굴 작업이었다. 하지만 샬럿은 언제든 그가 발굴지에 다녀왔는지 단박에 알았다. 그리고 발굴과 전혀 관계없는 곳에 있었다면 그 사실도 꿰뚫어 보았다.

역시나 고고학은 온갖 종류의 외유를 위한 완벽한 구실이었다. 언젠가 그가 목발을 짚고 돌아온 적이 있었는데 거대한 입상이 무너져 내리는 바람에 부상을 입었다고 했다. 또 손에 붕대를 칭칭 감고 돌아왔는데, 발굴지에 들개 떼가 있었다고 했다.

그의 손에 남은 흉터는 개들의 이빨이나 발톱 자국과 조금도 비슷하지 않았다.

'당신 아내는 아무 의심도 안 해?' 샬럿이 이렇게 물어본 적이 있다.

'안 해.'

관심이 있어야 의심도 하는 법이다. 둘의 관계가 파탄이 난 후로 레이디 잉그램은 더 이상 가짜 애정을 보이는 수고조차 들이지 않았다.

'당신의 목숨을 걸지 않아도 잠시 도피할 수 있는 방법들이 분명히 있을 거야.' 샬럿이 그에게 말했다.

'당신이 할 만한 선택은 더 적어, 샬럿. 그렇다고 나라고 많다는 뜻은 아니야.' 그가 대답했다.

샬럿은 잠시 그를 바라보다가 객실 안쪽으로 들어가 서랍과 옷장, 여행 가방을 조심스럽게 열기 시작했다. 샬럿은 자신이 본 물건을 모두 머릿속에 집어넣은 후, 휴대용 암실과 카메라 몇 대, 사진이 한 더미 놓여 있는 선반으로 다가갔다.

마블턴 부인은 혼자가 아니었다. 숙박부에는 스티븐과 프랜시스 마블턴의 이름도 기재되어 있었다. 명목상으로는 그녀의 자녀들로 되어 있었지만, 프랜시스 마블턴은 바이워터에 있는 독 앤덕에서 일하는 엘리 하트포드 양 즉, 왓슨 부인을 제 어머니라고 주장했던 그 여성이 분명했다.

그리고 사진으로 보건대 두 마블턴은 여행을 한 모양이었다.

사진은 대부분 풍경만 찍혀 있었지만, 가끔 둘 중 한 명이 찍힌 사진들이 있었다. 그들은 서로 사진을 찍어 주며 둘만 여행을 한 것 같았다.

사진들을 잘 살펴보니 일부러 랜드마크가 나오지 않게 찍은 것 같았다. 바다며 탁 트인 풍경이 찍혀 있었지만, 그 해안은 곶이 펼쳐진 곳이라면 영국 어디든 다 될 수 있었다. 그리고 멀리 펼쳐진 교외의 풍경은 더비셔라고도 서섹스라고도 할 수 있었다.

"당신이 클라리지 호텔에서 살 만큼 여유롭다면, 그래도 일자리를 찾을 거야?"

직업 소개소 목록을 찾은 잉그램 경이 옆방에서 소리쳤다.

"이 소개소들은 여성들만 상대하는 곳이지, 그렇지?"

샬럿이 숨을 헉 들이쉬었다. 그 명단에는 오스왈드 양의 직업 소개소도 나와 있었는데, 오스왈드 양은 샬럿에게 비슷한 소개소에 대한 폭로 기사를 쓰려고 기회를 보는 기자라고 비난했었다.

샬럿은 그때 대화를 잉그램 경에게 간략하게 말해 주었다.

"프랜시스 마블턴이 이 훌륭한 소개소를 전부 다 돌아다녔는지 궁금해. 그리고 무슨 꿍꿍이로 그런 짓을 하는지도."

"이 사람들에게 휴대용 암실이 있는 걸 보면 분명히 음화도 있을 거야. 내가 음화를 현상하면 그 꿍꿍이를 알아낼 수 있을지 몰라."

"그럼 그렇게 하시죠, 경. 저는 이제 가서 다음 의뢰인을 맞이할 준비를 해야 한답니다."

샬럿이 말했다.

"준비가 필요한 고객?"

"음, 맞아. 적어도 한 시간은 준비해야 해."

그가 눈을 흘겼다.

"또 고약한 짓을 꾸미고 있군, 샬럿 홈스."

"당신도 가끔 해 봐. 아니, 더 정확히 말하자면 당신도 가끔 이 일로 돌아와. 전에는 고약한 짓을 꾸미는 데 발군이었잖아."

그는 샬럿의 도발에 맞서지 않고 대신 이렇게 물었다.

"무슨 이유로 지난밤에 내게 길모퉁이에서 기다리라고 했지? 내가 마차에 탄 후로 몇 번이나 뒤를 돌아본 이유가 뭐야? 또 미행을 당하는 것 같다고 의심하는 건가?"

"나는 미행을 당했어. 세 번이나 마차를 바꾸고 나서야 확실히 미행을 떨쳐 냈지."

"마블턴 일가의 짓이라고 생각해?"

"나는 당신이 고용한 누군가라는 가설 쪽이 더 끌리는데. 마블턴 가족이 왜 나를 미행하겠어?"

"애초에 마블턴 부인은 왜 있지도 않은 사건을 날조해 당신을 찾았을까? 안전하지 않아. 이 셜록 홈스 사업 말이야."

"음, 다음 고객은 확실히 안전해. 이번 의뢰가 절대 안전하지 않다는 사실이 증명되면 셜록 홈스는 이 사업에서 완전히 손을 뗄 거야."

샬럿이 그에게 장담했다.

기가 팍 죽은 로저 슈루즈버리가 셜록 홈스의 응접실로 걸어 들어왔다.

그가 오기 전 응접실과 침실을 가르는 벽에 작은 구멍을 뚫어 두었다. 그리고 샬럿이 남에게 들키지 않고서 응접실을 들여다볼 수 있도록 그 구멍을 가려 두었다. 사실 그 작업은 마술 트릭을 개발한 왓슨 부인의 친구로부터 도움을 받아 하루 전날 모두 끝마쳤다. 샬럿이 잉그램 경에게 말한 한 시간에 걸친 준비란 그 집을 더 손보는 작업이 아니라, 로저 슈루즈버리에게 너무 못되게 굴지 말라고 왓슨 부인을 설득하며 준비시키는 시간이었다.

이번에는 홈스의 동생 역할을 왓슨 부인이 맡기로 했다. 그녀는 위대한 탐정의 건강 상태가 좋지 않아서 자신이 중개자 역할을 해야 한다는 사실을 사무적인 어조로 의뢰인에게 전달했다. 그리고 슈루즈버리에게 홈스의 지적 능력을 확인하고 싶은지 물어보지도 않은 채 곧장 이렇게 말했다.

"의뢰인께서는 자신의 주관을 뚜렷하게 가져 본 적이 드무시군요. 자신의 의지를 의뢰인께 관철시키는 데 익숙한 사람들에 둘러싸여 지냈어요. 게다가 그 사람들이 대신 결정을 내려 주는 상황에 지금껏 만족하셨고요. 그런데 이렇게 우리를 찾아오셨다니 각오를 단단히 다지신 모양이군요."

"그렇습니다. 정말 그래요."

슈루즈버리가 망설이듯 말했다.

"셜록을 왜 만나려는지 아무 말씀도 하지 않으셨지만, 셜록은 이 방문이 어머님의 죽음을 둘러싼 작금의 상황과 관련이 있으리라 짐작했습니다. 생면부지의 타인을 신뢰하겠다는 결정을 결코 쉽게 내리실 수 없었겠죠. 오라버니는 그 점에 대해 당신을 높이 평가했답니다."

왓슨 부인이 미소를 지었다.

그 미소는 너무나 따스하고 보는 이의 용기를 끌어내 주었기에, 샬럿은 그들의 방문객에 대해 절대 곱게 말하지 않겠다고 했던 왓슨 부인을 상상할 수조차 없었다.

'아뇨, 셜록 홈스는 그 사람에게 지옥을 맛보게 하고, 그가 얼마나 쓸모없는 비열한 자식인지 깨닫게 해 줘야 해요.' 왓슨 부인은 분노에 차서 말했다.

'그 남자는 적어도 사십팔 시간 동안 자신의 행동이 어머니의 죽음에 직접적인 책임이 있다는 생각에 빠져 있었을 거예요. 그 사람은 쓸모없긴 해도 냉혹한 인간은 아니에요. 그 사람이 굴욕감에 빠져 도망치기를 우리가 바라는 건 아니잖아요.' 샬럿은 왓슨 부인을 차분히 설득했다.

"홈스 씨가 그렇게 이해해 주시니 감사할 따름입니다."

슈루즈버리는 거의 울먹이며 대답했다.

벽 뒤의 샬럿이 한숨을 쉬었다. 남으로부터 약간의 연민을 받는 것이 너무나 낯선 가련한 남자.

"그분 말씀대로입니다. 저는 제 어머니 일로 찾아왔습니다."

슈루즈버리가 말을 이었다.

"제 어머니의 죽음을 레이디 아멜리아와 색빌 씨의 죽음과 연관 짓는 홈스 씨의 편지가 공개되었을 때, 제 가족은 모두 불같이 분노했습니다. 하지만 저는, 저는 그 주장에 일말의 진실이 있는 게 아닐까 하는 의심을 떨칠 수가 없었습니다. 이를테면 모종의 음모가 관련된 것이 아닌가 하는 의심 말입니다. 제 어머니는 낙타처럼 튼튼한 분이셨습니다. 여름이건 겨울이건 교외로 나가시면 25킬로미터는 너끈히 걸으실 수 있었죠. 어머니는 어디가 아프시거나 통증으로 고생하신 적도 없습니다. 어머니보다 스무 살이나 젊은 주치의는 늘 자신의 심장이 멈춘 후에도 어머니의 심장은 오랫동안 뛸 거라고 말하곤 했죠."

"그렇다면 어머님의 죽음이 자연사가 아니라는 셜록의 주장에 동의하시나요?"

"이 이야기는 아무에게도 하지 않았습니다만, 어머니가 돌아가신 그날 밤 어머니는 외출을 하셨습니다.

그날 저녁 시간이 얼마나 끔찍했을지는 이미 아시겠지요. 저녁을 먹는 동안 다들 아무 말도 하지 않았습니다. 제 아내는 몹시 마음이 상했죠. 남편이 올바르고 곧은 길을 걷도록 보필해야 하는 아내의 의무를 제대로 하지 못했다고 어머니로부터 꾸지람을 들었거든요. 저는 아무런 꾸지람도 듣지 않았지만, 가시방석에 앉은 것 같았고요. 제 몫의 꾸지람이 눈사태처럼 저를 덮치는 건 시간문제였으니까요.

저녁을 다 들자마자 아내는 방으로 돌아갔습니다. 저는 어머니 곁에서 잠시 머물렀는데, 어머니가 그만 물러가라고 하시더군요. 저와는 다음 날 이야기를 하시겠다고요. 집에 있자니 숨이 막힐 것 같아서 잠시 산책을 나갔습니다. 그런데 돌아오는 길에 너무나 터무니없는 장면을 목격한 겁니다. 제 어머니가 영업용 이륜마차에 타고 계시는 게 아니겠습니까.

영업용 이륜마차라니! 어머니는 평생 한 번도 대중교통을 이용하신 적이 없습니다. 그런 마차에서는 지저분한 술주정뱅이들의 냄새가 난다고 하시면서, 마차에 들러붙은 때와 오물을 떠올리시고 몸서리를 치는 분이셨거든요. 우리가 런던에 있을 때면 어머니의 마차가 집 뒤 마구간에 있어서 언제든지 부를 수 있는데 얼마나 급하셨기에 그런 마차를 부르신 건지 상상이 되지 않더군요."

"왜 그러셨는지 여쭤보셨나요?"

"아뇨. 어머니가 돌아가시지 않았다고 해도 감히 말도 꺼내지 않았을 겁니다. 어머니는 질문을 하시고 우리가 부족한 지점을 지적하시는 분이죠. 그 반대가 아니라요."

슈루즈버리는 잠시 입을 다물었다가 다시 이야기하기 시작했다.

"그것이 마지막으로 본 어머니의 모습이었습니다. 저는 집으로 돌아와 곧장 위스키병으로 향했죠. 리비아 홈스 양과 어머님이 말다툼을 벌였다는 이야기는 듣지도 못했습니다. 제가 다음으로 아는 건 아내가 저를 흔들어 깨우면서 어머님이 돌아가셨다는 사실을 알리려고 했다는 겁니다."

그는 용기를 끌어내려는 듯 양손을 맞잡았다.

"그 후로 저는 그날 저녁 어머니가 어디로 외출을 하셨고, 누군가를 만나셨다면 그 사람이 누구인지 알아내려고 해 봤습니다. 어머니와 가장 가까운 친구분들 몇 명을 명단에서 제외한 것이 제가 간신히 거둔 소득이었죠. 하지만 애초에 그분들을 만나셨을 리 없다는 것쯤은 알고 있었습니다. 어머니라면 영업용 마차를 타느니 거적을 입고 그분들을 만나셨을 거예요."

"의뢰인께서는 우리가 이 정보를 런던 경찰청에 전달해 주기를 바라시겠지요? 물론 정보의 출처는 밝히지 않겠습니다. 괜찮겠습니까?"

슈루즈버리가 인상을 썼다.

"제가 무슨 짓을 하는지 어머니가 아시면 무덤에서 돌아누우실 겁니다. 하지만 저는 어머니가 뇌 동맥류로 돌아가셨다는 사실을 인정하고 싶지 않습니다. 제가 어머니를 무덤으로 보낸 장본인이라는 사실을 받아들이고 싶지 않아요."

왓슨 부인이 다시 미소를 지었다.

"이 문제를 셜록에게 가져오신 건 훌륭한 판단이셨습니다."

"그러면, 그러면 제 어머니에게 무슨 일이 일어났는지 밝히는 데 도움이 될까요?"

"먼저 셜록과 이야기를 해 보겠습니다."

샬럿은 이미 질문을 수첩에 기록해 두었다. '보세요.' 샬럿이 입 모양으로 왓슨 부인에게 말했다. '그렇게 나쁜 사람은 아니잖아요.' 그 말에 왓슨 부인은 과장되게 눈알을 굴리고는 샬럿의 수첩을 가지고 응접실로 돌아왔다.

"셜록에게 몇 가지 질문이 떠올랐어요. 먼저, 레이디 슈루즈버리가 마차에 타실 때 슈루즈버리 씨는 정확히 어디에서 그 모습을 목격하셨죠?"

"조지 스트리트와 브라이언스톤 광장이 만나는 지점 근처입니다."

"마차는 어디로 갔나요?"

"동쪽으로요."

"그 마차를 한참 동안 지켜보셨나요? 마차가 다른 거리로 방향을 틀던가요?"

"한동안 그 방향으로 가더니 남쪽으로 방향을 돌렸습니다. 거기가 아마 몬태규 스트리트였을 겁니다."

슈루즈버리가 셜록 씨에 대한 칭찬을 한바탕 늘어놓고 돌아간 후, 샬럿은 방에서 나와 차를 한 잔 따르고는 그가 건드리지도 않은 케이크를 한 조각 먹었다.

왓슨 부인은 창가에 서서 샬럿을 잠시 바라보더니 창밖을 내다보았다 평화롭게 케이크를 음미하고 있는 샬럿을 다시 한 번 바라보았다.

"당신의 첫 남자였던 사람에게 정말 야박하네요, 홈스 양."

"그건 순전히 전략적인 결정이었거든요. 그 사람을 좋아하지만 창가에 서서 떠나가는 뒷모습을 바라볼 정도는 아니에요."

샬럿이 케이크를 한 입 더 물었다.

왓슨 부인이 한숨을 쉬었다.

"요즘 아가씨들이란. 어쨌든 이건 인정하지 않을 수 없네요. 그 사람은 내가 생각했던 것만큼 형편없는 인간은 아니에요."

"맞아요. 재미를 이해하지 못하는 가족 사이에서 재미를 추구하는 사람으로 태어난 게 그의 불행이죠. 그들은 그 사람에게 진지하고 야심 있는 사람이 되고, 드높은 명성과 남부럽지 않은 가족을 꾸리고, 무엇보다 정계에서 화려한 경력을 쌓으라고 해요. 그 사람은 스스로 결정할 기회를 평생 한 번도 얻지 못했어요. 그러니 자신감이나 판단력을 키울 수 없었던 거죠. 그 사람이 온 가족의 의지를 거슬러 자신이 아는 것을 우리에게 털어놓으러 왔다는 건 정말 대단한 일이에요."

"그런데 도움이 될까요? 그 사람이 우리에게 들려준 이야기 말이에요."

샬럿이 접시 위에 남은 케이크를 아련한 눈빛으로 바라보았다. 아, 그녀는 이미 한 턱 하고도 반이 되었으니 두 번째 조각은 포기해야만 했다.

"우리는 레이디 슈루즈버리가 죽기 전날 밤 뭔가 특별한 일이 일어났다는 사실을 알게 되었어요. 그렇다면 이제 그 일이 무엇이었는지 알아내기만 하면 돼요."

제20장

호지스는 코니시 부인이 막 자리를 뜬 조사실로 불려 들어갔지
만 전혀 불안한 기색을 내비치지 않았다. 그는 트레들스를 향해
유쾌하게 고개를 끄덕했다.

"안녕하십니까, 경사님. 퍼킨스 순경이 경사님께서 제게 질문이
몇 가지 있으시다고 하던데요."

트레들스는 아무 말 없이 그를 지그시 바라보았다. 겁을 주기
위한 방법이었다. 가끔 용의자들은 그의 시선의 무게에 짓눌려 무
너졌다. 그들은 대체로 불안해서 몸을 꼼지락거리고 사방을 둘러
본다. 하지만 가끔 조금도 움츠리지 않고 그를 똑바로 마주 보는
용의자도 있다. 심지어 매우 드물지만 굉장히 침착하게 행동하는
경우도 있다.

호지스는 마지막 경우에 해당되었다. 그는 초기 기독교 순교자
들이 기도로 갈구했을 한 점 두려움 없는 차분한 눈빛으로 트레들

스를 마주 보았다.

"호지스, 작고한 당신의 고용주가 런던에서 어디로 가는지 또는 그곳에서 무엇을 하는지 모른다고 했지. 그런데 색빌 씨가 방문했던 곳에서 당신이 그의 방문 목적을 묻는 모습을 보았다고 증언한 믿을 만한 목격자가 나타났네. 이걸 어떻게 설명할 건가?"

"별일 아닙니다. 저는 시종이 되기 전에 권투 선수였습니다. 그래서 이십 년 동안 런던에서 살았죠. 가끔 색빌 씨가 런던으로 가실 때면 저도 옛 친구들을 만나러 가곤 했습니다.

어느 날 램버스에서 주인어른을 보고 호기심이 들었습니다. 그런 상황에서 누군들 아니겠습니까? 그래서 근처 몇 집을 두드리고 다니면서 주인어른이 들어가신 집이 무슨 집인지 물어본 겁니다. 아무도 정확히는 몰랐지만 모두 구린 냄새가 나는 곳이라고 여기더군요. 아마 도박장 같은 곳이겠죠. 매춘부들도 들락거릴 수 있고요. 저는 솔직히 실망스러웠습니다. 너무…… 흔한 이야기 잖습니까. 저는 색빌 씨가 좀 더 신사적인 덕목을 갖춘 분이라고 생각했거든요."

호지스는 이 질문을 오랫동안 기다렸고 대답을 이미 준비해 둔 사람처럼 말했다.

트레들스는 그의 대답을 믿지 않았다.

"그곳이 정말로 그런 뻔한 죄악을 저지르는 곳이라면 왜 비밀로 했나?"

"색빌 씨는 더 이상 자신의 명예를 옹호할 수 없지 않습니까. 그건 남은 우리의 몫이죠. 남자는 원래 그보다 훨씬 더한 죄악도 저지릅니다. 하지만 천수를 누리고 죽으면 아무도 그들이 여가 시간에 무슨 짓을 했는지 신경 쓰지 않죠. 색빌 씨의 사생활도 그렇게 보장되어야 하지 않겠습니까. 그분도 그걸 원하셨을 겁니다."

트레들스가 한쪽 눈썹을 치켜올렸다.

"베키 버틀이 색빌 씨의 노리갯감이 될 수도 있다고 코니시 부인에게 넌지시 알렸을 때는 그 명예를 그리 높게 평가하지 않은 것 같은데."

"그런 말은 안 했습니다."

처음으로 호지스의 목소리에서 짜증스러워하는 기색이 느껴졌다.

"저는 코니시 부인에게 그 애가 색빌 씨의 비싼 술에 마음대로 손을 댄다고 경고했을 뿐입니다. 색빌 씨가 그 애에게 술을 권했다는 헛소리를 지어냈다고 했죠. 코니시 부인에게 베키에게 따끔하게 한 소리 해야 한다고 말했습니다. 아무리 마음씨 좋은 신사라도 자신의 위스키가 위험에 처하면 가차 없이 해고할 테니까요."

전직 권투 선수. 잽싸게 치고 빠지며 반격을 가하는 데 익숙한 남자. 링에 올랐던 그 세월 동안 압박감을 받으면서도 냉정을 잃지 않도록 훈련된 남자.

"우리에게 또 말하지 않은 건 뭐가 있나?"

"없습니다, 경사님. 아무것도요."

호지스가 평온하게 말했다.

"좋네, 호지스. 색빌 씨가 사망하기 직전 이십사 시간 동안 자네 행적에 대한 진술서가 필요하네."

호지스가 고개를 숙였다.

"제출하도록 하죠, 경사님."

거짓 진술을 한 사람은 호지스만이 아니었다. 레이디 셰리던의 이야기도 완전히 믿을 만하지 않다는 사실이 드러났다. YWCA는 새로운 센터를 개관했고, 레이디 셰리던이 그곳에 참석했다는 증언도 사실이었다. 그녀의 참석은 의외였는데 고작 이틀 전에 건강상의 이유로 가지 못해 유감이라는 전보를 보내 왔기 때문이었다.

하지만 그녀는 트레들스 경사에게 말했던 것과 달리 이튿날 아침 바스로 출발하지 않았다. 그러기는커녕 호텔에 일박 숙박비를 다 지불해 놓고 저녁 만찬이 끝나자마자 출발했다.

"이 차이를 어떻게 설명하시겠습니까, 레이디 셰리던?"

트레들스가 말했다.

그는 피곤했다. 이른 아침 기차로 런던으로 돌아왔기 때문이다. 하지만 피로한 것보다 좌절스러웠다. 사건을 조사해 실마리가 될 듯한 정보를 잔뜩 밝혀냈지만 정작 그 실마리는 어디로도 풀리지 않았다. 그는 용의자를 원했다. 그는 제대로 된 답변을 원했다. 그는 사건을 해결하고 자신의 침대에서 자고 싶었다. 그리고 아내를 품에 안은 채 눈을 뜨고 싶었다.

그러나 레이디 셰리던은 그가 바람을 이루도록 도와줄 생각이 전혀 없어 보였다.

"내가 언제 바스를 떠났는지 그게 왜 중요하죠, 경사님? 늙은 여자는 마음을 바꿔서 예정보다 일찍 집으로 돌아갈 권리가 있답니다."

그녀는 트레들스가 기억하는 모습보다 훨씬 더 수척했으며, 목소리는 갈라지고 피곤이 묻어 나왔다. 죄책감이 트레들스의 양심을 맹공격했다. 그녀는 분명 건강이 좋지 않았고, 지금 그의 행동은 결례와 다름이 없었기 때문이다.

"부인은 얼마든지 계획을 수정할 권리가 있습니다. 부인을 다시 찾은 건 마음을 바꾸셨기 때문이 아니라 사실대로 대답해 주시지 않았기 때문입니다."

레이디 셰리던이 한숨을 쉬었다. 트레들스는 그 정도의 미세한 움직임에도 그녀의 뼈가 달가닥거리며 흩어질 것만 같은 기묘한 느낌이 들었다.

"나는 색빌 씨의 죽음과 아무런 관계도 없습니다. 이게 진실이죠."

"그렇다면 부인, 부인에게 드리워진 의심을 지우기 위해서라도 당시 여정을 알려 주시는 데 아무런 이의가 없으시겠지요."

레이디 셰리던은 동의에 가까운 눈빛으로 그를 바라보았다.

"그렇다면 좋아요. 나는 그날 저녁 바스를 떠났어요. 그런데 돌아오는 길에 통증으로 몸이 힘들어졌죠. 다음 정거장에서 내려서 가장 가까운 철로 변 여인숙에 방을 빌린 후 이튿날 여행을 떠날 수 있겠다 싶을 때 다시 출발했어요."

"부인의 증언을 확인해 줄 만한 사람이 여인숙에 있습니까?"

"내가 묵은 곳에 크게 관심을 두지 않았던 것 같아요. 필요한 것은 흔들리지 않는 침대뿐이었거든요. 철로 어딘가에 있는 역 어딘가에 있는 여인숙이었을 거예요."

이런 식으로 대답하려면 배짱이 두둑해야 했다. 그리고 겉으로 진지하게 대답하는 척까지 하려면 대단히 품위가 있어야 했다.

"부인, 그런 대답은 인정해 드릴 수 없습니다. 왜 하녀를 데려가지 않으셨습니까?"

"바스에서 출발하려고 마음을 먹었을 즈음 하녀가 몸이 좋지 않았어요. 그래서 다음 날 뒤따라오라고 했죠. 하지만 말했다시피 여행 중에 나도 똑같은 상황에 무릎을 꿇어 버린 거예요."

트레들스는 연약하지만 난공불락인 이 여성을 요모조모 뜯어보았다. 그리고 호지스에게 했던 질문을 그녀에게도 했다.

"우리에게 또 말씀하시지 않은 건 뭐가 있습니까, 레이디 셰리던?"

그가 받은 대답도 똑같았다.

"없어요, 경사님. 아무것도요."

트레들스는 셰리던 부부의 집에서 일하는 하인들을 빠뜨리지 않았다. 하지만 레이디 셰리던의 하녀는 조금도 망설이지 않고 바스에서 하룻밤을 혼자 머물렀다고 대답했다. 그리고 하인 중 어느 누구도 레이디 셰리던의 정확한 여행 일정에 대해 아는 바가 없었다. 그들 대다수는 색빌 씨에 대해 들어 본 적도 없었다.

가장 나이가 많은 하인 두 명만이 색빌 씨가 그 집을 자주 드나드는 귀한 손님이었던 시절을 기억했다.

"그분은 친구들을 데려오셨습니다. 그 친구분들이 또 자신들의 친구들을 데리고 왔죠."

가정부인 고머 부인이 말했다.

"그분이 오시면 일이 얼마나 늘어나는지 모른다며 불평을 해 댔죠. 하지만 어느 순간부터 다시는 이곳을 찾지 않으셨고, 그 후로 다시는 전과 같지 않았어요. 젊은 사람들이 없는 집은 더 이상 예전 같지 않았죠."

"그 당시 저는 아직 시종이었습니다. 아주 어린 시종이었죠."

집사인 애디슨 씨가 말했다.

두 사람은 애디슨 씨가 쓰도록 배정된 작은 공간인 집사의 식기실에 있었다. 마침 애디슨 씨는 탄산수 제조기의 위쪽 마개를 닦고 있던 중이었다.

"모두가 색빌 씨의 방문을 고대했습니다."

애디슨 씨가 말을 이었다.

"특히 클라라 아가씨가 그러셨죠. 그분은 삼촌이라기보다 큰오빠 같은 존재였어요. 그리고 당연히 클라라 아가씨의 친구분들도 오셨어요. 아가씨의 사촌들도 오셨고요. 그때 교외에 있던 그 집은 생기가 넘쳤습니다."

"색빌 씨를 모두 좋아했습니까?"

"네, 그럼요."

"그분에게 혹시 못된 버릇이 있었는지 아십니까?"

애디슨 씨는 탄산수 제조기의 아래쪽 원형 용기에 물을 채우는 중이었다. 그가 잠시 일손을 멈췄다.

"저는 모릅니다, 경사님. 그분은 술을 많이 드시지도, 도박을 과하게 하시지도 않았습니다. 하인들에게 불합리한 요구는 절대 하시지 않으셨죠. 우리를 다른 목적으로 대하시는 일도 없었습니다. 무슨 뜻인지 아실지."

트레들스가 고개를 끄덕였다. 그는 애디슨 씨가 한 말의 의미를 잘 알았다.

"혹시 셰리던 경과 색빌 씨의 사이가 왜 틀어졌는지 아십니까?"

애디슨 씨는 곧장 대답하지 않고 작은 깔때기로 탄산수 제조기의 위쪽 원형 용기에 하얀 가루를 몇 국자 부어 넣는 작업에 집중했다.

"경사님, 저는 그 일에 대해서 아무 말도 해서는 안 되지만 경사님께서 색빌 씨의 살인자를 엉뚱한 곳에서 찾고 계시니 말씀해 드리겠습니다."

"제발 알려 주십시오. 용의자 명단에서 이 댁 주인어른들을 제외할 수 있다면 그보다 더 기쁜 일이 없을 테니까요."

애디슨 씨가 트레들스를 가만히 바라보았다. 트레들스가 진심으로 그런 말을 했다는 사실을 충분히 납득하자 집사는 깔때기를 옆으로 내려놓았다.

"색빌 씨가 이곳에 마지막으로 오셨던 날, 저는 두 형제의 말다툼을 우연히 들었습니다. 색빌 씨가 주인어른보다 훨씬 더 부유하셨다는 사실은 이미 아시겠지요. 음, 색빌 씨의 투자 자문들이 어디에 투자를 하라고 부추겼습니다. 색빌 씨는 그 투자 건을 셰리던 경에게도 제안했죠. 그런데 그 투자 건은 대실패였습니다. 색빌 씨는 형에게 손실을 보상해 주겠다고 했고, 주인어른은 그 제안을 받아들이지 않았습니다. 아무도 위험한 투기에 돈을 넣으라고 억지로 시키지 않았으며, 당신은 남자답게 손실을 다 감당할 수 있을 거라고 하시더군요.

하지만 색빌 씨는 포기하지 않았습니다. 색빌 씨가 계속 도와주 겠다고 하자 급기야 주인어른이 폭발해서 색빌 씨에게 오로지 자 신의 재산이라는 렌즈를 통해서만 세상을 이해한다고 하셨죠. 교 회 쥐만큼 빈궁한 처지가 되었지만, 하나밖에 없는 자식이 죽고 그 무엇으로도 아이를 되살릴 수 없는 마당에 가난이 뭐 그리 대 수냐고. 어째서 체면이라도 지키도록 내버려 두지 않느냐고 색빌 씨에게 따지셨습니다."

그렇다면 레이디 셰리던이 그 언쟁을 남자의 명예라고 일갈한 건 거짓말이 아니었다.

애디슨 씨는 탄산수 제조기에 기다란 관이 달린 뚜껑을 조심스 럽게 끼운 후, 흰 가루가 물과 잘 반응하도록 탄산수 제조기 전체 를 흔들었다. 트레들스의 기억이 정확하다면 타르타르산과 중탄 산소다일 것이다. 기구 안의 내용물이 희미하게 쉭쉭 소리를 내며 부글부글 끓었다.

"색빌 씨는 그날로 이 집을 떠나셨습니다. 의가 상한 두 분을 생 각하면 언제나 마음이 편하지 않았지요. 그 일은 절대 돌이킬 수 없는 언쟁이 아니었습니다. 그런데도 색빌 씨는 다시는 이곳을 찾 지 않으셨습니다. 그분이 전 재산을 주인어른 앞으로 남긴 일이 아마도 색빌 씨의 유언인 듯합니다."

'때로는 알면 알수록 더 알쏭달쏭해지는 법이지.' 언젠가 트레들 스의 장인이 이렇게 말했다. 만약 반대의 경우라면, 그러니까 셰리 던 경이 색빌 씨에게 실패한 투자에 대해 보상하라고 요구했고 색 빌 씨가 거절했다면 지난 세월 동안 셰리던 부부가 앙심을, 파멸을 불러올 수 있는 앙심을 키웠다고 가정해 볼 수 있을 것이다.

하지만 손해를 보상해 주고 싶어 하는 사람을 왜 죽이려 들겠는가? 엄밀히 말하면 그 사람 잘못도 아닌 데다 그 사람도 손해를 본 상태가 아닌가.

"셰리던 경은 색빌 씨가 언젠가는 돌아오시리라는 기대를 끝내 버리지 않으신 것 같습니다. 그러면 그런 다툼이 없었던 것처럼 지내리라 생각하셨겠죠."

애디슨 씨가 가스가 물에 스며들도록 탄산수 제조기를 옆으로 치우며 말했다.

"그렇게 되지 않았다니 참으로 애석할 따름입니다. 그리고 그런 일은 영영 일어나지 않겠죠."

트레들스는 집사에게 고마움을 표했다. 그런 후 개인적인 호기심에서 이렇게 물었다.

"저는 그 기구가 꽤 마음에 드는데 말이죠. 탄산수 제조기요. 그런데 아내는 절대 집에 들이려고 하지 않아요. 탄산수 제조기가 너무 자주 폭발하는 데다 자신은 애꾸눈 경찰과 살고 싶지 않다는 겁니다."

애디슨 씨가 싱긋 웃었다.

"탄산수 제조기를 괜히 고리버들로 감싸 주는 게 아닙니다. 조심스럽게 다루지 않으면 폭발하거든요. 그래서 시종에게 맡기지 않고 제가 직접 소다수를 만드는 겁니다."

탄산수 제조기의 용량은 대략 2쿼트* 정도인 것 같았고, 탄산수

● **쿼트** 약 1.1리터

가 완성되려면 한참을 기다려야 했다.

"이 정도면 식구가 적을 때는 충분할 것 같은데, 손님이 여럿 오시면 어떻게 하십니까?"

"한 대가 더 있습니다. 그리고 짧은 기간 동안이라면 탄산수를 여러 병에 나눠 담아 보관해 둘 수 있습니다. 하지만 말씀대로입니다. 과거에는 이 정도로는 충분하지 않았지요. 저택이 손님들로 북적일 때면 통으로 배달을 받았습니다. 물론 그런 통도 나름대로 위험하죠. 압력을 받는 기체는 뭐든 위험해요."

"지당하신 말씀입니다."

트레들스는 여전히 탐이 나는 듯 탄산수 제조기를 힐끔 보았다. 혹시 저 유리구를 좀 더 강화할 수 있는 방법을 찾아낸다면 앨리스도 한 발 물러설지 몰랐다.

"마지막으로 한 가지만 더 여쭤도 되겠습니까, 애디슨 씨? 혹시 색빌 씨가 왜 원한을 샀는지 짚이는 데가 있으십니까?"

집사가 고개를 가로저었다.

"우리가 그분을 마지막으로 본 건 수십 년도 전입니다. 그 오랜 세월 동안 이런저런 고약한 사람들을 만나셨을지 모르죠. 그분의 죽음은 이 집의 그 누구와도 관계가 없습니다. 제가 말씀드릴 수 있는 건 이게 다입니다."

잉그램 경의 암실 문을 누군가 두드렸다.

"주인어른. 슈루즈버리 씨가 주인어른을 찾아오셨습니다. 계시다고 할까요?"

시종이 말했다.

빌어먹을 자식.

"이리로 들여보내게."

슈루즈버리는 암실 문을 얼른 닫아야 한다는 사실 정도는 알고 있었다.

"오, 괜찮네. 내가 생각한 것만큼 고약한 냄새가 나지 않는군."

"환기를 하니까. 무슨 일로 왔나, 슈루즈버리?"

잉그램 경이 방을 가로로 가로지르도록 매어 놓은 노끈에 사진을 한 장 더 집게로 걸며 냉랭하게 말했다.

"아…… 혹시 홈스 양에게서 소식 들은 게 없나? 매일 소문은 무성해지고 슬슬 홈스 양이 걱정되기 시작해서."

"이제야?"

"음, 지금쯤이면 나를 찾아올 줄 알았거든."

"어리석은 여자 같으니. 무슨 이유로 자네에게 도움을 청하지 않는 걸까?"

작고 붉은 유리에 들어가 있는 전구의 선홍색 불빛 속에서 슈루즈버리의 얼굴이 벌게졌는지는 알 수 없었다. 하지만 그의 구두 밑창이 바닥을 긁는 소리는 꽤 잘 들렸다.

슈루즈버리가 목청을 가다듬었다.

"홈스 양이 더 이상 내 정부가 되고 싶어 하지 않는 것 같다는 생각도 슬슬 들어. 혹시 그녀에게서 연락이 오면 내가 도와주고 싶어 한다고 꼭 전해 주겠나. 순수하게 뭐든 필요한 것이 있다면 아무 조건 없이 말이야. 나는 그저 홈스 양이 잘 있는지 확인하고 싶…… 잠깐, 이 사람은 누군가?"

잉그램 경이 슈루즈버리의 시선을 좇았다. 사진은 현상이 잘되어 있었다. 침침한 붉은 빛에도 불구하고 스티븐 마블턴의 이목구비가 또렷하게 드러났다.

"몰라. 다른 사람의 음화를 현상하고 있을 뿐이니까. 저 남자를 본 적이 있나?"

"저 남자? 아니, 한 번도 본 적이 없어. 하지만 저 여자는 낯이 익은데. 서로 소개를 받은 적은 없는 게 분명하지만."

잉그램 경이 해변에서 찍은 프랜시스 마블턴의 사진을 집게에서 빼서 슈루즈버리에게 건넸다.

"여름 동안 도보 여행을 갔었지? 그때 어느 들판에서 스쳐 지나쳤겠지."

"아니야, 이번 여름에 데번 근처는 전혀 가지 않았는걸."

잉그램 경은 목덜미의 털이 바짝 일어선 것 같았다. 그는 무심한 척 이야기를 계속할 수 있도록 티 나지 않게 숨을 내쉬었다.

"여기가 데번이라고?"

"영국에서 자갈 해변은 다른 곳에도 있을 거야. 하지만 이 풍경은 웨스트워드 호!와 많이 닮았어. 지명에 느낌표가 붙다니 대단한 이름이지. 대학 시절에 그곳에 친구들과 몇 번 갔었어. 자네 집이 근처 어딘가에 있잖아, 아닌가?"

"내 집은 행맨 클리프 근처에 있지. 웨스트워드 호!는 한 번도 안 갔어."

"무슨 뜻인지 알아. 관광객들이 너무 많지. 애초에 그곳이 존재하는 유일한 이유지."

잉그램 경이 갑자기 서둘러 덧붙였다.

"내가 또 도와줄 건 없나, 슈루즈버리?"

"음, 없어."

"그렇다면 실례하겠네. 급한 약속이 있거든."

트레들스 경사는 자신이 떳떳하지 못한 행동을 한다고 생각했지만, 어느 순간 호기심에 지고 말았다. 그리하여 그는 어퍼 베이커 스트리트 18번지에 몰래 들어가 보기로 마음을 정했다.

아직 너무 늦은 시각은 아니었다. 하지만 그가 서 있는 집 뒤쪽의 골목에서 보이는 18번지는 완전히 어두웠고, 커튼 뒤로 불빛한 점 새어 나오지 않았다. 그는 이미 그 집이 있는 블록을 두 번이나 맴돌았다. 마침내 그는 뒷문의 그림자 속으로 미끄러지듯 들어갔다. 그리고 얼른 자물쇠를 땄다.

1층은 조용했고, 관리인의 방에 가구는 있었지만 지내는 사람은 없었다. 그가 계단을 올라가도 삐걱거리는 소리가 나지 않았고, 계단참에 도착했을 때도 마찬가지였다.

그는 응접실 문에 손을 댔다. 문이 살며시 열려도 놀라지 않았다. 이 건물에 아무도 살지 않는데 왜 굳이 문을 잠그겠는가? 그래도 발끝으로 침실로 살금살금 들어가는 동안 심장이 조금 두근거렸다.

그가 커튼을 걷었다. 가로등 불빛이 새어 들어와 잠자리가 완벽하게 마련되어 있지만 완벽하게 텅 빈 침대를 비추었다. 그는 커튼을 닫고 성냥에 불을 붙였다. 온종일 자리에 누워 있는 남자에게 필요한 물건은 아무것도 없었다.

침대 아래 요강조차…….

턱수염이 덥수룩한 남자가 침대 아래에서 트레들스를 빤히 바라보았다. 그러더니 트레들스의 발목을 홱 잡아당겼다. 트레들스가 바닥에 세게 넘어졌다. 남자는 침대에서 튀어나와 도망쳤다. 그 와중에 트레들스의 손을 밟는 바람에 그가 고통스럽게 비명을 질렀다.

다행히 아무 데도 부러지지 않았다. 하지만 트레들스가 계단을 내려가 뒷문으로 나갔을 즈음 남자는 이미 사라지고 없었다.

"아무 소리도 내지 마."

샬럿은 너무 놀라 심장이 입 밖으로 튀어나오려는 순간 잔뜩 소리를 낮춰 속삭이는 목소리의 주인이 잉그램 경이라는 사실을 깨달았다.

"여기서 뭘 하는 거야? 마침내 당신이 내 침실에 와서 내가 기뻐 날뛸 줄 알았다는 헛소리는 하지 마."

샬럿은 잠자리에 들 준비를 하기 위해 몇 분 전에 방에서 나갔다. 그리고 돌아왔을 때 잉그램 경을 볼 줄은 꿈에도 상상하지 못했다.

"대체 내가 왜 당신이 기뻐 날뛸 거라고 헛소리를…….

"바지 오른쪽 무릎 근처가 찢어졌잖아. 구두 끄트머리에는 풀과 나뭇잎이 붙어 있고. 그리고 이건…….

샬럿이 확대경을 들고 그의 재킷을 찬찬히 살폈다. 그러더니 무릎을 꿇고 상의를 살필 때처럼 양모로 된 그의 바지를 살펴보기 시작했다.

"당신은 도착적인 기호를 갖고 있다고 늘 내게 말했지."

잉그램 경이 중얼거렸다.

"그런 말을 한 적은 없어. 고작 무릎을 꿇고 있을 뿐인데 그걸 도착적이라고 생각하다니 당신에 대한 존경심이 순식간에 사라지네."

샬럿은 펜 홀더에서 족집게를 꺼내 잉그램 경의 셔츠 소맷동 근처에 박혀 있는 작고 반짝이는 물체를 몇 개 뽑아 테이블 위에 올려놓았다.

"클라리지 호텔에 또 갔었구나."

유리 조각은 평범한 조각이 아니라 사진 건판 조각들이었다.

"약간의 몸싸움이 있어서 건판 조각이 사방에 흩어졌어. 그리고 당신은 도망쳤지. 로비로 도망치다가 다른 사람들 눈에 띄는 걸 피하려고 뒷문으로 도망쳤을 거야. 하지만 추격을 당했지. 당신은 철문을 뛰어넘어 그로스브너 스퀘어 파크로 들어갔어. 바지는 그 문의 뾰족한 장식에 걸렸을 거야. 아니, 그게 아니야. 어떻게 된 건지 이제 알겠어. 당신은 달려가다가 뒤를 돌아보았고 그 바람에 나무뿌리에 발이 걸렸어. 하지만 기어이 추격자를 따돌리고 여기까지 왔지. 내가 집안의 막내라서 까진 무릎을 어떻게 치료하는지 모른다는 사실을 알고 있기 바라."

"물론 알고말고. 붕대나 감자고 온 게 아니라 당신과 함께 자려고 온 거야. 오늘 하마터면 죽을 뻔했거든."

샬럿이 눈을 깜박였다. 내부에서 과도한 열기가 치솟아 뇌가 녹아내리는 중인가?

잉그램 경이 살며시 웃었다.

그녀가 눈을 굴렸다.

"정말 재미있네. 그래서 그자들이 건판을 도둑맞은 사실을 알아차리고 숨어서 당신을 기다리고 있었다고 내게 경고해 주러 온 거야?"

"아까 로저 슈루즈버리가 나를 찾아왔어. 마침 그때 암실에 있었거든. 그 친구가 내가 인화 중인 사진을 봤어."

잉그램 경이 안주머니에서 사진을 꺼내 샬럿에게 건넸다.

"그러더니 자갈 해변이 웨스트워드 호! 근처 같다는 거야. 그곳이라면 색빌 씨의 집에서 그리 멀지 않아."

트레들스 경사의 보고서 중 하나에 사진사와 그의 조수가 색빌 씨가 사망한 그 주에 커리 하우스에서 가장 가까운 마을을 지나갔다는 내용이 나와 있지 않았나? 그 두 사람이 스티븐과 프랜시스 마블턴이라면, 그렇다면…….

샬럿은 자신의 확대경과 족집게를 내려놓았다.

"이제야 마블턴 부인이 나를 찾아온 이유를 알겠네. 완벽하게 조율되어 진행되었어야 할 계획에 난데없이 셜록 홈스가 끼어든 거야. 내가 그 편지를 쓰지 않았다면 색빌 씨의 죽음을 철저하게 재조사할 일도 없었을 테고, 다른 두 죽음과 연관 지을 일도 없었겠지."

"지금도 그 세 사람이 생전에 아는 사이였다는 사실을 제외하면 세 죽음을 연관 지을 고리는 여전히 없잖아."

"그런데 지금은 뭔가가 생겼어. 여기에 소피아 론즈데일이 있잖아."

"이미 고인이 된."

샬럿이 손가락으로 입술을 톡톡 두드렸다.

"어쩌면 죽은 게 아닌."

트레들스 경사는 잉그램 경의 타운하우스 앞을 몇 번이나 서성거렸는지조차 까먹고 말았다. 다 포기하고 돌아가려는데 영업용 이륜마차에서 잉그램 경이 내렸다. 그는 트레들스가 서성거리는 모습을 보고도 전혀 놀란 것처럼 보이지 않았고, 이내 트레들스에게 잠시 같이 걷자고 했다.

트레들스는 어퍼 베이커 스트리트 18번지에서 겪은 일을 간략하게 설명했다. 그는 지인의 집에 왜 몰래 잠입하려고 했는지 추궁받는 난감한 순간을 각오했지만 잉그램 경은 고개만 끄덕였다.

"내게 몇 분만 할애해 주면 오늘 밤 어퍼 베이커 스트리트에서 일어난 일이 색빌 씨 사건과 관련이 있다는 사실을 알게 될 거네, 경사."

처음에 셜록 홈스의 수수께끼 의뢰인에 대한 이야기를 들을 때만 해도 트레들스는 영문을 몰라 당황스럽기만 했다. 그러나 잉그램 경의 이야기가 프랜시스 마블턴이 웨스트워드 호!에 있었던 것으로 밝혀지는 대목에 다다르자, 트레들스는 우뚝 멈춰 섰다.

"그 사진사와 조수, 바로 닷새 전 마을을 지나간 두 젊은이. 그 두 사람이 의사들의 진료실에 있는 스트리크닌을 없앤 자들이겠군요."

"홈스와 나도 같은 생각일세. 그리고 스티븐 마블턴이 음화가 없어진 사실을 발견하고 되찾을 요량으로 어퍼 베이커 스트리트 18번지에 침입했어."

"그 부분은 말이 됩니다. 하지만 마블턴 부인, 그러니까 죽음에서 부활한 소피아 론즈데일일 수도 있고 아닐 수도 있는 그 여성은 이 사건에서 누구와 관련이 있을까요?"

"우리는 그 사실을 알아내려고 애쓰는 중일세. 내일 오후 두 시에 우리와 만나지 않겠나?"

"물론 만나야죠."

잉그램 경이 명함 한 장을 꺼내서 뒷면에 뭔가를 휘갈겨 썼다.

"주소일세. 그때쯤이면 더 많은 사실을 알아내면 좋겠군."

트레들스가 마침내 집에 와 보니 아내는 이미 잠자리에 든 후였다.

"귀가를 환영해요, 경사님. 저녁 내내 바빴나 봐요?"

남편이 이불 속으로 미끄러져 들어와 자신의 옆에 눕자 앨리스가 웅얼거렸다.

그가 숨을 토해 냈다.

"아침에 말해 줄게요."

"별일 없어요?"

앨리스가 한 팔로 남편을 감싸 안으며 물었다.

"그런 것 같아요."

천 개 하고도 하나 더 많은 의문이 윙윙거리는 그의 머릿속. 몇 가지 절대적인 신념이 자리 잡은 그의 왕국!

하지만 그는 한 가지 확실한 해답에 다다랐다. 셜록 홈스와 같은 '상태'라면 어느 누구도 마음대로 돌아다닐 수 없을 것이다. 그가 밤에 자신의 침대에 없다면 낮에도 없었을 가능성이 높았다.

트레들스는 레이디 슈루즈버리의 죽음을 둘러싼 상황에 대해 뭔가를 알아냈다. 그는 올리비아 홈스 양에 관해서도 알아냈다. 그녀는 분노에 휩싸인 채 술기운에 레이디 슈루즈버리에게 죽어 버리라고 소리쳤다. 셜록 홈스가 검시관에게 보낸 편지가 효력을 발휘하면서 가장 수혜를 받은 사람이 올리비아 홈스 양이라는 사실도 알았다. 그는 올리비아 홈스 양에게 여동생이 있는데, 재난이 셜록 홈스를 덮친 바로 그날 그 여동생이 명예에 먹칠을 하는 일을 저질렀다는 사실도 알았다.

어째서 알고 있는 사실을 좀 더 일찍 이리저리 끼워 맞춰 보지 않았는지 그도 의아할 지경이었다. 마음이 가기 싫은 곳으로 가지 않았다는 이유밖에 떠오르지 않았다.

"당신, 왜 잔뜩 긴장해 있는 거예요."

앨리스가 웅얼거렸다.

그는 어둠 속을 응시했다.

"여보, 특별한 여성은 다른 대접을 받아야 한다고 생각해요?"

"왜 그런 질문을 하는 거예요? 그리고 누구와 다르게 대접하죠? 다른 여자들과 다르게?"

앨리스가 부드럽게 웃었다.

"그래요."

"그렇다면 이 특별한 여성은 어떻게 대접을 받아야 하죠? 평범한 수준을 살짝 뛰어넘는 남자와 같은 대접?"

"그보다는 나아야죠."

"특별한 사람들은 항상 남다른 대접을 받을 거예요. 어쨌든 그 사람들은 특별하니까요. 그런데 내가 지금 궁금한 건 따로 있어요. 그다지 특별한 구석이 없는 여성은 그다지 특별한 구석이 없는 남성과 같은 대접을 받을까요?"

아내의 어조에 실린 어떤 감정이 트레들스를 아내를 향해 돌아눕게 만들었다.

"지금 막 그런 의문이 떠올랐어요? 아니면 오래전부터 생각하던 거예요?"

트레들스는 아내에 대해 이런 부분을 몰랐다는 사실을 깨닫자 공포에 가까운 낯선 감정에 휩싸였다.

앨리스는 잠시 아무 말도 하지 않았다.

"내가 열 살이었을 때 아버지에게 언젠가 커즌스 매뉴팩처링을 내가 경영하고 싶다고 말했어요. 아버지는 그런 일은 없을 거라고 하셨죠. 내가 얼마나 아버지를 사랑했는지 당신도 알 거예요. 물론 아버지는 정말 훌륭한 분이셨어요. 하지만 그런 부분에 있어서는 구식이셨죠. 아버지는 당신이 평생을 바친 일을 장남이 물려받기를 원하셨어요. 설령 바너비가 그런 일에 조금도 적합하지 않더라도 말이죠.

아버지가 처음부터 사업을 장남에게 물려줄 결심이 확고하시다는 사실에 어떤 면으로는 덕을 본 것 같아요. 그 덕에 아버지는 제게 귀족과 연줄을 만들기 위해 귀족이면 아무나하고 결혼하라고 강요하시지 않고, 직접 남편을 고를 수 있는 자유를 주셨으니까. 하지만 그래요, 나는 가족 사업에 누구보다 참여하고 싶은데도 왜 구경꾼으로 만족해야 하는지 오랫동안 의문을 품었어요."

"나는…… 당신이 우리가 가진 것에 만족하는 줄…… 알았어요."

트레들스는 목이 갑자기 멨다.

"물론 나는 우리가 가진 것에 만족해요. 당신은 내가 평생을 함께 보내고 싶은 남자예요. 하지만 그것이 내가 경영을 하고 사업체를 키우는 일에 재능이 없다는 뜻은 아니죠. 그런 일을 즐기지 않으리라는 뜻도 아니고요."

'왜 더 일찍 말해 주지 않았어요?' 트레들스는 이렇게 묻고 싶었다. 서로를 알게 된 지 사 년, 아내와 남편으로 지낸 지 삼 년인데.

트레들스는 심장이 철렁 내려앉았다. 변한 건 아무것도 없지만 자신이 보잘것없는 사람이 된 것 같고 외로웠다.

변한 건 아무것도 없는데.

아내에게는 두 사람이 함께하는 삶으로 충분했다는 착각을 제외하면.

그리고 아내가 원하는 것이라면 뭐든 안겨 줄 수 있는 날이 오리라는 희망도 헛된 꿈이 되고 말았다.

제21장

잉그램 경이 보낸 전갈이 일찌감치, 샬럿이 아침을 먹으려고 자리에 앉기도 전에 도착했다. 게다가 우편이 아니라 급사에 의해 전해졌다.

샬럿은 트레들스 경사가 어퍼 베이커 스트리트 18번지에 몰래 침입하기로 한 결정 자체에는 놀라지 않았지만 그 타이밍에는 감탄했다. 그가 셜록 홈스의 성별과 같은 근본적인 문제에 의문을 품으려면 꽤 시간이 걸릴 거라고 짐작했기 때문이다. 그리고 그녀는 또 한 명의 침입자에 대해서 진지하게 생각했다.

마블턴 부인은 철두철미했다.

소피아 론즈데일은 철두철미했다.

이유가 뭘까? 그녀가 개입한 목적은 무엇일까? 레이디 에이버리와 레이디 서머스비에게 접근해 그들이 소피아 론즈데일에 대해 아는 것을 뇌에서 쏙쏙 끄집어낼 수만 있다면 얼마나 좋을까?

"좋은 아침이에요."

왓슨 부인이 자리에 앉아 찻주전자로 손을 뻗으며 유쾌하게 말했다.

그녀가 입은 평상복을 보자 미나리아재비가 만발한 들판이 떠올랐다. 봄과 희망, 재생. 셜록 홈스의 동업자가 된 후로 왓슨 부인은 바쁘고 들뜬 나날을 보내게 되었다. 이유 없이 샬럿이 기쁜 이유는…….

바로 그 순간 샬럿은 머리를 한 대 얻어맞은 것 같았다. 엄청난 정보원일지도 모르는 사람을 그간 잊고 있었다니 이렇게 허술할 수가. 왓슨 부인은 샬럿에게 사교계와 데미몽드를 구분하는 장벽에는 구멍이 숭숭 뚫려 있다고 했다. 그녀는 샬럿의 정체를 알았다. 잉그램 경의 결혼 생활이 어떤 상황인지 알았다. 왜 그녀에게 소피아 론즈데일에 대해 묻지 않았을까?

"왓슨 부인, 그거 아세요? 제가 최근에 저와 비슷한 경험을 한 어떤 사람에 대해서 알게 되었어요. 물론 저보다 한 세대 전 사람이고요. 그 여성의 배경은 저보다 훨씬 더 훌륭했어요. 가족은 그녀를 시골에 가두는 대신 집안에서 완전히 내쳤어요."

"혹시 론즈데일 집안의 딸 이야기를 하는 거예요? 기억하고 있어요. 당시에 꽤 요란한 추문이 일었죠."

입으로 가던 왓슨 부인의 찻잔이 반쯤 가다가 그대로 멈췄다.

"당신이 그 이야기를 꺼내다니 신기하네요."

"그래요?"

"그녀의 몰락이 누구 책임인지 맞춰 봐요."

샬럿의 심장이 마구 뛰기 시작했다. 이게 가능할까? 왓슨 부인이 지금 이 사건의 진상을 활짝 열어젖힐 수 있는 연결 고리를 보여 주려는 걸까?

"누군데요?"

왓슨 부인이 차를 한 모금 마셨다.

"셰리던 경."

샬럿은 난생처음으로 그녀조차도 천박하다고 생각되는 응접실과 맞닥뜨렸다. 그녀는 밝은 보라색 전등갓에 달린 황금색 태슬을 손가락으로 훑어 내리고, 붉은 벨벳 장의자의 등받이에 걸쳐져 있는 호피 러그의 가장자리를 슬쩍 들어 보고, 열 개도 넘는 주황색과 푸른색의 쿠션이 빵빵한지까지 확인해 보았다.

그랬다, 이곳은 누가 뭐래도 천박했다. 하다못해 쿠션만 빼도 좋지 않을까. 전부는 아니고 대여섯 개 정도……

"이곳이 밴크로프트가 소유한 집들 가운데 하나야?"

샬럿이 잉그램 경에게 물었다.

"맞아."

"사실대로 말해 줘. 여기는 이전 소유자가 매음굴로 쓰던 곳이었지?"

샬럿이 물었다.

"아니, 아주 평범하기 짝이 없는 가정집이었어. 몹시 점잖은 곳이었을 거야."

잉그램 경은 웃음기라고는 없는 얼굴로 대답했지만, 그의 표정을 본 샬럿은 왠지 그가 웃음을 억지로 참는 것만 같았다.

"밴크로프트의 부하들이 이곳의 실내장식을 바꿨다는 말이야?"

"부하들? 이곳은 밴크로프트가 직접 꾸몄어."

샬럿이 다시 주위를 둘러보았다.

"허! 밴크로프트의 취향이 이렇게 다채로울 줄은 몰랐네. 평소 그 사람은 너무…… 무미건조하잖아."

"당신은 그 가여운 남자에게 당신이 만나 본 남자들 중에 가장 지루한 사람이라고 대놓고 말했지."

"그건 칭찬이었어. 당신 형은 제국의 내정을 담당하는 사람이라면 응당 그러리라 여겨지는 개성 없는 관료의 모습에 딱 맞으니까. 그런데 이 응접실을 보니 내 생각을 다시…… 잠깐, 당신 지금 밴크로프트가 내게 구애할 때 내 취향에 맞춰서 이 집을 꾸몄다는 말을 하려는 거야?"

"거의 성공할 뻔했어, 그렇지 않아? 형에게 이곳에 있는 쿠션을 딱 반만 치워 버리면 집처럼 편안하게 느낄 거라고 말했지."

샬럿이 코웃음을 쳤다. 그는 샬럿에 대해 너무 잘 알았다.

"형 뜻대로 일이 풀리기를 바라면 이 집을 당신에게 먼저 보여 준 후에 청혼을 하라는 충고도 했어. 물론 형은 내 충고를 보기 좋게 걷어찼지. 가족 내력이라니까."

그가 샬럿을 힐끗 보았다.

방금 돈을 노리고 레이디 잉그램이 되려는 여자와 결혼하지 말라는 샬럿의 충고를 묵살한 자신의 과거를 에둘러 언급한 걸까?

"당신이 거절한 구혼자들 무리에 형이 들어가서 정말 애석해."

그는 자신이 무슨 말을 했는지 마침내 알아차리고 얼른 주제를 바꾸려는 것처럼 말을 이었다.

"당신들 둘이 영원히 함께했다면 정말 볼만했을 텐데."

"음, 내가 늘 말하지만 내가 받은 청혼 중에서 밴크로프트의 청혼을 제일 좋아해."

그것은 밴크로프트라는 인물 때문이 아니라 그의 청혼이 그의 동생에게 끼친 영향 때문이었다. 샬럿은 둘 사이에 제일 먼저 내려앉은 터져 나갈 듯한 침묵을, 그녀가 끝없이 이어지는 정적에 귀를 기울이자 그가 절대 소리 내어 말할 일 없는 모든 것이 생생히 들렸던 그 순간을, 가슴속에서 영원토록 동글동글 퍼져 나갔던 즐거움과 고통을, 영원히 잊지 않을 것이다.

그런 침묵은 어떤 때는 극장의 커튼처럼 웅장하게 내려앉았고, 어떤 때는 아침 안개 조각처럼 은밀하게 다가왔다. 이번에는 추억을 빠져나왔지만 또 다른 침묵에 휩싸이게 되었다. 그가 다시 그녀를 지그시 바라보자, 샬럿은 괜히 쿠션 단추를 만지작거리며 붉은 벨벳 장의자처럼 얼굴을 붉혔다.

그때 초인종 소리가 시끄러웠던 고요를 산산이 흩어 놓았다.

샬럿이 그 장의자에 앉았다. 두 사람은 핼쑥한 얼굴의 트레들스 경사와 인사를 나누었다. 잉그램 경은 경사에게 지난밤 어퍼 베이커 스트리트 18번지에서 일어난 일을 샬럿에게 들려주라고 했고, 샬럿은 눈썹을 반쯤 치켜올린 채 귀를 기울였다.

그런데 트레들스 경사의 모습이 어딘지 심상치 않았다. 그는 셜록 홈스가 실재 인물이 아니라는 사실을 알아차린 것이 분명했다. 샬럿 홈스의 명예를 더럽힌 추문에 대해서도 아는 게 분명했다. 물론 경사는 그런 일을 용납할 수 없었다. 나아가 지금껏 흠결 없는 남자라고 여겼던 잉그램 경에 대한 평가도 살짝 내려갔음이 분명했다.

하지만 이런 이유들 중 그 어느 하나도 혹은 그것들을 모두 합쳐도 그가 낙심한 듯 보이는 이유는 설명해 주지 않았다.

그렇다면 그가 사랑하는 훌륭한 아내가 원인일까?

잉그램 경이 무표정하게 자신의 친구를 바라보았다. 그는 최근들어 특히 아내와 관계가 냉랭해진 후로 더욱더 속마음을 드러내지 않았다.

트레들스 경사가 지난밤 사건에 대해 설명을 끝내자, 잉그램 경이 마블턴의 스위트룸에서 훔쳐 온 음화를 현상한 사진 한 무더기를 꺼냈다.

"자네가 베이커 스트리트에서 본 사람이 이 남자인가?"

그가 스티븐 마블턴의 사진을 트레들스에게 보여 주며 물었다.

"아닙니다. 그 남자는 턱수염이 있었습니다."

잉그램 경이 또 다른 사진을 건넸다. 이번 사진에서는 아까 그 젊은 남자가 같은 옷을 입고 같은 포즈로 같은 곳에 서 있었지만 이번에는 풍성한 턱수염이 나 있었다.

트레들스 경사는 이 사진에 관심을 기울였다. 그는 훨씬 더 꼼꼼하게 사진 속 남자를 뜯어보았다.

"사진을 어떤 식으로 조작할 수 있다는 이야기를 들었는데, 실제로 본 건 처음이군요."

"밴크로프트 형의 머리에 뿔을 집어넣은 사진을 나눠 주곤 했지. 뭐, 아직도 나는 형이 가장 좋아하는 형제고. 아무튼 여전히 자네가 본 남자는 아닌 것 같군."

잉그램 경이 건조하게 말했다.

"네, 아닌 것 같습니다."

"이번 사진은 어떤가?"

잉그램 경이 턱수염을 기른 젊은 남자의 사진을 또 한 장 건넸다.

샬럿의 눈이 휘둥그레졌다. 이 남자는 정장 차림에 편안한 자세를 하고 있었으며 턱수염도 있었다. 그런데 남자의 이목구비를 보니 프랜시스 마블턴이었다.

"네, 바로 이자입니다."

트레들스가 말했다.

"오늘 아침에 교회에 가기 전에 슈루즈버리 씨와 이야기를 나눴네. 자신의 어머니가 돌아가시기 전날 밤에 그로서는 알 수 없는 이유로 어머니가 잡아 탄 이륜마차를 몰았던 자가 이 사진 속 남자가 거의 확실하다고 하더군."

잉그램 경이 말했다.

트레들스 경사는 그 사진들을 한 장씩 다시 살펴보기 시작했다.

"이 사진들을 마을 사람들에게 보여 줘야겠습니다. 이자들의 동기가 뭔지 아십니까?"

"오늘 아침에 왔슨 부인과 이야기를 해 봤어요. 소피아 론즈데일을 파멸시킨 연인이 다름 아닌 셰리던 경으로 알려져 있다는 사실을 알게 되었죠."

샬럿이 말했다.

잉그램 경이 인상을 썼다.

"그분은 소피아 론즈데일보다 족히 스물다섯 살은 많을 텐데요."

"그녀는 셰리던 경의 딸과 가장 친한 친구 중 한 명이었어요. 왓슨 부인이 알기로는 사랑하는 이를 잃은 슬픔으로 둘 사이가 가까워졌고, 어느 날 서로를 위로하던 두 사람이 선을 넘어 버렸다고 해요."

샬럿이 설명을 계속했다.

"하지만 우리는 조금 다른 시나리오를 생각해 봐요. 그녀의 인생을 망친 남자가 혹시 색빌 씨라면 어떨까요? 셰리던 경이 동생의 죄를 뒤집어썼다면 그 후로 둘 사이가 소원해진 것도 설명이 돼요.

왓슨 부인에게 또 이런 이야기도 들었어요. 소피아 론즈데일의 부적절한 행동을 주위에 퍼트린 장본인이 바로 레이디 슈루즈버리였어요. 잉그램 경께서 레이디 에이버리나 레이디 서머스비와 다시 이야기를 해 보시면 레이디 아멜리아 드러먼드와 소피아 론즈데일 사이에 어떤 관계가 있는지 알아낼 수 있을지 몰라요."

이 가설이 맞는다면 소피아 론즈데일은 냉혹한 살의를 마음에 품은 채 희생자들을 덮칠 이유가 충분할 것이다. 너무나 처절하게 나락으로 추락한 탓에 수십 년이 지난 후에도 여전히 두 손에 얼룩덜룩한 흉터가 남아 있을 정도이니 말이다.

잉그램 경이 엄지와 검지로 자신의 턱을 짚었다.

"그 가설이면 빈틈없이 설명이 되는군요. 그런데 왜 그다지 자신 없는 목소리로 말씀하시는 거죠?"

"지금 이 사건에 레이디 셰리던이 어떤 식으로 관련 있는지 여전히 알 수 없기 때문이죠. 레이디 셰리던이 그 여행에서 무엇을 하려고 했는지 우리는 아직도 진상 근처에도 가지 못했다는 생각이 들……."

그녀가 갑자기 입을 다물었다. 트레들스 경사의 보고서에서 알게 된 사실이 있었는데. 그가 셜록 홈스의 집에 처음 방문하던 날 읽어 보라고 주었던 보고서들. 뭐였더라.

그녀는 손바닥으로 벨벳 장의자의 조밀한 표면을 탁 쳤다.

"경사님, 해리스 박사님이 외출 중이어서 대신 불려 온 이웃 마을 의사인 버크 박사님을 면담하셨을 때, 그분은 모르핀이 필요한 여행 중인 노인을 진료하기 위해 마을의 여인숙으로 가려던 참이었기 때문에 미리 마차를 준비해 뒀다고 하셨잖아요.

최근에 나온 바스 신문에서 레이디 셰리던의 사진을 구하실 수 있을 거예요. YWCA 센터 개관식 기사가 실렸을 테니까요. 그 사진을 버크 박사님과 여인숙 주인에게 보여 주면 레이디 셰리던이 바로 그 여행자라는 사실을 확인해 줄 거예요."

그날 오후 맥도널드 경장이 데번으로 급파되었다. 이튿날 아침나절 그는 전보로 보고서를 발송했다. 더불어 마을을 지나갔던 사진사와 조수도 마블턴 일가로 확인되었다. 트레들스 경사는 클라리지 호텔로 순경 두 명을 보냈지만, 그들은 마블턴 가족이 이미 객실을 비웠으며 새로 옮겨 가는 곳의 주소는 남기지 않았다고 호텔에서 전화로 보고했다.

십오 분 안에 맥도널드 경장의 두 번째 보고서가 도착했다.

트레들스 경사님,

버크 박사님과 그분의 여동생인 버크 양과 이야기를 했습니다. 두 사람
은 레이디 셰리던을 바턴 크로스에 있는 여인숙에 머물렀던 노인 환자
인 브로드벤트 부인이라고 확인해 주었습니다. 버크 박사님이 커리 하
우스로 서둘러 가야 했기 때문에, 버크 양이 모르핀을 여인숙으로 가져
가 레이디 셰리던에게 주사했습니다.

버크 박사님이 커리 하우스에서 돌아와 레이디 셰리던을 찾아갔을 때는
여전히 통증이 극심한 상태이기는 해도 모르핀 덕분에 호전되어 있었습
니다. 박사님이 어째서 더 일찍 오지 못했는지 설명하자 레이디 셰리던
의 얼굴에 갑자기 화색이 돌더니 질문을 마구 쏟아 냈다고 합니다.

버크 박사님은 레이디 셰리던과 대화를 나누면서 자신이 색빌 씨의 이
름을 말했는지 잘 기억하지 못했습니다만, 아마 그랬으리라 생각하십니
다. 버크 양은 덧붙여 이런 이야기를 해 주었습니다. 모르핀을 주사하자
레이디 셰리던이 자신의 레티큘에서 딸의 사진이 든 액자를 꺼내 달라
고 했습니다. 버크 양이 가방에 손을 넣었을 때 제일 먼저 만져진 것은
액자가 아니라 권총이었습니다.

맥도널드

트레들스 경사가 셰리던의 타운하우스에 도착하자 애디슨 씨는 그를 응접실이 아니라 레이디 셰리던의 침실로 안내했다.

"의사 선생님이 방금 돌아가셨습니다. 이제 얼마 남지 않으신 것 같습니다."

집사는 트레들스가 기억하는 고작 며칠 전의 모습에 비해 폭삭 늙어 버린 모습이었다.

"부디 간단하게 끝내 주시기를 부탁드립니다, 경사님."

레이디 셰리던은 베개 여러 개를 등 뒤에 받친 채 반쯤 기댄 자세로 누워 있었다. 백발은 풀어 헤치고, 두 볼은 창백하고, 두 눈은 푹 들어가 있었다. 트레들스가 들어가자 그녀는 숟가락으로 수프를 떠먹여 주던 하얀 캡을 쓴 간호사에게 물러가라고 손짓했다.

"질문에 대답을 많이 할 여력은 없는 것 같아요, 경사님. 아편 틴크를 꽤 복용했거든요."

레이디 셰리던이 천천히 말했다.

"금방 끝내겠습니다, 부인. 색빌 씨가 돌아가시던 바로 그 순간 커리 하우스에서 가장 가까운 마을에 계신 이유를 어떻게 설명하시겠습니까?"

"우연이었어요. 나는 언제 죽어도 이상하지 않은 사람이죠. 옛 정을 생각해서 시동생을 마지막으로 만나고 싶었어요."

"그렇다면 왜 혼자 가기로 하셨습니까? 왜 셰리던 경과 동행하지 않으셨지요?"

그녀가 코웃음을 쳤다. 그 소리에서 씁쓸한 감정이 묻어났다.

"남편은 곧 죽을 몸이 아니니까요."

"친지 방문이 유일한 목적이셨다면, 그렇게 간단하고 이해할 만한 일에 대해 왜 거짓말을 하셨습니까?"

"사실대로 말했다면 셰리던 경도 알게 되겠죠, 안 그런가요?"

그녀의 눈꺼풀이 천천히 내려갔다. 그러다가 다시 트레들스를 바라보았는데, 그런 간단한 동작을 하는 데도 초인적인 노력이 필요한 것 같았다.

"남편은 왜 자신이 동생과 명예롭게 소원하게 지내는 관계를 폄훼하려 드느냐고 따졌을 거예요. 나는 그런 헛소리에 신경 쓸 시간이 충분하지 않았어요."

"그러면 여행에 가지고 가신 권총은요?"

이번에 그녀는 눈을 감았지만 입가에 야릇한 미소가 살짝 걸렸다.

"숙녀라면 혼자 여행할 때 자신의 안전은 스스로 지켜야 한답니다."

트레들스는 경사로 승진한 직후에 어머니를 뵈러 배로인퍼니스로 돌아간 적이 있었다. 어머니는 정정하셨지만 그는 작별 인사를 할 때 불길한 예감을 느꼈다. 그날이 그가 어머니를 마지막으로 본 날이 되었다. 그의 어머니는 갑작스럽고 극심한 열병에 걸려 몇 주 만에 사망했다. 장인이 숨을 거두기 몇 시간 전만 해도 모두 그가 건강을 완전히 되찾으리라 믿어 의심치 않았다. 특히 앨리스가 그랬다. 하지만 트레들스는 그때도 같은 예감이 들었다. 커즌 씨는 그날 밤 사망했다.

레이디 셰리던에게 할 질문은 더는 없었다. 그들의 마지막 만남은 그렇게 끝이 났다.

그가 인사했다.

"고맙습니다, 부인. 안녕히 계십시오."

트레들스 경사가 런던 경찰청으로 돌아와 보니 호지스의 서면 진술서가 책상에 놓여 있었다. 그는 진술서 페이지를 넘겼다. 필체를 보다 보니 뭔가가 그의 관심을 끌었다. 기묘하게 구부러진 g와 짜부라진 o, 필요 이상으로 과시적으로 느껴지는 대문자 A.

이런 필체를 또 어디서 보았더라?

그는 호지스가 쓴 글을 다시 보았다. 그는 캠버웰의 여인숙에서 묵고 있었는데, 그곳은 그가 휴가를 보냈다고 주장한 와이트 섬으로부터 아주 멀리 떨어진 런던에 있었다.

대신 그곳은 색빌 씨가 적어도 지난 칠 년 동안 한 달에 두 번씩 방문했던 램버스와 매우 가까웠다.

트레들스는 벌떡 일어나 자신이 공식 서신을 보관해 두는 파일 서랍을 열었다. 역시 그곳에는 램버스에서 나쁜 소문이 도는 집에 관해 그가 받은 편지 두 통이 보관되어 있었다. 동일한 필체였다. 첫 번째 편지는 꽤 모호했다. 두 달 전에 받은 두 번째 편지는 분노와 고뇌로 가득 차 있어서 허공에 대고 비명을 지르는 듯했다. 철저한 타락에 대한 내용과 가장 순수하고 무기력한 이들이 착취당하고 있다는 등의 내용이 지면을 가득 채우고 있었다.

트레들스는 편지에 이름이 적힌 길로 서둘러 달려가 열두 명이나 되는 가족이 살기에도 충분했을 집이었지만 이제는 뼈대만 남은 폐허 앞에 섰다. 그곳에 선 지 몇 분도 지나지 않아 그는 불탄

집에 비정상적으로 많은 남자들이 잰걸음으로 드나들었다는 사실을 깨달았다.

"국내 소식이라고 더 나은 것도 아니에요."

홈스가 '불운한 일'을 당한 그날 밤, 앨리스는 트레들스의 책상 가장자리에 걸터앉아 석간신문을 넘기며 이렇게 말했다.

"아일랜드 자치 법안 부결을 비판하는 기사. 건물 한 채가 전소하고 두 사람이 사망한 램버스 화재 사건의 용의자들을 아직도 찾고 있는 경찰."

그 말을 듣고 아내에게 뭐라고 했더라?

"램버스의 그 건물은 나도 알아요. 런던 경찰청의 경사 중에 그 건물에 대해 제보를 받지 않은 사람이 없을 정도죠. 그곳은 도박굴 같은 곳이 아니라 마권 가게였어요. 그런 가게는 한 곳을 문 닫게 하면 두 거리 건너 또 한 곳이 문을 열어요."

트레들스는 그렇게 말했다.

그 이웃집은 마권 업자의 가게였다. 그 집에 드나든 남자들은 내기 돈을 거둬 가고 배당금을 정산하는 심부름꾼들이었다.

완전히 타버린 그 집에서는 타락한 자들은 무슨 짓을 하고 있었을까? 어떤 종류의 타락이 벌어지고 있었기에 인생의 더러운 이면을 볼 만큼 보았을 호지스 같은 남자가 과격한 십자군 전사가 되었을까?

트레들스는 호지스를 체포해 런던으로 호송해 오라고 명령했다. 그날 저녁 늦게 맥도널드 경장은 그 시종을 트레들스에게 넘겼다.

이번만큼은 호지스도 자신만만해 보이지 않았다. 체포되어 공권력의 통제를 받게 되면 사람들은 활력을 잃곤 했다. 조사실의 텅 빈 황량한 벽들은 전혀 도움을 줄 수 없기 때문이다.

"호지스, 색빌 씨에게 독을 먹였지. 자네는 그가 방문한 램버스의 그 집에서 벌어진 일에 격분했어. 그래서 그가 런던으로 외출하는 때에 맞춰서 비소를 먹였지. 그가 독에 당해서 런던에서 하려고 한 일을 할 수 없도록."

"경사님은 아무것도 증명하실 수 없습니다."

의기양양한 태도가 사라졌다고 해서 호락호락해졌다는 건 아니었다.

"그렇지. 하지만 여기 자네의 필적 견본이 있네. 런던 경찰청의 경사들 모두 자네가 그 집에서 벌어지는 참을 수 없는 행위에 대해 성토하는 투서를 받았지. 그러다 얼마 후 그 집은 묘하게 화마에 휩싸여 두 명의 사망자가 나왔어. 이 정도면 방화와 살인으로 기소할 근거로 충분하네, 호지스."

런던 경찰청은 확실히 다른 용의자가 없었다. 수사는 몇 주째 계속되고 있지만, 담당 경찰은 아직도 그곳에 몇 명이 살았는지 혹은 그 집이 재와 돌무더기로 타 버리기 전에 무슨 용도로 쓰였는지 확실히 알아내지 못했다.

"저는 그 집에 불을 지르지 않았습니다."

호지스가 꽉 다문 잇새로 대답했다.

"그걸 입증하기는 쉽지 않을 거네."

"저는 데번에 있었습니다."

"런던에 공범이 있었을 수도 있지."

"저는 결단코 그런 짓을 하지 않았습니다. 그곳에 아이들이 있었어요. 어린아이들요!"

호지스의 분노에 찬 음성이 조사실에 메아리쳤다. 그는 주먹을 꽉 쥐었다. 그리고 커리 하우스에서 내내 도망친 사람처럼 헐떡거렸다.

트레들스는 뭔가가 자신을 집어 들고 위아래를 뒤집은 후 거칠게 흔들어 댄 것 같았다.

"그 아이들에 대해서 말해 보게."

트레들스는 이렇게 말하면서도 자신의 목소리가 묘하게도 자신의 것 같지 않았다.

"그들이 제게 데려온 여자아이는 아홉 살도 되지 않았더군요. 그 아이는 최소한 일 년 동안 그 집에서 살았다고 했습니다. 그리고 자신보다 적어도 세 살은 어린 남자아이들과 여자아이들이 있다고 하더군요."

호지스의 목소리가 갈라졌다.

"그래요, 제가 그놈이 런던으로 떠나기 전에 비소를 먹였습니다. 하지만 죽이려고 그랬던 게 아닙니다. 저는 살인자가 아니에요. 저는 경찰에게 시간을 벌어 주고 싶었을 뿐입니다. 무슨 조치를 취하라고요. 뭐라도 하라고요."

"자네는 편지에 엉뚱한 번지수를 썼어."

호지스가 머리를 양손으로 감쌌다.

쉽게 저지를 만한 실수였다. 두 집 가운데 한 집만 외벽에 번지수가 적혀 있었다. 게다가 번지수가 두 현관 사이, 그것도 정중앙에 적힌 것처럼 보였지만, 정작 그 번지수는 마권 업자의 가게였다.

"독을 바꿔서 클로랄을 쓰기로 마음먹은 건 언제인가?"

트레들스는 여전히 감정이 느껴지지 않는 목소리로 물었다.

이럴 때면 마치 그의 내면 깊은 곳에서 어떤 기제가 발동해 무감각으로 그를 두툼하게 에워싸고 보호하는 것 같았다.

"저는 클로랄과는 절대 아무 관계도 없습니다. 저는 그 주에 저택에 없었습니다. 런던에 있었죠. 그 집을 폐쇄하기 위해서 뭐라도 할 일이 없을까 해서 살펴보러 갔습니다. 하지만 그곳에 가 보니 그 집은 이미 불에 다 타 버렸더군요. 그리고 그 아이들은 어떻게 되었는지 아는 사람은 아무도 없어요. 아무도요."

호지스가 손목 언저리로 눈을 닦았다.

이튿날 아침 트레들스는 어퍼 베이커 스트리트 18번지로 다시 찾아갔다. 트레들스는 그를 집으로 안내해 준 하인이 요전날 마지막으로 잉그램 경과 홈스 양과 만났던 야단스러운 집, 분명히 홈스 양의 안전을 위해 잉그램 경이 빌렸을 그 집의 문을 열어 준 하인이라는 사실을 알아차렸다.

홈스 양은 그를 진지한 분위기로 맞이했다. 지난번 만날 때만 해도 미간 사이가 넓은 순진해 보이는 두 눈이 그가 안고 있는 심적 고통을 마지막 한 방울까지 들여다보리라는 사실을 알기에, 그녀 앞에 서기가 몹시 곤욕스러웠다. 하지만 지금은 그런 건 아무래도 상관없었다.

자신을 보호하는 무감각이 다시 그를 휘어잡았다.

그는 호지스가 런던 경찰청에서 자백한 사실을 들려주었다. 평소라면 숙녀가 절대 듣지 못하도록 최선을 다해 막았을 내용이었다. 홈스 양은 미동도 않고, 심지어 차를 따르는 것조차 잊은 채 이야기를 들었다. 이야기가 끝난 후로도 한동안 꼼짝하지 않았다.

트레들스는 자신의 이야기가 그녀가 받아들이기에 너무 힘든 내용이었을지 모르겠다고 어렴풋이 생각했다. 그녀의 여성적인 지성으로는 이 정도 규모의 어마어마한 부조리를 버티지 못하고 허물어질 수도 있었다.

"베키 버틀의 이야기."

홈스 양이 중얼거렸다.

"이제야 어떻게 된 건지 알겠어요. 색빌 씨는 베키가 몸집이 작고 발달이 덜 된 상태여서 아직 사춘기가 찾아오지 않았다고 생각했기 때문에 관심을 가진 것뿐이었어요. 베키가 벌써 생리를 한다는 걸 알자 관심이 식……."

그녀가 의자에서 용수철처럼 벌떡 일어섰다.

"셰리던 부부의 딸. 어떻게 죽었죠?"

그 말에 트레들스도 황급히 일어섰다.

"맥도널드 경장이 조사해서 사망증서에 적힌 내용을 적어 왔습니다. 지금 제게 사본이 한 부 있습니다."

그가 가지고 온 서류 케이스를 열었다.

"울혈성 심부전이고 서명은 버나드 모틀리 박사군요. 이분은 제

아내 집안의 주치의시기도 합니다."

홈스 양이 그의 손에서 사본을 잡아 찢다시피 가져갔다. 그 사본을 뚫어져라 바라보는 그녀의 표정이 심하게 일그러졌다.

"경사님이 잉그램 경을 통해서 제게 문의하신 사건 기억하시나요? 다름 아닌 이 모틀리 박사님이 관계된 젊은 여성의 의문사였는데."

"방으로 몰래 들여온 드라이아이스로 자살을 했다고 하셨던 그 사건 말입니까?"

그 사건이 지금 무슨 상관이지?

"셰리던가에서는 이산화탄소를 언제든 공급받고 있었죠?"

"셰리던가의 집사와 이야기를 했습니다. 전에는 탄산수를 만들 때 가스통을 썼다고 하더군요."

"그 소녀였어요. 자살한 소녀는 클라라 색빌이었던 거예요."

홈스 양의 목소리는 확고부동했다.

이 말의 진정한 의미가 트레들스를 둘러싸고 있던 무감각의 방패를 마침내 꿰뚫었다.

"지금 색빌 씨가 자신의 조카딸에게 그런 짓을 했다는 말씀이십니까? 자신의 친조카를, 그것도 아직 어린 소녀에 불과한데요?"

홈스 양이 자리에 돌아와 찻주전자를 들고 차를 따랐다. 트레들스가 자신의 보호막을 재정비하려고 버둥대는 동안에도 그녀의 두 손은 흔들림이 없었다.

"소피아 론즈데일은 클라라 색빌의 가장 친한 친구 중 한 명이었어요."

트레들스는 여전히 충격에서 빠져나오는 중이었다.

"그 여자가 클라라를 위해서 색빌 씨를 죽였습니까?"

"레이디 셰리던이 레티큘에 넣어 둔 권총도 설명이 되잖아요, 아닌가요? 그분은 직접 하려고 했어요. 하지만 그와 마주할 기회를 잡기도 전에 이미 죽어 버린 거죠."

그때 문을 노크하는 소리가 들렸다.

"홈스 양. 우편함에 뭔가가 와 있습니다. 홈스 양 앞으로 온 것은 뭐든 당장 가져오라고 하셨기에 가져왔습니다."

하인이 말했다.

"네, 고마워요, 바클리."

홈스 양이 봉투를 훑어보았다.

"마블턴 부인이에요. 내 이름과 주소는 내게 풀게 한 첫 번째 암호를 칠 때 썼던 것과 동일한 타자기로 쳤어요. 부인이 내게 무슨 말을 하고 싶은지 알아볼까요."

친애하는 홈스 양,

두 달 전, 나는 임종을 앞둔 오랜 친구를 보기 위해 오랜 세월 동안 떠나 있던 영국에 돌아왔어요. 숨을 거두기 전 그 친구는 오래전에 세상을 떠난 또 다른 친구의 일기장을 내게 주었어요. 죽어 가던 친구는 클라라 색빌의 일기장을 한 번도 펼쳐보지 않았어요. 왜냐하면 부모님이 모두 돌아가시기 전에는 절대 그 일기장을 열어 보지 말라고 클라라가 신신당부했거든요. 나의 지인 중에 그 사람만큼 약속을 굳게 지킬 사람은 없어요. 그 친구가 내 비밀도 오랫동안 함구해 주었기 때문에 잘 안답니다.

하지만 나는 호기심을 이기지 못했어요. 친구의 장례식이 끝난 후 클라라의 일기를 읽어 버렸죠. 그 일기를 읽은 후 나는 흐느끼고, 소리를 지르고, 분노에 차 잉크병을 방바닥에 집어 던졌어요. 세상의 잔인함과 부당함에 치를 떨었죠.

근친상간이라는 진실을 조금도 짐작하지 못한 내 자신이 경멸스러웠어요.

클라라는 자신의 삼촌을 사랑하고 신뢰했어요. 그는 그 애정과 신뢰를 악용하고 그녀가 마음으로 품은 욕망을 즐겼지요. 나는 클라라가 얼마나 고독하고 두려웠을지 짐작조차 못 하겠어요. 그가 자신의 뒤틀린 욕망을 만족시키기 위해 조카를 이용했을 때, 그는 클라라를 그녀가 아끼는 모든 사람과 모든 것으로부터 영원히 떼어 놓은 거예요. 클라라는 자신만의 지옥으로 추락할수록 삼촌을 사랑하려고 더 애를 썼어요. 사랑은 앞으로 다가올 심판에 대한 유일한 변호의 수단이었어요. 사랑은 유일한 변명이었죠.

하지만 그녀가 사춘기에 접어들자 더는 그에게 쓸모가 없어졌어요. 그 사실이 클라라를 말살했어요. 신뢰에 대한 배신, 신이 보는 앞에서 혐오스러운 일을 저질렀다는 믿음, 그에게 버림받지 않았다면 같은 짓을 계속했으리라는 사실. 그가 가족이었고, 특히 그녀의 부모님을 비롯해 모든 사람이 여전히 그녀가 제 삼촌을 끔찍이도 사랑하기를 바란다는 사실은 말할 것도 없죠.

클라라가 일기장을 없애지 않았다는 사실이 그녀가 언젠가는 진실이 알려지기를 바랐다고 말해 주고 있었어요. 그래서 나는 그렇게 했어요. 선택은 색빌 씨의 몫이었죠. 그는 진실이 폭로되는 걸 지켜볼지 보지 않을지 선택할 수 있었어요.

당신이 그의 죽음과 연관 지은 두 여자의 죽음에 대해서 말하자면, 그래요. 정말 관련이 있었어요. 클라라와 색빌 씨가 함께 있는 장면을 레이디 아멜리아와 레이디 슈루즈버리가 목격했어요. 클라라는 두 사람이 그 사실을 클라라의 부모님에게 알리겠다고 했을 때, 너무나 끔찍했다고 적었어요. 하지만 그녀의 삼촌은 그렇게 되지 않게 하겠다고 약속했죠. 당시 레이디 아멜리아의 남편은 색빌 씨에게 거액의 빚을 지고 있었어요. 레이디 슈루즈버리는 경제적인 문제는 없었지만, 레이디 아멜리아의 결정에 거역할 만한 배짱이 없는 사교계의 아첨꾼이었고요.

그 일이 일어났을 때 클라라는 고작 열한 살을 몇 개월 앞두고 있었어요. 이 여자들은 클라라를 전혀 도와주지 못했어요. 그들은 그때도 그 후로도 색빌 씨의 마수로부터 클라라를 보호하기 위해 아무것도 하지 않았어요.

나는 두 사람에게 색빌 씨에게 한 것과 똑같은 선택을 제안했어요. 그들 모두 클로랄을 골랐죠. 그들 모두 겁쟁이였어요.

지난밤 레이디 셰리던이 돌아가셨어요. 이 사건이 곧 공개되기를 기대해요.

당신을 흠모하는 이로부터

추신. 셜록 홈스로서의 삶에 행운이 깃들기를.

추추신. 나는 색빌 씨가 런던에서 자주 들린 그 집에서 아이들을 잠시 보호하고 있었어요. 그 아이들, 혹은 적어도 그들 중 일부라도 잘 성장해 행복을 찾기를 바랄 뿐이에요.

추추추신. 레이디 셰리던과 나는 정말 우연히 마주쳤어요. 나는 여성을 도와준다고 주장하는 단체들을 조사해 보는 습관이 있어요. 레이디 셰리던은 긴 세월 YWCA의 후원자셨어요. 우리는 베스널 그린에 있는 YWCA 건물 밖에서 마주쳤죠. 그곳에서 사교계의 숙녀를 마주칠 줄은 꿈에도 몰랐어요.

서로를 알아본 우리는 둘 다 충격을 받았어요. 하지만 충격이 가시자마자 이야기를 시작했죠. 나로 인해 그분이 입었을 상처에 대해 나는 줄곧 마음이 아팠어요. 알고 보니 그분은 내가 겪었던 가혹한 운명 때문에 취약한 처치에 있는 젊은 여성의 복지에 평생을 바치셨더군요. 부인은 내게 닥친 운명이 내가 받아야 할 벌보다 훨씬 더 가혹했다고 느끼셨어요.

이야기를 하다 보니 우리는 어느새 클라라를 추억하게 되었어요. 부인은 주치의가 내세운 설명은 한 번도 믿은 적이 없지만, 남편을 위해서 믿는 척했을 뿐이라고 하시더군요. 클라라는 결코 행복하지 않았어요. 레이디 셰리던은 딸의 기운을 북돋기 위해 온갖 노력을 했고, 실패를 자신의 탓으로 돌렸죠.

나는 고민을 많이 했지만 끝내 진실을 들려 드리기로 결정을 내렸어요. 그리고 죄를 저지른 자들이 반드시 그 벌을 받게 하겠다고 약속했지요.

하지만 레이디 셰리던은 결국 자신의 손으로 일을 마무리 짓자고 마음먹었다. 죽음을 앞둔 그녀가 살인을 저지르지 않았던 건 오직 소피아 론즈데일의 계획이 완전하게 실행된 덕분이었다.

"그럼 그 세 사람은 자신의 손으로 클로랄을 먹었군."

트레들스는 자신도 모르게 중얼거렸다.

"소피아 론즈데일은 레이디 슈루즈버리가 돌아가시던 날 탔던 그 마차에 타고 있었을 거예요. 그녀가 레이디 아멜리아와는 개인적으로 만나지 않았는지 궁금하네요."

홈스 양이 말했다.

"그녀가 커리 하우스 근처에 있었다는 증거가 없습니다."

"소피아 론즈데일은 젊은 마블턴들로부터 낯선 사람이 그 지역을 눈에 띄지 않고 돌아다니기 힘들다는 보고를 받고 대신 우편을 선택한 것 같아요. 포장을 잡지 꾸러미 같은 걸로 보이게 해서 하인들이 별 신경을 쓰지 않게 만드는 건 간단하거든요. 최악의 상황이 일어나 봤자, 색빌 씨의 변태 성욕 행위를 자세하게 타자로 치고 서명하지 않은 편지를 누군가 발견하는 일이겠죠. 하지만 색빌 씨는 전부 다 없애 버렸을 거예요."

트레들스가 고개를 끄덕였다.

"마지막에 가서 소피아 론즈데일이 범행을 서둘렀다고 보십니까? 레이디 아멜리아와 색빌 씨의 죽음 사이에는 거의 이 주나 차이가 나지만, 색빌 씨와 레이디 슈루즈버리의 죽음은 고작 하루 차이입니다."

"초조해졌을 수도 있어요. 아니면 제 추문을 이용하려는 심산이었을 수도 있겠죠."

홈스 양이 살짝 미소를 지었다.

"평소 정정했던 노인이 자다가 숨을 거두었으니, 특별한 사인을 꾸며내는 것보다 아들 때문에 노발대발했다는 편이 더 그럴듯하잖아요."

트레들스는 무어라 대꾸를 해야 할지 알 수가 없었다. 그는 홈스 양이 일으킨 추문의 진상은 몰랐다. 금강석처럼 찬란하게 빛나는 지성을 가진 사람이 어떻게 그토록 어리석고 전적으로 비도덕적인 결정을 내릴 수 있는지 어리둥절할 따름이었다.

그녀가 차를 한 모금 마셨다.

"그 호지스라는 시종은 어떤가요? 이제 어떻게 되는 거죠?"

그는 남자를 밝히는 홈스 양에 관한 대화에서 빠져나올 수 있어 기뻤다.

"셰리던 경이 진실을 알게 된 이상 고발할 것 같지는 않습니다. 그분이 고발하지 않는다면 런던 경찰청이 그 일을 대신할 이유도 없고요."

홈스 양이 편지를 접어서 봉투에 다시 잘 집어넣었다.

"소피아 론즈데일은 복수를 계획하며 자신의 이름이 공개되는 것을 막기 위해, 클라라의 비극을 밝히는 과정에서 오랜 세월 클라라 색빌의 일기장을 간직했다는 죽은 친구를 내세웠을 거예요.

어떤 여자가 꼭 그래야만 할 이유도 없이 자신의 죽음을 꾸며내는 수고를 하겠어요. 경사님, 소피아 론즈데일이 이 사건에 관련되어 있다는 사실을 공개하지 말아 주시겠어요?"

트레들스가 잠시 생각해 보더니 대답했다.

"알겠습니다."

"경사님, 이 사건을 성심껏 도와주셔서 정말 감사드려요."

트레들스는 고개를 까닥하고 일어섰다. 그가 아내에 대해 믿어 왔던 모습이 엄밀히 말해 진실이 아니라고 밝혀졌다 해도 그것은 홈스 양의 잘못이 아니었다. 어차피 그는 셜록 홈스와 오랫동안 어떤 식으로든 관계를 이어 나갈 생각이 없었다.

그의 머릿속에 흐르는 생각을 다 들었다는 듯 홈스 양이 예쁘게 포장한 꾸러미 하나를 그의 손에 쥐여 주었다.

"트레들스 부인에게 드리는 마들렌이에요. 아내분에게 부디 제 안부를 전해 주세요."

제22장

"내가 무슨 생각을 했는지 알지?"

리비아가 물었다.

그들은 대영박물관의 열람실 이용객들을 위해 마련되어 있는 다과실에 앉아 있었다. 샬럿이 매주 열람실 방문을 재개했기에 리비아는 사랑하는 동생을 만나기 위해 머리가 멍해질 것 같은 가든파티에서 몰래 빠져나왔다.

"무슨 생각을 했는데?"

샬럿이 되물었다.

샬럿은 좋아 보였다. 평소의 평온하고 천사 같은 모습 말이다. 샬럿을 곁눈질로 훔쳐보기 위해 쓸데없이 두 사람의 테이블을 지나간 신사가 벌써 몇 명인지 모른다.

레이디 슈루즈버리와 레이디 아멜리아가 공개적인 망신을 당하기 싫어 자살했다는 사실이 마침내 밝혀진 후로 리비아의 삶의 질은 극적으로 개선되었다. 물론 샬럿의 빈자리로 늘 마음 한구석이 아팠으며, 사교계 시즌이 끝나면 시골에서 몇 개월을 살아야 하는 일은 끔찍했다. 하지만 마침내 의심의 눈초리로부터 자유로워졌으니 더 이상 머리 위에 먹구름을 이고 살지 않아도 된다. 이 정도면 음미할 가치가 있는 즐거움이었다.

게다가 샬럿은 이제 돈을 벌게 되었다. 가장 최근에 맡은 사건으로 4퀴드 10실링이라는 큰돈을 벌었다는 사실을 생각하면 리비아는 날아갈 듯이 기뻤다. '나는 지금보다 훨씬 더 허리띠를 졸라맬 거야.' 샬럿은 어느 편지에서 이렇게 썼다. '언니와 나와 버나딘, 우리 모두가 먹고살 만한 돈을 모으기로 결심했어.'

리바아가 손가락을 냅킨에 닦았다.

"셜록 홈스가 해결한 사건들 가운데 몇 가지는 출판을 해야 한다고 생각해. 사건에 대한 글이 신문 광고보다 훨씬 효과가 클 거야."

샬럿이 리비아의 접시에 샌드위치 반쪽을 하나 더 내려놓았다.

"하지만 사설탐정을 찾아왔다는 건 내 고객들이 사생활을 지키고 싶어 한다는 뜻이야."

"이름을 바꾸면 아무도 모를 거야."

샬럿이 고개를 가로저었다.

"내가 관련됐고 이야기로 꾸밀 만한 요소를 갖춘 사건은 색빌 건이 유일해. 관계자의 이름을 다 바꾼다고 해도 사람들은 무슨 사건인지 다 알걸. 게다가 그런 사건 기록을 싣고 싶어 할 잡지들도 독자들의 감정을 상하게 할까 봐 특정한 사건은 피할 테고."

리비아는 물러서지 않았다.

"그러면 소설로 만들면 돼. 그 사건의 뼈대만 취해서 다시 조립하는 거야. 셜록 홈스가 런던 경찰청으로부터 수상쩍은 죽음의 진상을 밝히도록 도와 달라는 요청을 받았다고 해. 살해한 수법은 그대로 써도 돼. 하지만 클로랄은 다른 독극물로 바꿔야겠지. 살인자가 신문광고를 보고 네게 찾아온 거라고 해도 되겠다. 물론 정황을 약간 고쳐야겠지만."

"마음에 들어. 이 살인자가 복수하는 중이라고 하면 어떨까?"

샬럿이 활짝 웃었다.

동생의 눈이 흥미로 반짝이는 모습에 리비아의 머릿속에는 온갖 아이디어가 솟아올랐다.

"복수가 꾸며 내기 가장 쉬운 소재일 거야, 그렇지? 사람들은 언제나 서로에게 몹쓸 짓을 해 대니까. 사실 지난주에 내가 마크 트웨인의 책을 읽었는데, 그 책에 한 세대 전에 유타주에서 일어난 학살 사건이 나와 있었어. 현지의 민병대가 캘리포니아로 향하는 포장마차 대열을 공격해서 백 명이 넘는 사람들을 죽였대. 그 학살에서 살아남을 사람이 학살 주범을 추적한다고 해도 되겠다."

"추적을 하다가 런던까지 왔다고?"

"안 될 게 뭐야."

리비아가 샬럿이 준 샌드위치 반쪽을 집어 한입 베어 물었다. 샬럿과 함께 먹으니 뭘 먹어도 훨씬 맛있었다.

"요즘 들어 세상은 점점 좁아지고 있어. 이런 추세는 원래 사건의 핵심적인 부분과도 어울려. 복수를 하기 위해 외국에서 온 사람의 이야기니까."

"해 볼 만한 아이디어네."

샬럿이 레모네이드를 한 모금 마시며 말했다.

리비아는 우쭐할 뻔했다. 샬럿은 거짓 칭찬을 하지 않았다. 그런 샬럿이 해 볼 만하다고 했다면 정말 그런 것이다.

"그럼 할 거지?"

샬럿이 고개를 가로저었다.

"이 이야기는 언니가 써야 해."

"내가?"

"그래, 언니가."

"나는 한 번도 글을 써 본 적이 없는걸."

"꼭 그렇다고는 할 수 없잖아."

당연히 샬럿은 몇 페이지에 걸쳐 쓰인 반쯤 움튼 아이디어와 이야기들로 가득 차 있는 리비아의 공책에 대해 알고 있었다. 리비아는 얼굴이 화끈 달아올랐다. 그 공책들은 다 태워 버릴걸. 설령 샬럿밖에 못 봤다고 하더라도 자신의 아마추어 같은 노력을 누군가 봤다는 사실을 생각하자 너무 당황스러웠다.

"언니가 포의 《모르그 거리의 살인 사건》을 읽었을 때 기억해? 발단부터 그렇게 긴장과 흥분을 불러일으켰으면 포 씨는 대단원에서 더 나은 해결책을 제시할 수 있었다고 노발대발했잖아. 그리고 그 후로 며칠 동안 공책에 뭔가를 계속 썼지."

"하지만 내가 더 나은 이야기를 지어내는 것보다 포 씨를 욕하는 편이 훨씬 쉽잖아."

샬럿이 리비아의 잔에 레모네이드를 더 채웠다.

"이런 이야기는 한 번도 안 했는데, 언니가 쓴 발단 부분 중에는 보통 수준 이상의 글도 있었어. 언니가 그런 이야기를 계속 쓰면 좋겠어."

리비아는 심장이 마구 뛰었다. 나도 잘하는 것이 있을까?

"어쨌든 셜록 홈스 이야기를 한번 써 봐. 언니도 깜짝 놀랄걸."

샬럿이 스펀지 케이크 한 접시를 리비아 쪽으로 밀며 힘주어 말했다.

샬럿은 그날 잡힌 마지막 예약 시간에 맞춰서 대영박물관에서 어퍼 베이커 스트리트 18번지로 돌아왔다. 정각 일곱 시 반에 초인종이 울렸다. 몇 초 후 명랑한 분위기의 아가씨가 응접실로 들어왔다.

"옥스퍼드 양, 안녕하세요."

격식을 갖춘 샬럿의 첫인사에 옥스퍼드 양은 친근하게 답했다.

"그럼요. 안녕하답니다. 고맙습니다."

옥스퍼드 양은 샬럿의 손을 잡고 힘차게 흔들며 환한 미소를 지었다.

"이곳에 오다니 정말 기뻐요."

샬럿은 스스럼없이 경쾌한 옥스퍼드 양의 태도에 깜짝 놀랐다. 그도 그럴 것이 이곳을 찾은 고객들은 대체로 불안한 티를 어느 정도 드러내기 마련이었다. 당연히 셜록 홈스의 장애를 묻는 무언극이 이어졌다. 옥스퍼드 양은 유감을 표한 후 홈스 씨의 지적 능력을 확인해 보고 싶다며 꼭 들려 달라고 말했다.

샬럿이 그녀를 훑어보았다. 그러더니 사이드보드로 가서 잔 두 개에 위스키를 따랐다.

"당신은 런던 출신으로 바로 이 지역에서 나고 자랐습니다. 하지만 최근에는 외국 생활을 하시다가 얼마 전에 돌아오셨어요. 아마 파리겠군요. 그곳에 관광을 하러 가시지는 않았어요. 취직을 한 것도 아니고요. 가족이나 친구들과 함께 산 것도 아니에요. 그런 사실들로 미루어 보아 저는 당신이 소르본 의대 학생이라고 결론을 내렸습니다."

샬럿은 위스키 잔을 '의뢰인'에게 건네며 자신의 잔을 들었다.

"집으로 돌아오신 걸 환영합니다, 레드메인 양."

레드메인 양이 까르르 웃음을 터뜨렸다.

"어떻게 알았어요? 가족이라 얼굴이 닮았나요? 다들 내가 이모를 빼닮았다고 하거든요."

"상당히 닮았어요."

그런데 샬럿은 보면 볼수록 그 의뢰인이 또 다른 사람과도 닮았다는 생각이 자꾸 들었다. 잉그램 경의 아버지, 혹은 적어도 공식적인 아버지인 고 와이클리프 공작이었다.

샬럿은 평소에 레드메인 양이 왓슨 부인의 조카가 아니라 딸일 것이라고 추측했다. 그렇게 해 두는 편이 사람들의 시선에도 쉽게 넘어갈 수 있으며, 레드메인 양도 적자(嫡子)로 떳떳하게 살아갈 수 있을 테니 말이다. 더 나아가 샬럿은 레드메인 양의 아버지가 상당히 부유한 사람일 거라 짐작했다. 군의관이었던 존 왓슨이 자신이 죽은 후에도 아내가 안락한 삶을 살 수 있도록 돈을 남겼을 리 없었다.

하지만 샬럿은 왓슨 부인과 애시버튼가가 이어져 있으리라는 상상은 한 번도 하지 않았다.

레드메인 양은 명랑하게 재잘거렸다. 샬럿은 자신이 정답을 맞혔다고 짐작했다. 그도 그럴 것이 레드메인 양이 웃음을 멈추지 못하고 이야기를 계속했기 때문이다. 하지만 샬럿은 머리가 빙빙 돌 것 같았다.

아이들이 아버지의 정부와 친밀한 관계를 만들어 가는 경우는 드물지 않다. 아이들의 어머니가 벌써 죽었다면 말할 것도 없다. 잉그램 경이 책을 헌정한 수수께끼에 싸인 인물 J. H. R은 다름 아닌 조애나 해미시 레드메인, 즉 왓슨 부인으로 알려진 인물이었다. 그녀는 그가 절대 받아들일 수 없는 아무개가 아니라 오랜 세월 우정을 맺고 신뢰해 온 친구였다. 당연히 왓슨 부인은 우체국에서 우연히 샬럿과 마주친 것이 아니다. 그녀는 그리로 보내졌다.

레드메인 양이 말을 멈추고 기대에 찬 눈빛으로 샬럿을 바라보았다. 샬럿은 방금까지 의뢰인이 한 말을 열심히 떠올렸다.

"해부를 즐길 수 있다고 백 퍼센트 자신감을 갖고 단언할 수는 없지만, 두세 번 정도 기절하면 익숙해질 거라고 생각해요."

레드메인 양이 깔깔 웃으며 해부학 수업 시간에 있었던 또 다른 일화를 들려주기 시작했다. 십오 분가량 흘렀을까. 레드메인 양이 이렇게 말했다.

"음, 이제 집에 가지 않을래요? 이모가 거대한 샴페인병이 기다리고 있을 거라고 약속해 주셨거든요."

"먼저 가시겠어요? 내일 첫 번째 의뢰인을 만나기 전에 미리 준비해 두어야 할 일이 몇 가지 있어서요."

샬럿이 늦지 않게 가겠다고 약속하자 레드메인 양이 요란하게 계단을 내려갔다. 샬럿은 자신의 자리로 돌아와 푹 기대앉았다.

그때 노크 소리가 들렸다. 샬럿이 대답했다.

"누구세요?"

잉그램 경이 들어왔다.

샬럿이 자리에서 벌떡 일어섰다.

"여기서 뭐 하는 거야?"

"당신이 편지를 보냈잖아."

그는 샬럿의 얼굴을 꼼꼼하게 살펴보았다. 하지만 상당히 조심하는 눈치였다. 그는 알고 있을까? 그녀를 힐끔 보는 것만으로도 그가 뒤에서 조종한 모든 일을 다 꿰뚫어봤다는 사실을 알아차릴까?

샬럿도 그의 얼굴을 유심히 살펴봤지만 그가 무슨 생각을 하는지는 드러나지 않았다.

"맞아, 내가 편지를 보냈지. 하지만 와 달라고 하지는 않았어."

샬럿은 서머셋 하우스●에 가서 혼인신고서를 확인하고 소피아 론즈데일의 남편 이름을 찾아보았다. 그리고 잉그램 경에게 소피아 론즈데일이 모든 것을 버리고 떠나야 할 정도로 고통 받게 만든 남자에 대해 알아낼 만한 정보가 없는지 물었다.

"방금 밴크로프트를 만나고 오는 길이야."

그는 힘든 이야기를 하기 위해 마음을 다잡기라도 하듯 유난히

● 서머셋 하우스 당시 런던 관공서가 모여 있는 건물

차분하게 말을 시작했다.

"형이 들려준 이야기를 당장 들어야 해."

샬럿은 밴크로프트 경이 무슨 말을 했는지 조금도 관심이 없었다. 대신 그녀는 둘 사이의 거리를 좁히더니 손가락으로 그의 가슴을 쿡 찔렀다.

"내게 거짓말을 했지. 내게 사람을 붙였어."

잉그램 경은 즉시 대답하지 않고 그녀를 물끄러미 바라보았다. 그녀의 속마음을 살피는 것이 아니라 이목구비를 하나하나 뜯어보았다.

"당신에게 많은 이야기를 했지만 진실이라기보다 내 편의에 따랐지."

그의 검은 눈동자가 더욱 짙어졌다. 그의 시선이 샬럿의 눈에서 입술로 내려갔다가 다시 눈으로 돌아왔다. 그녀는 생각한 것보다 그와 훨씬 더 가까웠다. 두 사람의 몸은 맞닿을 정도로 가까워서 둘 사이에는 얼마 안 되는 공기 분자들밖에 없었다. 샬럿이 숨을 들이쉬자, 그에게서 면도 비누의 백단향 향기와 청결하고 따뜻한 피부에서 나는 향기가 느껴졌다.

"내가 당신에게 미행을 붙인 건 왓슨 부인의 말동무가 될 때까지였어. 그 후로 붙은 미행은 전부 마블턴 부인의 사람이었지. 아니, 모……."

샬럿이 그에게 입을 맞췄다.

그는 잠시 그대로 얼어붙었다. 그러더니 그녀를 거칠게 끌어당기며 양손으로 그녀의 얼굴을 감싸고 제우스의 번개가 땅을 내리치는 기세로 입맞춤을 되돌려 주었다.

달콤함. 씁쓸함. 쾌락. 고통. 그 모든 감정이 지나간 자리에는 넋이 나갈 정도의 아찔한 감각이 남았다. 온전히 열기와 짜릿한 충격만이 남았다.

그녀는 한참을 헐떡거리다가 비로소 입맞춤이 끝났다는 사실을 알아차렸다. 그녀는 한쪽 뺨을 그의 코트 깃에 댄 채 심장이 빠르고 강력하게 뛰는 소리에 귀를 기울였다.

그가 한 발자국 물러섰다. 그녀가 한숨을 쉬었다. 모든 환상적인 순간에는 상실감을 곱씹을 시간도 주어져야 한다. 모든 것이 변했지만 아무것도 변하지 않았다는 사실을 그녀에게 이해시키기 위해 그가 굳이 이야기를 꺼낼 필요는 없었다.

"왓슨 부인에게 화를 내지는 말아 줘."

잉그램 경이 조용하게 말했다.

"당신에게 얼마간의 돈을 건네주면 좋겠다고 말한 게 다야. 당신을 기꺼이 함께 살게 하고 동업자로 삼은 건 순전히 왓슨 부인의 결정이었어."

그의 시선은 그녀의 발 바로 옆의 바닥에 향했다. 그의 손은 방으로 들어올 때처럼 벗은 장갑을 꼭 쥐고 있었다. 그의 가슴은 동요한 듯 빠르게 오르내렸다.

잉그램 경은 샬럿의 판결을 기다리고 있다.

"왓슨 부인에게는 화가 나지 않아."

그는 긴장을 풀지 못했다. 사실 그 말을 듣기 전보다 더 긴장이 되었다. 샬럿이 왓슨 부인에게 화를 내지 않으리라는 사실은 그도 샬럿도 아는 사실이었으니까.

하지만 그에게는? 왓슨 부인의 침묵의 동조자였던 그에게는 어떨까? 필요하다고 생각했을 때는 아무렇지도 않게 선을 넘어 들어왔다가 이제 오래전부터 만들어져 있던 경계선 뒤로 훌쩍 돌아가는 그에게, 샬럿은 분노를 느낄까?

샬럿이 다시 한숨을 내쉬었다.

"소피아 론즈데일이 결혼한 강사에 대해서 무슨 이야기를 하려던 참이었어?"

그의 시선이 다시 잠시 그녀에게 머물렀다.

"모리아티? 그런데 그 이름을 듣자마자 밴크로프트가 깜짝 놀라더군. 어떻게 그 남자에 대해 알게 되었느냐고 끈질기게 묻기까지 했어. 내가 개인적으로 그 남자와 얽인 일이 없다는 사실을 확신한 후에야 절대 관계하지 말라고 딱 잘라서 경고했고."

샬럿의 심장이 순간 쿵 멈췄다. 레이디 서머스비에게 마블턴 부인의 정체를 알려 달라는 편지를 쓰려고 했던 마음을 그가 확실히 단념시켜 주어 천만다행이었다.

"아, 그러니까 생각났어, 홈스. 밴크로프트가 전해 달래."

그가 주머니에서 봉투 하나를 꺼냈다.

샬럿의 심장이 다시 뛰기 시작했다. 사실 샬럿은 잉그램 경이 다시는 홈스라고 부르지 않을까 걱정했던 것이다.

"흠, 그 사람은 정부가 필요 없을 텐데, 안 그래?"

샬럿은 오로지 잉그램 경이 눈을 흘기는 모습을 보고 싶어 이렇게 중얼거렸다.

쪽지의 내용은 이러했다.

친애하는 홈스 씨,

나는 당신의 자문 서비스를 지대한 관심을 갖고 지켜보았습니다. 대단히 미묘하고 중요한 문제를 상의하기 위해 내일 아침 열 시에 찾아뵙고 싶습니다. 이 의뢰를 받아 주시겠다면 제 아우인 잉그램 경과 긴밀하게 협력해 주시기를 청합니다.
당신의 도움을 꼭 받을 수 있기를 바랍니다.

밴크로프트 애시버튼

밴크로프트라면 미끼를 던지는 법을 안다.

샬럿은 그 전갈을 태워 버렸다. 잉그램 경이 자신의 형으로부터 받은 전갈은 모두 그렇게 처리하라고 말했기 때문이다. 이윽고 샬럿이 잉그램 경에게 말했다.

"밴크로프트 경에게 약속을 잘 지키라고 말해. 그리고 내일 아침 열 시가 아니라 열한 시에 만나겠다고 전해 줘."

그가 못 말린다는 듯 고개를 절레절레 내저었지만 표정은 부드러웠다. 아니, 애정이 담겨 있는 듯했다.

"이날이 올까 봐 늘 걱정했어. 밴크로프트가 당신의 재능을 알아차리는 날."

"당신은 언제 알아차렸지, 애시?"

샬럿이 충동적으로 물었다.

그는 어느새 문손잡이에 한 손을 올리고 있었다. 그는 고개를 돌려 그녀를 바라보며 이렇게 대답했다.

"처음부터, 홈스. 당신을 처음 본 그 순간."

(2권에서 계속)

주홍색 여인에 관한 연구

1판 1쇄 발행 2022년 3월 4일
1판 2쇄 발행 2022년 5월 19일
지은이 셰리 토머스 | **옮긴이** 이경아 | **펴낸이** 신현호
편집부장 윤영천 | **편집부** 김다솜 주혜린 | **북디자인** 형태와내용사이
본문조판 양우연 | **마케팅** 김민원
펴낸곳 (주)디앤씨미디어 | **출판등록** 2002년 4월 25일 제20-260호
주소 서울시 구로구 디지털로 26길 111 제이앤케이디지털타워 503호
전화번호 02.333.2513 | **팩스** 02.333.2514

ISBN 979-11-977085-2-7 04840
ISBN 979-11-977085-1-0 (set)

정가 16,000원

* 잘못 만들어진 책은 구매처에서 바꾸어 드립니다.